凍てつく太陽

葉真中 顕

幻冬舎文庫

凍てつく太陽

目次

序章　潜入

温かく、甘い匂いがした。

頬に柔らかな感触。

うっすら目を開くと、ぼやけた視界の向こうに、紅い炎が揺らめいているのが見えた。

今日は……、そうだ、お祭りだ。この村で三十年ぶりの。そして最後の大事な大事なお祭りの宴。その途中で、誰かの膝の上でうとうと眠ってしまったらしい。

手拍子と歌声が聞こえる。

雷神、カンナカムイを讃える神謡（カムイユカラ）。謡（うた）っているのは、膝枕をしてくれている誰かだ。母親ではないことは、声ですぐにわかった。

少しずつ、はっきりしてくる視界の中に、弓を手に舞い（クリムセ）を踊る青年の姿が見える。舞い（クリムセ）は佳境を迎え、青年は足を踏み鳴らし弓を天に掲げる。地上を焼き尽くしたカンナカムイが、空へ帰って行く様子を表現しているのだ。

手拍子と歌が途切れ、わっと歓声があがった。

「あ、八尋（やひろ）くん、起きたの」

名前を呼ばれて、視線を上げた。少女がこちらを見下ろし、優しく微笑んでいた。

ああ、なんて心地いいんだろう。このまま刻が止まってしまえばいいのに。

そう願った瞬間、無情にも夢から覚めた。

1

目覚めた途端、甘い匂いも柔らかな感触も雲散霧消した。

夢と現実の落差は、笑えるほど酷いものだった。

日崎(ひざき)八尋が顔を埋めているのは、少女の膝枕ではなく、硬くてすっぱい臭いがして、おまけに毛むくじゃらの男の胸だった。

真っ暗闇の中、八尋は毛深い男に正面から抱きすくめられている。男は何やら寝言を言いながら、八尋の背中をまさぐっている。こいつはこいつで、楽しい夢でも見ているのだろう。

後ろからももう一人、別の男が八尋に抱きついていた。こっちは胃でも悪くしているのか、口臭の混じった寝息を耳元に吹きかけてくる。

最悪、といっていい目覚めだ。

男二人に抱き挟まれ寝ていた八尋だが、別に同性愛者というわけではない。こうしないと、寒くて凍えてしまうからだ。

外気温はおそらく氷点下。モルタルの床に筵(むしろ)を敷いただけの飯場の寝床は、酷く底冷えがする。ここで暮らす二十八名の人夫たちは小さくかたまり、互いの身体を肉布団にして眠っている。臭いとか気持ち悪いとか、そんな我慢すればどうにかなる不快さは、生命に危機を及ぼすほどの寒さの前では吹っ飛んでしまう。

軋んだ音がしたかと思うと、身を切るような冷たい風が寝床に吹き込んできた。出入り口の鉄扉が開いたのだ。

「おら！　おまえら、起きろ！」

独特のクセのある声が響いた。

男たちは目覚め、暗闇の中で蠢く。「ああ」とか「ふう」とかいった寝起きの息が、そこら中から漏れる。各々絡み合っていた身体を離して起き上がる。そういう趣味などないはずなのに、肉の温もりが途切れ、肌寒さと妙な寂しさを覚えてしまう。

出入り口のところでは「起きろ！　起きろ！」と怒鳴りながら、うらなり顔の男が竹の棒で、鉄扉を打ち鳴らしている。

彼はこの飯場「伊藤組」を仕切る棒頭の伊藤だ。棒頭というのは人夫のまとめ役のことで、働きの悪い人夫を折檻するための棒を常に持っているからそう呼ばれる。

「全員、起きたか！　とっとと着替えて表に並べ！」

人夫たちは伊藤の声に従い、作業着を身につけ、軍手を嵌め、地下足袋を履いてぞろぞろと外に出ていった。

——昭和十九年（一九四四年）十二月五日。


午前四時半すぎ。まだ朝陽の昇らぬ空は、しかし黒ではなく紅に染まっていた。

北海道南西部、内浦湾と太平洋の境に突き出した絵鞆半島とその付け根に位置する、室蘭市。この町では〝第二の太陽〟が、真夜中でもぼんやりと空を照らしている。

今朝はその空から、ちらちらと白い雪が降り、地面にもうっすらと積もっていた。

北海道の中では比較的雪が少ないことで知られる室蘭だが、朝の冷え込みは薄い作業着や地下足袋しか身につけていない人夫たちをかじかませるには十分だ。みな、寝ぼけた顔を真っ赤にし、手足をこすり合わせている。八尋も少しでも身体を温めようと、その場で何度も足踏みをした。

飯場の中庭に人夫たちが集まると、大きな盥を抱えた若い女が、朝食の握り飯を配り始めた。

「みなさん、おはようございます！　今日も頑張ってくださいね」

朗らかに人夫たちに声をかける彼女は、伊藤の娘、京子だ。伊藤に二人いる子供のうちの上の子で、この飯場の炊事を手伝っている。見たところ歳は二十歳前後か。中性的な顔立ちに、短く刈り揃えた髪、凹凸の少ない体つきは、青年のようにも見える。

「おまえら、朝飯もらったな。さあ、行くぞ！」

伊藤を先頭に、人夫たちは列をなして飯場の敷地から出てゆく。

敷地の正面からは、まばらに雑木が生える下り坂が延びている。人夫たちの行き先は、この坂を下りていった先にある室蘭港だ。

港を中心にぐるりと高台が囲み、すり鉢状になっているこの土地を、かつてアイヌの人々は「モ・ルエラニ（穏やかな坂を下ったところ）」と呼んでいた。これが室蘭という地名の由来だ。

人夫たちはまさに坂を下ってゆく。黙々と。雪を踏み。握り飯を頬張りながら。これから始まる重労働に備えて。

握り飯は高粱（コーリャン）と麦飯を混ぜたもので、山菜と唐辛子で味付けがしてあった。決して上等ではないが、つくりたてで温かい。

しばらく歩くと、雑木が途切れて視界が開けた。眼下に、港とその向こうに広がる工場群の影が見える。

鉄の町の異名を取る室蘭は、大日本帝国随一の軍需工場の密集地帯であり、兵器の製造拠点である。

室蘭市の中心地、絵鞆半島の内側には、「御三家」と称される、日本製鐵、日本製鋼所、そして大東亜鐵鋼の巨大工場が並び、その周辺にも数多くの工場が連なっている。タンクとパイプが複雑に絡み合い、何本もの煙突が突き出た建物が並び立つ工場群の威容は、どこか怪物の群れのようだ。

これらの軍需工場は存在自体が軍事機密に指定されており、それぞれが秘匿名で呼ばれている。日本製鐵の工場は『愛国第２５１工場』、日本製鋼所は『愛国第１９１工場』、大東亜鐵鋼は『愛国第３０８工場』といった具合だ。

大日本帝国が、アメリカとイギリスを相手取った戦争、大東亜戦争（太平洋戦争）に突入してから、もうすぐ丸三年。今や室蘭の工場群の生産力は、戦争継続の生命線だ。

――臨時ニュースを申し上げます。臨時ニュースを申し上げます。大本営陸海軍部、十二月八日午前六時発表。帝国陸海軍は本八日未明、西太平洋においてアメリカ、イギリス軍と戦闘状態に入れり。

――帝国海軍は、ハワイ方面のアメリカ艦隊並びに航空兵力に対し、決死の大空襲を敢行し、シンガポールその他をも大爆撃しました。

開戦と真珠湾攻撃の成果を伝えるラジオ放送が流れたあの日、国中が熱狂した。邪悪なる欧米列強に、いよいよ鉄槌を下すときが来たのだと、みなが歓喜した。無論、八尋もだ。そんな皇国臣民たちの期待に応えるように、皇軍は破竹の勢いで連戦連勝を続けた。支那事変（日中戦争）の長期化に伴い、閉塞感が充満しつつあった銃後の雰囲気は、霧が晴れたかのように明るくなった。

あの頃は誰もが勝利を確信していた。しかし、一年、二年と、戦争が継続するうちに、風向きが変わってしまったようだ。

大本営は戦勝を発表し続けているが、一度は手中に収めたはずの南方の島々を敵に奪われてしまった。これはすなわち米軍が誇る大型爆撃機Ｂ29が日本本土まで飛行可能な位置に、基地を築かれるということでもある。

実際、今年六月の北九州での空襲を皮切りに、本格的な本土空襲が始まった。十月には沖縄全土が、そして先月十一月からは帝都東京までもがＢ29による空襲を受けるようになった。戦況が逼迫しているのは、誰の目にも明らかだった。空襲は今後ますます激しくなると予想されている。

北海道でも灯火管制が布かれ、夜間、光を漏らすことは禁じられるようになった。開戦直後の明るさは雲散霧消し、町はかつて以上の重苦しい暗闇に覆われた。

しかしここ室蘭には、昼夜を問わず光を放ち続ける〝第二の太陽〟が存在する。

港の東、輪西町にある五本煙突。工場群の心臓とも言える大型溶鉱炉だ。雨が降ろうが雪が降ろうがものともせず、常に紅蓮の炎を燃えさからせて空を紅く灼いている。

溶鉱炉の火を消してしまえば、連鎖的にほとんどの工場が操業を停止することになる。そして一度停めた工場を再び始動するのには、丸一日以上の時間がかかる。つまり灯火管制に従えば、工場は機能しなくなるのだ。ゆえに室蘭では例外的に溶鉱炉の火は落とさないことになっている。

幸いと言うべきか、今のところ北海道の都市が空襲を受けたことはない。積載燃料の都合上、南方の飛行場から飛ぶB29は、青森以北までは届かないという。

しかし楽観はできない。米軍の艦隊は、太平洋を横断し本土に迫っている。もし近海に艦隊を展開されれば、艦載機による大規模攻撃は十分あり得るのだから。

「ほら、ちんたら歩くな。急げ急げ！」

伊藤が声をかける。歩いている間に雪は勢いを増してきた。薄い地下足袋には早くも水が染みてきて、指先を濡らす。ちくちくと刺されるように冷たい。

そんな一行の頭上で〝第二の太陽〟によって灼かれた空が、ほのかな紅い光を放っていた。

八尋はふと、幼い頃に聞いた神話を思い出す。

天に棲まう雷神、カンナカムイ。気性の激しい荒神で、ひとたび怒りに火が点くと、地上のすべてを焼き尽くすという。翼を生やした大蛇の姿をしており、大陸に渡り龍になったとも言われている。

あの禍々（まがまが）しい紅い空は、まるでカンナカムイが潜んでいるかのようだ。

2

未明の黒い海は波間にうっすらと空の紅を映し、そこに白い雪が音もなく降り注いでいた。

明治期から埋め立てを繰り返し膨張してきた室蘭港。その埠頭には、いくつもの倉庫や、石炭の積み出し設備などが並んでいる。しかし今は灯台をはじめ、ほとんどの灯を消しており、まるで廃港のような雰囲気だ。

「点呼！」

伊藤の号令が静寂に響いた。

人夫たちは埠頭の前で列をつくり「一」「二」「三」と、順番に声をあげてゆく。ただ数字を言うだけなのだが、「チチ（七）」「ニュウ（九）」など、発音が怪しい者も多い。

この伊藤組の人夫たちは、棒頭の伊藤以下全員が朝鮮半島出身の朝鮮人だ。ただ一人、八尋を除いては。

近年、朝鮮では日本語使用が強く推奨され、子供の通う学校でも朝鮮語ではなく日本語を使って授業をするようになった。しかしだからといって、朝鮮人全員が急に日本語を喋れるようになるものではない。

組の中で流暢に日本語を喋れる者は、内地での暮らしが長い伊藤をはじめ数名だけ。カタコトでごく簡単な会話しかできないという者が大半で、ほとんど何も喋れないという者もいる。

「二十八！」

数日前に組に入ったばかりの八尋は、一番最後に声をあげた。

「おい、新入り！」

点呼のあと、伊藤が声をかけてきた。彼は自分の組に入ってきた八尋のことを、当然、朝鮮人だと思っている。

「仕事には慣れたか」

「はい」

気をつけの姿勢で返事をする。

伊藤はふんと鼻を鳴らし、おもむろに棒で八尋を小突いた。

「返事だけは一人前だな。足を引っ張るなよ」

「はい」

「お国のために働けることを、ありがたく思え」

伊藤は気合いを入れるかのごとく、棒で一度、八尋の腕を叩いた。バシッと乾いた音が響き、腕に痛みが走った。

八尋は微動だにせず堪える。「お国のため」という言葉が、耳に残った。

お国——万世一系の天皇陛下が統治する皇国、大日本帝国。朝鮮半島もその領土となっている現在、朝鮮人はみな「皇国臣民」だ。

元来、朝鮮民族は、血族ごとの本貫（発祥地）に基づいた姓を持ち、代々それを引き継いでいる。

政府は朝鮮人を皇民化するために、本貫の姓とは別に、日本の戸籍に合った家族単位の氏を創設する制度を布いた。これを「創氏」という。また、それに合わせて、下の名前の方も日本風に改めることを認めており、これが「改名」。合わせて「創氏改名」と呼ばれる政策だ。

伊藤の場合、本貫の姓は金だが、伊藤という日本風の氏をつくり、名前も博と改めたという。伊藤博——明らかに伊藤博文からとったものだ。大日本帝国初代内閣総理大臣、伊藤博文は、朝鮮半島においては大韓帝国の初代統監だ。そんな伊藤翁の名にあやかる伊藤の意識は、朝鮮民族ではなく皇国臣民なのだろう。

「よし、貴様ら、今日も励むぞ」

伊藤は一同に活を入れるように、棒で地面を叩き、派手な音を鳴らした。

人夫たちは港の岸壁に面した広場へ向かう。ちょっとした運動場ほどもあるその広場には、人の背丈程度の黒い小山がいくつも連なっていた。

貯炭場。小山は積み上げられ野ざらしになっている石炭だ。

スコップが置いてあり、人夫たちはそれをとり、石炭の山を崩し、また別の場所に山をつくってゆく。

冬場、大量の石炭を一箇所に置いておくと正反対の二つの現象に悩まされることになる。寒さによる凍結と、内部が酸化して起きる自然発火だ。これらを防ぐために、山をかき混ぜるのが、伊藤組の朝一番の仕事である。

この貯炭場は御三家の一角、大東亜鐵鋼の『愛国第３０８工場』のものだ。伊藤組は、この工場に雇われていることになっている。しかし、八尋たちはもっぱら工場の外、主に港での肉体労働に従事していた。機密性の高い研究も行う『愛国第３０８工場』には、飯場の人夫は出入りすることはできない。朝鮮人であるなら、尚更だ。

夜の間に凍った石炭をスコップで崩してゆく。すると粉塵が舞い始め、人夫たちの顔はみるみる真っ黒になる。目、鼻、口にも入ってくるので、みな、できるだけ目を細め、息を浅くしてスコップを振るう。先ほどまでかじかんでいた身体はあっという間に熱を帯び、背中からは湯気が立ちのぼる。自らつくった山を崩しては積み直す様は、どこか地獄にあるという賽の河原のようにも思える。

八尋は、さり気なく人夫たちの様子を窺った。

みな口数は少なく、ごくたまに聞こえるのは、「よいしょ」とか「おら」という、気合いを入れるかけ声くらいだ。

人夫たちが無口になるのは、粉塵で声が出しにくいからだけではない。

かつて伊藤組の人夫たちは朝鮮民謡の「アリラン」を口ずさみながら、仕事をするのが常だったという。しかし昨年の夏頃から、雇い主の大東亜鐵鋼が、人夫が日本語以外の言葉を使うことを禁じたのだ。

日本語が苦手な者も多いので、朝鮮語を禁じられれば、自然と無口になる。

黙々と作業を進めていると、車が一台走ってきた。トヨタ自動車工業が陸軍に納入しているAC型乗用車だ。ボンネットに、黄色い将校旗が立ててある。

「整列！」

車に気づいた伊藤が号令をかけた。人夫たちは手を止め列をつくって並ぶ。

車は貯炭場の近くに停まり、中から軍服を着た将校が出てきた。上に温かそうな外套を着込み、厚いブーツを履いている。

「金田少佐、おはようございます」

伊藤は大声を張り上げて、挨拶をした。

人夫たちもそれに倣い、ばらばらと挨拶をする。

金田行雄少佐。大東亜鐵鋼『愛国第３０８工場』に勤務する軍人だ。御三家の軍需工場は、事実上軍の支配下にあり、監督官として将校が勤務している。

金田の役割は、工場外で働く朝鮮人人夫たちの統括である。『愛国第３０８工場』の配下には、伊藤組のような朝鮮人の飯場がいくつもあり、金田は毎日、各飯場の様子を視察している。

伊藤が金田に駆け寄る。二人は言葉を交わしながら、こちらに近づいてくる。二人とも顔には笑みを浮かべていた。

金田は配下の棒頭の中で、伊藤には特に目をかけているようだ。同じ地方の出身で共通の話題が多いらしい。金田もまた、半島出身の朝鮮人である。

陸軍士官学校は、朝鮮人の入校を認めているため、帝国陸軍には少数ではあるものの朝鮮人の将校がいる。大抵は王朝時代の王族や貴族の家系の者だ。同民族であれば、やりやすいだろうということで、金田は人夫の統括を任じられたという。

金田は整列する人夫の前まで来ると、一同を見回し、八尋に目を留めた。

「見ない顔だ。新入りだな」

「はい」

「名前は」

「日崎八尋と言います」

「生まれは」

「晋州（チンジュ）です」

でたらめだった。八尋は生まれてこの方、北海道から出たことはない。

「南の方、釜山（プサン）の近くだな。なかなか日本語が上手いな」

「自分は幼い頃から内地で育ちましたので」

「なるほど。せいぜい励んでくれ」

「はい」

返事を返しつつ八尋は内心で嘆息していた。

金田はこの場でただ一人、八尋の正体を知っている〝協力者〟だ。

わざわざ俺に声をかけたりして……。余計なことはなるべくしないよう言ったのに――。

何か伝達があるときは、こちらからさり気なく指で符丁を送ることになっていた。

「みな、しっかりやってくれよ」

金田は上機嫌で人夫たちに声をかけると、車に戻っていった。

3

石炭の山の積み直しが概ね終わる頃、空はすっかり白んでいた。

遠くから地鳴りのような音が響いてくる。

汽車の走行音だ。港の東側に煙を上げて走る蒸気機関車の影が見える。影は音とともに大きくなり、姿をはっきりと現す。北海道各地の炭鉱から掘り出された石炭を運んできた、石炭車だ。

石炭車は港の中に入ってきて、貯炭場の前を通り過ぎた。埠頭の突端にある高架桟橋の中に吸い込まれ、停車する。室蘭鉄道は、従来の終点、室蘭駅の先にも支線が延ばされており、石炭車は直接桟橋に入れるようになっている。

栈橋には機械式の積み出し機が搭載されており、石炭車の貨車から輸送船へ直接石炭を運び入れることができる。輸送船はあそこで受け取った石炭を、本州や外地へと運んでゆくのだ。

「来たぞ！　急げ！」

伊藤が号令をかけると、人夫たちは貯炭場の隅に置いてある大きな籠を一人二つずつ手に取り、片方を背負い、片方を抱きかかえた。そして手にスコップを持ち、栈橋まで駆け足で向かう。輸送船への積み出しが始まる前に『愛国第３０８工場』で使う分の石炭を貯炭場まで運ぶのだ。

八尋は他の人夫たちとともに、石炭車の貨車からスコップで石炭を掻きだし、二つの籠に詰める。持ってきたときは空だった籠は、ずっしりと重くなる。片方を背負い、片方を抱える。肩には肩紐が食い込み、籠を抱える手は震える。

いっぱいまで石炭が積まれた籠の重さは三十キロほど。それを二つなので、約六十キロだ。栈橋と貯炭場の距離はおよそ三百メートル。大した距離ではないが、素手でおよそ人一人分を抱えて行き来するのはかなりしんどい。しかも何度も往復しなければならない。

もちろん力は必要だが、バランスも大事だ。妙な姿勢で運べばすぐに腰を痛めてしまう。八尋は慎重に、しかしできるだけ早足で進む。

見ると、ひときわ大柄な人夫が両肩に一つずつ籠を軽々と載せていた。背中にも背負っているので、三つ。百キロ近くを運んでいることになる。

伊藤組一の力自慢、宮田(みやた)だ。若手の人夫で、流暢な日本語を喋る一人だ。身体は大きいが、あばたの浮いた顔立ちにはまだあどけなさが残っている。今年二十五になった八尋よりも下だろう。

「運べ、運べ、たらたらするな！」

桟橋の入り口のところに陣取った伊藤が、棒を振り回して檄を飛ばす。人夫たちはひたすら石炭を運ぶ。

午前中いっぱいかけて、指定された量の石炭を桟橋から貯炭場へ運び終えた。みな、すっかりへとへとになっている。八尋の両腕も痺れきっていた。

宮田も肩で息をしている。彼は力は強いが持久力はさほどなく、往復した回数は八尋の方が多かった。

次の仕事はいくらか軽い作業だった。貯炭場の脇にある倉庫に移動し、そこに集められた布きれに、使用済みの油とコールタールを染みこませ、一斗缶に詰める。即席の煙幕装置だ。港や工場が万が一、敵の空襲を受けたときには、これに火を点けて煙幕を張るのだという。

その後、小一時間ほどの昼休憩が挟まり、昼食の配給があった。いつもと同じ茹でた馬鈴(ばれい)

薯（ジャガイモ）と薄い味噌汁だ。

食後、すぐに午後の作業が始まった。今度は補充のため工場の正門まで石炭を運ぶことになった。工場は桟橋よりも遠い上に、ゆるやかだが坂道を上っていくことになる。桟橋から運んできたときより、さらにきつい。しかし、文句を言っても始まらない。

飯場の人夫の仕事の大半は、さながら人間運搬車となり何かを運ぶことだ。人の手と足でものを運べば、それだけ燃料の節約になる。

目の前に大量の石炭があるが、まったく十分とは言えないという。今、大日本帝国は深刻な燃料不足にあえいでいる。そもそも、軍部が対米戦争に踏み切った最大の理由は、欧米列強が石油の禁輸をはじめとする貿易制限をかけたからだ。

この戦争を戦い抜くためにも、人の手でできることは、人の手でやらなければならない。

――人夫どもと一緒に働くのですか？　とんでもなくきついですよ。正直言ってこっちは、あいつらを人と思って使ってないですからね。

以前、金田が心配げに言っていたことは嘘ではなかった。確かに、人夫は牛馬のごとく働かされている。体力には自信があるつもりだったが、かなり応える。

しかし、どんなにきつくても弱音を吐くわけにはいかない。任務を受けた以上は、必ず、それを果たさなければならないのだから。

4

一日の仕事が終わったのは午後六時すぎ。気の短い冬の陽はもう落ちていた。気がつけば雪も止んでいたが、溶鉱炉の炎で灼かれる空には、ほとんど星が見えない。

伊藤組の飯場へ戻ってきた人夫たちは、みな夜と見分けがつかないほど真っ黒になっている。体力の最後の一滴まで絞り出すような重労働に、誰もが疲れ切っていた。

人夫たちは年季の間、飯場で集団生活をする。家賃や食事をはじめとした生活費や、作業着などの仕事に必要なものの費用は、すべて給料から天引きされる仕組みだ。

周りをぐるりと金網に囲われた飯場の敷地には三つの建物がある。一つは棒頭の伊藤が家族と暮らす「上飯台」、もう一つは人夫たちの寝床である「下飯台」、それからもう一つが浴場だ。

飯場についた人夫たちは、まず順番に風呂に入って汚れを落とす。入っても入らなくても風呂代は給料から引かれるので入らなければ損だ。

浴場はさほど広くなく、一度に入れるのは五人程度。伊藤が一番風呂で、それから、この飯場に長くいる順に入ってゆく。畢竟、一番新入りの八尋が入るのは最後だ。いつも湯船は真っ黒になっていたが、それでも身体を流せば、多少はさっぱりとした。

風呂のあと、伊藤は上飯台で、人夫たちは下飯台で夕飯をとる。

人夫たちが暮らす下飯台はいわゆる「タコ部屋」だ。広さはかなりのものだが、それでも三十人近い男たちが寝起きするには狭い。奥に簡素な炊事場と便所があるだけで間仕切りはなく、モルタルの床に各々筵を敷いて、食うのも寝るのもその上でする。電気は通っておらず、天井から吊るされた燭台で灯りをとる。暖房などないので、男たちは身を寄せ合い寒さをしのぐしかない。

壁は頑丈な丸太造りで、窓には逃亡防止の鉄格子が嵌まっている。出入り口は開け閉めしにくい鉄の引き戸一つだけで、就寝時になると伊藤が外から鍵をかける。人夫たちは事実上、監禁されているようなものだ。

そんな伊藤組の人夫たちにとって、夕飯は数少ない楽しみの一つだった。

まず第一に、気を抜くことができる。棒頭の伊藤は上飯台で妻やまだ幼い息子とくつろぐのが常で、下飯台には滅多に顔を出さない。つまり、人夫たちを監視する者がいないのだ。

それに加えて、朝の握り飯もそうだったが、この飯場の飯は悪くない。近くの漁港から譲ってもらえる雑魚や、近辺で採れる山菜を上手く使い、唐辛子を利かせた朝鮮風の味付けに仕上げている。野菜の切れ端を利用した朝鮮漬（キムチ）もつくっており、毎回必ず付け合わせとして出している。昼間、汗をかく人夫たちのために、塩を多めに使った特製だ。

血に染みついているのか、やはり朝鮮人の口には、こういった料理が合うようだ。それは、皇国臣民たろうとしている伊藤も同じようで「うちの飯場はよそに比べて仕事は二倍きついが、飯は十倍美味い」などとよく自慢している。

その自慢の料理をつくっているのは、上飯台から炊事を手伝いにくる伊藤の娘、京子である。

伊藤は、娘が人夫たちの世話をすることをあまりよく思っていないようだが、京子自身が「私もお国のために働きたいの」と志願したらしい。

京子は明るく気の好い娘で、「今日もご苦労様でした。たくさん食べてくださいね」などと、人夫たちにねぎらいの言葉をかけて食事を振る舞う。朝鮮漬を漬けているのも彼女だという。

人夫たちはみな、どうしてあの父親からこの娘が生まれたのかと不思議がっている。

今夜の主菜は馬鈴薯の炒めものだった。豚の臓物らしき肉も入っている。同じ馬鈴薯料理でも、昼間に工場で食べた茹でただけの味気ないものとは、雲泥の差だ。人夫たちは、車座になって舌鼓を打つ。何人か酒を飲んでいる者もいる。もちろん酒代は、別途給料から天引きされる。

八尋は周りの様子に気を配りつつ、料理を口に運ぶ。

飯を食いながら数人が朝鮮語で雑談を始める。本来は飯場でも日本語以外は禁止されているのだが、監視の目がないこのときだけは、人夫たちはみな、朝鮮語を使う。京子がそれを父親に告げ口するようなことはない。もっとも、伊藤も気づいているようだが、仏心を発揮してか、知らぬ振りをしているようだ。

《よう、新入り、そろそろ仕事には馴れたかい》

声をかけてきたのは、はす向かいに座っていた宮田だ。彼は食事のとき、いつも陽気に周りに話しかける。

八尋は軽く肩をすくめ、やや、ぎこちない朝鮮語で答えた。

《ああ……何とかな》

「あ、そうか。あんたは日本語の方が得意なんだったな」

宮田は言葉を切り替えた。彼は人夫の中では貴重な、流暢に日本語を話せる一人だ。

「そうなんだよ」

八尋は頷（うなず）く。幼い頃に内地にやってきて、以来、日本語を使って育てられたから、朝鮮語より日本語の方が得意、ということになっている。なるべくボロを出さずに済むよう、でっち上げた偽の経歴だ。

「私と一緒なんですよね」

話が聞こえたのか、配膳をしていた京子が横から言った。彼女は本当に、幼い頃、親に連れられて内地にやってきており、日本語で育てられた。伊藤は家でも日本語しか喋らないのだという。ただし、京子はそれが気にくわないらしい。

《でも、朝鮮の言葉も話せた方がいいわ。だって私たちは朝鮮人なんですから》

京子は朝鮮語で言った。彼女は下飯台の人夫たちから民族の言葉を教わったという。

「おお、キョンジャ、上手くなったな」

宮田が京子を朝鮮読みで呼んだ。彼女はそう呼ばれるのが嫌ではないようだ。照れたような苦笑いを浮かべた。

父親の伊藤とは裏腹に、京子は朝鮮人であることを誇ろうとしているように見える。

八尋はおもむろに席を立ち、便所に向かった。

下飯台の奥にある狭い便所は、人夫たちの糞尿を溜め込んでいるために酷い臭いがしたが、掃除自体はよく行き届いていた。

正面の壁のちょうど目線の位置に小さな鉄板が打ち付けられていた。かつてここにあった小窓を塞いでいるのだ。

八尋は、鉄板に手を触れてみる。ひんやりと冷たい。

鉄板の大きさは横が三十センチ、縦が十五センチといったところか。当然、塞がれている小窓はもっと小さいことになる。

ひと月ほど前、この狭い小窓から一人の人夫が逃亡した――と、されている。

だからこそ、今はこうして塞がれているわけなのだが……。

自らの目で見て、八尋は改めて確信した。

いくらなんでも小さすぎる。大の大人がこの小窓から逃げ出すのは不可能だ。やはり、別の逃走経路があったに違いない。

その真相を探ることが、八尋に課せられた任務だった。

5

八尋は刑事。それも泣く子も黙ると称される「北の特高」、北海道庁警察部（警察本部）の特別高等課に所属する、特高刑事である。

特高は、国家秩序を維持することを目的とした警察組織だ。共産主義者や敵国のスパイと疑われる者、国家神道を否定する者、果ては国家に対して非協力的な市井の人々まで、とにかく国策に反する者であれば、すべてがその取り締まりの対象になる。常に監視の目を光らせて、あらゆる情報を集め、銃後の治安の維持に努めている。

八尋が配属されているのは特高課の中の「内鮮係」。読んで字のごとく、内地にいる朝鮮人の監視と取り締まりを行う部署だ。

元々、北海道には取り締まりを必要とするほど多くの朝鮮人が住んでいたわけではない。政府が長らく朝鮮人の帝国内地移住を抑制する方針をとり続けていたためだ。

アジアの中ではいち早く近代化に成功し、列強と肩を並べるようになった内地と、未だ近代化の途上で、ほとんどの土地が農地である朝鮮半島では、賃金の格差があまりにも大きい。放っておけば、大量の労働者が内地に流入し、混乱を招くと懸念されていた。

しかし状況が変われば政策も変わる。戦争が長期化し、働き盛りの若者が多く戦地に送られている昨今、労働力の確保が急務となっている。背に腹を代えられなくなった政府は方針を転換し、積極的に動員をかけ、多くの朝鮮人を内地に呼び寄せるようになった。それも最初は自発的な応募を募る募集だったのが、今年からは強制力を持った徴用になっている。

こうした事情で道内の炭鉱や軍需工場で働く朝鮮人が急増していることを受け、四年前の昭和十六年（一九四一年）に内鮮係が新設された。年々人員も増やされ、現在では北の特高でも最大の陣容を擁するまでになっている。北海道に大量に流入してきている朝鮮人のことを、それだけ警戒しているということだ。

血は水よりも濃い。戸籍上、皇国臣民であったとしても、朝鮮人は大和人（日本人）とは別の血が流れる異民族だと、特高は考える。朝鮮人の中には、たとえばあの伊藤のように、従順な皇国臣民たろうとする者は少なくない。しかしそうでない者も多くいる。

これは朝鮮に限ったことではなく、台湾や満州でも同様だ。日本の支配をよしとせず、民族独立を目指し、抗日運動に邁進する者はどこにでもいる。特高の目から見れば、異民族は潜在的な不穏分子なのだ。

内鮮係の任務は、そんな朝鮮人たちの監視と、皇民化の徹底。そして何より、彼らが従事する職場からの逃亡の防止である。仕事を放り出して逃亡すること自体、許されざる国家への反逆だが、それ以上に逃亡した朝鮮人が市井に紛れ込むことは、安寧秩序を乱す脅威となりかねない。

――おめを見込んで頼みたい。例の逃亡事件の解決んため、大東亜鐵鋼配下の飯場に潜入してくんねえべか。

およそひと月前、本部の特高課を訪れた男はそう言って、頭を下げた。

能代慎平（のしろしんぺい）警部補。室蘭署刑事課の主任刑事である。歳は四十だが、短く刈り揃えた髪に白いものが混じり、実年齢よりも少し年嵩に見える。

八尋は慌てて「頭を上げてください」と応じた。

その逃亡事件については、八尋も知っていた。

ある日の深夜、大山という人夫が、飯場から忽然と姿を消したのだ。他の人夫たちはみな昼間の重労働で疲れ切って熟睡しており、気づかなかったという。

翌朝、警察に連絡が入り、大東亜鐵鋼の職員たち、所轄の室蘭署の警察官、更には道庁警察本部の特高課員も加わっての大規模捜索が行われた。

飯場からは上手く逃げおおせた大山だったが、室蘭の東、登別（のぼりべつ）を越えた辺りの海岸で逮捕された。海岸線を逃げるだろうと網を張っていたのが功を奏したかたちだ。

どれほど厳重な警戒をしていても、タコ部屋と称されるような飯場に逃亡はつきものだ。集団逃亡を許した飯場も多くある。たった一人の逃亡で逮捕もできたのであれば、取り調べで多少の制裁を与えた上で、刑務所にぶち込んでやれば万事解決となるはずだった。

が、この取り調べで問題が起きた。

大山は逃走経路について「下飯台の便所の小窓から逃げた」と証言した。事実、くだんの小窓は開いていた。ただし、それは大の大人が抜け出すには、あまりにも小さいのだ。だからこそ他の窓のように鉄格子を嵌めていなかった。

密室からの脱走と言えば、今年の八月、最果ての牢獄として恐れられる網走刑務所でも破獄事件が起きている。逃げたのは脱獄魔の異名を取る、強盗殺人犯、白鳥由栄（よしえ）だ。

　白鳥は網走送りになる前に、青森刑務所と秋田刑務所の二箇所で脱獄を成功させており、その後再逮捕されている。過去に二度も破獄をしている白鳥は、当然、網走では最大限の警戒をされ、手錠を嵌められた状態で、独房に入れられていた。それにも拘わらず三度目の破獄を成功させたのだ。ある朝、看守が気づくと白鳥の独房は蛻（もぬけ）の殻になっていて、壊された手錠が残されていた。そして未だに逃走中だ。

　白鳥は手錠を破壊した上で、房の監視口の鉄格子を外し、できたわずかな隙間から、抜け出したものと思われている。信じ難いが、白鳥は人並み外れた怪力と、身体の関節を自由に外す器用さを持ち合わせていたという。

　閑話休題。仮に、大山がこの白鳥と同じ身体能力を持っていたとしても、この小窓は小さすぎる。関節を外したところで通れるようには思えなかった。

　本当にそんなことができるのかと問うと、大山は涼しい顔で「できる」と答えた。ならばやって見せろと、小窓と同じ大きさの枠を用意し、実演させようとした。ところが、大山は実演を拒否したのだ。

　口ではできると言うくせに、実際にやろうとはしない。これは怪しい。

実は小窓から逃げたというのは嘘で、別の逃走経路があるのではないか。仮にそうだとしたら、一大事だ。その経路を使って他の人夫たちも逃げるかもしれない。

当然、大山に対しては、厳しい取り調べが行われたが、彼は「小窓から逃げた」の一点張りで、かつ、頑として実演は拒否し続けた。

捜査員は、飯場の下飯台を検めたが、秘密の抜け道のようなものは見つからなかった。床は一面モルタルで固められ、穴を掘るのは不可能だ。丸太の壁には少しの隙間もない。壁の窓はそこそこの大きさがあるが、便所の小窓と違い、鉄格子が嵌まっている。鉄格子の隙間は狭く、下飯台には、この鉄格子を切断できるような道具はない。そして出入り口の扉は、事件当夜、鍵が閉まっていた。鍵は南京錠で、技術があれば針金でも開けられるかもしれないが、外にかかっているので内側からは触れることもできない。

大山はどうやってこの下飯台から逃げ出したのか。それを知るには、吐かせるか、小窓からの脱出を実演させるしかない。

畢竟、大山に対する取り調べは苛烈を極め、拷問と呼ぶべきものになっていった。殴る蹴るは当たり前、裸で吊るしたまま大山が眠ろうとすれば背中に熱湯をかけ、無理矢理叩き起こし、徹底的に痛めつけた。

しかしそこまでしても、大山の口を割ることはできなかった。その前に、死んでしまったからだ。

特高の取り調べにおいては、ままあることだ。昭和八年（一九三三年）、警視庁の特高刑事たちがプロレタリア作家の小林多喜二を拷問死させている。「おまえも小林多喜二のようにしてやろうか」は、今でも全国の特高刑事が威し文句として使っている。

大山の死後、その死体を使い、例の小窓と同じ大きさの枠を通せるか試してみたところ、どのようにしても頭と肩がつっかえてしまい通らなかった。これでは全身の関節を外したとしても不可能だ。つまり大山が便所の小窓から逃げたのではないことがはっきりとした。反面、事の真相は、いよいよわからなくなってしまった。

大山が吐かなかったのは、逃走経路を他の人夫に教えているからではないのか。だとしたら、今後、第二第三の逃亡が起きるかもしれない。かといって人夫を全員しょっぴいて取り調べるとなると、飯場の仕事への影響が大きくなる。

そこで、地元室蘭署で捜査を仕切る立場の能代は、特高課の刑事を内偵として人夫の中に送り込むことを発案、八尋に白羽の矢を立てたのだった。

能代は、八尋にとっては師のような存在だ。彼はかつて新人警察官を養成する警察練習所（現在の警察学校）で教官を務めており、二十歳のときに警察の門を叩いたばかりの八尋は、そこで警察官としてのいろはを叩き込まれた。

能代の頼みとあれば、断るわけにはいかない。八尋は、二つ返事で了承し、室蘭を訪れた次第である。

6

用を足した八尋が便所から出てゆくと、ちょうど表から、伊藤の甲高い叫び声が響いた。

「夜分、ご苦労様です」

人夫たちの雑談がぴたっと止まり、場はしんと静まりかえる。

監督役の将校、金田が抜き打ちで見回りに来たのだ。伊藤が大声を張り上げて挨拶するのは、それを人夫たちに知らせるためだ。自身の保身のためでもあるのだろう。禁止されている朝鮮語で人夫が歓談していることがばれたら、伊藤も責任を問われることになる。

ほどなくして、鉄扉が開くと、案の定、伊藤と一緒に金田が姿を現した。

人夫たちは食器を地べたに置き、起立し、気をつけの姿勢を取る。

金田は入り口から、人夫たちを見回し、一度咳払いをすると、口を開いた。

「いいか、今日は、貴様らの中に不届きな者がいないか調べるため、わざわざ道庁より特高課の刑事殿が来ている」

これは無論、八尋のことではない。

金田が背後の暗がりを振り向くと、そこから、ぬっと、背の高い男が姿を現した。

痩せぎすだが、肩幅はやけに広く、手足が長い。外套に鳥打ち帽という出で立ちで、帽子のつばの陰からのぞく切れ長の三白眼は、自ら発光するかのように鈍く光っている。大きなかぎ鼻に、異様に尖った耳と顎。まるで異国の魔物のようにさえ思える。

一瞬にして場の温度が数度下がったかのような、重苦しい緊張が流れた。

逃亡後逮捕された大山がどうなったかは、脅しのため人夫たちに伝えられている。「特高」の肩書きは、それだけで彼らを怯(おび)えさせるには十分だ。たとえ、この魔物のような男こそが拷問で大山を殺した張本人だと知らなかったとしても。

三影(みかげ)美智雄(みちお)警部補。これまでに何人もの大物国事犯を検挙しており、抜群の実績を誇る特高刑事だ。その一方で特に苛烈な取り調べで知られ、過去に拷問死させた容疑者は大山のみならず、十指に余る。

ゆえについた二つ名は――拷問王。

その三影が、おもむろに下飯台の中へ入ってくる。彼の履いている革靴が、モルタルの床を踏むカツカツという音が響く。

しばらく無言のまま、直立した人夫たちを一人一人舐めるように眺めながら歩いていた三影だったが、不意にしゃがみ込み、そこにあった誰かの皿を拾い上げた。皿の上には朝鮮漬が載っている。三影は皿の上でそのかぎ鼻をひくひくさせて匂いを嗅ぐ。

「朝鮮漬か……」

そうつぶやき立ち上がった三影は、皿と一緒に朝鮮漬を地面に叩きつけた。皿が割れる音が響いた。

「誰だこんなものをつくっているのは！　こんなものは、半島の賤民どもが食うもので、皇国臣民の食い物ではないだろう！」

続けて三影は、腰に手をやると下げていた赤樫の警棒を手に取った。幾人もの容疑者の血を吸ってきたそれは、毒々しく赤黒い。

三影はその警棒を、壁の丸太に叩きつけた。

ごん、と鈍い音が響き、丸太に警棒の跡が残った。

「貴様ら、いやしくも天皇陛下からの賜り物を、こんな下等な食い物にして腹に入れているのか！　申しわけないと思わんのか！」

一同に動揺が走るのがわかった。

まさか食べものに対して、こんな風に文句をつけられるなどとは、誰も思わなかったのだろう。

伊藤でさえ、顔面蒼白になっている。だが、それ以上に青い顔をしているのは、朝鮮漬を漬けていた京子だ。

三影は彼女の動揺にめざとく気づいたのか、つかつかと近づいてゆく。

「そうか。小娘、貴様がつくったんだな」

「あ、いえ……」

三影が京子の目の前に立つ。京子は恐怖に引きつり目に涙を浮かべている。

「貴様、よくもこんなものをつくったな」

三影は、右手に持った警棒を左手に軽く打ち付け音を鳴らした。

「あ、そ、その。でも……」

「でもどうした。まさか、たかが食べものとでも思っているのか。食べものは血となり肉となり、人間をつくりあげるものぞ。貴様ら半島の賤民とて、皇国臣民となれたのならば、皇国臣民らしいものを食わねばならぬのが道理だ。貴様はその道理を犯したのだ。わかっているのか」

「そ、そんなつもりじゃ……」

「じゃあ、どういうつもりだったんだ！」

三影は一喝した。

京子は「ひっ」と短い悲鳴をあげて身をすくませた。

「哀しいなあ。わかるか、俺は哀しいんだぞ。なぜなら貴様のような小娘でも容赦するわけにはいかないからだ。道理のわからぬ賤民には、骨の髄まで日本精神を叩き込んでやらねばならん」

三影は粘り気のある声で言いつつ右手を伸ばす。そこには赤樫の警棒が握られていた。

伊藤がさすがに娘をかばおうとしたのか口を開きかけた。しかし、それより早く、八尋が叫んだ。

「待ってください！」

三影の動きが止まった。そして、ゆっくりとこちらを振り向く。その三白眼が、まっすぐに突き刺さる。

「何だ貴様」

「自分です」

「何？」

「その朝鮮漬を漬けたのは、自分です」

八尋はきっぱりと言い放った。

事態を見守っていた人夫たちが驚き、声にならないどよめきを発した。京子も目を丸くしている。

「ほう、貴様がつくったというのか」

三影は小馬鹿にしたように苦笑する。

「そうです」

八尋は大きく頷いた。

「くっくっく、そうか。だが、周りは驚いているようだぞ」

三影は大股でこちらに歩いてくる。そして目の前までやってくると、八尋を見下ろした。

八尋と三影の身長差は二十センチ近くもある。

「本当に貴様がつくったのか」

「本当です」

「ち、ち、ちが……」

京子が震える声で否定しようとしたが、それを伊藤の声がかき消した。

「そ、そうなんです！　以前は、朝鮮漬なんてつくっていなかったんですが、その新入りが勝手に漬けたんです！」

娘をかばうためか、自身の保身のためか、おそらくはその両方だろうが、伊藤は必死だ。

「棒頭もああ言ってます。朝鮮漬をつくったのは自分です。だから、日本精神とやらは、自分に教えてください」

八尋はやや顎をあげて、三影のことを睨み付けて言った。

三影は背をかがめて八尋と顔を近づけると、にたぁと音が出そうな笑顔を浮かべた。

「そうか。貴様なんだな。哀しいなあ。ああ、なんてやつだ。自分の犯した罪を、あんな小娘に着せようとするとは、皇国臣民の風上にも置けん。望みどおり教えてやる」

三影が警棒を振りかぶった。

そのとき、八尋は背中に冷たいものを感じた。

死の予感——。

これは茶番のはずだ。今日、三影が来ることも、誰かに難癖をつけることも、それを八尋がかばうことも、すべて事前に打ち合わせていた。けれど、三影の全身からは、茶番とは思えない殺気がほとばしっていた。

本気だ。この男は本気で俺を殺すつもりで打ち付けてくる——。

三影は、警棒を振り下ろす。それは空気を切り裂く音を立てながら、八尋の横っ面めがけて飛んでくる。八尋はとっさに腕を上げ、両手を頭の後ろで組むようにして頭部をかばった。

肘を折りたたみがっちり固めて頭を守る腕に、警棒がめり込む。腕ごと首がもがれるんじゃないかというほどの衝撃が走る。どうにか倒れるのだけは堪えると、すぐに反対側からもう一撃が飛んできた。それも腕でどうにか受け止めるが、「ぐぅっ」と、思わず声が漏れた。

両腕が熱く痺れ、足がふらつく。

どうして？

こんなことは打ち合わせになかった。何故、ここまでの暴行を加えられるのか。三影の恨みを買った覚えはない。

三影の手が伸びてきて、上から八尋の髪の毛を摑んだ。

身体を引き寄せられる。三影は耳元で囁いた。

「死ぬなよ。せいぜい任務を果たせ」

次の瞬間、息が止まり、臓物がひっくり返るような衝撃が走った。警棒の柄で、鳩尾を突かれたのだ。

「があぁ……」

三影が髪の毛から手を離すと、八尋はそのまま膝をついた。堪えることができず、ついさっき食べた夕食を吐き出してしまった。饐えた胃液と唐辛子の混じった臭いが鼻をつく。

「吐き出すとは、何事か」

そんな三影の怒鳴り声が聞こえたのと、後頭部に衝撃が走ったのは、ほぼ同時だった。

その刹那、八尋の脳裏には遠い記憶が蘇った。幼い頃、恐ろしい神に出会った日の記憶が

——。

うっすら雪の積もった地面に、二人の男女が倒れている。八尋の父と母だ。二人の流した血が、白い雪に吸い込まれてゆく。

「な……ぜ……」

その二音が、父の最後の言葉だった。

傍らで八尋は、へたり込んでいる。身がすくんでしまい、動けない。

目の前には、神（カムイ）がいた。

その身体は、まるで炎に包まれたかのように紅く、その瞳は冷たい灰色をしていて、何の意志も感じられず、口の中の暗黒に鋭く尖った歯が並んでいる。

ああ、俺はこの神（カムイ）に殺されるのか。

——恐怖と畏怖を覚えながら、八尋は気を失った。

7

覚醒した八尋の意識が最初に捕らえたのは、痛みだった。

頭の後ろに鈍い痛みがある。両腕もじんじんと痺れている。
俺は何をしていたんだっけ。
「うぅ……」
口からはうめき声が漏れた。
「あ、ねえ、起きたの」
女の声がした。
誰の声だろう。
胡乱な頭は、遠い記憶を掘り起こす。
ああ、そうか。
緋紗子さん——。
八尋はその名を呼ぼうと口を開きかけた。
しかし耳に飛び込んできた声は、別人のものだった。
「日崎さん、日崎さんってば」
八尋は思い違いに気づく。
違う、緋紗子じゃない。
ゆっくりと、まぶたを開く。

焦点が合わない視界の中で女が、こちらを覗き込んでいる。まだ若い娘のようだ。色黒で髪は短い。

この娘は……。

そうだ、伊藤組の棒頭の娘、京子だ。俺は大東亜鐵鋼のタコ部屋に潜入していた。それで、三影に殴られて――。

視界の輪郭が定まってくるのにつれて、混乱していた記憶も整理されてゆく。

最初に、胸に浮かんだ思いは、「生きていた」ということだった。三影が放った最後の一撃には、間違いなく殺意が込められていた。

何故、あんなに酷く殴ったのか、三影に問いただしたいが、今は詮無い。奇しくもあのとき三影に言われたように、死ななかったのなら、任務を果たさなければならない。

とりあえず「やあ」と声を出して京子に返事をした。

「よかったぁ」

京子は、胸をなで下ろす。

目だけを動かして、辺りを窺う。いつも寝起きしている下飯台ではなかった。畳敷きの狭い部屋で、布団に寝かせられている。

「ここは？」

「うちなの」

彼女の言う「うち」とは、上飯台のことだろう。入ったのは初めてだ。一般的な木造建築のようで、決して豪華ではないが、畳と布団があるというだけでも、下飯台と比べたら上等だ。

京子が恐縮した様子で口を開いた。

「その……ごめんなさい。あの朝鮮漬、本当は私が漬けたのに。怖くて何も言えなかった。
お父さんも、あんな嘘をついて……」

「いや、いいんだ」

八尋は、手を振りながら、ゆっくりと身を起こす。

「日崎さん、大丈夫？」

京子は、枕元にあったゴム製の袋を手渡してきた。雪を詰めてつくった氷嚢だ。これでずっと冷やしてくれていたようだ。

「ありがとう」

八尋は氷嚢を受け取り、後頭部に当てる。殴られたところに、瘤ができていた。両腕にもくっきり痣が浮かび奥に痛みが燻っている。が、ちゃんと動くので、折れてはいないようだ。

「ううん、お礼を言うのは私の方よ。あのとき日崎さんが、かばってくれなかったら……」

京子は目を潤ませる。八尋への感謝だけでなく、恐怖と安堵も駆け巡っているのだろう。

「気にしないでくれ。それより、俺はどのくらい寝ていたんだ」

「丸一日よ。もうすぐ、仕事を終えて、下飯台にみんなが帰ってくるわ」

「そうか」

思ったより長く眠っていた。疲労が溜まっていたからかもしれない。

「お父さんも、日崎さんにすごく感謝していて、痛みが引くまで、仕事も休んでここにいていいって」

「それはありがたいけど、もう大丈夫みたいだから、明日には戻るよ」

八尋は笑いながら、両腕を振ってみせた。まだ痛みはあるし、本音を言えばしばらく休みたいところだ。が、時間を無駄にしたくなかった。

「あのあと、どうなった？　他に誰か殴られたりはしなかったか」

「ううん、誰も。あの特高刑事は、朝鮮漬を捨てるように言って、すぐ帰ったの」

三影は一応、打ち合わせどおりに行動したようだ。

「そうか。せっかく漬けたのに残念だったな」

京子は唇を嚙む。

「私、くやしい……。私たちは朝鮮人なのに、朝鮮の言葉を喋ることも、朝鮮の食べものを食べることも、禁止されるなんて。お父さんなんて、日本人にペコペコしてばかりで……」

京子の言葉の語尾が揺れ、その両目からは涙がこぼれ出した。

この娘には、明らかに朝鮮人としての民族意識がある。それは、日本人に対して卑屈な態度をとる父親への反発なのかもしれない。

そんな京子の様子を見るうちに、思いついたことがあった。

この娘が、大山を逃がしたということはないだろうか——。

飯場への潜入後、八尋は改めて下飯台を探っているが、秘密の抜け道の類はないように思える。だとしたら、考えられるのは協力者がいて外から鍵を開けてもらったという可能性だ。京子なら、伊藤が保管している鍵をこっそり持ち出せるかもしれない。

人夫たちと馴染み、同情心もあるだろう京子は、頼まれれば協力してしまうんじゃないだろうか。

せっかくだ。少しカマをかけてみるか。

「なあ、キョンジャ」

八尋は朝鮮読みで京子のことを呼んだ。

京子は指で涙を拭(ぬぐ)い顔を上げる。

じっとその顔を見つめた。

「な、何？」

京子は少し顔を赤らめる。

八尋は視線を逸らさず、口を開いた。

「頼みがあるんだけど、聞いてくれるか」

「う、うん。日崎さんのためなら、私、何でもするよ」

ずいぶんと健気なことを言う。

「きみは、夜、こっそり下飯台の鍵を開けることができるか」

「えっ」

京子は驚き目を丸くした。それからしばらく考えるそぶりを見せ、かぶりを振った。

「……無理だよ。鍵は、お父さんが肌身離さず持ってるもの」

「そうか……」

父親の伊藤が鍵を開けたとは思えない。彼やその上の金田は、朝鮮人人夫を見下すことはあっても、同情するような様子はまったくない。

「日崎さん、逃げたいの？」

「そりゃ逃げられるもんなら逃げたいな。でも……、朝鮮漬だけでこんなにされるんだ。逃げたら殺されちまうかもしれないよな」

八尋は少しおどけたように答えた。

京子は浮かない顔で頷く。

「実はね、日崎さんが来る前に、逃げようとして本当に殺されちゃった人がいるんだよ」

大山のことだ。

八尋は驚いた振りをする。

「そんなことがあったのか」

「その人は、ご不浄の窓から逃げたらしいんだけどね」

「便所の窓か」

「うん。あ、前はあったのよ。今は塞がっているけど」

「ああ、あの鉄の板か。でも、あれ、小さくないか。あんなところから人が出られるのか」

「私も変だと思うけど、他には通れるところなんて、どこにもないから……」

「ふうん。けれど、その人は捕まったんだな」

「そう。この飯場からは逃げ出せたんだけど、外で捕まっちゃったの。それで、特高に拷問されて……。そういうことがあったからね、私、日崎さんも殺されてしまったら、どうしようって」

京子の口調は真剣だった。だが、八尋を大山と同じ目に遭わせたくないからこそ、敢えて嘘を言っている可能性もないわけではない。

どちらにしろ、ここで無理に問い詰めない方がいいだろう。今は信頼を得ることが先決だ。そうすれば、もし京子が鍵を開けられるのだとしたら、いずれ自分から本当のことを言ってくるはずだ。

「そうか。逃亡なんて考えない方がよさそうだな。これ以上、殴られるのは勘弁だしな。命あっての物種だ」

八尋は努めて軽い調子で言い、肩をすくめてみせた。

「そ、そうだよ」

京子はどこかほっとしたような顔で相づちを打った。

8

翌日、仕事に復帰すると、八尋はまるで帰還した英雄のように迎えられた。日本語ができる者は「男の中の男だ」「なかなかできるものじゃない」と褒め称え、そうでない者は、尊敬の眼差しを八尋に向けた。飯場では身体を張る男は尊敬されるものだ。女を守るために身体を張ったとなれば、尚更だろう。

また、京子が言っていたように伊藤もいたく感謝しているようで、八尋に対する態度は嘘のように変わった。「おまえこそ、真の日本男児だ！」などという褒め方をし、仕事中も何かと「腕は痛まないか」「疲れたら少し休憩しろよ」と、声をかけられ、「おまえ、しばらく上飯台で寝泊まりしてもいいんだぞ」とも言ってくれた。

が、八尋はそれを固辞し、仕事に精を出した。

伊藤に感謝されるのは悪くないが、ひいきは有難迷惑だ。棒頭にひいきされれば、せっかく集めた人夫たちの敬意を失いかねない。

身体を張ったのは、手っ取り早く人夫たちに慕われ、信用を得るためだ。その点では予定どおり、いや、予定以上の成果があった。三影の過剰な暴力は、結果的にはいい方向に働いてくれたようだ。もっとも、あの男が最初からこれを狙っていたとは思えないが。

「まあ、飲んでくれよ。日崎さん」

復帰した日の夕食時、八尋の隣に座った宮田が、大きな身体をかがめて、酒の入ったコップをよこした。奢ってくれるらしい。

「ありがとう。悪いな」

遠慮せず受け取ると、一気に半分ほどを飲み干した。喉がカアッと灼けるのを感じる。

酒はそんなに好きではないのだが、極力、美味そうに振る舞った。

「はは、いい飲みっぷりだ。俺はさ、前からあんたのこと、ただ者じゃないと思っていたんだよ」

単純に誉めているのだろうが、こういう言い方をされると、何か感づかれたのかとギクリとする。

「俺のどこが、ただ者じゃないんだ」

「だってほら、すごくよく働くだろ」

「それを言ったら、他人より重い荷物を運べるおまえの方がすごいよ」

「いや、俺はただ身体がでかいだけだし、すぐへばっちまうもの。そこいくとあんたは、朝から晩まで疲れを知らないみたいに働くだろ。そこがすげえよ、あんたの体力は全然人並みなんかじゃねえよ」

「そうか、ありがとよ」

「いやあ、あんたは本当に大した男だよ、ヒョン」

「ヒョン？」

一瞬、頭の中で言葉の意味がつながらず、つい訊き返したあと、朝鮮語だと気づいた。

「兄貴って意味だよ。なあ、日崎さん、これからあんたのこと兄貴って呼ばせてくれないか」

「別に構わないよ」

頷くと、宮田は満面に人懐っこい笑みを浮かべた。

「本当かい。嬉しいよ。じゃあ今日から俺は兄貴の弟分だ。あ、俺のことは、ヨンチュンって呼んでくれよ。呂永春（ヨヨンチュン）っていうのが、俺の本当の名前なんだ」

宮田は、朝鮮名を名乗った。

「ああ、わかったよ。ヨンチュン、だな」

名前を呼ぶと、宮田改めヨンチュンは、嬉しそうに頷いた。

「そうさ。なあ、兄貴はなんて言うんだ」

「俺か。俺は……朴勇一（パクヨンイル）だ」

こういうときのために、あらかじめ用意していた朝鮮名を答えた。

「ヨンイルか。兄貴は名前もかっこいいな。うん、勇気がある兄貴にぴったりの名前だよ」

屈託というものをまるで感じさせないヨンチュンの態度に、八尋もつい頬が緩んだ。

「ヨンチュンってのも、いい名前じゃないか」

特に深く考えずそう言ってやると、ヨンチュンは苦笑した。

「そうかい。でも、俺はこの名前、あまり好きじゃないんだよな」

「どうしてだ」

「俺の故郷はさ、平安北道(ピョンアンブクド)の隅っこの、博川(パクチョン)ってとこで、ずっと昔から麦や粟をつくったり蚕を育てたりしてたんだ」

聞きながら八尋は、頭の中にうろ覚えの朝鮮の地図を広げた。平安北道は朝鮮半島の北部に位置し、満州国と国境を接する地域だ。

「二つの川に挟まれた土地でさ。作物はよく育つんだけど、夏は川の水が溢れて洪水が起きるし、冬はここと同じくらい冷え込むんだ。だから、いつまでも穏やかな春が続けばいいって願いを込めて、親父は俺に永春(ヨンチュン)って名前をつけたんだよ」

「なるほどな。で、それのどこが不満なんだ」

「だってさ、俺が故郷で一生百姓やって暮らすと思ってつけた名前なんだぜ。まるで呪いだよ……」

「呪い、か……。故郷は嫌いなのか」

「嫌いってわけじゃないけどさ……。いや、嫌いかもな。だって何もねえもの。本当に何もないんだよ。田んぼと畑ばっかりで、うちも、隣も、その隣も、周りはみんな貧乏な百姓さ。毎日毎日、空を見て天気のことばかり気にしながら、同じことやってるんだ。そんなとこで育った俺が、ガキの頃、唯一の楽しみだったのはさ、学校で校長先生の話を聞くことだったんだよ──」

ちょうどヨンチュンが生まれた頃に、面(ミョン)（村）に学校ができた。校長は、元警察官の日本人だったが、少しも偉ぶるところのない人格者だったという。

──いいですか、きみたちは紛れもない大日本帝国の皇国臣民、天皇陛下の赤子(せきし)なのです。そのために恥ずかしくない教養を身につけなさい。

校長はいつもそんなことを言って、自ら教壇に立ち、子供たちに内地や満州の様子を熱心に話して聞かせ、また、日本語を教えていたという。

皇民化教育の一環だったのだろうが、校長の話はとても面白く、ヨンチュンは野良仕事ばかりさせられる家よりも、学校の方がずっと好きだった。

そして自然とヨンチュンは内地──大日本帝国──にあこがれを抱くようになった。いつか内地に行ってみたいと思った。だから日本語の勉強も、一生懸命したらしい。

それでもこれだけ流暢に日本語を喋れるようになっているのだから、このヨンチュンには語学の才能があったに違いない。

しかし、そんなヨンチュンが家で日本語の勉強をしていると、彼の父は怒り、彼を殴ったという。

──おまえはチョッパリに騙(だま)されてる。チョッパリは俺たちの先祖代々の土地を奪っていったんだぞ。俺たちは民族の誇りを踏みにじられているんだぞ。

ヨンチュンの父は、家ではいつも日本人をチョッパリという蔑称で呼び、悪口ばかりを言っていた。父によれば、邪悪な大日本帝国は、無能な朝鮮の王族と貴族たちを脅し、騙くらかして、半島を手に入れたのだという。

そのくせ父は、外では役人や警察官として赴任している日本人に愛想よくしていた。面従腹背の典型のような人物だった。

ヨンチュンには、そんな父の強い憤りは理解できなかった。

先祖代々の土地とは言うが、ヨンチュンの家は別に地主だったわけじゃない。もし父の言うように、朝鮮の王族や貴族が無能なのだとしたら、日本に統治してもらった方がまだましじゃないのか。

当時のヨンチュンには、何かを奪われたという感覚は乏しかった。むしろ、ヨンチュンにとっての楽しみである学校をつくってくれたのは大日本帝国だ。

父は、それも気にくわないようで、いつもぶつぶつ文句を言ってばかりいた。

——学校なんてもんができて本当に迷惑だ。百姓が字を覚えてどうする。ただ畑を耕せばいいんだ。

ヨンチュンの父は字の読み書きなどできず、しかしそれこそが百姓だと開き直るのだ。

学校で近代化した内地の様子を教わるにつけ、ヨンチュンは頑迷で偏屈な父を恥ずかしく、また疎ましく思うようになった。故郷を出て内地へ行きたいという気持ちは募った。

「そんな親父はさ、俺が十二の夏に、死んじまったんだよ。お袋と一緒にさ、畑仕事の最中に、洪水で流されたんだ」

「そうなのか。……実はな、俺も同じくらいの頃に両親を亡くしているんだ」

「本当かい。兄貴もみなしごなんだね」

「ああ」

八尋は頷いた。これは嘘ではない。実際に八尋の両親は、八尋が十一歳の冬に死んでいる。

「兄貴は、親が死んだとき、悲しかったかい」

「……そうだな。悲しかったよ」

「俺もさ。ずっと目の上のたんこぶみたいに思ってた親父と、親父の言うことばかり聞くお袋だったけどさ、死んじまったら、悲しくて悲しくて仕方なかった。それに、親が死んでも俺の暮らしは何も変わらなくてさ……」

ヨンチュンはかすかに顔をあげて、どこか遠くを見るような目で続けた。

両親の死後、ヨンチュンは同じ面に住む叔父の家に引き取られた。そこでも、それまでと同じように、野良仕事を手伝わされる毎日だったという。

変わったことと言えば、小学校を卒業してからは、学校に通わせてもらえなくなったことと、のちに創氏が施行され、名字が「呂」から「宮田」に変わったくらいのものだった。日本人の役人が「おまえの家は『呂』の字が入っている『宮田』でいいだろう」と、勝手に氏を決めたそうだ。このとき叔父は、役人に「いい名字ですね」と喜ぶ振りをしていながら、あとから涙を流して悔しがり、「人でなしのチョッパリどもに家の歴史も奪われた」と怒っていた。叔父のこういうところは父とよく似ており、ヨンチュンは好きになれなかったという。

「面の外れに橋があったんだけどさ。その橋を走る鉄道はずっと南の、内地行きの船が出る港まで行くんだよ。麦畑からそれを見上げてると、いつもたまらない気持ちになったんだ。置いてけぼりを食らってさ、俺は何処にも行けないまま、この土地で頭の固い百姓になって死んでいくんじゃないかって。親父や叔父さんみたいに……。こんな気持ち、ずっと内地にいた兄貴にはわかんないよな」

「いや、わかる気がするよ……。でも、結局、おまえはこっちに来られたわけだ」

「そうさ」

転機になったのは、大東亜戦争の開戦に伴う、大日本帝国政府の方針転換だったという。役人が人手不足に陥った内地で働く若者を募るようになり、ヨンチュンはこれに応募したそうだ。

「叔父さんたちは働き手が減るって嫌がってたけどね。申し出ちゃえば、こっちのもんだったよ。お国のために働こうってやつを、止めるのなんて許されないもの。腹ん中じゃどう思ってたか知らないけど、『しっかり働けよ』って送り出してくれたよ」

故郷を発つ日、同じように内地へ渡ることになった若者たちと一緒に、ヨンチュンは鉄道に乗り込んだ。

走り出した列車が川を渡る鉄橋に差し掛かったとき、眼下に広がる麦畑の中に、小さな人影をヨンチュンは見た。あっという間に遠ざかり、はっきりと姿はわからなかった。それが死んだ父のように見えたという。

このときヨンチュンは、自分がそうしていたように、父もこの鉄橋を見上げていたんじゃないかと思ったそうだ。

涙腺が緩むのを感じるとともに、胸に誓ったという。

内地に行ったら、でかい家を建てるんだ。大金を稼いで、親父が奪われたって思っているより広い土地を、日本人から買って、そこにでかくて豪華な家を建ててやるんだ——。

その縁（よすが）は、役人の言葉だった。

——内地での仕事なんて、畑仕事に比べれば全然楽さ。それでいて給料はすごくいいからな。大きな家を建てるくらいの金が、すぐに稼げるぞ。内地には遊ぶところもたくさんあるしな。

募集に応えたヨンチュンに、面役場の役人はえびす顔でそんなことを言ったという。

「——まあでも、そんなの全部嘘っぱちだった。俺はもうここで三年近く働いてるけど、遊ぶどころか、町に出たことすらほとんどないよ」

実際に内地にやってきたヨンチュンを待っていたのは、タコ部屋での監禁生活と、家畜のように扱われる重労働だった。朝鮮で働くよりも給料がいいのは事実だったが、あれこれ天引きされ、手元にはほとんど残らない。おまけに二年間の年季で働く約束だったはずが、人手不足を理由に無期限延長され、いつになったら解放されるのかも、わからなくなった。

これはヨンチュンに限ったことではない。内地で働く朝鮮人人夫は、多かれ少なかれ甘言を聞いてやってきている。徴用がはじまってからは、希望していなくとも、農作業中、突然やってきた役人に無理矢理車に押し込まれ、連れて来られたという者もいる。

八尋は相づちを打つ。

「そこは内地にいた俺も一緒だな。『北海道の工場なら楽に稼げる』って聞かされて、ここに連れてこられたんだ。こんなきついなんて聞いてなかったぜ」

「そうか兄貴もかい。でもな、俺が一番、話が違うって思ったのは、仕事のことじゃないんだ」

「結局、俺たちは皇国臣民にはなれないってことだよ。日本語を喋れるようになって、日本風の名前になって、お国のために働いてもさ、日本人は俺たちを蔑むんだ。同じ仕事をしてても、給料は俺たちの方がずいぶん安いし、日本人は寮で生活してるのに、俺たちはタコ部屋に押し込まれる。警察だって、俺たちを特別に警戒しているだろ」

まさか目の前にいる男こそが、その朝鮮人を特別に警戒する警察官だとは、夢にも思わないのだろう。

「そうだよな」

八尋は何食わぬ顔で、同意してみせた。

「俺がガキの頃に憧れていた大日本帝国なんて、どこにもなかったよ」

「嫌いな故郷へ、帰りたいのか」

尋ねてみると、ヨンチュンは少し考えたあと、かぶりを振った。

「いや、帰らねえよ。俺は百姓になりたいわけじゃないもの。いつかこの飯場を出て、もっと稼ぎのいい仕事をしてさ。でかい家を建てるのさ」

そしてヨンチュンは、邪気のない笑顔を見せた。

9

以来、ずいぶんと懐かれたもので、ヨンチュンは何をするにも、八尋のあとをついて回るようになった。飯のときも、眠るときも、八尋の隣に陣取り、「兄貴」「兄貴」と話しかけてくる。

話すのはいつも、他愛のないことばかりだ。

「なあ、兄貴、兄貴はどんな女が好みなんだい？　実は俺、キョンジャみたいな子が好きなんだ」「でもキョンジャのやつ、たぶん兄貴に惚れてるよな。他の奴だったら許せないけど、兄貴だったら、俺もあきらめられるよ」「兄貴、気づいたかい、今日は珍しく星が見えるよ」「兄貴、今夜は寒すぎるな。もっと近づいてくれよ」

弟というより犬だな――。

気の好いヨンチュンは飯場ではなかなかの人気者で、彼といると自然と周りに人が集まってきた。そのうちに他の人夫たちも、八尋のことを兄貴と呼ぶようになった。彼らの大半は年上なので妙な気がしたが、慕われるのは悪いことではないだろう。

人夫たちと話をする中で、八尋は「こんな仕事とは思わなかった」「騙された」「外に出たい」といった愚痴を漏らした。

これは餌だ。

大山の逃走経路を知っている人夫がいるとすれば、食いついてくるかもしれない。

こうして任務の一環として架空の自分を演じ続けるうちに、八尋は奇妙な錯覚を抱くようになった。自分が本当にパクヨンイルという朝鮮名を持つ朝鮮人で、騙されてこの飯場に連れて来られ、ヨンチュンをはじめとする人夫たちと親しくなったような、錯覚を。

その中で、八尋は理解した。

劣悪と言っていいこの生活の中にも、些細な楽しみや喜びがあるということを。しかし、それを塗りつぶしてあまりあるほどの絶望が――このまま死ぬまでここで働かされるのではないかという絶望が――根底に張り付いているということを。

――昭和十九年（一九四四年）十二月二十五日。

年の瀬も近づいてきたある夜。消灯後の寝入りばな、誰かに背中をつつかれた。

「兄貴、兄貴、起きてるかい」

潜めた声は、ヨンチュンのそれだった。

「ん、ああ」

心地よい眠気に気を惹かれつつ、八尋は目を閉じたまま声だけで答えた。

「悪いんだけど、便所、付き合ってくれよ」

「便所？」

付き合うも何も、下飯台の便所は独りで入る個室だ。

ヨンチュンは声を更に潜めて言った。

「兄貴にだけしたい、話があるんだ。頼むよ、来てくれ」

ヨンチュンが立ち上がる気配がした。

目を開き、横になったまま首を向ける。最初は暗闇ばかりで何も見えなかったが、次第に暗がりの中、眠る人夫たちを踏んでしまわないように便所に向かうヨンチュンの巨体が見えた。彼はこちらを一瞥し、「おいで」と合図するように掌を振ってから、便所に入った。

俺にだけしたい話――。

はっきりしてきた頭に、予感がよぎった。

八尋はおもむろに立ち上がると、ヨンチュンのあとを追い、便所に入っていった。

狭い便所に身体の大きなヨンチュンと二人で入ると、半ば身体を密着させるような形で向かい合うよりなかった。

「悪いね、兄貴、他の連中に聞かれたくない大事な話があってさ」

ヨンチュンの顔は、息がかかるほどに近い。ただし向こうの頭の位置はだいぶ高いので、こちらからは仰ぎ見るかたちになる。

「何だ、話って」

「兄貴は、この飯場から逃げたいって思ってるよな」

ヨンチュンはこちらの質問に質問を返してきた。

「……そりゃ、逃げられるもんなら逃げたいな」

以前、京子に訊かれたときと同じ答えを返した。

すると、ヨンチュンは意を決したように口を開く。

「じゃあ、一緒に逃げないか」

予感があったとはいえ、思わず息を呑んだのは演技ではなかった。

まさか、こいつが……。

「逃げるって、そんなことできるのか」

八尋は手が汗ばむのを自覚しつつ尋ねた。

「うん。実はね、兄貴が来る前に、イさんって人が、この飯場から逃げたんだよ」

ヨンチュンの口からは、八尋がこの飯場に潜入する原因をつくった男の名が出た。李というのが、大山の朝鮮名だ。

「そこの窓から逃げたって人か」

八尋は首を小窓を塞ぐ鉄板の方に向けた。

「兄貴、知ってるの」

「ああ、前にキョンジャから聞いたよ」

「そうか。だったら話が早いよ。ここの窓が開いていたのは目くらましさ。イさんは、本当は別のところから逃げたんだよ――」

逃亡の晩、いつものように熟睡していたヨンチュンは、イこと大山にゆすり起こされたという。

寝ぼけ眼を開いたヨンチュンの顔を覗き込み、大山は告げた。

――おい、ヨンチュン、俺はこれから、逃げるからな。

いきなりのことに、驚きの声をあげようとしたヨンチュンの口を塞ぎ、大山は続けた。

――おまえには世話になったからな。逃げ道、教えてやるよ。もしいつか、おまえがその気になったら、使ってくれ。

そして、逃走経路をヨンチュンに伝えたという。

「――俺は別に、イさんの世話なんてしてないけど、仲はよかったんだ。イさんには俺と同じくらいの息子がいるとかでさ、俺を見てると故郷を思い出すなんてよく言ってたよ。たぶん、そのよしみで教えてくれたんだと思う」

やっぱり、大山は逃走経路を他の人夫に伝えていたのだ。

それがヨンチュンだったことには、さほどの驚きはなかった。逃亡を決めた大山が、この人懐っこい男に餞別を渡したくなった気持ちは、わかる気がする。

「その逃げ道ってのは、一体、どこにあるんだ」

「それは……、兄貴も一緒に逃げるって、約束してくれたら教えるよ」

すぐにでも聞き出したいところだが、八尋は少し考えるそぶりを見せた。

「でも、そのイって人は、結局捕まっちまったんだろ。それで、殺されたって聞いたぜ」

ヨンチュンが顔をしかめるのがわかった。

「イさんは、たぶん飯場から逃げたあとのことを考えてなかったんだよ。だから、結局、追っ手に捕まっちまったんだ。そんなことになるなら、もっと前から俺に言って相談してくれりゃよかったんだ」

「おまえには、考えがあるっていうのか」

「あるよ。イさんは海岸を逃げて逮捕されたらしい。それじゃ駄目なんだ。海岸は追っ手も警戒しているところだから、簡単に捕まっちまうんだよ」

そのとおりだ。あの日、警察は室蘭の東西に延びる海岸線に、大量の人員を配置した。

「海岸を逃げないってことは……山か」

海岸線を進まず、室蘭から脱出するとしたら、北側にそびえる山、室蘭岳を越えてゆくしかない。

「そうだよ。山側は海側ほど、いや、ほとんど警戒されていないはずさ」

「確かに、そうかもしれないが……」

事実、あの日、室蘭岳に配置された人員は、ほんのわずかしかいなかった。しかし、それには理由がある。

「でも、山越えは自殺行為じゃないか。向こうはろくに町もないし、ここらと違って雪も多い。追っ手に捕まらなくても、のたれ死ぬのがオチじゃないのか」

室蘭岳は千メートルに満たないなだらかな低山だ。人夫の軽装でもどうにか登れるかもしれない。しかし、室蘭岳を越えた先にも山地は続く。しかもそこは、この季節は雪に閉ざされる豪雪地帯だ。

「だからだよ。誰だってこの時期、山へ向かうのは危ないって思う。だからこそ、敢えて行くんだ。逃げ切るには、そうするしかない」

なるほど、とは思う。

追っ手から逃げ切るには、それしかないのかもしれない。もし生きて山地を抜けることができたら、広い北海道のどこに逃げたかは、まったくわからなくなるだろう。

だが、それは楽観というものだ。薄い作業着と地下足袋で山地を踏破するのは、まず不可能だろう。

「博打、だな」

「そうだよ。これは博打さ。でも、ここで働かされながら死ぬのを待つくらいなら、俺は賭けてみたいんだ。どうだい、一口乗ってくれないか。俺、兄貴となら、絶対にこの博打に勝てると思うんだ」

「もし、俺が乗らなかったら、どうする」

ヨンチュンは少し顔を曇らせたあと、屹然と言った。

「独りでも行くよ」

ヨンチュンの顔つきからは、強い意志と希望が読み取れた。それはきっと、この飯場に沈澱する絶望の裏返しだ。

しかしこの男は、北海道の室蘭以外の土地は、地図でしか知らないのだろう。内陸に降る雪の凄まじさを、人が埋まるほどの雪の中を彷徨うことがどういうことかを、理解していないのだ。だからこそ、思いつく博打だ。

馬鹿げてる——という、本心を呑み込み、八尋は首を縦に振った。

「他ならぬ弟分を、独りで行かせるわけにはいかないな。乗るよ」

「兄貴なら、きっとそう言ってくれると思ったよ」

ヨンチュンは破顔した。

「こうなったら一蓮托生だ。隠し事はなしだぜ。どうやって、下飯台から出るんだ」

「それはね……。実は、キョンジャのお陰なんだ」

ヨンチュンは不敵な笑みを浮かべた。

10

——昭和十九年（一九四四年）十二月三十一日。

逃亡は、大晦日の夜に決行することになった。

国家の存亡をかけた戦争が佳境を迎えようとしている中、軍需工場やその配下の飯場には、盆も正月もない。ごく一部、工場の幹部の中に正月休みを取る者はいるようだが、人夫たちは、休めるわけもない。また、朝鮮人の多くは未だ旧暦で暦を数える。ゆえに飯場も、明日が正月という雰囲気ではなかった。

いつもと変わらぬ一日が過ぎ、消灯してから、八尋とヨンチュンは隣り合って横になった。

それから数時間、昼間の仕事で疲れ切った身体が眠りたがるのを堪え、周りが寝静まるのを待った。ヨンチュンとは互いに相手の様子を窺い、寝入りそうなら身体のどこかをつねり、起こすということになっていた。

ヨンチュンに二度つねられ、逆に八尋がヨンチュンを四度つねったあと、二人はゆっくり身を起こした。人夫たちはみな泥という形容がぴったりくるほど、ぐっすりと寝入っている。暗がりの静寂に、鼾だけが谺していた。

床に敷いた筵の下のモルタルから、ひんやりとした冷気が立ちのぼってくるのがわかる。

時刻はおそらく、午前一時か二時。もう日付は変わり、昭和二十年になっているに違いない。

八尋とヨンチュンは足音を立てないように、床を進む。途中、ヨンチュンが天井から吊ってある燭台の下で立ち止まり、背伸びをして手を伸ばした。手探りで、燭台から蠟燭を二本外す。その間に、八尋は炊事場へ向かい、マッチを取ってくる。これらが、これから開く逃げ道の「鍵」になるのだ。

二人が向かったのは、出入り口ではなく、鉄格子が嵌まった窓だった。

窓の前で互いに蠟燭を一本ずつ持つと、マッチを擦って火を点けた。

マッチに含まれる硫黄が焦げるツンとした臭いとともに、暗がりに、橙色の炎が二つ浮かび上がる。

背の高いヨンチュンは立ったまま、八尋はしゃがみ、窓に嵌まっている鉄格子の、端から二番目と三番目の二本の付け根を蠟燭の火で炙った。すると、焦げ臭さが立ちのぼり、やがて鉄格子の付け根が溶け出し、どろりとした液体が滴りはじめた。

実は、この二本の鉄格子は付け根から折れている。それを松脂と蠟で固めているのだ。見た目ではまったくわからないし、手で引っ張ったくらいではびくともしないが、こうして火で炙れば溶けて外すことができる。

警察が見つけられなかった「秘密の抜け道」は、存在したのだ。ヤスリ一つない下飯台で、鉄格子を切ったり折ったりできるわけがないと思っていたがゆえの、盲点だった。

キョンジャのお陰――と、聞かされたときは、やはりあの娘が手引きをしているのだと思ったが、そうではなかった。彼女自身が、逃亡に関与していたわけではない。

朝鮮漬だ。

人夫たちのために、京子が塩を多めにして漬けたという朝鮮漬。大山は、炊事場にあるその漬け汁を、毎日根気よく、鉄格子の付け根に塗り続けた。一日二日でどうこうなるわけではないが、数ヶ月も続けると、漬け汁の塩分で鉄が腐食してゆき、鉄格子は手で折れるようになったという。

こんな手があったのかと、妙な感心をすると同時に、八尋にはふと思ったことがあった。

網走刑務所から脱獄した白鳥由栄も、似たような手を使ったのではないか。白鳥は、力尽くで鉄製の手錠と鉄格子を破壊したとされているが、それぞれ腐食しており壊れやすくなっていたらしい。白鳥もこうして計画的に鉄を腐食させていたのかもしれない。刑務所で食事として出される味噌汁にも塩分が含まれている。真相は逃亡中の白鳥が再逮捕されるまではわからないだろうが。

二本の鉄格子が外れると、そこには大柄なヨンチュンでもぎりぎり外に出られそうな隙間ができた。

「へへ、やったな、兄貴」

潜めた声でヨンチュンがそう言って、窓に手をかけた。鈍い音を立てて窓が開く。密室の下飯台からの出口が、今、開いた。

そのときだ。

「すまんな」

八尋が、つぶやくように詫びたのは、ほとんど無意識だった。

「え」

ヨンチュンがこちらを振り向くのと同時に、開いた窓の向こうから、冷たい風と光が飛び込んできた。一瞬、目がくらむ。

無論、この光は初日の出ではない。

「え、えっ？」

ヨンチュンは驚いて、再び窓の方を向いた。

くらんだ視界の中に、カンテラを手にした数人の男たちの姿が見えた。警官隊だ。その先頭には、この潜入計画を立案した室蘭署の能代と、先日この飯場にやってきた特高刑事、三影が立っていた。〝協力者〟である金田の姿もある。

ヨンチュンから逃亡計画を聞いた翌日、八尋は視察に来た金田に「伝達あり」の符丁を送り、すべてを伝えていた。

「宮田永春（みやたながはる）！」

八尋はヨンチュンを日本名で呼び、後ろから窓に押しつけるようにして、取り押さえた。

「貴様を治安維持法違反の容疑で逮捕する！」

「え、兄貴？　どういうことだよ！」

ヨンチュンは、何が起きたのかわからぬ様子で混乱している。

「おまえが兄貴と呼んでいる、パクヨンイルという朝鮮人はいないんだよ」

八尋は静かに告げた。

ヨンチュンが首を回し、肩越しにこちらを見る。その顔は青ざめている。

「俺はな、特高の刑事なんだ」

ヨンチュンの目が見開かれたのがわかった。

「う、嘘だろ……」

「嘘じゃない」

「兄貴、だ、騙したのか？」

「おまえが、騙されたんだ」

「ああああああ！」

ヨンチュンは絶叫すると大きく身をよじらせて、八尋を振り払おうとした。

凄まじい力で、吹っ飛ばされそうになる。が、動きそのものは素人だ。

八尋は一度力をゆるめ、ヨンチュンを押さえつけていた手をわざと離した。突然の解放にヨンチュンの身体が泳ぐ。そこですかさず、再び袖を手に取り、力の流れに逆らわず引っ張りながら、足をかけた。

絶妙の間合いで足払いが決まり、ヨンチュンの巨体は飛び跳ねたように宙に浮く。

一拍遅れ、ドンという鈍い音とともに、ヨンチュンは背中から床に落ちた。八尋はそのままヨンチュンの上から覆い被さり、袈裟固めの要領で、抑え込んだ。逮捕術の最も基本的な動きの一つだ。

「ちくしょう！　ちくしょう！　ちくしょう！」

ヨンチュンはわめき声をあげて身をよじる。その両目からは、大粒の涙が流れていた。八尋の身体は何度も浮きかけたが、完璧に決まった袈裟固めは、力だけでは外れない。

「信じてたんだぞ！　本当の兄貴みたいに思っていたんだぞ！」

「そうか。見る目がなかったな」

「ふざけるな！　許さねえ！」

激昂したヨンチュンは更に力を込めて暴れる。八尋は冷静に力を受け流し抑え込み続ける。気づくと、下飯台の中の人夫たちはみな起きていて、呆然とした様子で事態を眺めていた。彼らもまた、何が起きたのか理解できないのだろう。

突如、肩口に痛みが走った。ヨンチュンに嚙みつかれたのだ。思わず、手を離しそうになったが、どうにか堪える。

物音が響き、出入り口から警官隊が突入してきた。

「こっちです！　早く！」

八尋は叫ぶ。

数名が駆けてきて、ヨンチュンに取りつき、八尋から引き離した。そのとき、鋭い痛みとともにガリッと音がして、嚙みつかれていた肩の肉が裂けたのがわかった。

ヨンチュンは四人がかりで拘束され、連行されてゆく。

八尋は立ち上がり、肩に手を当てた。ぬるっとした液体で湿っている。ヨンチュンのよだれなのか、自分の血なのかは判然としない。

「てめえ、ぶっ殺してやる！　絶対だ。絶対におまえを、ぶっ殺してやる！」

連行されながらヨンチュンは、こちらに首を向け、泣きながら叫び続ける。まだ幼さの残るその顔からは、怒りよりも悲しみが強く伝わってきた。

八尋は目を逸らさず、警官たちに曳かれてゆくヨンチュンを見つめていた。

「あ、あの……兄貴？」

人夫の中の一人が、声をかけてきた。

見ると、人夫たちはみな、茫然自失の体だ。

金田が人夫たちに野太い声を張り上げた。

「詳しいことは、明日、棒頭から説明させるが、宮田は、卑怯にも脱走を試みていたため、逮捕された。こちらの日崎巡査は、貴様らの中に潜む不逞の輩をあぶり出すために潜入していた特高刑事である」

人夫たちは驚き、互いに顔を見合わせた。

「そういうことだ」

言って、八尋は肩をすくめた。

金田に促され、八尋は下飯台の外へ出てゆく。

冷たい夜気が身体を刺す。ふと見上げると、紅く染まった夜空に、わずかに欠けた月がぼんやり浮かんでいた。

能代と三影に迎えられる。

「ご苦労さん。ようやってくれた」

能代が声をかけてくれたが、三影の方は冷たい目で睨み付けてくる。

あの茶番にしては過剰な暴力を思い出す。

「おい、何だ、仏頂面して」

能代が三影を小突いた。三影もまた能代の教え子である。

三影は鼻を鳴らし「上手くやったようだな」とだけ、吐き捨てた。その言葉にはねぎらいの響きはない。むしろ軽蔑すら感じられた。

どうやら、この男に敵意を向けられているのは間違いないらしい。

先輩刑事であっても、これまで三影とは接点はほとんどなく、怒らせるようなことをした覚えはない。

しかし、心当たりが皆無というわけではなかった。

「あ、あの……」

出入り口のところに控えていた棒頭の伊藤が、青ざめた顔で声をかけてきた。

「も、申しわけありませんでした。知らぬ事とはいえ、ひ、日崎、巡査に、た、大変な、ご無礼を働いてしまいました。な、何とお詫び申し上げればいいのか……」

おそらく、今夜になってようやく八尋の正体を知らされたのだろう。伊藤は震えながら深々と頭を下げている。

「気にしないでください。他の人夫たちと同じように接してもらえるよう、敢えて棒頭には黙っておいたのです。こちらこそ、騙すようなかたちになってしまい、すみませんでした」

金田も苦笑しながら、伊藤に言った。

「日崎巡査もこう言っている。気にするな。これで一件落着だ。伊藤、そのうちおまえにも、美味いものを食わしてやるよ」

懸案事項だった大山の逃走経路が明らかになり、金田は上機嫌のようだ。

「もったいないです。ありがとうございます」

伊藤は顔を上げずに、答えた。

「ふん、謝ることなどないぞ」

割って入って来たのは、三影だった。

「え」と、伊藤は顔をあげる。

「この男は、土人だ。貴様と同じ新附の民だ。純粋な大和人ではない」

新附の民とは、大和人以外の異民族のことだ。明治維新以降、近代化した大日本帝国が開拓と植民により版図を拡大してゆく中で、朝鮮人をはじめ多くの異民族が新しく臣民として加わったため、そう呼ばれる。

やっぱり、そうか。この男は俺の出自を知り、それで――。

八尋は三影のことを睨み付けた。

「どうした。本当のことだろうが」

「はい。そんな自分でも、三影警部補の尻ぬぐいをできたことを光栄に思います」

八尋は背筋を伸ばして、慇懃（いんぎん）に言った。

三影の笑顔が一瞬にして引きつるのがわかった。

「貴様ぁ」

「どうされましたか。本当のことです」

言い返してやった。

元はと言えば、この男が大山を拷問死させたことで、話がややこしくなったのだ。この潜入任務は尻ぬぐい以外の何ものでもない。

「おい、おめら、いい加減にせっ」

能代が一喝した。

「吐いた言葉は呑み込めないぞ。俺にそんな口を利いたこと、よく覚えておけ」

捨て台詞を吐いて三影は暗がりに消えてゆく。

その背中を見送りながら、早くも八尋は後悔していた。

つい余計なことを言ってしまった。おそらく火に油を注ぐことになったのだろう。この先が思いやられる。ヨンチュンを逮捕して、気が昂ぶっていたのかもしれない。

「申し訳ありません」

能代が傍らにいた金田に頭を下げた。

金田も純粋な大和人ではない。しかし彼は軍の将校、それも少佐。本来ならこの場で最も敬われる立場だ。三影の発言は明らかに失言だった。

「いえ、気にせずに……。それより、日崎巡査は、アイヌのご出身なのですか」

金田が尋ねた。三影の「土人」という物言いでわかったのだろう。

「はい。母が、アイヌでした」八尋は頷き、自身に言い聞かせるように付け足した。「しかし、自分は皇国臣民です」

北海道の先住民であるアイヌもまた、新附の民である。明治政府がこの北の大地を「蝦夷地」から「北海道」と改め正式な領土としたのち、大日本帝国の臣民として戸籍にも記載されるようになった。

不意に、ヨンチュンが言っていた言葉が頭をよぎった。

——結局、俺たちは皇国臣民にはなれないってことだよ。

金田と、その傍らで呆けた顔をして立っている伊藤の姿が目に入った。

日本人の名を名乗り、日本語を喋る、異民族。

俺と彼らは変わらないのかもしれない——。

11

臭いが、立ちこめている。

垂れ流しになった糞便の酷い悪臭がする。

声が、聞こえる。

うめき声だ。

幾人もの男たちが、倒れ、のたうっている。亡者のように。

腹が、減った。

もう何日もまともな飯を食っていない。食欲などとうに失せているのに、飢餓感は四六時中苛んでくる。

みなガリガリに痩せ細り、その周りをブンブンと音を立てて羽虫が飛び回る。火傷で顔を爛れさせた者や、手足がちぎれた者もいる。濁った目をして身体中を蛆にたかられている者は、ぴくりとも動かない。

「死にたくねえ……」

誰かがうわごとを漏らしている。

「おっ母、おら、死にたくねえよ……」

その場にいない母を呼んでいる。

「うるせえ！　兵隊が命を惜しむんじゃ……ね……え……」

誰かが怒鳴る。だが、その誰かも息絶え絶えのようで、語尾は弱々しくしぼんでゆく。

何なんだ、これは？

何なんだ、ここは？

その男——スルクは、眼前の光景に愕然とする。

ここは地獄、だろうか。

否、違う。

ここは、地獄ではない。南方の島の野戦病院だ。薬も食糧もほとんどなく、傷病者をただまとめて寝かせておくだけの場所を、病院と言っていいのであれば、だが。

故郷の北海道には、もう足が埋まるほどの雪が積もっている時期だろうが、この島ときたら、何ヶ月経っても夏のまま。それも、猛暑と酷寒が同居する無慈悲の夏だ。一日の気温差があまりに大きく、昼はうだるように暑く熱射病で倒れる者が出るくらいなのに、夜は北国の冬よりも寒く感じられる。寝ている間に凍え死ぬ者もいる。

倒れうめき声を上げている者たちは、お国のために命を捧げんと、この島にやってきた皇軍兵士たちだ。

スルクも、そうだった。

死はもとより覚悟の上、だったはずだ。

しかし万歳三唱を受けて送り出されたとき、この阿鼻叫喚を想像しただろうか。立派に死んでくると誓ったとき、こんな死を想像しただろうか。

この島には、出征前に想像したような英雄的な死はなかった。

誰もがここに来てはじめて気づくのだろう、捨て石になるとはこういうことか、と。

「なあ、あんた立つことはできるか」

声をかけられた。

少し前に援軍としてやってきた隊の男だ。足に包帯をまかれ、すぐ隣で寝転んでいる。

「ああ、何とか……」

スルクは答えた。赤痢に罹り何日も下痢と高熱に悩まされたが、峠を越してくれたようだ。まだ朦朧としているが、どうにか立ち上がるくらいはできそうだ。

「そりゃ、羨ましいな。あんたはまだひと月は生きられる。俺は座るのがやっとだから、あと三週間で駄目らしい」

男は言った。

島で広まっている余命判断だ。

立つことのできる者はひと月、身体を起こして座れる者は三週間、寝たきりの者は一週間、寝たまま小便を垂れ流すようになると三日、もの言わなくなったら二日、まばたきしなくなったら、明日。

と、そのときだ、叫び声がした。

「敵襲！　敵襲！　守備隊は配置につけ。動ける者は至急、退避せよ！」

くそ――。

スルクは立ち上がった。そして傍らの男に手を伸ばした。

「立て。生きて、故郷に帰んだろ」

男はスルクの手を取り、立ち上がった。

「立てたじゃねえか……」

「はは、俺もあとひと月は生きられるらしい」

男はかすかに微笑んだ。

スルクは男に肩を貸し、逃げ出した。足がもつれる。病で身体が弱っている上に、回復に必要な滋養もとれていない。おまけに、肩を貸している男は、片方の足をほとんど動かせない。とても走ることなどできない。二人でよろよろと、歩いてゆく。

それでも歩けるだけましだ。横たわったままの者や、身を起こせても動けずへたり込んでいる者も多くいる。彼らはここに置き去りにするよりない。

守備隊の兵士が、動けなくとも意識のある者には手榴弾を渡している。生きて虜囚の辱めを受けることなきよう、可能であれば敵を巻き添えにして自決せよ、と。

「あうわああ、ぎゃがえああっ」

背後から誰かの奇声が聞こえた。

「こら、やめろ、やめんか」

恐怖と絶望で正気を失った者が、暴れているのだろう。ほどなくしてタン、という銃声が響き、奇声は止んだ。

それを振り向きもせず、スルクと男は足を動かす。前方に見えるジャングルを目指して。とにかくあそこに逃げ込むんだ。

スルクは改めて思った。

ああ、やっぱりここは、地獄だ——。

口から叫び声が漏れる。

目覚めると、地獄のような光景と悪臭は消えていた。代わりに、甘やかな匂いと、柔らかな肉の感触がした。

「大丈夫?」

女の声だ。

そこはもうあの島ではなかった。

スルクは薄い布団の中で、女に抱きすくめられていた。

「ああ……」

スルクはうめき声で相づちを打つ。

そうだ。俺は帰ってきた。あの地獄から。

「また、怖い夢を見たのね」

スルクは幼子のように、女の乳房をまさぐり、乳首を口に含む。女は「あっ」と小さな声をあげる。口の中を乳首が転がるその感触に、少しだけ気持ちが落ち着いてくる。

スルクはそのまま舌をゆっくり、胸元、首筋、顎と這わせてゆき、女の口を吸った。

「んっ」と、艶めかしい声をあげ、女はスルクを受け入れる。舌と舌が、ねっとりと絡まる。

女はスルクの背に腕を回し、その指を背中と腕に這わせる。そして耳元で囁いた。

「ねえ、あなた、聞いて。私の馴染み客の将校がね――」

女の話を聞くうちにスルクは、己を包み込んでいた気怠い官能がほどけ、胸の奥に火が灯るのを感じた。

憤怒の火だ。

あの島で植え付けられた火種は、すべてを焼き尽くさんとする灼熱となり、スルクの身を焦がしていた。

第一章　毒刃

1

――昭和二十年（一九四五年）一月二十八日。

「少佐、見ておくれやす。お月さんがよう見えますで」

芸妓の菊乃が少女のように笑った。その口から艶めかしい京言葉とともに漏れる息は、真っ白だ。

帝国陸軍少佐、金田行雄は空を見上げた。

紅く灼けた夜空に、ぼんやりとした白い光を放つ真円が浮かんでいる。

満月だ。

その真下には、こんもりとした丘陵地の影が浮かび、何とも不思議な景色をつくりだしていた。

「きれいやわあ」

菊乃がうっとりと言う。他のどこにもないような風景には、確かに独特の美しさがあった。

「ああ、きれいだな」

金田が言った「きれい」は月だけではなく、この菊乃に向けたものでもあった。きめ細かな白い肌に、はっきりとした目鼻立ち。二重の瞳は、いつもかすかに濡れていて、何とも言えない官能を湛えている。何度も床をともにしているというのに、見るたび胸が高鳴ってしまう。

「おっと」

声がして振り向くと、後ろからついてきている男が、顔を真っ赤にしてふらついていた。伊藤博。飯場の棒頭をしている男だ。

現在、金田はここ室蘭で御三家と称される軍需工場の一つ、大東亜鐵鋼『愛国第３０８工場』で朝鮮人人夫を統括している。配下の朝鮮人飯場を仕切る伊藤は、いわば部下の一人だ。

「何だ、伊藤、ふらふらじゃないか」

「うへへ、すみません。よ、酔っぱらっちまって」

「あのくらいで、だらしないやつだ」

言いつつ、金田は自分もかなり酔っていることを自覚していた。

「いやあ、あんないい酒は飲みつけないもので……」

伊藤は大きなくしゃみをした。

「堪忍どす。お寒いでっしゃろ。うちが外に出ようなんて言うたから。すぐ戻りましょ」

菊乃が伊藤を気遣う。

「い、いいえ。だ、大丈夫です」

「少佐は、お寒くありしませんか」

「ああ、何ともない。乙なものだ」

金田たちが歩いているのは、室蘭港の西側に広がる幕西（まくにし）遊郭の路地だ。

三人は、ついさっきまで室蘭一の高級料亭として知られる『青木屋』の座敷で遊んでいた。混ぜ物のない真っ白い銀シャリや、旬の魚を使った豪華な魚介料理に舌鼓を打ち、巷では滅多に見かけなくなった上等な清酒をしこたま飲んだ。

そんな宴の最中、今夜は満月なので表で月を見たいと菊乃が言い、一度座敷から出て散歩している次第である。

乙なものだと強がってみたものの、真冬の夜だ。暖かい座敷に比べると、外の空気は身に突き刺さるほど冷たい。まあ、ごく短い間なら、酔い覚ましにはちょうどいいかもしれないが。

「それにしても、ありがとうございます。俺みたいなもんに、こんな贅沢させてくださって」

伊藤がそんなことを言う。

金田と伊藤は、ともに朝鮮人だ。料亭の座敷で遊ぶなど、普通の朝鮮人には、いや、当節はちょっとやそっとの日本人でさえ、味わうことのできない贅沢だ。

もうずいぶん前から市井には「贅沢は敵だ」や「欲しがりません勝つまでは」といったスローガンが飛び交い、ここ北海道でも庶民の食卓は倹しくなっている。米の配給量は減らされ、芋や粟や稗、果てはどんぐり粉などで主食を代替するようになった。

去年からは、高級享楽禁止および奢侈品（贅沢品）規制の政令が施行され、飲食店での女性による接待は原則禁止、朝食は一円、昼食は二円五十銭、夕食でも五円を超える料理を売ってはいけないことになっている。かつては軍需工場で働く男たちの癒しの場であったここ幕西遊郭も、全面的な営業停止に追い込まれた。その後、いくつかの妓楼や料亭を軍が接収し、宿舎や将校慰安所として利用するようになった。

つまり、今、この色街で遊べるのは軍人、中でも将校の地位にある者とその連れだけである。

伊藤はたまたま金田と同じ全州の出身者ということもあり、特に目をかけてやっていた。

過日、この伊藤が仕切る飯場に特高刑事が潜入し、脱走を企てていた人夫を逮捕した。伊藤は特に逮捕に貢献したわけでもないのだが、そのねぎらいとして、遊郭に連れてきてやったのだ。

「これからも、しっかり頼むぞ。人夫だけでなく、娘もきっちり教育しろよ」

「ええ、それはもちろん。娘にはもう、飯場の手伝いも止めさせました。これからは人夫にも近寄らせません」

飯場を手伝っていた伊藤の娘は、「騙された」と不満を漏らし、逮捕された人夫に同情的だったという。

飯場に潜入していた日崎という特高刑事は、人夫たちの信用を得るため、伊藤の娘をダシにしていた。年頃の娘であれば腹を立てるのも無理はないかもしれない。だが、脱走など企てた者に同情するのは問題だ。

聞けば伊藤の娘は、幼い頃から内地で育ったのに、わざわざ朝鮮語を覚えたらしい。これも誉められたことじゃない。

「いい心がけだ。民族意識になぞ目覚めているとしたら、早めに矯正してやるのが、本人のためにもなる」

金田は厳しい口調で言った。

「は、わかっております」

「朝鮮の独立など夢のまた夢だ。今は皇国臣民として、陛下のために生きるのが一番だ」

「ええ、仰るとおりです」

ペコペコと頭を下げる伊藤の様子は、卑屈だ。だが、そこがいい。

卑屈というのは、自分の弱さをよく知っているということだ。だからこそ、強い者の顔色を窺い、誇りを捨てて頭を垂れる。卑屈であることは弱き者にとっての唯一の生存戦略だ。

親日派の名家に生まれ、早くから内地に渡っていた金田は、日本と朝鮮では近代化の進度がまるで違うことをよく知っていた。

独立派の反日運動家は決まったように「民族の誇り」だの「民族の覚醒」だのと言う。しかしそんなものでは、近代化が生む力には対抗できない。

今、朝鮮族は弱いのだ。それを受け入れ、力のある大日本帝国に恭順すべきだ。

国だけの話じゃない。金田自身、上手く〝鷲〟に気に入られたからこそ、こうして遊郭で遊びほうけることができるようになったのだ。

金田は士官学校時代から、誰が力を持っており、誰に取り入るのが一番得かだけを懸命に考え、行動してきた。上官はもちろんのこと、たとえ部下や目下の者であっても、日本人であれば尊重した。蔑むような視線や言葉を投げかけられることなど日常茶飯事だが、すべて気づかぬふりをした。そして、この人こそと見込んだ上官――〝鷲〟――に、徹底的に尽くした。この〝鷲〟に引き立てられ、金田は日本人にすらできない贅沢ができるようになった。

僥倖としか言いようがない。

「……静かやわぁ」

菊乃が誰に言うでなく、つぶやいた。

灯の消えた夜の遊郭には、ほとんど人気がなかった。菊乃が、金田の軍服の袖をそっと引いた。

「このまま少佐と、どっか行けたらええのに」

潤んだ瞳がこちらを見つめる。一瞬、吸い込まれるかと、錯覚を覚えた。

遊郭が営業停止となり、芸妓や女郎の大半は廃業し、勤労奉仕に励むようになっている。元花魁が、縫製工場でミシンを踏んでいるなどということも珍しくない。今もまだ芸妓を続けているのは、軍要員として抱えられたごく一握りの者だけだ。選ばれただけあり、みな器量がいいが、この菊乃は群を抜いている。

嬉しいのは、そんな菊乃が金田を特別好いてくれていることだ。

「もう少しだけ待ってくれ。根回しに時間がかかってる」

「ほんま?」

「ああ、本当さ」

金田はこの芸妓を身請けすると約束をしていた。軍要員の芸妓を身請けするのは簡単なことではないが、金田にはそれが可能だ。

みな〝鷲〟のお陰だ。

今の立場を守るためにも、この戦争、負けてもらっては困る。

もしも大日本帝国が戦争に負けてしまえば、これまで積み上げてきたものがすべて無駄になる。芸妓を身請けしている場合じゃなくなるし、将校である金田は戦争犯罪人として裁かれかねない。

大本営は戦勝を報じているものの、戦況が芳しくないのは明らかだ。本土空襲が始まったと聞かされたときは、正直、肝が冷えた。取り入る相手を間違ったかとさえ思った。

しかし、杞憂(きゆう)だった。

他ならぬ〝鷲〟が、起死回生の一手を準備していた。

室蘭には、太陽が二つあると言われている。昼間、空を照らすお天道様と、昼夜問わず空を灼いている五本煙突の溶鉱炉だ。

これらに加えてあと一つ、第三の太陽が、もうすぐ生まれようとしている。そのとき、戦況は一変するだろう。

「うち待ちくたびれたわ」

菊乃は、悪戯(いたずら)っぽい顔で口を尖らせる。

「そう、拗(す)ねるな。ああ、そう言えば――」

機嫌を取ろうと思い、ふと思い出したことを金田は口にした。

「――カンナカムイという名になったんだ」

「え、カンナカムイ？」

「そうだ。おまえが教えてくれたアイヌの神様だ。その名をな、例のものの暗号名にすることになったんだ」

「本当？」

とっさのひと言で素が出たのだろう、抑揚が京言葉のそれではなくなった。

この菊乃は、アイヌの出身なのだという。

アイヌは朝鮮人と同じく、あとから皇国臣民となった新附の民だが、北海道では市井のいろいろなところに溶け込んでいる。先日、飯場に潜入した特高刑事もアイヌだと言っていた。

ただしアイヌを土人と嫌う向きも少なくないため、菊乃は出自を隠している。女衒(ぜげん)に売られて芸妓になったそうだが、そのとき病で死んだ別の女の身元を与えられたのだという。

そんな事情とともに「少佐にだけは」と教えてくれた。

言われてみれば、菊乃の彫りが深く整った顔立ちは、大和人や朝鮮族とは違う血のせいかもしれない。

「でも、可笑(おか)しいわぁ。カンナカムイは雷様どすえ」

菊乃は、京言葉に戻りころころ笑う。

「いいのさ。おまえのしてくれた昔話はぴったりだ。おっと、このことは他言無用だぞ。

軽々に口にしてくれるなよ」

金田は、人差し指を唇にあてた。

「ええ。わかっとります」

口が軽いのはむしろ金田の方だ。菊乃と同衾したときなどに、つい、寝物語として機密に類することを、教えてしまっていた。

「伊藤、おまえもだ。今、訊いた話は全部忘れろ」

金田は念のため、後ろをついてくる伊藤にも口止めした。もっとも、例のものだのカンナカムイだのと、言葉だけでは何のことかわかるまいが。

「は、はい……。あ、あれぇ？」

伊藤は突然、素っ頓狂な声をあげ、尻餅をついていた。

「どうした。そんなに酔いが回ったか」

と、声をかけつつ、金田も目眩を覚えた。地震でも起きたかと思うほど、世界が揺れ、足もとがふらつく。

「な、何？」

二、三度、たたらを踏んだあと、膝が折れた。立っていられない。地面に手をつく。うっすら積もった雪が冷たい。

酔いが回ってきた……とは思えない。この寒さで酔いが醒めることはあっても、深まるのは道理に合わない。それに、酒に酔ったような感じとは違う。

頭の中が朦朧としてきて、視界が歪んだ。

どういうことだ。俺の身体に何が起きている——。

「き、菊乃……」

すぐ傍にいるはずの芸妓の名を呼んだ。しかし、返ってきたのは男の声だった。

「金田少佐」

どうにか顔を上げる。焦点がぼやける視界に、人影が見えた。

だ、誰だ？　いつの間に……。どこかに隠れていたのか。あとを尾(つ)けられていたのか。

「俺たちの神(カムイ)の名を騙り、何をしようとしている」

男に襟首を掴まれた。酩酊してまるで身体に力が入らず、金田は男のなすがまま、引きずられていった。

2

——昭和二十年（一九四五年）二月六日。

空は朝からよく晴れていたが、まさに盛りを迎えている冬の空気は、肌に刺さるほど冷たかった。

「では、本日も行って参ります」

木戸の前で、日崎八尋はやや仰々しく敬礼をしてみせた。言葉と一緒に口から真っ白い息が吐き出される。

「いってらっしゃいませ」

「いってらっしゃいませ」

幼い声が重なる。小さな男の子と女の子が、気をつけをして八尋に敬礼を返す。修(おさむ)と珠美(たまみ)。同居している従兄夫婦の子供たちだ。

二人ともほっぺたと鼻の頭を真っ赤にしていた。修は国民学校の三年生、珠美は二年生だが、現在は勤労奉仕活動として、学校には通わず家の仕事を手伝っている。二人は毎朝、八尋が出勤するとき、こうして見送ってくれる。

札幌市街地の南側、南七条で開拓期より商っている老舗商店『ヒザキ』が八尋の住まいだ。幼い頃に両親を失い身寄りをなくした八尋は、祖父に引き取られ、この家で育った。警察官になったあとしばらくは小樽に赴任していたが、特高刑事になって本部勤務になってからは、またこの家に住まわせてもらっている。

八尋の親代わりだった祖父は、五年と半年ほど前、八尋が警察官になったのを見届けてから鬼籍に入った。九十歳の大往生だった。

現在の家長は、八尋の父方の伯父にあたる威蔵だ。妻の重ともども健在だが、二人とももう六十を過ぎ、半ば隠居の身となっている。

今、実際に『ヒザキ』の店を切り盛りしているのは、威蔵の長男で、八尋の従兄にあたる清太郎と、その妻の梅子である。毎日八尋を見送ってくれる修と珠美は、この二人の子だ。更に下にもう一人、まだ二歳になったばかりの必勝という男の子もいる。

八尋は現在、伯父夫婦、従兄夫婦、そして三人の子供の、七人と同居している。

みな、居候のような八尋を邪険にすることなく、受け入れてくれている。

「警察官、それも特高課の刑事が家にいてくれるなんてありがたいくらいだ」とは清太郎の弁で、これも本音ではあろう。物資窮乏の折『ヒザキ』が商売を続けていられるのは、配給の指定業者に選定されているからだ。官憲との良好な関係を維持することは『ヒザキ』の生命線と言ってもいい。

屋敷の木戸をくぐり、表へ回ると、踏み固められて黒く凍った根雪が覆う通りを歩いてゆく。左右には民家が建ち並び、道の真ん中を市電が走り、その上には幾本もの電線が張られている。

室蘭の飯場への潜入任務が終了してから、ひと月あまり。札幌に戻ってきた八尋は、警察本部の特高刑事としての通常任務をこなす日々を過ごしていた。

自宅から一区画ほど歩き、「東本願寺前」の停留所から市電に乗りこんだ。

毎朝の通勤には、もっぱら札幌の市街を走るこの路面電車を利用していた。元は石切場から建設用石材を運ぶ馬車鉄道だったが、大正時代に全面的に電化され、現在は市民の足となっている。

通勤時間であることに加え、戦争の激化に伴い車両が減っているため、今日も満員だ。座席はすべて外されており、その分、乗客を詰め込めるようにしている。外の寒さが嘘のように、着ぶくれた乗客の人いきれが立ちこめ、窓を曇らせている。

そんな市電の車掌を務めるのは、いつもの乗務員ではなく、まだ子供と言っていいような、少女だった。

ああ、そうか今日からか――。

車両以上に市の職員が減っており、それを補うため、今月から市内の女学校の生徒たちが臨時で車掌を務めることになったのだ。春からは「女子交通奉仕隊」として通年動員となる見通しだという。

「う、動きまぁす。ご注意くださぁい」

車掌の娘は、緊張感のあるたどたどしい声を張り上げる。

「おう、がんばれよ」

乗客の誰かが声をかけた。

「は、はぁい」

思わず返事をしてしまう娘に、どっと笑いがおきた。満員電車のギスギスした雰囲気が少し和らいだ。

信号の鐘がなり、電車は動き出す。

揺られながら、八尋はさり気なく乗客たちの様子を窺い耳をそばだてる。時局に不適切な言動はないか、常に目を光らせるのも特高刑事の任務である。

乗客たちは八尋も含め、男性は一様に坊主頭に戦闘帽を被り、カーキ色の国民服を着て、足にはゲートルを巻いている。敵性服とされている背広やワイシャツを着る者は、今ではもういない。

女性は和服を仕立て直したモンペ姿が多いが、男性よりは多様性があり、上に毛糸の上着を羽織ってみたり、モンペの裾を紐で花形に結び、ふわりと膨らませるように穿いている者も多い。義従姉の梅子によれば、昨今の婦人向けの雑誌には必ず、時節に沿いつつ、いかにお洒落な着こなしをするかといった特集記事が載っているという。

開拓都市らしく碁盤の目状に区画された街を電車は進み、薄野に入ってゆく。

明治時代、開拓使はここを遊郭に指定し、妓楼や料亭を誘致した。するとそのすぐ北側の筋には商店や飲食店が建ち並び、非公認の売春をする私娼が立つようになった。この私娼たちが官憲の目を盗み上手く客と駆け引きするのが、狸が人を化かすかのようだったので、この筋は「狸小路」と呼ばれるようになった。やがてこの辺りは札幌一の歓楽街となる。

しかし開拓が進むにつれて周囲が市街化してゆき、学校なども建つようになると、今度は色街は地域にそぐわないという声が市民からあがるようになった。これを受けて大正時代には遊郭の移転が始まり、狸小路の私娼たちも姿を消していったという。

八尋が札幌で暮らすようになった頃には、すでに薄野は遊郭ではなく、食堂やカフェ、映画館といった店が色鮮やかな看板を掲げるようになり、狸小路は洒落た鈴蘭灯が立ち並ぶ商店街になっていた。

ただし戦時下に入って統制経済と奢侈品規制がはじまってからは、売るものがなくなった商店は軒並み廃業し、狸小路の鈴蘭灯も金属回収令によってなくなってしまった。現在では看板を外したあとの灰色の木枠ばかりが目立つようになっている。

薄野を抜けると、今度は、まるで広場のような巨大な道路が見えてくる。およそ百五メートルもの幅員がある「大通（おおどおり）」だ。札幌の街は、便宜上、これより北が官庁が建ち並ぶ官区、南が市民が生活する民区として開発されている。

この大通は、民区で発生した火災を官区まで延焼させないための、防火帯として設計されたという。当時は、失火や放火による火災を想定していたのだろうが、今では札幌が空襲を受けたときの備えとして期待されている。また、これだけ広い土地をただ空けておくのはもったいないからと、近年は食糧増産のための芋畑としても活用されているが、冬の間はもっぱら雪置き場になっている。

市電が大通を渡るとき、窓の向こうに、積まれた雪の小山が連なるのが見えた。地面を覆う根雪と同じように、黒く汚れている。

その風景は、どこか貯炭場のそれと似ていた。

不意に潜入捜査の際に知り合った二人の朝鮮人の顔が思い浮かんだ。大東亜鐵鋼『愛国第308工場』で人夫の統括をしていた朝鮮人将校の金田行雄と、彼の配下の飯場で棒頭を務めていた伊藤博だ。

まさか、あの二人が殺されるとは——。

室蘭で金田と伊藤が殺害されたのは、九日ほど前のことだ。

一月二十八日の深夜、幕西遊郭の外れで二人の遺体が発見された。二人ともに腹や胸など数箇所を刃物で刺されており、発見時、すでに事切れていたという。

翌、二十九日には、札幌の警察本部にも一報が伝えられた。

事件の捜査にあたることになった室蘭署の能代が電話で教えてくれたところによれば、その夜、二人は、幕西遊郭の料亭で芸者遊びをしていたらしい。

八尋がヨンチュンを逮捕したとき、金田は伊藤に「美味いものを食わしてやる」と言っていた。いかにも口約束という感じだったが、守られたようだ。

二人はこの宴の最中、芸妓とともに月を見ると言って一度、店を出た。真冬の寒さの中である。店の番頭は、すぐに戻ってくるだろうと、鍋を用意して待っていた。が、いつまで経っても金田、伊藤、芸妓の三人は戻らなかったという。

目撃証言などはないが、外出中に何者かに襲われた可能性がきわめて高い。なお、一緒にいたはずの芸妓は現在、行方不明だという。

八尋は、潜入中に何か気づいたことはなかったか、能代に尋ねられたが、何もないと答えるよりなかった。ただただ、驚くばかりだ。

翌日には新聞にも「室蘭にて鮮人将校殺害さる」との小さな見出しが躍った。記事には、朝鮮人将校の金田行雄少佐が殺害された旨が、簡潔に書かれていた。遺体の詳しい状況はおろか、一緒に殺されていた伊藤のことすら載っていなかった。時局を踏まえ徒(いたずら)に市井に不安を与えないよう最低限の情報のみを報じたのだろう。

その後、捜査の進展については伝わってきていない。

大通を渡った市電は官区に入ってゆく。

八尋は「市役所前」停留所で市電を降りた。

停留所の目の前には、真新しい鉄筋コンクリート造りのビルが鎮座している。かつて木造だったものを建て替えた札幌市庁舎だ。その隣にそびえ建つ、屋上に塔屋をのせたビザンチン様式の建物が、グランドホテル。更にその向こう、通りを挟んだ先に見える赤い煉瓦の洋館が、北海道庁舎である。

札幌の官区には、洋風でモダンなつくりの建物が多い。これらを造ったのは、アメリカ人だ。

明治初期、開拓使はアメリカから多くの技師を顧問として招聘し、その技術や文化を積極的に取り入れた。開拓使の顧問となったケプロン、北海道帝国大学の前身である札幌農学校の初代教頭クラークと二代目教頭ホイーラー、幌内鉄道の敷設を指揮したクロフォード、近代畜産の技術指導をしたエドウィン・ダン、官営工場をはじめとする様々な施設の設立に尽力したホルト……この北海道という土地は、彼らの尽力によって、拓かれた。そのアメリカ人が今は敵となっているのは、皮肉としか言いようがない。

八尋は札幌市庁舎の前を通り過ぎ、その向かいにある建物へと入ってゆく。彎曲した壁を円柱が支えており、西洋の闘技場を思わせる。ここが、北海道庁警察本部のある札幌警察署だ。

祖父に引き取られてきた十一のとき、大勢の人が行き交い、見たこともないような洋風の建物が建ち並び、道を巨大な鉄の箱が進んでゆく札幌の街には、ずいぶんと驚かされた。村の古老がよく話していた神の世界（カムイモシリ）とは、ここのことかとさえ思った。

それらもすっかり見慣れた景色になった今ならば、わかる。

日々何かしらの事件が起きるここは、神ではなく人の住む場所、人間の世界（アイヌモシリ）だ、と。

3

大正八年（一九一九年）の春、日高地方の山間にある畔木（くろき）村という小さな村で八尋は生まれた。八尋の父親、日崎新三郎（しんざぶろう）がこの村で暮らし始めたのは、それから更にさかのぼること十二年、明治四十年（一九〇七年）のことだ。

商家の三男坊だった新三郎は、幼い頃から学問に秀で、優秀な成績で北海道帝国大学を卒業。その後、北海道の更なる近代化に尽力すべく農学者となった。最初は母校の研究室に勤務していたが、やがて道庁の嘱託となり、アイヌの村に滞在し、農業指導を行うことになった。

その村が、畔木村である。

大日本帝国は、台湾や朝鮮半島といった外地の植民地の人々や、沖縄の琉球人、北海道のアイヌなどの、純粋な大和人ではない新附の民らもみな、天皇陛下の赤子たる「皇国臣民」と位置づけている。

新附の民らは、それぞれの民族ごとに独自の文化や習慣、言葉を持っていたが、政府はこれらを日本式に改めさせ、人々を皇民化してゆく政策をとっている。ここ北海道でもアイヌの皇民化が明治初期から漸次行われていたが、明治三十二年（一八九九年）に成立した「北海道旧土人保護法」という法律によって大きく推し進められた。

この法律は、アイヌに日本語教育を施し、伝統的な祭祀や猟を規制し、従来の狩猟採集から農耕への産業転換を図るというものだった。同法の施行に前後して北海道庁は、アイヌ集落（コタン）のアイヌたちを強制的に移住させ、農村をつくらせていた。畔木村も、そうやってできた村だ。

畔木村のアイヌたちは、元々は日高地方に点在する別々のアイヌコタンで暮らしていたが、まとめて山間の平地に移住させられ、今後は狩猟採集ではなく農業をやって生活してゆくように命じられたのだ。

　コタン同士は従来より交流があり、一つにまとまることは、さほど困難ではなかった。が、それまで狩りの他は簡単な栽培程度しかしてこなかった人々が土地を移り、農業によって身を立てるとなれば話は別だ。日々の食い扶持さえ満足に生産できずに、開村から数年で村は存続の危機を迎えたという。

　せっかく皇民化しても、村が消滅してしまえば元も子もない。この窮状を改善するために新三郎は派遣された。

　当初、村のアイヌたちは「大和人（シャモ）が来た」と、新三郎のことを警戒していたという。シャモとは、大和人の蔑称である。この頃の畔木村のアイヌの多くは、「農業をやれば豊かな暮らしができる」という甘言に騙され、代々暮らしてきた土地を大和人に騙し取られたと考えていた。

　新三郎はそんな村人たちをなだめつつ、努力を続け、やがて米や芋の効率的な栽培に成功した。また、医療にも通じていた新三郎は、医者代わりに具合の悪くなった村人を診てやったり、村の周囲に自生している薬草を集めたりもしていた。村外れに専用の小屋を建てて『研究所』と呼び、時折そこで、胃薬や風邪薬を調合しては、村人に配っていた。

村の若者や子供たちに対する教育にも熱心に取り組んだ。道庁に掛け合い、アイヌの子らにも尋常小学校並みの近代教育を施す「アイヌ学校」を村に設立させ、自らも教鞭を執った。

こうした新三郎の尽力により、村は次第に豊かで暮らしやすくなっていった。すると村人たちも新三郎を信頼するようになっていった。新三郎も村に愛着を持つようになり、農作が軌道に乗り始めてからも村を離れず、定住することにしたという。

やがて新三郎は村に住むアイヌの娘と結ばれ、八尋が生まれた。

八尋がものごころつく頃の畔木村は、すでにかなり皇民化が進み、村人の生活様式は伝統的なアイヌのそれから、すっかり改まっていた。

アイヌには男性は髭を伸ばし耳飾りをつけ、女性は口元に入れ墨をするという風習があるのだが、畔木村では誰もしていなかった。服もアイヌ文様の入った民族衣装を着るのは、結婚式など特別な行事のときだけ。普段はみな、開拓民が着るような作業着やモンペを着ていた。

森羅万象に「神（カムイ）」が宿っているとするアイヌ独自の宗教観は生活の中に息づき、村の古老たちは様々な神話を語りもした。が、同時に村人らは国家神道も敬い、神棚を飾る家も何軒か見られた。

子供たちはアイヌ学校で皇国臣民としての教育を受け、大人の男たちは徴兵に応じ、女たちは愛国婦人会に加入していた。言葉や名前にしても、アイヌ語を話せるのは一部の老人だけで、村人の大半は、日本語を話し日本式の名前を名乗っていた。

八尋の記憶にある畔木村の様子は、たぶん大和人の農村とそんなに違いはなかったのだと思う。

強いていえば、アイヌの伝統的な住居であるチセが数軒、建っていたくらいだろうか。

チセは、屋根も、壁も、床もすべてが草で葺かれた「草の家」だ。一見すると原始的な掘っ立て小屋のようだが、実は北海道の厳しい冬を越すのに十分な保温性能を備えている。多くの空気を含む草の壁は、天然の断熱材だ。冷気を遮断し、熱を室内に留めてくれる。明治初期にやってきた開拓民たちも、アイヌの知恵に学び、草葺きの開拓小屋を建てるようになったという。

しかし時が経つにつれ、アイヌの中にも、日本式の「板の家」に住む者が増えてきた。寒さに強い建材を選び暖房器具を用いれば、草葺きにせずとも冬を越せるし、木造住宅は間取りが自由で機能的だ。新三郎が畔木村で最初の木造の家を建て、それが村人の間に広まり、伝統的なチセに住む者はごく少数になった。

農作や医療、住居など、様々な点で大和人の近代的な技術を村に伝えた父は、多くの人から「先生」と呼ばれ、慕われていた。

しかし、昭和五年（一九三〇年）の冬の終わりにおきた、ある恐ろしい出来事によって、その父は母とともに命を落とす。

そして八尋は、父の実家である札幌に引き取られることとなったのだ。

4

「本当に、すんません。刑事さん、おらぁ、そったらづもり、ねんです。ええ、悲しぐなんがぁ、ねえです。あん子はぁ、お国のためによう死んだぁ、思っとります。う、嬉しぐ思います……」

老女は、目に涙を浮かべつつ、頭をさげる。おそらく若い頃に北海道に移ってきたのだろう、言葉には東北の訛りがあった。老女、とは言っても、記録によればまだ五十だ。しかし皺だらけの日焼けした顔つきは、還暦はゆうに超えているように見える。長年の苦労が、刻まれているようだ。

開拓地である北海道には全国各地の出身者が集まり、人々の話す言葉も多彩だ。

八尋自身は父や祖父の影響で、東京弁（標準語）を話すが、巷で一番よく耳にするのは、標準語に東北や関西の方言が混ざった独特の北海道方言だろうか。この老女のように故郷の言葉を話す者も多い。

ただし、津軽、薩摩、琉球などの標準語とあまりにかけ離れている方言の使用は、外国語と同様に取り締まりの対象となっている。よからぬことを考える輩が、謀議を図る際の暗号になるおそれがあるからだ。

この日、八尋は出勤してすぐ、札幌の南東、豊平川を越えたところにある白石村に住むこの老女を訪ねた。

彼女は先日、息子が戦死したという報を受けて以来、ふさぎ込み、知り合いに会う度に「悲しい」と泣いているのだという。この態度がきわめて反戦的であると隣人からの密告があり、その確認にやってきた。

確かに過剰に戦死を悲しむことは、時局にそぐわない。戦死は、国のために命を賭けて戦った証しであり、喜ぶべき誉れなのだ。

八尋は内心、ため息をつく。

この老女の振る舞いが不適切だったのは間違いないが、母親が子を思う気持ちは、誰もがわかるところだ。しかし密告があった以上、取り締まらなければならないし、取り締まる以上、同情するわけにはいかない。心を鬼にして声を張り上げた。

「まったくだ。あんたが悲しんでたら、英霊となったご子息も浮かばれないぞ」

「はい。本当にすんませんでした」

三影などは、こういうとき相手が誰であれ必ず折檻するそうだが、さすがにそこまでやる気にはなれない。

八尋は口頭注意だけですませて、老女の家をあとにした。

これは朝鮮人の監視を行う内鮮係の本来の仕事ではない。しかし飯場の潜入捜査から戻って来て以来、八尋は毎日のようにこの手の密告情報の確認に駆り出されていた。

特高課では従来から、愛国的な臣民諸子からの情報提供——すなわち密告——を奨励し、受け付けているが、昨今、これが爆発的に増加しているのだ。

それだけ市井が緊張しているからであろう。

南方の島々を落とした米軍は、もう目と鼻の先まで迫ってきている。

皇軍も本土決戦の可能性を睨み、編成を抜本的に改めている。北海道でもこの二月から、作戦を担当する第五方面軍司令部と、軍政を担う北部軍管区司令部が再編、指揮系統が統合された。従来は道央の軍都旭川に駐屯していた「北鎮部隊」こと第七師団も、太平洋側からの敵襲来に備え道東の帯広に拠点を移して久しい。

万が一のときは一億火の玉のスローガンのごとく、国民一丸となって国を支えなければならない——そう考える人々は、隣人たちの言動に目を光らす。そして時節に合わない言動をする者を見つければ、警察に知らせるのだ。

密告が増えるのは結構なことではあるが、誤解や勘違いによるものも少なくない。稀に気に入らない隣人を陥れるための虚偽さえ混じることがある。

現在、特高課では所属を問わず全課員で、日々大量に寄せられる密告情報の確認に当たっているのだ。

白石村にはもう一件、密告情報があった。

先日、村の寄り合いに参加した大工の男が、徒に周囲を不安にさせるような流言を吹聴したという。

その大工を訪ねてゆくと、まだ仕事に出る前で自宅にいた。最初は若い八尋を侮ってか「あんた誰？」と、横柄に応じたが、特高刑事であることを明かした途端、態度が変わった。

「す、す、すんません。つい、調子に乗ってしまったんです」

大工は、家の戸口で地面に頭をすりつけて詫びた。文字どおりの土下座だ。

「どうか、勘弁してやってください。この人、酒癖が悪いだけで、普段はお国のためにって、そりゃ頑張ってるんです」

大工の妻もその隣で同じように土下座をする。

「つまりあんたは、その間諜（スパイ）とやらのことは、何も知らないわけか」

「は、はい、もちろんです！」

「ふうむ。あんたがスパイってことはないだろうね」

「と、とんでもない！」

大工は這いつくばったまま、震え上がった。

この男が吹聴した流言というのは、凶悪なソ連（ロシア）のスパイが、北海道のどこかに潜伏しており、子供を攫（さら）ったり、人を殺したり、密かに悪事の限りを尽くしている、というものだった。

「そのスパイの話は、誰かから聞いたのか？」

「い、いえ、そういうわけでなくて……」

「じゃあ、どういうわけなんだ」

「それは、その……」

大工は目を泳がせる。

「きちんと、答えろ！」

一喝すると、大工は身をすくませた。

「は、はい。す、すんません。ホ、ホ、ホラ話です」

「ホラだと」

敢えて不機嫌そうに凄んでみせた。

大工は涙目で頷いた。

「あの日はえらく酔っぱらっていて、ホラでみんなが怖がんのが、愉快に思えてしまって、思いつきであんな話をしてしまって……」

八尋は念のため、その話の内容を細かく訊いた。

曰く、そのスパイは念力を使えるだの、二百年以上生きているだのと、本当であると信じる方が難しい、まさにホラ話であった。

「いいか、二度と隣人を惑わすような、くだらん話はするな」

「は、はい」

流言の件は、これでいいだろう。

が、どうやら、この大工はもう一つ、つまらない悪事を働いているようだ。八尋は続けて尋ねる。

「で、あんたは、そんなふうに酔っぱらうほどの酒をどうやって手に入れた」

大工は顔をますます青くした。

現在、家庭用酒の配給は、三ヶ月に一度、わずか四合である。見たところ、大工は闇市で酒を買えるほどの金は持っていなそうだ。

「それは……」

隣の妻は涙ぐんでいる。

「密造しているのか」

「いえ……その……」

大工の態度は「はい」と答えているようなものだ。おそらく、しょっぴかれると思っているのだろう。

多少お灸を据える必要はあるが、この程度のことでいちいち身柄を取っていたら、きりがない。留置場だって無限に人を押し込めるわけではないのだ。

八尋は助け船を出してやることにした。

「正直に言え。今ここで酒を捨てて反省するなら、不問にする」

「は、はい。つくっとりました」

大工は顔を上げて、八尋にすがるように言った。

「申しわけございません。今すぐ捨てます。お、おい、おまえ」

大工は立ち上がり、妻を促す。

二人は玄関から出ると、家の脇にある素掘りの防空壕の中に入っていった。未だ空襲のない北海道ではあるが、昨今、こうして各自で防空壕をつくることが奨励されている。八尋も先日、従兄の清太郎とともに家の中庭に、どうにか七人が入れる壕を掘った。

大工とその妻は壕の中から、一升瓶を一本ずつ、抱えて出てきた。

「よし、捨てろ」

八尋が命じると、大工は少し名残惜しそうなそぶりをしつつも、一升瓶をひっくり返した。白い液体がどぼどぼと地面にこぼれ、甘ったるい臭いがただよう。米ではない雑穀でつくった濁酒だろう。この手の酒を密造する者はきわめて多い。

「これで全部か？」

「は、はい」

八尋は壕の中を検め、念のため家の中も一通り見回し、他に密造酒の隠し場所がないことを確認した。

それから、その場で調書だけをつくり、大工の家をあとにした。大工夫婦は玄関のところで、何度も頭をさげて八尋を見送っていた。

まったく、面倒を掛けてくれる——八尋は嘆息する。

密告を受けた時点で、大工の話が嘘であろうことは、概ねわかっていた。

地理的に近い北海道では、ロシアのスパイが潜んでおり云々という話は、流言の定番でもある。川の畔で濡れた女を見たというのに似た、一種の怪談と言えるかもしれない。

しかし現在、スパイの、とりわけソ連のスパイについての情報は、最優先で確認しなければならない。戦時中であることはもちろんのこと、具体的に、特高警察が行方を追っているソ連の大物スパイが存在するからだ。

大東亜戦争の開戦直前、ソ連のスパイ、リヒャルト・ゾルゲが構築した諜報団が、当時の近衛文麿内閣の中枢にまで食い込んでいたことが発覚した。いわゆるゾルゲ事件である。ゾルゲ諜報団はソ連に有利になるよう日本の政策に影響を与え、かつその情報を逐一、クレムリンに伝えていたという。

東京警視庁の特高警察がゾルゲ諜報団の存在を暴き、首謀者のゾルゲ以下、団員たちは全員が逮捕されたことになっている。

が、実はこのとき、一人だけ、取り逃した団員がいた。逮捕者らの証言によれば、その者は、共産主義インターナショナル（コミンテルン）から送り込まれたスパイで、ゾルゲとともに諜報団の中心的な役割を果たしていたという。仲間にさえ、詳しい素性も本名も明かしておらず、その行方は今日までまったくわかっていない。

わかっているのは、そのスパイが〝ドゥバーブ〟という暗号名で呼ばれていたことと、仲間に「北に行く」と告げて姿を消したことだけだ。

内務省は、関東以北各地の特高警察に〝ドゥバーブ〟についての手がかりを探すよう通達を出している。

が、これまでのところ、有益な情報を何一つ得られていない。

北というのはソ連のことで、すでに〝ドゥバーブ〟は何らかの方法で出国しているのではないかと見る向きもある。正直、八尋はその可能性が高いと思っていた。

5

白石村には鉄道の駅もあるが、徒歩で署のある札幌市街地まで戻ることにした。大した距離ではないし、市井の様子を窺うのも仕事のうちだ。

白石村と札幌市の間に境界線を引くように流れるのが、豊平川だ。千歳(ちとせ)の山岳地から石狩川へと流れ込むこの川が、現在、札幌市街地となっている広大な扇状地をつくった。この地の様子をアイヌの人々は「サッ・ポロ・ペッ（乾いた大きな川）」と呼んでおり、それが札幌の由来になったという。

この豊平川には巨大な橋がかかっている。北海道初の鉄筋コンクリート製の橋、一条大橋である。

八尋がその橋の入り口に足を踏み入れると、川から強い風が吹き付けてきた。冷気が耳や頬をチクチクと刺す。八尋はかすかに身をすぼめた。

そのときだ。

橋の反対側から、こちらに向かってくる人影に気づいた。二人とも軍服を着用し、片方は腕章を嵌めている。憲兵だ。明らかに八尋を見据え近づいて来ている。

不意に、背後にも気配を感じ振り返った。後ろからも二人、憲兵が近づいてきている。挟まれている——と、思ったのも束の間。四人は小走りになり、橋の上で八尋を取り囲んだ。

「特高の日崎巡査ですな」

四人のうちの一人、やや小柄な男が声をかけてきた。彫りが深いが陰気な顔立ちで、ちょび髭を生やしており、どことなく友国ドイツのヒトラー総統を思わせる。この男だけ腕章をしていない。ということは、将校だ。襟章を見ると、線が二本と星が二つ。中尉のようだ。この四人組の長なのだろう。

「何ですか」

尋ねながら、八尋は視線だけで憲兵たちの様子を窺う。みな険呑な雰囲気をかもし、隙もない。

「少々、あなたに用がある。屯所までお付き合い願いたい」

ヒトラー髭の憲兵中尉が言った。

どういうことだ。

陸軍所属の憲兵隊は、軍内部の規律を維持する軍警察だ。八尋は四人の誰とも面識はないし、呼ばれる心当たりもなかった。

「どんな用でしょうか」

「それは……、往来では少々話しにくい事情がありましてね、屯所でゆっくりお話しします」

憲兵中尉の口調はあくまで慇懃だが、有無を言わせない圧があった。

が、八尋は毅然と言い返した。

「用件がわからないのであれば、ついていくわけにはいきません」

事情もわからず、のこのこついていくのは危険だ。

戦争の担い手である軍と、戦時体制を支える警察は、どちらも国にとってなくてはならない存在だ。今は警察官の多くが兵役に就いているし、また逆に退役軍人が警察官になることもある。人材の交流も盛んで、当然、協力関係にある……と、いうのは建前だ。

警察と軍の間には、水面下で深刻な軋轢（あつれき）が横たわっている。特に憲兵隊は近年、活動の範囲を広げ、市民の監視など特高と同じような任を担うようになり、互いに縄張りを荒らし合っている。とてもじゃないが、良好な関係とは言えない。

「いいから、黙って来い」

憲兵の一人が怒鳴り声をあげて手を伸ばしてきた。

八尋はそれを払ってかわす。憲兵がつんのめった。その隙に逃げられないかと思ったが、すぐに他の憲兵が道を塞いだ。依然、囲まれたままだ。

「できれば、手荒なまねはしたくありません。おとなしく来てもらえませんかね」

憲兵中尉が言う。

まずいな……。

素人相手ならともかく、憲兵四人を相手に突破するのは至難の業、というより不可能だ。おそらくこの憲兵たちも、最初からいざとなったら拉致するつもりで取り囲んでいるのだろう。

どうする――。

どの道逃げられないのなら、おとなしくついていった方がましかもしれない。

が、抵抗もせずに憲兵に捕まったとなれば、今度は警察内部で批判されるのは目に見えている。有り体に言って「特高の名折れ」だ。

せめてもの抵抗はすべきか――。

そう覚悟を決めたとき、聞き覚えのある声が響いた。

「そいつを連れて行ってもらっては、困りますなあ」

一同が一斉に声の方を向く。

そこには、八尋の知っている男の姿があった。

切れ長の三白眼、尖った耳と顎、かぎ鼻。異国の魔物を思わす風体は、昼日中の往来でも、暗い影を背負っているようだ。

特高課の先輩刑事。拷問王こと、三影美智雄だった。

先だっての潜入任務以来、八尋と三影はろくに口も聞いていなかった。本部で顔を合わせたときなど、露骨に嫌悪の籠った視線で睨まれる。あのときの余計なひと言のせいもあるだろうが、それ以前に三影は、八尋が純粋な大和人ではないことを嫌っているらしい。

三影は、あと二人、特高課の刑事を引き連れていた。猿田（さるた）と蟹ヶ谷（かにがや）。巌のような強面（こわもて）が猿田、やや小太りなゴマシオ頭が蟹ヶ谷だ。常に三影に付き従う取り巻きで、まとめて猿蟹などとも呼ばれている。

何故、彼らがここにいるのか。三影たち三人は、今日は非番のはずだ。

戸惑う八尋をよそに、三影たちは八尋を取り囲んでいる憲兵たちを、更に取り囲んだ。

「なんだ、貴様らは！」

憲兵の一人が怒鳴り声をあげた。

「特高だ」

「そいつの身内だよ」

猿蟹が答えた。

「なるほど」

ヒトラー髭の憲兵中尉が三影を見やって、笑みを浮かべた。

「もしかしてあなた、三影警部補ですね。特高の拷問王の噂はかねがね聞いていますよ」

三影も笑みを浮かべる。

「そういうあんたは、御子柴(みこしば)中尉ですな。わざわざ室蘭から、ご苦労なことだ」

この御子柴というらしい憲兵中尉は、札幌ではなく室蘭分隊の所属なのか。

もしや例の二人が殺された事件を探っているのか——。

金田は朝鮮人とはいえ陸軍将校だ。軍警察である憲兵が捜査に動くのは当然と言えよう。だとしてもわからないのは、こんなふうにして、八尋の身柄を押さえに来た理由だ。金田にしろ伊藤にしろ、任務を通じて面識こそできたが、大して知っていることはない。

三影と御子柴が向かい合う。上背がだいぶ違い、三影が御子柴を見下ろすかたちになる。しかし御子柴は胸を張り、三影の視線を跳ね返している。二人の間に名状しがたい緊張が満ちているのがわかる。

御子柴は、くくく、と笑い声をあげた。

「三影警部補に知っていただいているのは光栄です。さすが、至るところに〝犬〟を飼っていると噂されるだけのことはありますね」

そういう御子柴も、三影のことをよく知っているようだ。

特高刑事としての三影の真骨頂は、渾名になっている拷問よりもむしろ情報収集能力だ。三影が、八尋の所属する「内鮮係」に異動してきたのはつい半年前だ。それまでは、ずっと共産党や反戦活動家を取り締まる「特高係」に所属していた。そこで華々しい実績を残すと同時に、三影は様々な立場の人間の弱みを握り、忠実な情報提供者に仕立て上げているという。道南、道東の大きな街には、どこにも必ず三影の〝犬〟がいると噂されている。

御子柴は笑顔で続ける。

「いえ、私はね、ちょっと札幌の司令部に用がありましてね、ついでに、日崎巡査から話を訊こうとしていただけですよ。ごく友好的にね」

「なるほど。しかし哀しいなあ。そういうことは、上から話を通すのが筋じゃないですかね。憲兵と、特高の間柄は、その程度には繊細でしょうよ」

「哀しい、ですか。三影警部補、あなたは面白い人だ。確かにあなたの言うとおりかもしれません。しかし、我々は警ら中に偶然、日崎巡査を見かけたものでね。ついでに話を訊くくらい、いいでしょう」

「ああ、そうですか。偶然でしたか。そうだよなあ。いやしくも皇軍の規律を守る憲兵が、軍人でもない一警官を待ち伏せるなんて、そんな哀しいことするわけねえよなあ」

「はは、そりゃそうです。そんなことはしませんよ」

白々しいやりとりを続ける三影と御子柴、どちらの目も笑っていない。互いが引き連れている刑事と憲兵たちは険しい顔でにらみ合っている。

まるで話が見えないが、目の前で酷い化かし合いが行われていることだけはよくわかった。

「あんたらにとっての幸運な偶然をぶっ壊すようで悪いんですが、身内の話は身内で訊かせてもらいます。退散願いたい」

「ほう……」

御子柴は値踏みするように目をすがめ、大げさに肩をすくめた。

「まあ、いいでしょう。確かに身内で話を訊いてくれるなら、手間が省けます」

「御子柴中尉、よろしいのですか」

御子柴の部下が尋ねた。

「ええ、構いません。こちらはついでです」

御子柴は八尋を一瞥してから、三影に言った。

「もし彼が何か知っていたら、情報の共有をお願いしますよ」

「そいつは上が決めることですな」

俺が何かを知っている――？

三影と御子柴の言い合いを聞きながら、当の八尋は当惑していた。

おそらくは室蘭の事件のことなのだろうが、まったく心当たりがない。

御子柴は、不敵な笑みを浮かべ、回れ右をすると「さ、行きましょう」と部下を促した。

そして立ち去ろうとしたが、思い出したように突然足を止めたかと思うと、三影の目の前にぬっと顔を突き出した。

「三影警部補、これは貸しですよ」

不意を打たれた三影が、一瞬、怯むのがわかった。

「何も借りてませんがね」

三影は吐き捨てるように言い返す。

御子柴はそれを無視して踵を返し、再び歩きはじめた。憲兵たちもそれに続く。

一条大橋を渡ってゆくその背中を見ながら、三影は舌打ちをした。

「負け惜しみ、言いやがって」

一方、ことの発端でありながら、蚊帳の外に置かれていた八尋は、呆然と立ち尽くしていた。

事情は見えないが、とりあえず、三影に助けられた……の、だろうか。

その三影がこちらを見ると鼻を鳴らした。

「哀しいなあ。土人、貴様のお陰でせっかくの非番が潰れちまったぞ」

三影は大股でこちらに一歩近づいてくると、やや背をかがめてにたりと笑った。

「貴様には、じっくり訊かねばならないことがある」

八尋は背中に冷たいものが伝うのを感じた。

猿田と蟹ヶ谷が左右から、八尋の腕を取った。

「行くぞ」

三影は促すように顎を一度くいっと持ち上げ、歩き出した。猿蟹が「来い」と声を合わせ、八尋を引っ張る。

八尋は引きずられるように一緒に歩き出す。さながら、連行されるかのように。

まったく事態を呑み込めないが、どうやら、助けられたとは言えないようだ。

6

三影たちに連れて行かれた先は、勝手知ったる札幌署の取調室だった。狭く、高い位置に鉄格子付きの明かり取り窓があるだけで、薄暗い。壁や聴取用の木机にはところどころ赤黒い染みがあり、ここで行われる取り調べの苛烈さを物語っている。

八尋は三影と向かい合う形で木机に座らされた。左右には猿田と蟹ヶ谷が立つ。

まるで容疑者のような扱いだ。

「さて、土人、室蘭で殺された鮮人について、知っていることを、洗いざらい話せ」

「すでに、電話で室蘭署の能代さんに伝えておりますが……」

「いいから答えろ！」と、横から猿田が怒鳴った。

「……知っていることと言われても、潜入任務中に多少関わっただけです。たまに視察に来るだけの金田少佐とはさほど話をする機会はありませんでしたが、任務には協力的でした。棒頭の伊藤は、自分が刑事だと知らずに普通の新入り人夫に対するように接していました。朝鮮人ですが、愛国的で仕事熱心な男でした。二人が殺された事情については、まるで心当たりがありません」

八尋は渋々答えた。

三影は腰を浮かせて身を乗り出してくる。

「貴様、本当に心当たりないのか。潜入中に、あの二人からずいぶん、こき使われたんだよなあ。恨んでいたんじゃないのか」

金田と伊藤を恨む？

まさか、俺が疑われているのか？

「どういうことですか」

尋ねると三影は口角を上げ、すっと手を伸ばしてきた。反射的に身をかわそうとしたが、髪の毛を摑まれる。そのまま、机の上に顔を押しつけられた。同時に、猿蟹二人に身体を押さえつけられる。

「な、何をするんですか」

抗議の声をあげても、意に介さず三影は八尋の頭を机に押しつけたまま、尋ねた。

「哀しいなあ。土人、とぼけてくれるなよ。貴様、二十八日は非番だったよな。どこで何をしていた。室蘭に行ってたんじゃないのか」

「い、行ってませんよ」

二人が殺害されたという一月二十八日は、確かに非番だった。が、無論、室蘭になど行ってない。一日中、家の壁塗りを手伝った。万一の敵機来襲に備えて、上空から標的にならないよう白い壁などを黒く塗っておく作業だ。

「嘘を吐くなよ。貴様はあの二人を恨んでいた。だから殺したんじゃないのか」

金田と伊藤に恨みなど抱いていないし、そう誤解されるようなことを口にした覚えもない。

「どうだ、貴様がやったのか」

三影が力を強めた。机に押しつけられている頬骨の部分がぎりぎりと痛む。

「ち、違います。その日はずっと家におりました。嘘だというなら家族に訊いてください」

と、そのとき。

戸を叩く音がした。

「三影、ここにいるんか」

三影はぴたりと動きを止めて振り返る。

誰も返事をしなかったが、扉は開いた。

そこには、室蘭署の能代の姿があった。憲兵の御子柴と同じように、札幌に来ていたのか。

三影はすっと背筋を伸ばし気をつけの姿勢をとる。

「ご苦労様です、能代警部補」

能代は現在、室蘭署の主任刑事だが、長らく警察練習所で教鞭を執っており、三影にとっても師に当たる。

猿田と蟹ヶ谷も慌てて八尋の拘束を解いて、姿勢を正した。

「三影、こったらとこで何してる」

「救出した日崎巡査から、確認を取っていたまでです」

三影が言った。

八尋にしてみれば「救出」された覚えも、何かを「確認」された覚えもなかったが。

「んで、何かわかったか」

「日崎巡査は一月二十八日、ずっと自宅にいたそうです。憲兵どもの勇み足だったんでしょう」

三影は顔色一つ変えず、しれっと答えた。

能代は頷く。

「記録によんと日崎は、二十九日は普通に勤務しとる。もし犯人だとすれば、二人を殺害したあと一晩で室蘭から札幌に戻ってきたことんなるが、こらかなり無理のある話だ。連中も功を焦ってんだべな。今しがた、部長殿を通じ、憲兵隊に抗議を入れてもらった。すると向こうはあっさりと日崎への嫌疑を取り下げたそうだ」

ここで言う部長殿は、道庁警察のトップである警察部長のことだろう。事情はまるでわからないが、今度こそ、助かったようだ。

「そうですか」

三影はこちらを見やり、笑みを浮かべた。

「おい土人、よかったな」

八尋は憮然と、三影の顔を見つめる。

「何だ、その面は。非番のところ、わざわざ憲兵どもから救出してやったんだ。ありがたく思え」

「……はい」

業腹だが頷いた。

ここで三影に抗議したところで、絶対に非を認めないだろうし、下手すれば猿蟹とも口裏を合わされて、こっちが嘘つきにされかねない。

能代が八尋を見て口を開いた。

「日崎、おめに嫌疑がかかった事情は聞いてんべか」

「いえ」

「三影、何も話してねんか」

能代は眉をひそめる。

三影は悪びれもせず言った。

「能代さんから詳しく聞いた方が正確だろうと、俺からは話していません」

「……そっか。まあいい、日崎、一緒に来てけれ。話があんだ。三影は非番中にご苦労さん。あとでよろしくな」

「はい」と、三影は気のない返事を返した。

「さ、日崎、行くべ」

能代は八尋を促し、取調室を出ていった。八尋は能代に続く。三影たちの視線が背中に突き刺さっているのを、痛いほど感じていた。

7

地下から二階まで階段を上がり、廊下を進んでゆく。

歩きながら能代は、窓の向こうに目をやり、おもむろにつぶやいた。

「今朝、札幌に着いたんだが、ずいぶん変わったなあ」

能代は警察練習所の教官時代はずっと札幌に住んでいた。が、大東亜戦争が開戦した直後、徴兵され大陸に赴くことになった。任地は大連で警察官としての経験を買われ現地の憲兵隊に配属されたという。前線に送られることもなく去年、二年の任期を終え無事、職場復帰した。大陸で憲兵をやるうちに、復帰後は教官ではなく現場の仕事がしたくなったとのことで、希望を出し、室蘭署に収まったという。

「狸小路の辺りも寂しくなっちまってよ。まあ、時局柄、仕方ねが『すずらん』が恋しいべや」

能代がため息をついた。

『すずらん』というのは、能代が行きつけにしていた狸小路のカフェだ。珈琲よりも支那そばが美味いと評判の店で、他の署員にも人気があった。八尋も二度ほど行ったことがある。味噌で味をつけたというその支那そばは、確かに美味だった。言われると無性に食べたくもなるが、今ではそれも難しいだろう。

「それにしても、災難だったべな。憲兵がおめの身柄を押さえようとしとるって情報が入ってきたとき、非番の三影たちしか手が空いてねくてな」

能代は取調室で何があったか、察しているのだろう。

「いえ。……能代さんが来てくださり、助かりました」

「どうもおめと三影は、相性がよくねえな」

相性がよくない、などというものではない。

先ほどの三影は、明らかに八尋に濡れ衣を着せようとしていた。

「俺にとっちゃあ、おめらはどちらも教え子だ。仲よくやってもらいてえんだけどもな」

「自分も、できれば、そうしたいと思ってますが……」

八尋とて、三影と対立したいわけじゃない。できることなら、先輩後輩として友好的な関係を築きたいと思う。

「三影は、おめがアイヌだから、つらく当たんのか」

「たぶん、そうなのだと思います」

他には理由が思い当たらない。

「困ったもんだべな。あいつは俺の教え子の中でも飛び抜けて優秀で、愛国心も強え(つえ)。そりゃ結構だども、どうも頭が固くていけねえ。新附の民を警戒すんのも仕事のうちなんだろが、アイヌは独立だの抗日だのと騒いだりしねえべさ」

能代の言うとおりだ。台湾や朝鮮などの外地では、抗日運動が起こったが、アイヌにはそれがなかった。

アイヌの皇民化を推進する北海道旧土人保護法が成立したときに、住む場所や生活様式を強制的に変えられることに反発し、東京まで行って陳情をしたアイヌがいたというが、それ以上の抵抗運動に発展することはなかった。多くのアイヌは、皇国臣民となることを受け入れたのだ。

広大な土地に点在する集落(コタン)で自給自足をしていたアイヌには、元来、国という概念も国家意識も存在しなかった。ゆえに大日本帝国という国家に、すっぽり収まったのかもしれない。

――アイヌの精神は、日本精神と親和性が高い。ならばより強くて近代的な大日本帝国に溶け込むことが、アイヌにとっての幸福だ。たとえ、アイヌがみな皇国臣民となったとしても、アイヌの精神は、大日本帝国の中で生き続けるだろう。

父がよくそんなことを言っていたのを、おぼろげに覚えている。

幼い頃にはよく意味がわからなかったのだけれど、今になって思い返すと理解できる気がする。

アイヌは、熊や狐などの動物から、火や水などの自然物まで、森羅万象すべてを、魂を持つ神(カムイ)の化身と考える。これは八百万(やおよろず)の神を信仰する日本古来の宗教観と通底するものだろう。

また、アイヌは、これら神々は、それぞれに何らかの使命を帯び、動物や自然の事象に姿を変えて、天上に存在する神の世界(カムイモシリ)から、地上の人間の世界(アイヌモシリ)にやってくると考える。これも、万民が天皇陛下の赤子としてお国のために尽くすために生まれてきたとする皇国臣民の心性と相通ずるものがある。

「だいたい、北海道じゃ、大和人がアイヌに助けられることだって多いんだ。て、おめに言っても詮無いな」

能代は苦笑した。

能代は、三影と違いアイヌに対しては好意的だ。警察練習所時代は、八尋がアイヌの血を引いていると知ると「そうなのか。おめみてなやつが入って来てくれて、嬉しいな」とまで言ってくれた。

聞けば、能代の故郷である道南日本海側の上ノ国にある村落では、開拓前からアイヌの人々と共存し、ともに漁業を営んでいたのだという。

村では、より古くから漁をしているアイヌの知恵に、あとからきた大和人が多くを学んでいた。網元となるアイヌも多く、彼らはむしろ尊敬の的でさえあったらしい。そんな環境で育ったからか、能代は、アイヌに対して親しみがあるのだという。

能代は普段、ちょっとした打ち合わせなどに使う小部屋の前で立ち止まると、扉を開けた。

「入ってくれ」

小部屋といっても取調室よりはだいぶ広く、白い漆喰の壁には無論、血の染みなどはついていない。

部屋の中央に六人ほどがかけられる卓があった。

腰掛けるように勧められ、机を挟んで、能代と相対する。

「さて、本題だ」

能代の顔が引き締まったのがわかった。

「金田と伊藤が殺された事件な、室蘭(むこう)じゃ、憲兵も捜査に乗り出してんだ。警察(おれら)とも協力する建前だども、例によって互いにどっちが手柄を挙げっか張り合っとんだ。で、そったら中、ちょっこし、おめと関係ある事実が浮かんできた。して、連中、わざわざ身柄を取りにきやがったんだよ」

俺と関係のある事実？

戸惑う八尋に、能代は言った。

「毒が出てきたんだ」

「毒、ですか？」

「金田と伊藤の遺体には刃物で刺した傷があったんだども、軍医が詳しく調べたら、死因は毒によるもんだと判明した。してな、この毒ってのが鳥兜（とりかぶと）由来のもんだったんだ」

鳥兜。猛毒を含むことで知られる多年草。その根は附子（ぶす）と呼ばれ、狂言の曲目としても有名だ。ここ北海道にも多く自生している。

「……もしかして父が研究していた毒ですか」

「そんだ」

八尋の父、日崎新三郎が畔木村で生活していた表向きの理由は、道庁の嘱託として村に農業技術を伝え皇民化を推進することだった。

が、実はもう一つ、軍からも任務を請け負っていた。それは、アイヌの毒を軍事利用するための研究である。その任務があったからこそ、父は村に農耕が根付いたあとも、よそに派遣されることなく留まり、家族を持つことが許されたのだ。

古来、一部のアイヌたちは、鳥兜から独自の毒を造り、それを狩りに用いていた。近代化の妨げになるとの理由で、現在は法律で禁止されているが、畔木村には代々毒の製法を語り継いでいる家系があった。八尋の母、志摩子（しまこ）はその家の末裔である。

毒の詳しい製法を聞き出すため家に足繁く通ううちに、父は母と恋に落ち結ばれたという。父が村外れに建てた『研究所』では、薬草を集めてきて薬をつくるだけでなく、毒の研究と製造も行っていた。時折、村に軍人がやってきて、父は製造した毒を納めていた。

――八尋、お父さんは大和人の知恵で、この村をとても豊かにしてくれたの。そのお返しとして、お母さんの家が伝えてきたアイヌの知恵を、お国のために使ってもらうのよ。

いつだったか、母が誇らしげにそんなことを言っていたのを覚えている。

「……してな、今回の事件で使われた毒は、鳥兜の根に、いろいろ薬品の混ぜもんをして、毒の効果を高めているもんだった。こん細かい成分が、おめの親父さんが造ってたもんと、一致したらしんだ。鳥兜に毒があることは、誰でも知ってる。が、混ぜもんの成分まで一致すっとなると、偶然とは考えにくい。つまり事件の犯人は、日崎博士の造った毒を持ってる者（もん）か、製法を知ってる者（もん）の可能性が高（たけ）え」

「それで、憲兵が自分を」

「んだ。息子のおめが親父さんが造った毒を隠し持ってっか、製法を教わってる可能性もあるってわけだ」

「そんな……」

「ああ、酷い話だ。三影が言っていたように、勇み足だべ。親父さんが亡くなったとき、おめは十かそこらの子供だったべや」

「数えで十二。満で十一でした」

「そんなちっこい子供に、毒を託すとは思えねえ。念のため、訊いとっけども、心当たりはねえな」

「はい。父は毒には近寄らせてもくれませんでした」

父からは「危ないから、『研究所』には絶対に近づいてはいけないよ」と、きつく言い聞かされていた。無論、毒の製法を受け継いだ覚えはない。

「なら、犯人はどうやって、毒を手に入れたか、だ。日崎博士は造った毒や研究の資料を軍に納めてた。こっから流出した可能性が一つ。こりゃさすがに軍の中のことで、なかなか調べがつかね。も一つの可能性が、日崎博士から製法を教わった者の仕業って線だ」

父から、毒の製法を教わった者――。

八尋の脳裏には、一人の男の姿が浮かんだ。

村には、助手のように父の仕事を手伝っている青年がいた。

「して、日崎、畔木利市って男のことは知ってっか」

能代が口にしたのが、まさにその彼の名だった。

名字が村名と同じなのは偶然ではない。畔木村では、日崎家を除くほぼすべての家が畔木姓を名乗っていた。

アイヌには元来、日本式の姓と名に分かれた名前はない。村ができたときに戸籍と日本人名が与えられたのだが、このとき、道庁の担当者が全戸に、村名と同じ姓をつけ、村人は抵抗なくそれを受け入れたのだ。こういう例は少なくない。

「はい。父の仕事を手伝っていた人です」

「みてえだな。軍と帝大の資料にも、日崎博士の助手として名前が出てくる。ただ、この畔木利市は、去年、いや、もう一昨年か、戦死しとるようだ」

思わず息を呑んだ。

「戦死、ですか……」

「知らなかったか」

「は、はい……。出征したとは聞きましたが」

利市は、八尋の父の死後、同じ畔木村のアイヌの娘と結婚し、二人で村を出て仙台へ移り住んでいた。

「こっちで記録を調べたところ、畔木利市が兵隊になったんは、昭和十四年の春だったみてえだな」

「はい」

八尋は頷いた。まだ大東亜戦争が開戦する前で、ちょうど八尋が警察官になった年だ。本人から、「武運を祈ってくれ」と出征を知らせる葉書が来たので知っている。

「最初の任地は大陸だったんだども、大東亜戦争が始まってからは、南方に送られとる。そんでガダルカナルの戦いで戦死したらしい」

能代は深く息をついて、頭を掻いた。

「えらい過酷な、戦いだったらしいべな。俺のいた大連でも、噂んなっとったよ」

「はい。こっちでも報道されていました」

南太平洋に位置するソロモン諸島の中でも最大の面積を誇るガダルカナル島は、南方における制空権を確保するための拠点となる島だ。この島の飛行場を巡り、米軍と皇軍の間で争奪戦が繰り広げられた。陸軍報道班員による『ガダルカナルの血戦』という手記が出版されており、きわめて壮絶な戦いだったことは広く知られている。

利市さんは、あの戦いで命を落としていたのか――。

「おめは、札幌に来てからも、畔木利市と会うことはあったんか」

八尋はかぶりを振る。

「いえ。一度だけです。利市さんと緋紗子さん……あ、利市さんと結婚した人ですけど、二人が仙台に行くことになったとき、尋ねて来てくれました。その後は会ってません」

利市は八尋より九つ年上。父の仕事を手伝っていたこともあり、ものごころついた頃からよく遊んでもらった。歳の離れた兄のような存在だった。

その利市と結婚した緋紗子は、八尋の二つ年上。狭い村で歳も近いとあって、彼女ともよく遊んだ記憶がある。幼馴染みと言っていいだろう。

そんな二人だったが、村を離れてからはすっかり疎遠になってしまっていた。ときどき、葉書のやりとりがあったが、それも利市の出征以来は途絶えていた。

「もし畔木利市が、毒の製法を知ってたとして、他の誰かに伝えてるってことは、あると思うか」

「わかりません。でも……」

「でも?」

「毒の製法は軍の機密ですよね」

「ああ、そだな」

「でしたら、仮に知っていても、利市さんが軽々しく、人に伝えることはないと思います」

八尋の知っている畔木利市とは、そういう男だ。

「したら、緋紗子っつったかな。畔木利市の未亡人が、今どこいるかは知んねか」

「すみません、それも。仙台だとは思うんですが……」

「いや、台帳では仙台で暮らしてることになってんだども、どうもいねえらしい。地元の警察に頼んで調べてもらったんだが、蛻の殻んなってたそうだ」

台帳とは、市民世帯調査台帳のことだ。全国全世帯の居住実態を把握するためのもので、配給名簿も兼ねている。

「転出証明は」

大東亜戦争が開戦してからは無断転居は禁じられ、引っ越すときは役所に転出証明書を提出しなければならなくなった。が、実際は届けを出さずに、住まいを変えてしまう者も少なからずいる。

「出てねんだよ。念のため、日高署に頼んで、故郷の畔木村の方も当たってもらったけんど、おらんかったそうだ」

「そうですか……」

「まあ、畔木村自体、もうねえらしいけどな」

「えっ」

これも初耳だった。

「おめ、村に帰ってねんか」

訊き返され、かぶりを振った。

「札幌に来てからは、一度も」

父はもちろん、母の遺骨も、札幌にある日崎家の墓に埋葬されている。祖父が望まなかったこともあり、畔木村に帰る機会はないままだった。

「そっか。知らんかったか。村人がどんどん都会に出てっちまってな。何年か前に廃村になったそうだ。今は辛うじて一人だけ、年寄りが暮らしているらしい」

利市たちが一度、札幌に訪ねてきたときも「村から人がいなくなっている」とは言っていた。夫婦となった利市と緋紗子もそうだったが、皇民化したアイヌが、仕事のある都会へ出ていくのはごく自然なことだ。

「あの、その一人だけいるというのは」

能代は手帳を開き、確認した。

「えっと、確か畔木貫太郎つったかな。知ってる人か」

畔木貫太郎——村の古老で、長老(エカシ)と呼ばれていた男だ。気難しい人だったことを覚えている。伝統的なアイヌの暮らしに愛着があり、皇民化により村が変わってゆくことに反発している節があった。彼だけは父のことを、単に「先生」ではなく「大和人(シャモ)の先生」と、呼んでいた。

「はい。一応は。その貫太郎さんも、緋紗子さんの行方は……」

「知らんそうだ。まあ、そもそも毒の出所が畔木利市かどうかも、わかんねしな。軍が毒を流出させた可能性の方が高(たけ)えんじゃねえかと、俺には思える。それに当面、畔木利市の嫁さんより先に、捜さなきゃなんねえ女もいる」

とっさに何のことかわからず、目をしばたたかせた。

「芸妓だよ。金田たちと一緒にいたはずのな」

そう言えばそうだ。殺された二人の相手をしていた芸妓が行方不明になっていたのだった。

能代は口元に苦笑を浮かべて続ける。

「俺が札幌まで来たのは、おめに毒のこと確認するためだけじゃねえんだ。警察部長をはじめ、本部幹部たちの命令でな、迎えにきたんだ。おめらを」

「どういうことです？」

「今んとこ捜査は難航してる。毒の出所や、芸妓の行方。そもそも、なしてあの二人が殺されたんか。この事件は、わかんねことだらけだ。が、わかんねなりに上が考えてる可能性が三つある」

能代は指を一本立てる。

「一つは、このご時世に、朝鮮人のくせに芸者遊びなんぞに現を抜かしてた二人への妬み」

これは、事件の一報を聞いたとき八尋の頭をよぎったことだ。

ただでさえ新附の民は低く見られる。多くの者が爪に火を灯すような暮らしを強いられている中、自分より下と思っていた朝鮮人が贅沢をしていたとなれば、逆恨みする者がいても不思議はないだろう。

能代はもう一本指を立てた。

「もう一つは、朝鮮人たちの間で、何か、よからぬ事態がおきとる可能性。金田と伊藤は、どちらも行儀のいい朝鮮人だった。お国のために、よく尽くしてた。反日的な輩にとっちゃ、裏切り者だったんかもしんねえ」

なるほどと、八尋は相づちを打つ。

反日分子による犯行を疑うのも、当然と言えば当然だ。

能代は三本目の指を立てた。

「そいから、もう一つが、この銃後社会を混乱させようって工作員の仕業ってことだ」

「工作員、ですか」

「ああ、そんだ。例の〝ドゥバーブ〟とかいうスパイも、結局、どこにいるかわかんねだろ」

ゾルゲ諜報団最後の一人とされる、コミンテルンのスパイ〝ドゥバーブ〟は、確かに未だ行方が知れない。

能代は続ける。

「いずれにせよ、単なる殺しではなく、朝鮮人がらみのテロルの可能性がある。特高の内鮮係に協力させせんべえと、上は考えたらしい。だったら、おめは適任だ。殺された二人とも面識がある。俺としても、是非、遊軍として捜査に加わって欲しい。室蘭さ来て、おめの目で確かめてくんねいか」

再び、室蘭へ。今度は、殺人事件の捜査のために。

「わかりました」

八尋は即答した。

もとより、上の命を断るなどあり得ない。

「そっか、来てくれっか」

「はい」

「だどもよ、また三影も一緒だ。今回は、猿田と蟹ヶ谷もついてくる。いいかい」

能代は頭を掻きながら言った。

それは確かに、いい知らせとは言えないが、実績から言って、上が三影を派遣するのは当然だろう。

「問題ありません」

捜査に協力と言っても、特高刑事は単独で情報収集に当たるのが常だ。三影が敵意を向けてこようとも、気にしなければいい。

これまでずっとそうしてきたように、己の為すべきことを、粛々と為す。それだけだ。

「ありがてえ。したら、一旦自宅に戻って支度してくれ。こっちの課長さんには、もう話が通ってる。午後には汽車で出発することんなる」

「はい」

八尋は父が造っていた毒が使われたという事件には、やはり因縁を感じる。

もう十五年、訪れておらず、廃村になってしまったというあの村のことが、妙に懐かしく思えた。

8

あれは、八尋がまだ十歳の秋のことだった。

「今日は特別な日だからね」

母はそう言って、八尋に普段は着ないアイヌ文様が入った木綿の民族衣装、ルウンペを着せてくれた。腰にはアットゥシという木の皮でつくった織物の帯を巻く。

母と父も同じようにルウンペを着ている。父は更にその上から陣羽織を羽織り、頭に削り掛けと熊の彫刻のついたサパウンペというかぶり物をしていた。母は頭に文様の入った鉢巻きをして、首に玉飾りをかけている。どちらも伝統的なアイヌの正装だ。

こうして着飾った両親とともに村の広場に向かった。当時八尋が通い、父が教鞭を執っていたアイヌ学校の脇にある大きな広場だ。

そこには同じように正装をした人々が集まっていた。中には少し眠たそうな顔をしている者や、赤ら顔をした者もいる。昨夜遅くまで、大人たちは前夜祭を催していたからだ。

「八尋、よく似合っているぞ」

声をかけてきたのは、父の助手を務める畔木利市だ。

利市は「なあ」と、一緒にいた緋紗子に同意を求めた。

緋紗子は微笑んで「本当、よく似合ってる。可愛い（ピリカ）ね」と、言ってくれた。

八尋は自分の頬が赤らむのを感じた。

緋紗子はこのとき、まだ十二だったはずだが、子供の二歳差は小さくない。特にこの日のルウンペに身を包んだ緋紗子は、大人びて美しく見えた。

広場には檻が設置され、中に一頭の羆(ひぐま)がいた。二年ほど前に捕らえた子熊だ。今日のために、村の女たちが中心になって、この子熊を大切に飼育してきたのだ。かつては子犬ほどの大きさだったのが、もう、当時の八尋よりも一回り以上大きくなっていた。

広場の隅には、鉄の足の生えた見慣れない機械が置かれ、その傍らに平服を着た男が二人立っていた。あの機械は映画のカメラで、男たちは技師だという。村の人々は物珍しそうに、カメラをちらちら見た。技師たちは「始まったら、あまりこっちを気にせんでください」と注意していた。

これから行われるのはアイヌの伝統的な祭、「それ・行かせる(イオマンテ)」の祭だ。

森羅万象のすべてを神(カムイ)の化身と考えるアイヌは、地上にやってきて使命を果たした神の魂を、神の世界(カムイモシリ)に還す「送り」という儀式を伝統的に行ってきた。中でも、アイヌにとって特別な存在で山の神(キムンカムイ)と呼び畏れ崇めている獣、羆に対する特別な送りの儀式が、イオマンテである。

このような伝統的な祭祀は、前近代的で皇民化の妨げになるという理由から、原則禁止されていた。畔木村でも最後にイオマンテが行われたのは三十年も前、八尋の父が村にやってくるより前のことだったという。それが久しぶりに開催される運びになったのは、父の尽力によるものだ。

父は皇国臣民になることこそが、アイヌにとっての幸福だと考えていたが、同時に、皇民化により消え去るアイヌの様々な文化や風習は、学術的な資料として可能な限り記録に残しておくべきだと考えていた。そこで道庁に働きかけ、特別に一度だけ畔木村でイオマンテを行い、その詳細をフィルムに記録しておくことになったのだ。

すでに三十年も行われていなかったイオマンテの詳細を知るのは、村の古老たちだけだ。約二年間、子熊を飼育する傍ら、彼らの指導を受け、村人たちは入念な準備を行い、この日を迎えた。

祭を取り仕切るのは、長老（エカシ）、畔木貫太郎だ。イオマンテを行えるのが嬉しいのか、いつもしかめ面ばかりをしている彼も、表情が柔らかい。

長老（エカシ）が合図をし、村の男たちが檻を開けて子熊を外に出した。技師らがカメラを回し始める。男たちは蔓草を撚（よ）ってつくった二本の綱（トウシ）を、子熊の胴体と首に結びつけた。

二人の男がこの綱で子熊を引いて移動させる。その周りを数人の男が取り囲み、一緒に歩いてゆく。男たちの手には、キハダの枝でつくった長い棒に削り掛けをつけたタクサイナウという祭具が握られている。男たちはこのタクサイナウで、子熊を撫でたり、軽く叩いたりする。すると子熊はそれにじゃれつくように反応する。それを見守る人々は手拍子をしながら「ホイヤーホッ」とかけ声をかける。「カムイを遊ばせる（ヘペレシノッ）」という儀式だ。

やがて子熊は広場に打ち立てられた大きな杭の前まで連れて行かれる。男たちはこの杭に子熊をつなぐ。その子熊の周りを女たちが取り囲み、歌を口ずさみながら踊り（リムセ）を踊る。

それから、弓を持った男たちが子熊の前に立ち、順番に、子熊に向かって矢を射る。この射手の中には、利市の姿もあった。彼らが射ている矢は、鏃（やじり）がなく削った木の枝に炭で模様をつけ、削り掛けで飾った儀礼用の花矢（エペレアイ）だ。当たっても、ほとんど刺さることはないが、子熊は次々放たれる矢に身をよじる。

射手たちは、周りで見ている男たちにも弓を渡し、順に花矢（エペレアイ）を射させた。これは神の世界（カムイモシリ）へ旅立つ子熊への贈り物の意味があり、子供も含めて村の男全員が射るのだ。

「いいか、力一杯弓を引いて、狙うときは息を止めるんだ」

利市に補助してもらいながら、八尋も花矢（エペレアイ）を放った。子供の力では、十分に弓を引くことはできなかったけれど、それでも矢はゆるやかな放物線を描き、子熊の背中に当たった。

「よし！　命中だ。よくやったぞ！」

利市はくしゃくしゃと八尋の頭を撫でてくれた。八尋は手に残った痺れとともに、身体の奥にもじんわりとした不思議な興奮を覚えていた。

全員が花矢（エペレアイ）を射終える頃には、子熊は疲れ切って、動きが鈍くなっている。

それを見た年配の射手が、おもむろに鏃のついた矢を手に取る。花矢（エペレアイ）とは違い殺傷能力のある仕留め矢（イソノレアイ）だ。射手はそれを子熊に向けて放った。矢は、子熊の肌を裂き、肉に突き刺さる。

子熊は甲高い悲鳴をあげて、身体をのけぞらせる。それを合図にしたように他の射手たちも、次々に仕留め矢（イソノレアイ）を射かけてゆく。幾本もの矢が、子熊を貫く。利市が放った矢も、子熊の喉元に突き刺さった。

しばらく暴れ、のたうっていた子熊だが、やがてその場に倒れ、ぐったりとする。しかしまだ息はあるようだ。男たちは、杭につないでいた綱をほどき、その子熊を広場の奥に用意してある祭壇（ヌササン）の前に運ぶ。

祭壇には三メートルほどもある丸太が二本、用意されていた。子熊の顎を一本の上に載せ、もう一本を延髄の上から押しつけ、首を挟む。そして男たちが次々とその上に乗り、子熊の首を締め付ける。

それまでかすかに身体を上下させていた子熊が、やがてまったく動かなくなった。神（カムイ）の魂が、子熊の肉体から離れたのだ。

子熊が息をしなくなったことを確認すると、その口元にイクパスイという木製のへらのような祭具を当てて、酒を飲ませる。

それから長老（エカシ）が祈りを捧げる。

それを見ていた数人が、泣き崩れる。主に子熊の世話をしていた女たちだ。

彼女たちは、今日、このときのために二年間、大切に子熊を育ててきた。息子のように、弟のように。これがあの子熊を神の世界（カムイモシリ）に還してやる大切な儀式とわかっていても、悲しみは湧いてくるのだろう。

緋紗子もまた、泣いていた。大きな瞳からぼろぼろと涙をこぼし、しかし、視線を逸らすことなく、命を失った子熊のことを見つめていた。

今にして思い返すと、あの日の緋紗子がいつもよりきれいに見えたのは、どこかに憂いを湛えていたからではないかとも思う。

八尋の両目からもぼろぼろと涙がこぼれた。すると傍らにいた母が、すっと抱き寄せてくれた。

「大丈夫、大丈夫よ。あの羆（キムンカムイ）の子はね、これから親やきょうだいのいる神の世界（カムイモシリ）で、幸せに暮らすんだよ」

確かに八尋も、子熊の餌やりなどの世話を手伝っており、情が移ってはいた。けれど、その子熊が殺されたことは、不思議と残酷と思わなかった。

だから、このとき泣いたのは、悲しかったからではない。半分は、緋紗子たちが泣いているのに、つられたから。もう半分は、悲しみとは違う、不可思議な感情のせいだ。

強いて言葉にするなら、畏れ、だろうか。人の手によって獣を屠(ほふ)る儀式は、逆説的に、人には決して抗えない大きな何かの存在を確かに感じさせた。

やがて解体され頭と皮だけになった子熊は、この日のためにつくられた草葺きの大きな家、チセに運ばれる。チセの中には祭壇が用意されており、子熊の亡きがらは、ここに祀られる。この祭壇には、食べものや酒、刀(エムシ)など、様々な供物が置かれている。

イオマンテの本番は、むしろこのあとだ。

肉体を離れたもののまだ村にいる子熊の神(カムイ)を歓待し、送り出すための宴を催すのだ。たいまつに火が焚かれ、長老(エカシ)が、村にやってきてくれた神(カムイ)に対する感謝を述べ、人々は踊りや神謡(カムイユカラ)を捧げる。宴は丸二日、続けられる。

この宴の中で、緋紗子が、雷神カンナカムイの神謡(カムイユカラ)を口ずさみ、それに合わせるように利市が弓を使った舞(クリムセ)いを披露した。

天上から地上へ、光とともに降り立ち、すべてを焼き尽くすというカンナカムイの物語を、独特の節のついた語りと、荒々しい踊りで表現する二人の姿は、今でも目に焼き付いている。

宴の最中、村が、いや、この世界のすべてが大きな何かに包まれているような、不思議な一体感を覚えた。

二日目の宴のときには、祭壇に祀った子熊の頭部から皮を剥ぎ、頭蓋骨を取りだし、これを削り掛けなどで飾り付けた。この頭蓋骨を神の客人、マラプトという。

宴の終わりに、マラプトを、二叉になったキハダの枝の先端につけ、人形のように服を着せるなどして飾り付けた。それを長老（エカシ）が抱え、周りを全員で取り囲み「ホイヤーホッ」とかけ声をかけながら、チセの外に出る。広場にある祭壇まで移動して、マラプトのついたキハダを、地面に突き刺した。

そして最後に、その前で一人の若者が弓を構え、花矢（エペレアイ）をつがえた。利市だった。

利市は東の空に弓を向けると、思い切り引き絞り、矢を放った。

矢は音を立てて黒い夜空に吸い込まれるように飛んでいった。

旅立つ神（カムイ）に、神の世界（カムイモシリ）への道筋を示し、清めるという大役を利市は見事に果たしたのだ。

その姿は凛々しかった。

祭の終わりに、父は言った。

「いいかい八尋、よく覚えておくんだよ。このイオマンテは、アイヌの伝統的な祭でありながら、我ら皇国臣民にとっても大切なことを教えてくれる。我々はみな使命を背負い生まれ、それを果たしこの世を去るんだ。そして、皇国臣民にとっての使命とはね、陛下のために尽くすことなのだよ」

父が母とともに、この世を去ったのは、それからおよそ半年後のことだった。獣害。薬草を摘みに行ったとき、獣に襲われた。皮肉なことに、その獣とはイオマンテで送った山の神——羆だった。

9

窓の外を流れる雪原の雪は、市街地で目にする黒く汚れた雪と違い、きれいな純白をしている。煤けた窓越しにも鮮やかで、まるで輝くようだ。

八尋は、三等車の二人がけの座席に座り、ぼんやりと雪の白を眺めていた。隣では、能代が船を漕いでいる。朝一番で室蘭からやってきたため、寝不足だとぼやいていた。

石狩平野を南下する国有鉄道千歳線は、札幌の南に位置する広島村のあたりを走っていた。広島出身の実業家、和田郁次郎が、広島県人とともに移住し、開墾した土地だ。

この雪の下には、豊かな水田が広がっている。

北海道というのは気温が低い上に湿地が多く、本来稲作には向いていない土地柄だ。しかし和田たち広島県人は、文字どおり命懸けで土地を拓き、稲作を成功させた。広島村は今や石狩平野でも有数の田園地帯だという。

千歳線の車内も、札幌の市電ほどではないにせよ混み合っていた。御多分に漏れず国鉄も人手不足と車両不足で運行本数を激減させており、客車は原則三等車のみとなっている。軍人らしき者の姿が多いのは、軍務および公務の乗車が優先されているからだろう。一般向けに販売されている切符の価格は、ずいぶんと高騰しているという。

と、背後から声がした。

「何だか臭えな」

「ええ、臭いますね」

後ろの座席にいる三影と猿田だ。

「こっちまで漂ってきますよ、何ですかね、この臭いは」

通路を挟んで三影たちと反対側の座席に座る蟹ヶ谷の声もした。

特高課内鮮係から室蘭に派遣されることになったのは、八尋と三影、それに猿蟹の四名だ。

この千歳線で太平洋側の苫小牧まで出て、室蘭鉄道に乗り換えて室蘭に向かう。六時間ほどの汽車旅になるという。

「こりゃ、獣の臭いだな。熊やら、鹿やらの臓物の臭いだ」

三影が言う。

「ああ、そうですね」

「どっかに土人でもいるんじゃないですかね」

三人は、ゲラゲラと笑った。

「おい、くだんねこと、言ってんでねえよ。仲間だろうが」

目を覚ました能代が、不機嫌そうに一喝した。

「さあ、どうでしょうかね。俺は、土人と仲間になった覚えはありませんがね」

三影の悪びれない声が返ってくる。

「おい、三影」

腰を浮かそうとする能代を、八尋は制した。

「能代さん、自分は大丈夫です。気にしませんから」

能代は眉根を寄せ「そっか」と、ため息をつき、座り直した。

「困ったもんだ、三影のやつも昔はもっと丸くて気の好いやつだったんだけどな」

「そうなんですか」

思わず訊き返した。気の好い三影というのは想像できない。

「おおよ。練習所ん頃なんか、初々しくてな、日崎、おめとちょっと似た感じもあったんだぞ」

あの人と俺が似てる？

思わず顔をしかめてしまう。

「つまらん話はやめてもらえませんかね。能代さん、今はもうあんたは俺の教官でもないんだ」

当の三影の声が飛んできた。

「おっと。悪りぃな、三影、おめも、くだらねえこと言うんでねよ」

ちっと三影が舌打ちする音がした。

三影が、多少なりともやり込められるのは、なかなか新鮮だった。

八尋は窓の外に視線を戻す。

アイヌであることを理由に疎まれるのは、別に初めてというわけではない。

長らく狩猟採集を中心に生活してきたアイヌを、獣を狩る野蛮な土人と見做す風潮は根強い。八尋にアイヌの血が流れていると知ると、ただそれだけで蔑む者や敵視する者は、どこにも必ずいた。

いや、多数派が少数派を差別するのは、そもそも普遍的に人間に備わっている性質なのかもしれない。

畔木村で暮らしていた頃、八尋は父が教鞭を執る村のアイヌ学校に通っていた。大和人の血を引く生徒は八尋ただ一人。「シャモ」という大和人の蔑称で呼ばれることもあった。アイヌの子たちとは違う彫りの浅い顔立ちをよく「平べったい顔だ」とからかわれた。父が村の功労者で教師でもあることは、むしろやっかみの種だった。「生意気だ」「贔屓されてる」などと絡まれたことが何度もある。畔木姓ばかりの村の中で日崎という名字を持つことさえ、からかいの対象だった。

ところが十一歳のとき札幌の小学校に転校してみると、今度は大和人の同級生から「ここは日本人の学校だ」「土人は来るな」などと言われた。理不尽に殴られたこともあるし、教科書を奪われ川に捨てられたこともある。

八尋は、大和人とアイヌ、どちらの社会でも差別される側の少数派だった。

ただ、そんな嫌がらせの痛みは、両親を失ったことに比べれば、何でもなかった。

両親が羆に襲われたとき、八尋は二人のすぐ傍にいた。ほんの少しの差が明暗を分け、両親は死に、八尋は助かったのだ。

一人だけ生き残ったことの孤独と罪悪感が、まだ幼い八尋の心に沈澱した。

そんな八尋を支えてくれたのは、札幌へ引っ越す直前、利市がかけてくれた言葉だった。

――おまえが助かったということは、おまえに果たすべき使命があるということだ。親がいなくなったとしても、天皇陛下がいらっしゃるじゃないか。おまえのご両親は、立派な皇国臣民だった。先生は村を豊かにして、俺たちアイヌを幸福に導いてくれた。志摩子さんは先生にアイヌの知恵を伝え、国を強くするのに協力した。だからおまえも、立派な臣民になって、お国に尽くすんだ。あの二人も、それを望んでいるはずだ。

生き残った者の使命、お国に尽くすこと。

両親を失った八尋にとって、天皇陛下は父であり、大日本帝国は拠って立つ大地になった。札幌に来てからは、ひたすら己を鍛えることに没頭した。強くなるため。お国のために、陛下のために、お役に立てる臣民となれるように。

毎朝、家の誰よりも早くに起き、走り、柔剣道の稽古をし、書物を読んだ。同級生からの嫌がらせも、すべて自分を鍛えるための試練なのだと思うことにした。いや、一人生き残ってしまった自身への罰のようにさえ思えた。心と身体を鍛え困難に耐えることで、罪悪感が薄まる気がした。

両親を守ることができなかった自分だからこそ、立派な皇国臣民となり、第二の父たる陛下のお役に立たなければならないのだと思えた。

畔木村を離れて七年が過ぎた昭和十二年（一九三七年）の六月。一度、札幌の家を利市と緋紗子が訪ねて来てくれたことがある。

このとき八尋は十八歳。すでに学校を卒業し『ヒザキ』の店を手伝っていた。

「八尋くん、見違えたね」

緋紗子は再会するなり、満面に笑みを浮かべて言った。会わない七年の間に、八尋の背は緋紗子を追い越していた。

が、むしろ見違えたのは彼女の方だった。

緋紗子は、もともと整った顔をした娘だったが、会わぬうちに頬や鼻筋からは子供らしい丸みが取れ、より完成した美を湛えていた。目鼻立ちがはっきりしているところはアイヌらしいが、二重で切れ長の瞳には清楚さがあり、大和人と言われればそう思える。どちらにせよ、美人になったのは間違いなかった。また、少し大きくなった身体は艶めかしい曲線を描き、大人の色気を放つようになっており、八尋は目のやり場に困った。

イオマンテの日の緋紗子も美しく見えたが、あのときは、まだまだあどけなかったのだと思わされた。

利市の方も、身体は一回りほど大きくなっていた。顔つきも昔以上に彫りが深く、精悍になり、アイヌの若者らしい逞しさに溢れていた。

利市が宮城の運送会社に職を得たのを機に、二人は結婚して仙台で所帯を持つことにした。当分、北海道には戻ってこないだろうから、八尋にも会いに来たのだという。

八尋は驚く反面、どこかで納得もしていた。昔から二人はいつも一緒にいたし、こうして見るとお似合いだった。

利市が父の助手をしていたと知ると祖父も二人を歓迎してくれ、大通に面する高級西洋ホテル『豊平館』で洋食をご馳走し、薄野の劇場でやっていた歌劇(レヴュー)に招待した。二人は大層喜んでいたし、八尋も、普段は連れて行ってもらえないホテルや劇場に一緒に行けて、とても嬉しかったのを覚えている。

それから、帰りにみんなで提灯行列を見物した。皇紀二六〇〇年の節目である三年後の昭和十五年（一九四〇年）に、夏の五輪を東京で、冬の五輪を札幌で開催することが決定し、それを祝うため、学生ら一万人以上が提灯と旗を掲げ市内を練り歩いたのだ。その絢爛(けんらん)さに、利市と緋紗子は「すごい、すごい」と、声をあげて感激しており、八尋はそれがまるで自分の手柄のように誇らしかった。

あの頃の札幌の街は、欧米文化の発信基地であり、アジア随一の国際都市へと発展を遂げようとしていた。

ただし、このわずかひと月後に、大陸で支那事変（日中戦争）が始まると、五輪歓迎のムードは一気にしぼみ、「五輪開催を断念し、戦時体制を強化すべし」との世論が支配的になる。翌年、政府は正式に五輪開催を返上。札幌と東京の五輪は幻と消えた。やがてアメリカやイギリスとの関係も険悪になってゆき、開戦に至ると、洋食やレヴューのような敵性文化は、街から排除されてゆく。

政府は、欧米の世界観は所詮、外からやってきてアジアを力で支配する「覇道」であるとして、これと決別。東洋の徳によってアジアの国々を治める「王道」を歩むことを決意し、欧米の植民地支配から解放されたアジア諸国が、大日本帝国を盟主として共存共栄する大東亜共栄圏を構想することになる。

そんな未来がくることを知っていたわけでもないだろうが、利市は、提灯行列に声援を送りながら言った。

「これから日本は、アジアを引っ張り、欧米に伍してゆく大きな国になるだろう。俺は、村を出てこの素晴らしい国のために働くよ。それが俺の使命だ」

使命――、かつて、八尋を励ますために発してくれた言葉を、自ら実社会の中で体現しようという利市の覚悟が伝わってきた。

祖父はそんな利市をいたく気に入ったようで「素晴らしい。畔木くんのような者こそ、真の日本男児だ」と、持ち上げていた。

このとき八尋は、イオマンテの最後に、利市が空に花矢（エペレアイ）を放ったときのことを思い出していた。それはおそらく、あのときと同じ憧憬の念を抱いていたからだ。

俺もこの人のように、いつか自分の使命を果たそう――。

胸の中で誓った。

それからおよそ二年後、二十歳になってすぐ、警察の門を叩いたのも、お国のための仕事と思ったからだった。

警察練習所を無事卒業し、巡査になった八尋が最初に赴任したのは、小樽にある小さな町の交番だった。

札幌を離れ、小樽署の警察寮で生活することになったが、その間も、ずっと続けていた鍛錬は欠かさなかった。

交番は単なる巡査の詰め所ではなく道庁の出先機関のようなものだ。刑事事件のみならず、衛生、営業、建築、交通など、あらゆる内政を総合的に管轄している。二十歳そこそこの若輩者であっても、町の人々から様々な相談ごとを持ち込まれた。それをすべて処理した上で、記録を付けなければならない。

日常的な事柄であれば、巡査の裁量で裁定を下すことも少なくない。巡査の中にはこれを笠に着て、横柄に振る舞い、露骨な贔屓をする者もいるのが実態だ。が、八尋は、警察練習所で教わったことを愚直に守り、些細なことでも、前例と法律をいちいち参照し、できるだけ公平な裁定を下すように努め、そのすべてを詳細な記録に残した。

また巡査には、日常の業務に加えて「注意報告」という任が与えられていた。自分の担当区域の住人の動向を把握し、怪しげな集会をしている者たちや、収入のわりに羽振りのいい者などがいたら、記録をし、署に知らせる任務だ。

　これも八尋は精力的にこなし、非番の日なども自主的に担当区域を見回った。その甲斐あってか八尋の注意報告が、大きな取り締まりに繋がったことが二度もあった。一度目は、違法な賭場を開催していたやくざ者の検挙。二度目は、国家神道を否定する宗教の集会だった。このどちらでも、八尋は功労者として署長から表彰された。

　こうして小樽の交番で二年近く勤務した昭和十六年（一九四一年）。大東亜戦争開戦直前の秋、本部の特高課から声がかかった。このときすでに対米開戦濃厚との観測が出ており、警察本部では、銃後体制強化のため、特高課員の増員を図ることになったのだ。

　八尋が新附の民の血を引いており、また巡査としてもまだ経験が浅いことは懸念されたそうだが、恩師である能代が推薦してくれたことに加えて、これまでの交番での働きが評価され、配属の命が下った。

　表彰される手柄を二度も挙げたことと、日常の業務でも記録をこと細かく残しているところが特高向きと判断されたのだ。

　国家の安寧秩序を守る警察の、まさに花形と言える部署、特高課の刑事になれた。

　だからといって、何かの使命を果たしたとは、未だ思えない。が、為すべきことを為していれば、出自に関係なく評価してくれる人はいる。

特高刑事になってからも、しっかりと仕事はこなしている自信はある。課内でも、特別つらく当たってくるのは、三影とその取り巻きだけだ。

たとえアイヌの血が流れていようとも、純粋な大和人と同じ天皇陛下の赤子、皇国臣民だ。今、大日本帝国は、存亡をかけた戦いの最中にある。銃後の治安の守護者として、懸命に為すべきことを為す。使命を果たす、ただそれだけだ。

八尋はいつも自身にそう言い聞かせていた。

10

室蘭駅に到着したのは、十九時過ぎ。もうすっかり日は暮れていた。

長く座り揺られ続けた身体の節々が強張るのを感じた。一日で往復することになった能代はかなり身体に応えたらしく、汽車から降りるときうんうん言いながらしきりに身体を伸ばしていた。

室蘭駅は、かつて八尋が石炭の積み出しを行っていた室蘭港の南側にある。室蘭鉄道の終点駅だが、石炭車が走るための支線が港に向かい延長されている。

駅舎は屋根が四方に傾斜する寄せ棟造りの木造洋風建築で、洒落た三角屋根窓が六つ取り付けられている。

駅前の広場に出てゆくと、紅く灼けた夜空に迎えられた。北東の方角にこの町の〝第二の太陽〟、輪西町の五本煙突が見える。その上の空がもっとも紅が濃い。その景色に八尋は、奇妙な懐かしさを覚えた。

その五本煙突の反対側、西から南側に目を向けると、天然の要塞のごとく、ぐるりと町を取り囲む丘陵地の影が見えた。あそこには町を守るための高射砲台がいくつも設置され、室蘭防衛隊の部隊が常駐している。

広場には、ちらほらと憲兵の姿があった。どうやら駅から出てくる者を監視しているらしい。軍需工場が多く建ち並ぶ室蘭は、一種の軍都と言える。畢竟、軍警察である憲兵は、より幅を利かせている。

「ふん、敵地というわけか……」

三影がつぶやいた。

「そったらこと、言うもんでねえ。警察も憲兵も力あわせて、銃後の町を守るんだ」

能代は一旦、三影を咎めたが、ため息をついて続けた。

「まあ、実際、室蘭は憲兵の力がかなり強え(つえ)がな」

その憲兵が二人、こちらに駆け寄ってきた。

「特別警戒中につき、来訪の目的の確認と、所持品の検査を行っている」

憲兵の一人が大声を張り上げた。

「俺たちは、警察の者だ」

能代が一歩前に出て言った。

「ああ、あんた、室蘭署の刑事だな」

憲兵たちは顔で能代のことはわかったようだ。

「そんだ。こっちは、みんな本部から来た特高刑事だ」

「特高？」

憲兵たちは、顔を見合わせる。一人が八尋たち四人を順に見回した。

「悪いが、念のため全員、手帳を見せてくれ」

三影は眉をひそめ、憲兵を睨み付ける。

「何故、そんなことをしなきゃならない」

かすかに憲兵たちが怯んだように見えた。が、彼らは声を張る。

「決まりは決まりだ。特高だろうが何だろうが従ってもらう」

猿田と蟹ヶ谷が気色ばむ。

「俺らを疑うのか！」

「おい、ふざけんじゃねえぞ！」

あわや一触即発の空気が出来上がっていく。が、能代がすっと手を上げて制した。

「まあ、待て」

能代は、猿蟹ではなく三影に視線を向けている。

「この憲兵さんたちも仕事だ。『特高だ』と言われただけで、通したんでは、御子柴中尉あたりにどやされんべよ。手帳を見せるだけで済む話だ。協力してやろ」

三影が目をすがめた。

能代は憲兵らに背を向け、声を潜めて言った。

「おい、今言ったばかりだべ。室蘭は札幌とは違う。やたら憲兵と揉めるんでねえ」

「やつらに尻尾を振れと」

「そうは言ってねえ。無駄に揉めんなって言ってんだ。三影、俺の頼みだ」

三影は表情を変えずに鼻を鳴らすと、おもむろに懐に手を入れて手帳を出す。「出してやれ」と、猿蟹にも命じた。

「はあ……」と、気が抜けたような返事をして猿蟹も手帳を出した。八尋も三人に倣い、手帳を出す。

「協力、感謝する」

憲兵たちはほっとしたような顔になり、一人一人手帳を確認し、名前を帳面に書き取っていった。能代が言うように、確認せず素通しすれば、あとで叱責されるのだろう。

一行は駅前広場を出て、能代の案内で室蘭警察署へ向かった。

署は駅からは徒歩で五分ほど。駅前から延びる札幌本道沿いにあった。この道はその名のとおり、札幌まで続いている。比較的早くから開拓が進んだ道南の各都市と内陸の札幌を繋げるために開拓使が整備した幹線道路だ。

室蘭署は室蘭駅舎と似た雰囲気の洋風の建物だった。事件の捜査本部は、その一階、大部屋に設置されていた。

署長以下、室蘭署の署員らは、本部からやってきた八尋たちを歓迎してくれた。簡単に挨拶をすませたあと、大部屋の隣の会議室に通された。

大きな卓が一つと、その周りに椅子が八つ。正面に黒板。机の上にはざら紙の束が、人数分、積まれてあった。黒板には、室蘭市全域の地図が貼られていた。地図の中央左の部分に二箇所、赤い○と×の印が付けてある。

「今日んとこはまず、おめらにきちんと事件の詳細さ、説明する。もう夜も遅えしな、急いでやんべ」

能代に促されて、一同は席に着いた。

ざら紙の束は、ガリ版で刷られた事件資料だった。

能代は、地図に記されている○印を指さした。

「一月二十八日、夜。金田と伊藤の二人はここ幕西遊郭の『青木屋』っちゅう料亭で、芸者遊びをしていたらしい」

幕西遊郭は、高級享楽が禁止されて以来、軍に接収された。『青木屋』は、軍専用として営業を許可された数少ない店の一つだという。

金田と伊藤が店にやってきたのは夜七時頃。金田の馴染みの菊乃という芸妓を呼び、宴を始め、九時過ぎに一度、月を見ると外に出たという。

店の番頭は鍋を用意し、帰りを待ったが、三人はいつまでも帰ってこなかった。十時を過ぎ、夏場ならともかく真冬に、一時間も月見をしてるのはさすがにおかしいと思い、店の下男らに捜しに行かせ、念のため憲兵にも連絡を入れたという。

「――で、知らせを受けた憲兵も、当直を駆りだし、界隈の捜索を開始したそうだ。したら、二人はすぐに見つかった。死体でな。ここ。幕西の外れ。今は廃業している妓楼の裏手だ」

能代は、今度は地図の×印を指さした。

遺体発見現場と『青木屋』は、大きな地図の上では数センチ、実際の距離でも、五百メートルも離れていない。

「憲兵の記録では、遺体の発見時刻は、十時四十二分。遺体は、並んで地べたに転がっていたらしい。二人と一緒にいたはずの芸妓の姿はなく、今もどこ行ったかわかんねままだ。これが憲兵が現場で撮ったって写真だ」

能代は黒板の脇の棚から数枚、大判に引き伸ばされた写真を出して、机の上に並べた。

金田と伊藤の遺体写真だ。それぞれ、別々の角度と画角で、全身と顔が撮られている。白黒だが生々しい。金田は軍服、伊藤は国民服姿で、地面に横たわっている。二人とも上着の腹の辺りに大きな染みを付けていた。血痕だろう。

「二人とも腹んとこを刺されてっから、最初は刺殺と思われた。だども、遺体を回収した軍病院が解剖したところ、死因は鳥兜由来の毒だとわかった。犯人はこの毒を塗った刃物で二人を刺したらしい。またこの毒は、かつて帝大の学者が軍の依頼を受けて、アイヌの村で製造していたもんだったとわかった」

一同が八尋の方を見る。「帝大の学者」とは、八尋の父、日崎新三郎のことだ。

「そいからな、こいつは報道されてねえことなんだども、遺体が発見されたとこの壁にな、こんなもんが書かれてたらしい」

能代は棚からもう一枚写真を出して、机に置いた。

木造の建物の壁らしきところに、文字が書かれている。

ワガナハスルク
ワガイカリヲシレ

「写真だとわかりにくいけんど、血文字だ。被害者の血で、犯人が書いたもんだと思われとる」

我が名はスルク我が怒りを知れ——と、書いてあるのだろうか。

八尋は密かに息を呑んだ。

「このスルクという名を、犯人は名乗っているわけですか」

三影が確認した。

「みてえだな。スルクってのは、どうやらアイヌの言葉らしい。んだな、日崎」

能代が水を向けてきた。八尋は頷く。

「はい。スルクというのは、アイヌの言葉で毒——あるいは鳥兜のことを指します。鳥兜も、鳥兜から造られた毒も等しくスルクです」

一同から「ほう」と声が漏れた。

「つまり、おめの親父さんが造ってた毒も、スルクってわけか」

「そうです」

実はもう一つ、スルクという言葉の意味に心当たりがあったが、この場では伏せた。

「だとすっと犯人は、アイヌの毒を使い、その毒を意味する名を名乗っとるわけだ。そういうこともあって憲兵の連中は、おめに目え付けたんだべな」

「おい、土人、まさか本当に貴様がやったんじゃあるまいな」

蟹ヶ谷が横からからかうように言った。

「つまんねこと言うな」

能代が蟹ヶ谷を咎めて続ける。

「こん事件はアイヌがらみとは限らね。殺されたんは、朝鮮人。二人とも軍需工場の関係者だ。日崎の親父さんが造った毒は、軍も保管してる。そっから流出した可能性もある。あとな、実は二人の体内からは、別の薬物も出てきてる。カルモチンだ。こいつは刃物じゃなく、口から飲まされたようだ」

カルモチンは比較的市井に多く出回っている睡眠薬だ。大量に摂取すれば死に至るとされているが、実はさほど毒性は強くない。かの太宰治は、これまで三度、このカルモチンで自殺を図り、いずれも失敗している。

「今んとこの見立てでは、犯人はまずカルモチンを飲ませて二人を酩酊させたあと、殺害におよんだと思われる。つまり金田と伊藤は、一服盛られてた。したらば、怪しいんは、一緒にいたっちゅう菊乃って芸妓だ」

その芸妓が飯や酒に混ぜてカルモチンを飲ませ、頃合いを見計らい外に連れ出す。そして薬が回り始め酩酊したところに犯人が襲う――という線が浮かぶ。

能代は、棚から別の写真を出して机に置いた。

「これが、その菊乃だ。置屋に写真があった。軍要員になるだけあって別嬪だべ。金田はこの菊乃にぞっこんだったようでな。身請けできねえかと画策しとったらしい」

写真の中で髪を結った芸妓が微笑んでいる。目鼻立ちがはっきりとした美人のようだが、白粉を塗って化粧をしているので、素顔とは言い難いだろう。

「化粧をしてない写真はないのですか」

三影が尋ねた。

「ああ、写真はねえが、似顔絵をつくった。置屋の主人や、料亭の番頭に見せたが、そっくりに描けとるそうだ」

能代は、今度は棚から、ざら紙を出して置いた。写真のそれよりも、やや陰のある女の顔が刷られている。眉が濃く、はっきりとした二重で、鼻筋がすっと通っている。写真と見比べて、化粧を取ればこうなると言われれば、なるほどと思う。

「化粧取っても、別嬪だんべ」

確かに、素顔も美人だ。しかし、この顔は……。

八尋はじっと似顔絵を見つめる。

「おい土人、見とれてんじゃねえぞ。このスケベが」

蟹ヶ谷になじられる。

「あ、いえ……」

見とれていたわけではない。知っている女性とよく似ているのだ。

戦死した畔木利市と結婚した八尋の幼馴染み——畔木緋紗子と。

能代は、緋紗子の行方はわからないが、この芸妓を捜す方が先決だと話していた。二人が同じ人間、などということがあるのだろうか。

それに絵の女は、八尋の記憶にある緋紗子と似てはいるが、まったく同じわけではない。一番違うのは……目つきだろうか。切れ長の二重という点は一緒だが、絵の女の目はずいぶんと冷たい。まるで吹雪を閉じ込めたような瞳をしていた。

「この女の本名は、竹内ハツ。歳は二十五。青森の出らしいってとこまでは、置屋で確認できとる」

能代が言った。

名前も、年齢も、出身もすべて緋紗子とは違った。軍要員の芸妓であれば、置屋は戸籍で身元を確認しているはずだ。

やはり別人。他人のそら似というやつか。八尋は安堵を覚えていることを自覚した。

「してな、おめらに頼みてえのは、まんずこの女の居所さ、突き止めっこと。あと、朝鮮人らに妙な動きがねっか、確認すること。それから……」

能代は一度言葉を切ると、三影のことを見ながら、やや声を潜めて言った。

「……憲兵の動きを探ることだ」

「どういうことですか」

三影は、興味深そうに眉をあげた。

「あいつら、表向き警察(うち)とは協力しあうってことになってっから、資料もよこしてくる。けんども現場じゃ、何かと捜査の邪魔してきやがるんだ。そもそも被害者の金田は軍人だからな。やつら『軍のことは憲兵(こっち)が調べる』の一点張りだ。金田が勤めていた大東亜鐵鋼の『愛国第３０８工場』も、軍の機密を盾に中に入れさせてくんねえ。二人の遺体も軍が回収しちまって、こっちは直接調べることができねえ。捜査資料だって、これが全部じゃねえはずだ……」

「つまり、今のところ、室蘭署は憲兵のおこぼれだけもらって、捜査の真似事をしてるというわけですか」

三影が歯に衣着せず言った。

能代は嘆息して頭を掻く。

「悔しいが、そんとおりだ。まあ時局を思えば、軍が機密を重んじるのは当然だ。けんど、これは俺の勘だが、どうも憲兵（れんじゅう）が、真っ当な軍の機密とは別に何かを隠しているような気がすんだ」

「ほう。何かとは」

「わかんねよ。勘だって言ってるべ。だども、あの御子柴って中尉は臭え。あいつからは嘘つきの臭いがすんだ。きっと何か隠してる。そいで、焦ってるみてえだ。勇み足踏んで日崎さ引っ張ろうとしたんも、その表れじゃねかと俺は思ってる」

能代は鼻をひくつかせる。

「俺たちにそれが何かを探れと」

「そうだ。上は別のことを考えてるみてえだが、俺はおめらにそいつを期待してんだ」

能代は一同を見回して言った。

11

室蘭署からほど近い木賃宿に部屋が用意されており、八尋たちは、そこで寝泊まりすることになった。三影たちは三人ひと組で広めの和室を使い、八尋は一人で三畳の物置をあてがわれた。

「一人だけ狭いとこですまねが、三影たちと同部屋よりいいべ」とのことで、能代なりに三影に嫌われている八尋に気を遣ってくれたらしい。

確かに何日も三影たちと同部屋で過ごすとなれば、どんな嫌がらせをされるかわかったものじゃない。物置は狭いだけでなく床は硬く底冷えもしたが、宿が火鉢を用意してくれたお陰で、それなりに寒さはしのげた。飯場の下飯台と比べれば、はるかに上等だ。

――昭和二十年（一九四五年）二月七日。

一夜明け、遊軍という形で捜査に参加することになった八尋たちは、各々が裁量で動くことになった。三影ら三人は、室蘭にも数名いるという三影の〝犬〟を使い情報収集をするようだ。

八尋は差しあたり、かつて伊藤の下で働いていた朝鮮人人夫らの動向を探ることにした。警察上層部が懸念するように反日分子がこの事件を起こしているとすれば、一大事だ。また、個人的には伊藤の家族が今、どうしているのかも気になっていた。

伊藤組飯場は、伊藤の死により別の貞山（さだやま）という棒頭にそのまま引き継がれたようだ。「貞山組」と名前だけを変え、同じ人夫たちで、同じ仕事に従事しているという。

八尋は、ひと月と少し前まで自分も働いていた室蘭港の貯炭場へ向かった。

すでに憲兵と室蘭署の捜査により、事件当夜、伊藤組の人夫ら全員が下飯台にいたことは確認されている。が、もしも犯人が反日分子の朝鮮人だとしたら、そこに繋がる情報が出てこないとは限らない。

八尋が港の貯炭場へ足を踏み入れると、気づいた人夫たちが一斉に手を止めた。ある者は驚き、ある者は表情を凍りつかせる。彼らにとって八尋は、同胞の振りをしてヨンチュンを逮捕した、恐るべき特高刑事だ。

新棒頭の貞山だけは初対面だったが、彼も噂で八尋のことは知っているようだった。八尋が手帳を見せて名乗ると「あなたが……」と、顔を強張らせた。

「いやあ、驚きました。こんなふうに、若くて優しそうな方だったんですね」

痩せぎすで神経質そうな雰囲気を湛えた貞山は、眉を下げた。

厭味のように聞こえなくもないが、おべっかを使っているつもりらしい。

少し話してみると、貞山も伊藤と同じく行儀のいい朝鮮人のようだ。日本語もなかなか流暢だ。貞山は自身の経歴から、引き継いだ飯場の様子、人夫たちの働きぶりについて素直に話した。

物腰や表情、話し方などに気になる点は見受けられなかったが、八尋は念のため証言の内容を、可能な限り細かく書き留めた。

貞山への聴取を終えたあと、人夫を一人一人呼び出して、順番に話を訊いていった。

かつて、寝食をともにし、汗を流し、ときに酒を飲み笑い合った者たちは、みな一様に怯えた目で八尋を見た。その度、胸の奥を見えない針でつつかれたような痛みを覚えた。

「任務とはいえ、騙したことはすまなく思っている――」

話を訊く前、八尋はついそんな無用の前置きをしてしまった。無論、それで人夫たちの態度が変わるわけはない。自分の言い訳がましさに、ただ自己嫌悪をするばかりだった。

人夫全員の話を聞き終える頃には、もう陽は傾きかけていた。

結局、収穫らしい収穫はなかった。一度の聴取だけでは断言できないが、この人夫たちの中に、反日分子と結びついている者がいるとは思えなかった。

収穫と言えば伊藤の家族の行方を訊き出せたことくらいだ。

新しい棒頭が来たため、伊藤の家族は飯場の上飯台から追い出される形になり、東室蘭に移り住んだという。

八尋は貯炭場を辞し、室蘭駅から鉄道に乗り込んだ。

東室蘭は室蘭の四駅先だ。空を灼く五本煙突の溶鉱炉がある輪西の東隣で、地理的には絵鞆半島の外側に位置している。

八尋がたどり着いたのは、もうすっかり夜になった頃だった。

駅の周囲に、住宅街らしき町が広がってはいるが、並んでいるのは、家というにはみすぼらしい、板と丸太で造った掘建て小屋ばかりだ。

海と高台に囲まれた室蘭にあって、東室蘭には貴重な平地が広がっているものの、土地の大部分が泥炭に覆われた谷地(やち)（湿地帯）であり、あまり開発は進んでいない。お世辞にも住みよい土地とは言えず、流れ者や、食い詰めた者が集まってくるのだろう。その雰囲気は港周辺の市街地とは明らかに違っていた。

路地を歩いてゆくと、見かける者の多くが、襤褸(ぼろ)を纏っていた。よそ者の八尋に気づくと、じろじろと無遠慮な視線を投げつけてくる者もいれば、何かを恐れるように家の中に引っ込む者もいる。

一種異様な雰囲気が漂い、異界に迷い込んだような気にさせられる町だった。

薄暗い路地を歩き、貞山から聞いた住所を探した。そこにあったのは、周囲と比べてもやや小さな掘建て小屋だった。

伊藤がかつて家族と暮らしていた飯場の上飯台は、それなりに小ぎれいで立派な住居だった。それとは比べるべくもない。

こんなところに住んでいるのか。

戸口に立った八尋は、意を決して声をかけた。

「ごめんください」

しばらくして「はい……」という、女のかすれた声がして、音を立てて戸が開いた。

おそらく、蠟燭の明かりだろう。淡い光がともった家の中に、顔色の悪い女の姿があった。伊藤の未亡人だ。

彼女は人夫のいる下飯台に顔を出すことはほとんどなく、潜入中にも顔を合わせたのは、ほんの数度きりだった。ただ、そのときの印象と比べても、短い間にずいぶんとやつれたようだ。あまり眠れていないのか、目の下には濃い隈が浮いていた。突然の夫の死とそれに伴う生活の変化で心労が嵩んでいるのは、想像に難くない。ただ、着ているものや身なりは、路地で見かけた他の人々よりも、きれいだった。

未亡人は八尋の顔を見て、顔を青ざめさせた。

「道庁警察本部、特高課の日崎です。お久しぶりです」

「あ、あ、いえ。あ、はい……。その節は、主人が大変お世話になりました」

未亡人は戸惑いながら、深々と頭を下げた。

「先日殺害されたご主人のことで、少々話をお伺いしたい。よろしいですか」

「え、は、はあ……。そうなんですね。ええ、構いませんけれども。あの、よかったら、どうぞ」

促されて、八尋は家の中に入った。入り口に一畳ほどの土間があり、その奥が居室になっている。他に部屋のない一間のつくりだ。部屋は八畳ほどだろうか、床は筵敷きになっている。その隅で小さな男の子が布団にくるまり、寝息を立てていた。伊藤の息子だろう。

「ここで結構です」と、八尋は土間の框のところに腰掛ける。

「はあ、お構いもできませんで……」と、その傍らに未亡人が正座をした。

「あの、娘さんは」

「働きに出てます。もうそろそろ帰ってくると思いますけど」

「仕事はどちらで」

「大東亜鐵鋼さんの計らいで、輪西の製材所で炊事の仕事をいただきました」

「そうだったんですか」

「私も昼間は息子を連れて、同じ工場で仕分けの仕事をさせてもらってます。急に、路頭に迷うことになった私たちに……、仕事をくださって、ありがたく思います」

未亡人は、感謝の言葉を述べた。

仕事を斡旋したという大東亜鐵鋼と警察は、ほぼ無関係なのだが、未亡人にとっては同じようなものなのだろう。

ただし、彼女の言葉は、どこか台詞を読んでいるようだった。突然、住む場所を追い出され、内心には憤りがあるのかもしれない。

「事件が起きる前、ご主人の様子で普段と違ったことは何かありませんでしたか」

八尋は尋ねた。

「はあ、憲兵さんや別の警官さんからも訊かれましたが、特には……。ああ、主人は、日崎さんには感謝しておりましたよ」

未亡人は上目遣いにこちらを見た。

「自分に、ですか」

「ええ、日崎さんが、脱走しようとした人夫を捕らえてくれたお陰で、金田さんも機嫌がよくなり、可愛がってもらえるようになったって……」

「そうですか」と、相づちを打ちつつ、やや据わりの悪さを感じていた。

金田に誘われなければ、伊藤は殺されなかったのかもしれない。

背後からがたがたと戸を開ける音がした。

声で誰かはわかった。八尋が振り返るのと、戸を開けた彼女——京子——が、絶句するのは、ほぼ同時だった。

「久しぶりだな」

八尋は小さく頷くように頭を下げた。

「どう、して……」

「きみのお父さんが殺された事件を調べることになった。それで話を訊きに来た」

京子がその場で立ち尽くしたまま、数秒の沈黙が流れた。

開けっ放しになっていた戸口から、風が吹き込んでくる。京子の短い髪がかすかになびいた。

それで我に返ったかのように京子は硬い表情のまま戸を閉め、八尋を無視して脇をすり抜け部屋にあがった。

「京子！　ちゃんと挨拶なさい！」

未亡人が言い放つ。

京子はこちらを振り返った。

「お久しぶりです」と、頭を下げながらも、ぎゅっと唇を噛んでいた。

その瞳には、かつてあったはずの思慕や好意の色はなく、はっきりとした敵意が潜んでいた。

予想していたことではあった。

八尋はこの娘の気持ちを弄ぶような真似を確かにした。また、飯場の朝鮮人人夫たちに肩入れしていた京子は、騙し討ちのようなかたちで、ヨンチュンを逮捕したことも許せないのかもしれない。裏切られたと思われていても、仕方ない。

「よかったらきみも、話を聞かせてくれないか」

八尋は框に腰掛けたまま少し身体をひねって、まっすぐに京子を見つめた。

「……話すことなんて、ありません」

京子は目をそらして、ぼそりと言った。

未亡人が血相を変える。

「京子、あんた、なんてこと言うの！　ちゃんと答えなさい！　もう、お父さんはいないんだよ。私たちは、日本人に逆らったら生きていけないんだ、まして特高に目なんかつけられたら、どうするんだい！」

その声は切実だった。曲がりなりにも軍需工場に雇われる棒頭だった夫を失った、朝鮮人婦人の、悲痛な声だった。

京子は何かを堪えるように俯いている。

「いいんです」

八尋は、未亡人を制した。靴を脱いで框をあがり、京子に向かって正座をした。

「きみが怒るのはわかる。でも、あれは任務だったし、飯場の人夫たちの信頼を得るために嘘をつく必要もあった。もしも、宮田……いや、ヨンチュンの逃亡が成功していたら、きみら家族も大変なことになっていた。ヨンチュンだって、どのみち逃げ切れなどしなかっただろう」

「……いいことをしたって言うんですか」

京子は絞り出すように言った。

「そうだ。少なくとも俺は、自分が為すべきことをした」

「……だから、感謝しろって？」

京子の語気が強まる。未亡人が真っ青な顔になっているのがわかった。

「そうは思わない。ただ、理解はして欲しい。それから……」

八尋は床に手をついた。筵が沈み込む柔らかな感触が手に伝わった。

「結果的にきみを騙し、傷つけたことは、すまなく思っている。このとおりだ」

深々、頭を下げた。

未亡人が、ひっと小さな悲鳴をあげた。

「ひ、日崎さん、そんな、頭をあげてください」

しかし、八尋はそのまま、筵に額を押しつけるように、頭を下げ続けた。

特に何か計算があっての行動ではなかった。本心だ。本心で、再びこの娘に会うことがあるならば、謝らなければならないと思っていた。

「やめてください！」

京子が叫んだ。

八尋はゆっくりと顔をあげる。

すると京子は、目に涙を溜めて、こちらを睨みつけていた。

「どうして、謝ったりするんですか。日崎さん、あなた特高なんでしょ。お母さんが言ったように、私たちは、あなたには逆らえないんですよ？　もっと偉そうにすればいいじゃない。私の顔色なんて窺わないで『いいから、知ってることを喋れ』って、もっと横柄に乱暴に訊けばいいじゃない！」

京子の両目からは、堰が壊れたかのように、ぼろぼろと涙がこぼれ始めた。

返す言葉を八尋は持たなかった。

京子はしゃくり上げながら、袖で涙を拭う。未亡人は、どうしていいのかわからぬ様子で、おろおろと泣く娘と特高刑事を交互に見ている。

やがて京子は、少し落ち着きを取り戻した様子で、口を開いた。

「本当に、お話しすること、何もないんです。父は、金田さんに誘ってもらって嬉しそうにしていたけど、他には変わったことなんてなくて。誰がどうして父を殺したのかなんて、私が知りたいくらいです。憲兵さんにも、父から工場のことを何か聞いてないか、しつこく訊かれたけど、私も母も、何も知らないし……」

「工場？　それは何処の工場のことだ」

八尋は訊き返した。

「え、あ、あの大東亜鐵鋼の……」

「『愛国第３０８工場』か」

「は、はい」

「その工場のことを、しつこく訊かれたのか」

京子は頷く。

少し引っかかりを覚えた。『愛国第３０８工場』は、伊藤組飯場の雇い主だ。が、飯場の朝鮮人は、たとえ棒頭であっても工場の中には入れない。

「きみのお父さんは、あの工場で働いていたわけじゃないよな」

「名前はわからないけど、将校さん、でした。背はあまり高くなくて、ここに髭を生やしてた」

「その憲兵は、どんな人だった」

「え、そんなの、私に言われても……」

「だったら、工場のことを知っているわけがない。何故、しつこく訊くんだ」

「ええ」

京子は指を横にして自分の口元にあてた。

口髭を生やした小柄な憲兵将校なら、一人心当たりがある。

「ひょっとして、少し陰気な……ヒトラー総統みたいな顔をした人じゃなかったか」

「う、うん。いや、はい。そう」

やはり、八尋の身柄を取ろうとした御子柴中尉のようだ。

「そうか。……ありがとう」

八尋は立ち上がり、土間で靴を履いた。

「あ、あの」と、京子が声をかけてきた。

振り向くと京子は意を決したように口を開いた。

「ヨンチュンは……、ヨンチュンは今どうしてるの」

ずっと気にしていたのだろう。

八尋は少し逡巡してから答えた。

「すまないが、詳しくは話せない。ただ、初犯だ。重い刑にはならないと思う」

「そう」

京子は安堵したようだった。

八尋の胸はかすかに痛んだ。

ヨンチュンこと宮田永春の裁判は、もうすぐ始まる。八尋も捜査資料をまとめ、検察に提出していた。

重い刑、というのが極刑のことであれば、嘘ではない。が、数ヶ月程度の軽い刑で済むわけでもない。ヨンチュンは計画的に逃亡を企てたため、単なる逃亡犯ではなく、政治犯として裁かれる。そうなれば、刑期は短くても数年、下手をすれば十年を超えることになるだろう。

「……それじゃ。邪魔をしたな」

八尋は京子と未亡人に告げた。

「は、はい。娘が失礼をして申し訳ありませんでした」

未亡人は、八尋が京子にしたように、頭を下げ、筵に額を押しつけた。

それをしり目に八尋は戸を開いて表に出た。

12

鉄道の時間がかなり空くようなので、帰りは徒歩で戻ることにした。東室蘭から室蘭署まではおよそ五キロ。歩いても一時間程度の距離だ。

絵鞆半島の内側に入ると、東室蘭とは町の雰囲気ががらりと変わる。

鉄道の線路を境にして、北側には御三家のものをはじめとする軍需工場が並び、南側にはその工場の社宅が軒を連ねている。

紅い空が照らす夜道を歩きながら、八尋は考える。

御子柴はなぜ、京子たちに、工場のことを訊いたのか。

軍需工場は軍事機密の塊であり、その漏洩を防ぐのも憲兵の役目ではある。

伊藤本人は工場に立ち入れなくても、一緒に殺害された金田の方は将校であり工場に勤務していた。金田から伊藤、伊藤から伊藤の家族へと機密が漏れていなかったか、念のため確認したのだろうか。

八尋の脳裏には、御子柴の陰気な顔が浮かんだ。

あの中尉が直々にしつこく訊いたというのが、どうも気になる。

全般的な機密の保持ではなく、何か外に漏れては困る情報の心当たりがあるのではないか。昨夜の能代の弁によれば、憲兵は警察を『愛国第３０８工場』に近寄らせないようにしているというが、ひょっとしたら探られたくない腹でもあるのか。

御子柴が何かを隠しているという能代の勘は、当たっているのかもしれない。

気がつけば、輪西、母恋（ぼこい）を過ぎ、室蘭駅や室蘭署のある千歳町に差し掛かっていた。八尋は署に戻らず、そのまま『愛国第３０８工場』のある港町の方へと歩をすすめる。

絵鞆半島の内海、ほぼ全域に広がるほど広大な室蘭港。その西南側に、『愛国第３０８工場』は接している。工場の敷地面積は約四万坪。五稜郭の郭内より一回り大きく、小さな町ほどの広さがある。

前方に工場の正門が見えてきた。その前に軍から派遣された衛兵が二人、立っている。灯火管制下とはいえ、操業を続ける工場からは灯りが漏れてきて、周囲は明るい。時折、工員らしき者が衛兵たちの横を通り過ぎて、門の中に入ってゆく。

人夫として飯場に潜入していたとき、この門の前まで何度も石炭を運んだ。が、門の先には一度も足を踏み入れたことがない。

周囲をコンクリートの壁で覆われた工場の敷地内には、工場棟や研究施設の他、軍の施設もあるという。大東亜鐵鋼は御三家の中でも特に軍との結びつきが強く『愛国第308工場』の総監督は、室蘭防衛司令を兼ねる陸軍の中将だ。

まさに軍の牙城であり「気になるから調べさせてくれ」と言って調べさせてくれるものではない。

八尋はさり気なく正門の前を通り過ぎた。衛兵がこちらを一瞥したが、特に気を留めた様子もなかった。

そのまま工場の壁に沿って更に西に進んだ。東西に細長い敷地の東側が港と接する正面にあたり、裏手にあたる西側は高台に面している。

特に何かあてがあったわけではない。ただ、工場裏には行ったことがなかったので、一回りしてみようと思っただけだった。

しばらく歩くと坂があり、その上の高台まで、工場の壁は続いていた。

この辺りまで来ると人通りはまったくない。坂の途中にロープが渡してあり「立入禁止」と書かれた札が下がっていた。高い場所からは軍需工場群の様子が一望できてしまう。ゆえに機密保持のため、室蘭では高台に一般市民が上ることは禁じられている。

八尋はやや逡巡したが、ロープをくぐり坂を上ってゆくことにした。本来なら事前に署を通じて許可を得るべきだが、別に工場に忍びこもうというわけじゃない。土地のことを知るのも捜査の一環だ。

進んでゆくと、角が見えてきた。工場の壁に沿って、道もほぼ直角に曲がっている。敷地の西端、正門の真裏まで歩いてきたことになる。

と、そのとき、物音がした。後ろ、ちょうど今歩いてきた方だ。振り向くと、いくつかの灯りが坂を上ってくる。その速さからして数人が走ってくるようだ。「こっちだ」「急げ」という声も聞こえる。

見回りの憲兵だろうか。それにしては慌てているようだ。

何にせよ、見つかると面倒だ。やり過ごせるような物陰はない。このまま進んで、反対側から高台を下りた方がよさそうだ。

八尋は駆け足になって角を曲がった、すると、そこにも人がいた。角から五メートルほどのところで、三人の憲兵が、工場の壁をカンテラで照らしていた。

まずい――と、思ったときには憲兵たちもこちらに気づいたようだ。

カンテラが向けられる。

「誰だ」

憲兵の一人が尋ねたが、八尋はとっさに何も答えられず、その場で棒立ちとなった。

三人が照らしていた壁に目を奪われたからだ。

一人の男が、壁にもたれ四肢を投げ出すようにして、倒れている。全身が赤黒い血で染まり、絶命しているのは明らかだった。

が、更に驚くべきは、その男がもたれている壁面だ。血と思われるもので文字が綴られていた。

カンナカムイニ
ムラガルトリドモヲ
カリツクス

血文字の内容は違うが、金田と伊藤が殺害されていたのとそっくり同じ状況だ。

「おい、貴様は何者だ！」

憲兵の怒鳴り声で我に返った。背後から無数の足音と人の気配が迫ってくる。

何とか状況を把握する。おそらくは、この憲兵たちが見回りの最中、ここでこの死体を発見したのだ。それで、応援を呼んだところだったのだろう。

「警察だ。本部特高課の日崎という」

八尋は手帳を掲げて名乗った。

「そうだ。それより、これはどういうことだ」

憲兵たちは、戸惑ったように顔を見合わせる。突然、現れた特高刑事にどう対処していいのかわからないのだろう。なら好都合だ。何食わぬ顔をして情報を集めてしまえ。

八尋は、死体に近づき、様子を観察する。歳の頃は三十半ばだろうか。軍服でも国民服でもない菜っ葉服（作業服）を着ている。胸のところに名札が縫い付けてあり「設楽」という名字が読めた。

「死んでいるのは、この工場の関係者か」

「そ、そうだが……」

憲兵の一人が答える。

八尋は壁に書かれた文字を見つめる。

「これは、被害者の血で書かれたようだな」

「う、うむ」

「被害者の名前、身元はわかっているのか」

「い、いや、ちょっと待て。何で特高刑事がここにいるんだ」

八尋は内心舌打ちをした。さすがに勢いだけでは丸め込めないか。

「特高だと」

そこに、応援の憲兵も到着してきた。

「現場はここか」「死んでいたのは誰だ」「もうすぐ、軍医も来る」そんな声が飛び交う。死体の周りにあとから来た憲兵たちが集まってくる。全部で十人以上はいそうだ。

「誰だおまえ」

死体の傍らに、一人だけ軍服を着ていない者がいれば、当然、こうなる。

「あの、特高の刑事らしいです」

最初からいた憲兵の一人が答えた。

「特高？　警察が何してる」

憲兵らに取り囲まれる。

仕方ない。八尋は立ち上がり、胸を張って答えた。とにかく臆せぬことだ。

「先日、金田少佐らが殺害された事件を調べている。工場の周囲を探るうちに偶然、通りがかった」

「偶然だと」

「そうだ。そんなことより、こちらもこの死体を調べさせてもらいたい」

「それには及びませんよ」

聞き覚えのある声とともに、八尋を囲む輪の中から、知った顔が現れた。

「日崎巡査、先日は失礼しました。室蘭にいらしているとは聞いてましたが……、妙なところで会いますねえ。室蘭の高台は軍関係者以外は立ち入り禁止ですよ」

御子柴の慇懃さは相変わらずだ。

「そうだったんですか、この辺りの地理に不案内なもので知りませんでした」

八尋はとぼけた。

「そうですか。おかしいですねえ、どの道にもロープが張ってあると思うんですが」

「……それは、気づきませんでした」

かなり苦しいが、とりあえず押し通すしかない。

御子柴はそんな八尋の反応を見て、にやにやと笑みを浮かべる。

「まあいいでしょう。ともあれ、ここはあなたがいていい場所じゃない。お引き取りなさい」

「そういうわけにはいきません」

八尋は壁際の死体を指さした。

「それはどこの誰ですか。大東亜鐵鋼の関係者のようだが、明らかに金田少佐を殺したのと同一犯の犯行と見られる。当然、調べさせてもらいます」

「御子柴……中尉」

御子柴は肩をすくめた。

「この状況で、ですか。日崎巡査、あなたなかなかの胆力ですね。今夜は、いつぞやのように助けが入りはしないと思いますがね」

この場にいる十余名、死体と八尋以外は全員が憲兵だ。はっきりいって、いつ袋叩きに遭っても不思議じゃない。

「……くだんの事件は、憲兵と警察、協力して捜査にあたるのではありませんか」

「いえ。この死体が、例の事件と関係しているか、まだわかりません。ここはいわば軍の敷地内です。まずは我々で調べます。さしあたり警察の出番はない」

何を言ってるんだ、この男は。

これだけよく似た状況で人が殺されているのだ、関係ないわけがない。血文字のことは報道されていないから、模倣犯もあり得ない。

御子柴はこちらに大きく一歩、踏みだしてきた。陰気な顔が近づいてくる。

「任務に熱心なのはいいが、あまり憲兵を舐めない方がいい」

御子柴の声は耳にねっとりと絡みつくようだった。三影とはまた別の迫力がある。

「日崎巡査はお帰りだ。誰か案内してやってくれ」

御子柴が声をかけると、取り囲んでいた憲兵の一人が八尋の腕を取ろうと、手を伸ばしてきた。

「何をする」

とっさに、避けようとしたが、背後から別の憲兵に羽交い締めにされた。

「おとなしくしろ」

先ほど腕を摑もうとした憲兵は、拳を握り、八尋の腹に打ち込んだ。

とっさに腹筋を締めたが息が止まるほどの衝撃が走った。

「うごっ」と、くぐもった声が口から漏れた。

「おっと、手荒な真似はしないでくださいね。怪我でもされたら面倒です。丁重にお引き取り願ってください」

御子柴は憲兵たちに命じた。

「はっ」

羽交い締めにしていた憲兵は、一旦、手をほどき、八尋の肩と腕を摑んだ。腹を殴った憲兵が反対側の腕を取る。

「日崎巡査、あなた、五体満足で帰れるだけありがたく思ってくださいよ」

多勢に無勢とはこのことで、一人ではどうしようもない。

「おら、ついて来い」

八尋は為す術なく、二人の憲兵に引きずられて、その場をあとにすることになった。

13

「貴様、それで、おめおめ引き下がってきたのか！」

「特高の面汚しめ！」

猿田と蟹ヶ谷が口を揃えてなじる。三影も怒気を込めた目でこちらを見ている。

「申し訳ありません……」

八尋としても、忸怩たる思いはあった。


――昭和二十年（一九四五年）二月八日。


毎朝、大部屋で行われる捜査本部の会議には、八尋たち特高刑事も参加することになっていた。その冒頭で、八尋は昨夜の出来事を報告したのだ。

「まあ、待て。憲兵に取り囲まれちまったんだろ。仕方ねえべや」

能代がかばってくれた。室蘭署の署員らはみな、同情的な視線を向けてくる。土地柄か、彼らも憲兵にやり込められることが多いのだろうと、想像できた。

「それにな、日崎が現場に居合わせてくれたんは、きっと不幸中の幸いだべよ。そうでなかったら、俺たちは人死にがあったことすら知らずにいたかもしれん」

「どういうことです」

三影が尋ねた。

「さっきな、憲兵隊から連絡があったんだ。昨夜、『愛国第308工場』裏の高台で発見された死体は、自害した工員のもんだと断定したってな。事件性さねえから、警察は捜査無用だと。死んでた工員の身元も死因も明かそうとしねえ」

「馬鹿な」

思わず声が出た。

「日崎、おめが見た死体は、自害したようには見えねかったんだな」

「は、はい。いや、死体をはっきり検分したわけではありませんが、血まみれでしたし……、壁には犯人が書いたとおぼしき血文字がありました。金田と伊藤が殺されたときと同じです」

八尋は語気を強めた。

一同がざわめく。

「ほう、血文字は何て書いてあった。前と同じか」

「いえ」

「じゃあ、そこに書いてみてくれ」

能代に促されて、八尋は部屋の隅にある黒板に、昨夜見た血文字の文言を書いた。

カンナカムイニ
ムラガルトリドモヲ
カリツクス

「おそらく、こういうことだと思います」

八尋は隣に自然に漢字を当てた文を書き足した。

カンナカムイに群がる鳥どもを狩り尽くす

「カンナカムイ？　カムイってことは、アイヌの神様の名前だべか」

「はい。子供の頃に、村で聞いた昔話にも出てきました」

八尋は頷いた。

「どんな神様なんだべ」

「雷を司る雷神です。羽の生えた蛇の姿をしていて、気性は荒く、怒らせると地上のすべてを焼き尽くすと伝えられています」

イオマンテの宴で、利市と緋紗子がこのカンナカムイを讃える神謡（カムイユカラ）と舞い（クリムセ）を披露していた。

「なるほど。何だかおっかねえ神様だべな。そのカンナカムイに群がる鳥ども？　こりゃ何だべ」

「具体的に何を示すのか、わかりませんが、狩り尽くすとあることから、被害者たちのことだと思います」

「ふむ、まあそう読めっか……」

「待て」

三影が割って入って来た。

「能代さん、現場を押さえた憲兵どもは、血文字について何と言ってるんですか」

「ああ、それは……。そんなもんなかったっつってる」

八尋は驚いた。

血文字は確かにあった。あの場にいた全員が目にしているはずだ。

「つまり、憲兵どもがとぼけているか、その土人が嘘を吐いているか、ということですね」

「俺は、嘘なんて言ってません。確かに見ました」

「ふん、どうだかな」

三影がこちらを睨み付ける視線には、濃い不審の色が浮かんでいた。

「おい、三影、その辺にしとけ。仲間のことをそんな疑うんじゃねえっての」

「俺はこいつを仲間とは思ってませんがね」

「ともあれ、日崎はこん中で唯一、現場を見てんだ。茶々入れずに話聞くべ。そいで日崎、死んでた工員はどんなやつだった」

「はい。暗がりで少し見ただけなので、詳しくはわかりませんが……おそらく三十半ば。大東亜鐵鋼のものと思われる菜っ葉服を着てました。名札には設楽(したら)とありました」

八尋は黒板に「設楽」と書いた。

「カンナカムイとやらが、何のこったかはわかんねが、血文字があったってことは、その工員も同じ犯人に殺されたと見んのが自然だ。だども憲兵は今回の事件を自害ってことで処理しようとしてやがる。こら、やっぱし何かあんな……」

「はい。おそらくその何かは、あの工場、『愛国第３０８工場』にあると思われます」

「そだな」

能代は同意してくれたが、三影が口を挟んできた。

「ふん、それもこれも、その土人が嘘を吐いてなければですがね。おい、土人。貴様、本当なんだろうな。手柄欲しさに、見てもないものを見たと言ってないだろうな」

「そんなこと言いません……。三影さん、なぜそんなふうに俺を疑うんですか。ひょっとして、俺が何か重要そうな情報を摑んだのを妬んでるんですか」

思わず挑発を返してしまった。

「俺が貴様を妬む？　本当に面白いことを言うな。いい度胸だ」

三影は顔に恐ろしげな笑みを浮かべた。

いきり立った猿蟹が椅子から立ち上がる。

「口を慎まんか」

「貴様何様だ」

「おい、おめら、いい加減にしろ」

能代が一喝した。

三影は不満げに鼻を鳴らす。猿蟹は憮然としたまま着席した。

能代は一同を見回し、ため息をついた。

「わかった。もう無理に仲よくやれとは言わん。せめて無駄な喧嘩はすんな。大事なんは結果だ。引き続き、各々、情報収集に当たってくれ」

14

八尋は、雑木林の中をまっすぐに延びる一本道を歩いていた。

降ったまま誰にも踏み固められず積もった雪が凍っており、この道を滅多に人が歩かないことが窺えた。雪は一歩ごとに割れるように崩れ、くるぶしのあたりまで足が埋まった。

沙流郡門別村。室蘭から東へおよそ五十キロ。苫小牧で室蘭鉄道から日高本線に乗り換えた先にあるこの村は、南に太平洋、北に日高山脈を望む大きな村だ。山で採れた木材を製紙工場のある苫小牧へと運搬する中継地点でもある。

村の中には、日高山脈を水源とする沙流川とその支流が何本も流れており、地名の由来はアイヌ語の「モペツ（静かな川）」なのだという。

八尋は朝一番の汽車に乗り、この門別村までやってきた。

日高門別の駅で汽車を降りて、バスに揺られ日高山脈の麓にある伐採場へ。そこから更に五キロほど、この雑木林を進んだ。

前方に小川が見えてくる。

川の上にも道が続いているかのように雪が積もっており、橋が架かっているのがわかる。

この川がちょうど村境。橋を渡った先は、畔木村である。

——昭和二十年(一九四五年)二月十二日。

八尋が工場裏の死体発見現場に居合わせてから、五日。

憲兵隊は、あれは自害であったという線を崩さず、死んでいた設楽というらしい工員についても一切の情報を警察に提供しようとしなかった。相変わらず機密を盾にされ、『愛国第308工場』に立ち入ることもできない。

その頑なさは、ますます怪しく感じられる。室蘭署では表向きは憲兵の主張を尊重しつつも、裏では八尋たち本部の特高刑事が、金田と伊藤を殺した者による連続事件であることを前提とし、捜査を継続することになった。

消えた芸妓、菊乃こと竹内ハツの行方も引き続き追っていたが、今のところ、有力な情報は摑めずにいる。

そんな中、八尋は一度、室蘭を離れ、生まれ故郷にやって来た。

スルク、そしてカンナカムイ。犯人は現場にアイヌの言葉を残した。やはりこの畔木村が毒の出所ではないのか。改めて自分自身で確かめたかった。

雪の積もった橋を渡り、村に足を踏み入れる。一面に、雪に覆われた白い平地が広がり、民家が点在していた。

そこは確かにかつて暮らした畔木村に違いなかったが、初めて訪れる知らない場所のようでもあった。

第一に、人気がない。真っ昼間なのに人っ子一人、姿が見えない。村の入り口に並んでいる家屋はいずれも朽ちており、人の気配を感じなかった。

そして、降り積もったままになっているこの雪だ。この辺りは山の麓だが海に近いため、内陸ほどの積雪はない。それでいて村人たちがまめに雪かきをしていたので、真冬でも、よほどの大雪にならない限りは村の道や広場は常に地面が見えていた。八尋が記憶している限り、こんなふうに村全体が雪で覆われたのは見たことがない。

まるで村が埋葬されてしまったようだ。

本当に廃村になったのだと、改めて実感する。

八尋は雪に足跡をつけて村の中へ進んでゆく。ときどき吹く風の音と、自らが雪を踏む足音だけが耳に響く。

かつて八尋が通い、父が教鞭を執っていたアイヌ学校の校舎が見えてきた。木造二階建てのその建物は、村で最も巨大な建造物だった。が、改めて目の当たりにすると、市電の車両を重ねた程度でしかない。札幌の街に建ち並ぶビルと比べればまるでマッチ箱だ。その脇に広がるイオマンテを行った広場も、記憶よりもずいぶんと狭く感じた。

そしてそのいずれも雪に覆われ沈黙している。

広場の隅には、イオマンテのために建てたチセがあったはずだが、跡形もなくなっていた。草でできたチセは保温性に優れてはいるが耐久性には乏しい。きっと、もう朽ち果ててしまったのだろう。

村を離れてからの十五年という月日の長さを感じずにはいられない。

いずれここに村があった痕跡さえ、消滅してしまうのかもしれない。

校舎の脇を抜けて、更に村の奥へと向かう。だんだんと建物はまばらになってゆく。

前方にその小屋が見えてきた。太い丸太を組み合わせて造られており、小ぶりながら、他の家屋よりも頑丈そうに見える。

あれが父の『研究所』だ。

その前まで近づき、これまで村で目にしたどの建物とも決定的に違っていることに気づいた。

人の気配があるのだ。

小屋の周りの雪が掻いてあり、軒先の庇の下には薪が積んであった。明らかに、人が出入りしている跡がある。

誰か、いる。

能代によれば一人だけ、長老(エカシ)こと畔木貫太郎が、村に残っているとのことだった。ここにいるのだろうか。

八尋は小屋の正面に立ち、玄関の引き戸を二度叩いた。

「ごめんください」

すると、しばらくして小屋の中から返事があった。

「誰だ」

嗄(しゃが)れた男の声だ。

八尋は一瞬、どう名乗るか迷ったあと口を開いた。

「警察の者です」

またしばらくすると、がたがたと音を立てて扉が開き、背の高い白髪の老人がしかめた顔を覗かせた。

「何度来てもらってもよ、儂(わし)は何も……」

老人は途中で何かに気づいたように言葉を切った。

「長老(エカシ)ですよね」

八尋の方から尋ねた。

果たして、その老人は畔木貫太郎だった。白髪交じりだった髪が真っ白になっていたが、面差しは八尋の記憶とほとんど変わっていない。歳はもう七十を超えているはずだ。

「おまえは……」

貫太郎も、心当たりがあるようだが、すぐには思い出せない様子だった。

「日崎です。日崎八尋」

貫太郎の目がかすかに見開かれた。

「おお、大和人(シャモ)の先生の倅、フラクイか」

「ええ」

「は、見違えたな」

フラクイ、というのは「臭い小便」を意味するアイヌ語で、八尋が生まれた時に付けられた〝魔除けの名〟である。名づけたのは、他ならぬこの貫太郎だった。

伝統的なアイヌ社会には、悪さをする神(カムイ)から守る魔除けとして、子供に敢えて不吉だったり、汚かったりする、悪い意味の名前をつける風習があった。

皇民化が進み、みなが日本人名を名乗って生活していた畔木村でも、貫太郎をはじめとする古老たちはこの風習を受け継いでおり、村に子供が生まれると〝魔除けの名〟を付けたのだ。

すでに大半の村人がアイヌ語を話さなくなった村では、〝魔除けの名〟は儀式として付けられるだけで、普段はあまり使われない渾名のようなものだったが。

「まあ、上がれよ」

促されるまま、八尋は玄関を上がった。

子供の頃は、父に禁じられていたので、中に入るのは初めてだ。しかし、おそらく中の様子は『研究所』として使われていた頃とは異なっているのだろう。いかにも住宅然としていた。

床には茣蓙が敷かれ、水瓶、ちゃぶ台、箪笥などの生活雑貨が置かれている。ストーブもあり、思った以上に暖かい。部屋の中央に囲炉裏が掘られ、その上には、魚や肉を乾燥させたものと一緒に、灰色をした円盤状の何かが吊ってあった。トゥレプアカムだろう。オオウバユリの鱗茎を潰し発酵させてつくる、アイヌの保存食だ。

「おまえさん、警官になったのか」

言いながら、貫太郎は囲炉裏の前であぐらを掻いた。

八尋も向かい合うように座る。

「はい。本部の特高課にいます」

八尋は手帳を見せる。

「ほう、特高さんか。大したもんだ。大和人（シャモ）の子は、大和人（シャモ）だな」

貫太郎は矍鑠（かくしゃく）とした口調で言った。この世代のアイヌは、役人から日本語を教わっているためか、標準語を話す者が多い。

「長老（エカシ）は、ここで暮らしているんですか」

「ああ。村がなくなるから、出てけと言われたんだがな。町の暮らしはどうも性に合わなくてなあ、戻ってきた。ただ、昔住んでいた儂の家はもう使い物にならなくなっちまった。この小屋は頑丈なんでな、勝手に使わせてもらってる。まあおまえの親父さんも文句は言うまいよ」

「その、一人で？」

八尋は部屋を見回して尋ねた。

「まあな。儂みたいな年寄り一人が食う分くらい、山でどうにか取れる。どうせ老い先短い身だ。この土地で死ぬつもりだ」

「……狩りをしているのですか」

「そりゃ、してるさ。くくり罠で兎（うさぎ）を獲るのがせいぜいだがな。何だ。特高刑事殿、それでも文句があるか」

言いながら貫太郎は苦笑した。

免許を持たないアイヌが猟をすることは、法で禁じられている。

「いえ……」

八尋は言い淀んだ。

そんなことを取り締まるために、ここに来たわけではない。

「しかし、久しぶりだな。村に来たのは、子供のとき以来か」

貫太郎が尋ねた。

「はい」

「ふん、もうここに村なんてねえがな。大和人（シャモ）の先生……おまえの親父さんがいなくなったあとな、若い連中はどいつもこいつも、村を出たがるようになった。皇国臣民として生きるんだとかぬかしてな、要するに大和人（シャモ）になりたいってことだ。確か、おまえの親父さんはよく言ってたな。皇国臣民になることが、アイヌにとっての幸福だってよ。実際、大和人（シャモ）の先生のお陰で村の暮らしはよくなった。若いもんが憧れるのは自然なことかもしれんがな」

八尋は相づちを打った。

父の助手だった利市も、そうやって村を出た若者の一人だ。

貫太郎は続ける。

「そうこうして人が減っていくうちに、お役所から廃村にしろとお達しがきたんだ。もうこの村には先はねえ。町か別の農村に移り住んで、お国のために働けとな。大和人（シャモ）の都合でアイヌを集めてつくった村を、大和人（シャモ）の都合でなくすそうだ。勝手なもんだ。きっとそのうち、ここにアイヌが住んでいたこともきれいさっぱり、忘れられちまうだろう。おまえの親父さんが言うように、大和人（シャモ）に混じりきって幸福になったアイヌは、アイヌなんだろうかな。アイヌの言葉も喋らず、祭をやらなくなったら、アイヌはもうアイヌじゃなくなるんじゃねえか」

昔と変わらず貫太郎は、皇民化への反発を抱いているようだ。正直、感心しない。

「……父は、皇国臣民になったとしても、アイヌの精神は生き続けると言っていました」

「そうか……。まあいいさ。それで、何しに来た。やっぱり毒のことか」

貫太郎は、こちらをまっすぐに見る。

「はい。ここで父が造っていた毒が、ある事件で使われました」

「らしいな。朝鮮人の将校が殺されたって？　儂は何も知らんよ。もうここには大和人（シャモ）の先生が造った毒も、その資料もねえ。先生が死んだすぐあと、軍が全部回収していったんだ」

「あの、今、緋紗子さんがどこにいるかは知りませんか」

「イボカか……」

イボカというのが、緋紗子の〝魔除けの名〟だ。「醜女（ブス）」という意味がある。

貫太郎は言葉を切ると、何か逡巡するかのように目を泳がせ、口を開いた。

「……昔のよしみだ。おまえにだけは教えてやろうか」

「知っているんですか」

「今、どこにいるのかは知らん。ただ間違いないのは、スルクと一緒にいるってことだ」

思わず息を呑んだ。

スルク——血文字で犯人が名乗った名で、毒を意味するアイヌ語。それは、利市の〝魔除けの名〟でもある。

最初の事件現場にあった血文字は、まるで利市が自らの犯行を誇示しているかのようだった。これが、能代から事件の説明を受けたときに伏せたことだ。

「利市さんは、戦死したはずです」

八尋が言うと、貫太郎は口元に笑みを浮かべた。

「生きてるよ、スルクは。生きて戦地から帰ってきた。あれは去年の、まだ雪が降る前だったな。イボカと二人で、一度、畔木村（ここ）に来たことがある」

利市が生きている——その可能性は、八尋もどこかで考えていた。

戦場では死者の身元が必ずしも正確に確認されるとは限らない。日露戦争でも支那事変でも、戦死者の取り違えは起きている。まして利市が戦死したのは南方の激戦地、ガダルカナル島だという。取り違えがあっても不思議ではないだろう。

「そのときの二人の様子は」

「そうさなあ。イボカが、大和人（シャモ）のふりして芸妓やってるって話していたな」

「芸妓……。大和人（シャモ）のふりというのは、どういうことですか」

「アイヌだってわかると、嫌がる客がいるから、女衒が別の女の戸籍を用意したって話だ」

八尋は息を呑んだ。

「緋紗子さんはどこで芸妓をしてたんですか。芸名は」

貫太郎は眉をひそめる。

「そんなもんは知らんよ。あ、いや、芸名は言ってたかな。何といったかな……」

「菊乃、ではありませんか」

「菊乃？　ああ、そんな名前だった気がするな」

おそらく間違いない。

あれは他人のそら似じゃなかった。消えた芸妓、菊乃は竹内ハツではなく、緋紗子だったのだ。

「でも、緋紗子さんは、どうして芸妓に」

「望んでなったわけじゃねえさ。スルクが兵隊になってしばらくしてから、大和人(シャモ)の知り合いに騙されて借金を背負うことになったらしい」

「何かの連帯保証人にでもなったんですか」

「込み入ったことは儂にはわからんよ。ともかくイボカは、その借金返すために、女衒に売られることになったらしい。夫がいなくなったところを狙われたんだろうよ。あいつは、醜女(イボカ)じゃなくて美人(ピリカ)だからな。イボカは言ってたよ『大和人(シャモ)の男どもが勝手に始めた戦争で、何もかもを奪われた』ってな。スルクのやつは、悔しそうにしてたぜ」

　夫が戦地に赴いている間、婦人が拐(かどわ)かされるというのは、残念ながら珍しいことじゃない。

緋紗子の身に、そんなことがあったのか。

　利市の無念は、想像に難くない。

「……二人は、何しに、ここへ」

「忘れ物を取りに来たそうだ」

「それは何です」

「スルクとイボカはこの小屋の裏手の地面を掘り返していたな。どうやら、そこに埋めて隠していたらしい。こんくらいの麻袋だった」

貫太郎は、両手で身体の前に三十センチ四方ほどの四角を描いた。

「中身は知らんよ。二人はそれを持っていなくなった」

父の研究で造られた毒と資料ではなかったのか。万一に備え、予備を埋めて隠してあった、というのは考えられない話じゃない。

戦地から帰って来た利市は、それを掘り起こした。そして、身元を偽り芸妓として働いていた妻の緋紗子とともに、事件を起こした——そんな筋が頭に浮かんだ。

八尋が知る限り、利市は真面目でまっすぐな男だった。村でからかわれがちだった八尋のことを、いつも助けて励ましてくれた。緋紗子も見た目が美しいだけでなく、優しく気立てのいい娘だった。最後に会ったのは結婚して上京する前に、札幌を訪ねてきてくれた八年前だ。あのときも、善男善女を絵に描いたような二人だった。

しかし、八年は長い。

先日、能代に見せられた似顔絵の菊乃は、緋紗子とよく似ていたけれど、酷く冷たい目つきをしていた。この八年の出来事が、あの二人を人殺しに駆り立てているのだろうか。

「ポクナモシリだったと言っていたな」

貫太郎はつぶやくように言った。

「ポクナモシリ……」

アイヌ語で「下の世界」つまり地獄の意だ。地の底にあり、じめじめと湿っていて、草木は生えず、そこに落とされた者は永遠に飢え苦しむとされている。

「そうさ。騙されて売り飛ばされたイボカも、戦地から生きて帰ったスルクもな。スルクは、南方で嫌というほど死線をさまよったらしい。敵の手に落ちた何とかって島を取り返すんだと、勢い込んで赴いたものの、何もできずに逃げ帰ることになったそうだ。密林の中で、仲間はばたばた死んでいったってよ。大本営は『転進』と言うが、スルクに言わせりゃ紛れもねえ敗走だったそうだ」

島とは、ガダルカナル島のことだろう。

出版されている陸軍報道班員の手記によれば、彼の地で皇軍は十分な補給を確保することができず、兵士たちの多くが飢えと熱病に苦しんだという。壮絶な戦いが断続的に半年以上も続いたのち、大本営は「敵軍を島の角に圧迫し粉砕。作戦は目的を果たした」として島からの「転進」を発表し、終結している。

手記では苦境の中で勇猛に戦う皇軍兵士の精強さが強調され、敵に大打撃を与えた逸話がいくつも載っていた。が、本来、奪還するはずだった島の飛行場はアメリカに占領されたままだ。そして南方の制空権を握られたことが、本土空襲の遠因にもなっている。

「スルクもイボカも、皇国臣民（シャモ）になろうとしたけども、辿りついた先は地獄（ポクナモシリ）だったそうだ。

なあ、フラクイ。悪りぃが、儂はな、おまえの親父さんは、余計なことをしてくれたと思っているよ。いや、あの先生だけじゃねえ。大和人（シャモ）はみんなろくなことをしなかった」

貫太郎は一度言葉を切ると、目を見開き、こちらを睨み付けてくる。

「ずっと昔から、アイヌにはアイヌの暮らしがあった。国なんてもんに縛られず、集落（コタン）の中で、山や海の恵みを分け合い、神（カムイ）とともに生きる、そんな暮らしだ。儂の祖父さんの、そのまた祖父さんの祖父さん……どんくらいさかのぼるのかは知らんが、何百年もそういう生き方を受け継いできた。けれど、大和人（シャモ）は、そんなアイヌを勝手に皇国臣民なんてもんにしちまった。みんながみんな、天皇陛下の子供だって言うじゃねえか。そんで土地も、言葉も、神（カムイ）も奪った。豊かさとやらをぶらさげて、こうすんのが幸福だって、騙くらかしてな。ところがどうだ。大和人（シャモ）に憧れて村を捨てた先にあったのは地獄（ポクナモシリ）だ。身を売った女はイボカだけじゃねえぞ。戦地に送られた男もスルクだけじゃねえ。戻ってこれただけあいつはましだ。何人ものアイヌの若者が、会ったこともねえ、陛下とやらのために死んでいる。おまけに死んだら神の世界（カムイモシリ）じゃなくて、靖国とかいう大和人（シャモ）の神社に行くくらしいじゃねえか。アイヌの魂がそんなとこに行けるかよ」

「長老（エカシ）！」

八尋は怒声をあげた。

貫太郎は言葉を止める。

「止めてください。それ以上続けるなら、逮捕しなければならなくなります」

すでに本来であれば取り締まりが必要なほどの暴言を、貫太郎は口にしている。

「ふふ、そうか。そりゃぞっとしねえな。今お縄になったら、儂は牢獄で死ぬことになりそうだ。勘弁してくれ。年寄りの戯れ言（ざれごと）だ」

「時局が時局ですから、不幸な例もあるのだとは思います。しかし父の言うとおり、皇国臣民になることは、やはりアイヌにとっての幸福だったのだと、俺は思います」

八尋は、自分に言い聞かせるように言葉を吐いた。

貫太郎は深いため息をついて、自嘲した。

「……この儂にだって、本当は文句を言う資格なんざねえのはわかってる。気に入らんそぶりをしちゃいたが、おまえの親父さんのお陰で村が豊かになってくのは、ありがたいと思ってたよ。心の底じゃ、大和人（シャモ）の言うとおりにするのがいいんだと思ってた。国民服（こいつ）は民族衣装（ルウンペ）より楽ちんだしな。村はなくなるべくしてなくなったんだろうよ」

貫太郎は、自らが着ている国民服の襟をつまんでみせた。

「……ともあれ、儂の知ってることはさっき話したことで全部だ。スルクとイボカが、今どこにいるかは知らんよ。もういいだろ。儂を逮捕するなら逮捕しろ。そうでねえなら、もう帰れよ」

そう言ったきり、貫太郎は黙ってしまった。

15

小屋を出た八尋は、村の入り口ではなく小屋の裏に広がる森林へ向かった。

こちらの森林は村の手前にある雑木林と違い、道があるわけではない。木々の間を、雪を踏みながら進んでゆく。頭の上で風になびく木々の枝が、乾いた音を立てている。まるで何か囁いているようだ。

スルク——畔木利市が、生きているという。

彼が緋紗子とともに父の造った毒を使い、事件を起こしているのか。

戦地から帰ってきた者が凶悪な犯罪に手を染めた例は、過去にいくつかある。

大半の帰還兵は銃後に戻ってきたあと、出征前と変わらぬ生活を送る。が、ごく一部、特に利市が派遣された南方など最前線に赴いた者の中には、精神に異常をきたし、普通の生活に戻れなくなってしまう者がいる。突然、癇癪(かんしゃく)を起こすようになったり、幻覚幻聴に苛まれたり、時に突拍子もない妄動をしたり。激戦を経験することで心が壊れるのだという。そうして心が壊れた者の、更にごく一部が、捨て鉢になったかのような狼藉を働くことがあるのだ。

これには、銃後社会のあり方にも一因がある。お国のために命を賭けて戦った者たちを、敬い癒すのが本来であろう。ところが帰還兵を、穢れた者、恐ろしい者、と腫れ物に触るように扱う向きが少なくないのが現実だ。都会ほど、その傾向は強い。また、家を留守にしている間、家族の身に思いがけぬ不幸が降りかかっていることもある。まさに利市がそうだったように。

貫太郎の話が本当なら、利市の心は壊れてしまっているのかもしれない。

しかし、だとしたら、なぜ『愛国第３０８工場』の関係者が次々殺されてゆくのか。また、血文字に残されていた〝カンナカムイに群がる鳥ども〟の意味もわからない。

仮に利市が犯人だとしても、この事件にはまだ見えぬ底がある――。

不意に視界が開けた。

湖と言うべきか、沼と言うべきか。少なくとも池と言うには少し大きな泉があり、その周りが木々のない広場になっていた。広場には雪が積もり、泉は一面凍っている。

おぼろげな記憶が頼りだったが、ちゃんとたどり着けた。

村からは、およそ二キロほどだろうか。ここに来たのは、捜査のためではない。自然と足が向いた。

今は雪に覆われているが、この泉の周りには春になると紫色の花が咲き乱れる。その花は、見た目の可愛らしさと裏腹に、強力な毒を持っている。ここはアイヌ語で「スルクウシュペ(鳥兜のある場所)」と呼ばれる、鳥兜の群生地。そして、八尋の両親が命を失った場所でもある。

畔木村でイオマンテが行われてからおよそ半年後。年が明け、冬ももうすぐ終わりに近づいてきた頃のことだった。

八尋は両親とともに、この場所を訪れた。父の研究に使うため、鳥兜の根を採集するのだ。父の助手だった利市も同行していた。

鳥兜は、晩秋に地上部を枯らし、小さな殖芽だけになり冬を越す。この殖芽から、新しい茎葉が芽吹く前、冬の終わりに、根の部分の毒が最も濃縮されるのだ。

八尋は、泉の畔を歩き、奥の茂みの辺りにたどり着く。

あの日、ここで両親と一緒に、鳥兜の根を掘っていた。利市はちょうど、泉を挟んだ反対側で採取していた。

八尋はその場にしゃがみ、地面の雪を掻き分ける。この時期はまだ、黒く湿っただけの地面には何もない。春を間近に控えたあの日は違った。雪は薄く、それをどかすと、小さな緑色の葉がいくつも見つかった。鳥兜の芽だ。八尋がそれを見つけたら、その地面を両親がスコップで掘って、根を取りだした。「すごい」「見つけるのとても上手だね」と、両親は次々と芽を見つける八尋を誉めてくれた。群生地なのだから、見つけられるのは当然なのだが。

立ち上がり、背後の茂みを振り返る。枯れ枝に雪を積もらせた背の低い灌木がうっそうと茂っている。八尋は脈拍が速まるのを自覚した。

鳥兜の採取を小一時間ほどもやっていた頃だろうか。この茂みから音がした。八尋と両親が振り返ると、そこには、現れるはずのないものの姿があった。

羆だ。

イオマンテで送った子熊とは比べものにならないほど巨大な、赤毛の羆だった。

それは、二重の意味で想定していなかった事態だった。

第一に、羆の生息地はもっと内陸の日高山脈の内側であり、この辺りにはいないはずだった。そして第二に、まだ冬は明けていない。仮に羆がいたとしても、活発に活動するような時期ではなかった。

しかし、その神(カムイ)の化身は、そこにいた。

おそらくは「穴持たず」と呼ばれる冬眠に失敗した羆だったのだろう。何らかの事情で、秋に食い溜めしそこない、腹を空かせて冬の山野を彷徨うちに、こちらの方まで来てしまつたのか。あるいは、急速に進む内陸部の開拓の影響で、住む場所を追われたのかもしれない。

ともあれその羆は、八尋たちの眼前に現れた。きわめて危険な、飢えた状態で。

「逃げ――」

叫ぼうとした父の身体が、次の瞬間には消えていた。羆の巨大な腕と爪でなぎ倒されたのだ。父は護身用に腰に山刀を提げていたが、それを抜いて抵抗する間はなかった。

地面に倒れた父は、顔の半分ほどをそぎ取られ、おびただしい量の血を流していた。次いで羆は、八尋の方に駆け寄ろうとした母を後ろから押し倒し、横腹を嚙みちぎった。

あっという間に両親は地面に倒され、真っ赤な血が、白い雪に吸い込まれていった。

顔を半分失った父の口が動き「な……ぜ……」の二音が漏れるのが聞こえた。

八尋は腰が抜けて、その場で尻餅をついた。

羆はうなり声をあげてこちらに近づいてくる。

しかし八尋は身がすくんで動けない。股の間が温かくなり、自分が漏らしていることを知った。

羆と目が合った。その丸い瞳は雪原を映したような冷たい灰色をしていて、何の意志も感じられなかった。その威容は、まさに神（カムイ）と言うべきものだった。

悪神（ウエンカムイ）――人を襲う羆のことを、アイヌはそう呼ぶ。

このとき八尋は、イオマンテのときにも覚えた、あの感情に囚われた。

人には決して抗えない大きな何かへの、畏れ。

羆は八尋の目の前で立ち上がると、口吻（こうふん）を大きく開いた。口の中の暗黒に、鋭く尖った歯が並んでいた。

もうこのまま、この神（カムイ）に食い殺されるのだと覚悟した、そのとき。

パン、という破裂音が響き、羆の肩口から血が噴き出した。銃で撃たれたのだ。羆は逆上したかのように、大きな声で吠えた。空気も大地も震わせるような、恐ろしい声だった。しかし間を置かず、更に二度、銃声が響き、羆の身体からはまた血が噴き出た。羆は倒れこそしなかったものの、身をのけぞらせた。それから、回れ右をして背を向けると、前足を地面についた。走り出し、茂みの中に消えていった。

「先生！　奥さん！」

利市が、倒れている八尋の父と母の元に、駆け寄ってきた。念のため持ってきていた猟銃で、羆を撃退してくれたのだ。

このときすでに、父も母も事切れていたらしい。結果的に身体には傷一つ負わなかった八尋も、神経が限界を迎えたかのように、その場で気を失った。

あれから、十五年。茂みは沈黙しているが、その奥から、羆の巨体が今にも現れるような気がしてしまう。

誰もが使命を抱き、それを果たしたときに死ぬのだとしたら。

父と母は、どんな使命を果たしたのだろう。

二人は立派な皇国臣民だったと、利市は言った。

しかし貫太郎によれば、利市は自身が辿りついた先を地獄(ポクナモシリ)と言っていたという。その利市が、父が造った毒を使って人を殺(あや)めているかもしれない。

もしも今、俺に果たすべき使命があるとしたら——。

そのとき、物音がした。

目の前の茂みではなく、背後。歩いてきた森林の方から。音を立てて何かがこちらに近づいてくるような。

まさか……。

八尋は息を呑んだ。

考えてみれば迂闊(うかつ)に過ぎる。かつて羆に襲われた場所に、猟銃すら持たずのこのこ独りでやってきたのだから。それも単なる感傷で。

背筋に冷たいものを感じつつ、振り向いた。

果たして、森林から姿を見せたのは、羆ではなかった。が、別の意味で恐ろしい生きものだった。

三人の男。同僚の特高刑事たち。三影、猿田、蟹ヶ谷だ。

何故、彼らがここに？

三影を先頭に雪を踏み、近づいてくる。三影はその魔物のような顔に薄気味悪い笑みを張り付かせていた。猛烈な嫌な予感に襲われる。

「土人、捜したぞ。哀しいなあ。逃げるなら、もう少しましな逃げ方をしてくれ。雪に残った足跡で丸わかりだ」

三影は八尋の目の前までやってくると、こちらを見下ろしながら言った。

逃げる？　俺が何から逃げると言うんだ。

「どういうことですか」

「とぼけるな日崎八尋巡査、動かぬ証拠が出たぞ。貴様を金田行雄少佐、並びに伊藤博殺害の容疑で逮捕する」

三影の声が響き、辺りの雪と、凍りついた泉に吸い込まれた。

え——？

のちに八尋は悔やむ。このとき取るべきだった最善の行動は、おそらく、すぐ傍の茂みに飛び込み、とにかく逃げることだった。

しかし、とっさに頭が回らなかった。

呆然としている間に猿田と蟹ヶ谷に左右から挟まれ、身柄を拘束されていた。

16

ああ、墜ちる。墜ちる。身体ごと、墜ちてゆく。世界が遠ざかる――。

今まさに意識を手放そうとしている肉体が八尋に与えたのは、奇妙な落下の感覚だった。

床も部屋もなくなり、ひたすら墜ちてゆく錯覚。何もかもが消え去る特異点へ。世界の深淵へ。

ああ、やっと眠れる――。

そう思った八尋の耳に、声が響いた。

「哀しいなあ。俺の取り調べが、そんなに退屈かぁ」

頭から水を浴びせられる。雪を混ぜた冷たい水だ。それは、かかると言うよりも、刺さると言った方が近い。

落下が止まり、意識が引き戻される。同時に、身体が反射的に痙攣(けいれん)をはじめる。

続いて、脇腹にえぐるような痛みが走った。警棒で突かれたのだ。いっぺんに内臓がせり上がり息が詰まる。

「あぁ……」という、うめき声がどこか遠くから聞こえた気がしたあとで、自分のものだと気づく。

髪の毛を摑まれ、顔を上げさせられた。目を開こうと思っても、腫れ上がったまぶたは、ほとんど塞がってしまっていて、上手くいかない。

ほんのわずかに開いた隙間から、うっすらと、髪の毛を摑んでいる男——三影の、尖った顎が見えた。

自分の職場であるはずの札幌署。その地下にある取調室。両手に手錠を嵌められ、縄で括られ天井から宙づりにされている……はずだ。もう、はっきりとした身体感覚はなくなってしまっている。

どのくらい、こうしているのか。

——畔木村の外れで三影たちに逮捕され、そのまま札幌まで連行された。

問答無用でこの取調室にぶち込まれた。そしていつかと同じように、猿田と蟹ヶ谷に拘束され三影と向かい合うように、座らされた。

ことだ。

あのときと違うのは、八尋が正式に逮捕された容疑者であり、三影が証拠を手にしていた

「土人。貴様の家の、貴様の部屋からこいつが出てきた」

そう言って三影は茶色い小瓶を机の上に置いた。

まるで見覚えのないものだった。

「何ですか……」

「とぼけるな、貴様の父親が造っていたという毒だろう。やはり貴様は、これを隠し持っていたんだ」

無論、そんな覚えはない。

更に三影によれば、金田と伊藤が殺害された一月二十八日、八尋は昼過ぎに家を出て翌朝まで戻ってこなかったと、同居している従兄の清太郎が証言したという。また清太郎は、八尋が「任務先で朝鮮人どもに嫌がらせを受けた」と漏らしていたとも、証言しているらしい。

それは明らかに嘘だった。あの日は確かに壁塗りをしていたし、任務の話を家族にしたことなどない。

嵌められた――。

「濡れ衣です」

八尋は三影を睨み付けた。

「くっくっく、哀しいなあ。貴様がどれだけ言い訳しようと、こうして、動かぬ証拠も出てきているんだ」

三影は裂けんばかりに口を開けて魔物の笑顔を浮かべた。

「でっち上げです！」

「鑑定の結果、事件で使われたものと、完全に成分が一致している。言い逃れはできないぞ」

「馬鹿な……」

本当に、俺の部屋から毒が――？

仮に三影が八尋を嵌めようとしているとして、どうやって毒を手に入れたのか。

いや、あるいは絵を描いているのは、三影（この男）ではなく……。

「憲兵、ですか」

問うと、かすかに三影の目元が強張った。やはり、そうだ。父の造った毒を持っているのは、犯人でなければ軍だけだ。

「三影さん、あんたよりによって憲兵とグルになって俺を嵌めようってんですか」

「貴様、口をわきまえんか！」

猿田が怒鳴った。

手が伸びてきて、髪の毛を掴まれた。三影の顔が近づく。笑みが消え、恐ろしい形相でこちらを睨み付けてきた。

「土人、何をわけがわからないことを宣っている。貴様は、前々から恨みに思っていた金田と伊藤を殺したんだ。その後、まんまとその捜査に加わることになった貴様は、例の設楽とかいう工員の自害現場にたまたま居合わせたのをいいことに、血文字があった、殺人だった、だのと吹聴していた。捜査を混乱させるためにな」

「ば、馬鹿な。そういうふうに、憲兵にでも吹き込まれたんですか」

「そうやってしらばっくれる気か」

「しらばっくれてなんかない。三影さん、あんただってわかってるはずだ。あの設楽という工員は殺されてる。金田と伊藤を殺したのと同じ犯人に。俺はやっていない。憲兵が何かを隠蔽するために俺を嵌めようとしてるんです」

八尋は必死に訴えた。

三影の顔から、潮が引くかのように表情が消えた。

「そうして妄言を吐き、どこまでもしらを切るんだな」

「妄言なんかじゃない。俺はやってません！」

「では、誰がやったと言うんだ！」

「……それは」

利市と緋紗子――なのか。わからない。畔木村で摑んだことを三影に伝えても聞く耳を持つとは思えない。というより、話したくない。

「と、とにかく、俺ではありません！」

「じゃあ、身体に訊こうか」

三影の顔に再び笑みが浮かんだ。喜びを堪えきれないといったふうな、満面の笑みだった。

八尋の脳裏に浮かんだのは「絶望」の二文字だった――。


それから丸二日くらいまでは、何となく記憶があるが、もうよくわからない。三日目か、四日目か、あるいはもっとか。ともかく、ずっと宙づりの体勢で、わずかな水だけで食事は与えられず、昼も夜もなく延々と身体中を痛めつけられている。そして、ときどき思い出したように「おまえがやったんだな」「全部吐きやがれ」と、怒鳴られる。

取り調べという名の、紛う事なき拷問だった。

八尋は「やっていない」と潔白を訴え続けた。

が、三影たちは一切耳を貸そうとせず、拷問を続けた。

何故、こんな目に遭わなければならないのか。曲がりなりにも同じ警察官、特高の刑事だ。自分なりに懸命に仕事をしてきた。お国のため、延いては陛下のためにと、人を騙すような任務さえ喜んでやった。なのに。

何故だ？

アイヌだからか。

俺にアイヌの血が流れているという、ただそれだけの理由で、この男は俺をここまで痛めつけるのか。

言葉にならない八尋の問いに、三影は暴力で「そうだ」と答えているようだった。

おまえは大和人ではない。俺たちと違う。忌むべき土人だ。だから排除しなければならないのだ、と。

――結局、俺たちは皇国臣民にはなれないってことだよ。

あの言葉が何度も蘇ってきた。

最初のうち、きつかったのは肉体的な苦痛だった。単純に長時間吊られているだけでも苦しい。その状態で警棒で滅多打ちにされるのだ。肩が外れたときは、悲鳴を堪えることができなかった。もちろん、満足に治療もしてもらえない。まぶたはろくに開かなくなり、身体のそこかしこに、熱が籠もっていった。

しかし今はそんな身体の痛み以上に、眠れないことが、つらかった。

痛みを我慢できる人間はいても、眠気を我慢できる人間はいない——特高課でよく耳にすることの言葉が真実であることを、八尋は身をもって思い知った。

拷問王の異名を取る三影も、それは十分わかっているようで、激しい暴力を加えられたのは最初のうちだけ。その後徐々に、八尋が眠りそうになると、ねちねちと責め、痛みを与えるよりも眠らせないことに、重きを置くようになった。三影たちは交替で休憩を取りつつ、ひたすら八尋を眠らせずにいた。

「おーい、土人。おら、起きろよ」

頰を張られる感覚。声からしておそらく蟹ヶ谷だ。

痛みも、息苦しさも、全身を刺すような冷たさも、すべての感覚がすぐに曖昧になってゆく。そして、そのまま落下してゆく錯覚に再び見舞われる。何者かに身体を引っ張られているかのように。眠りの誘惑。つなぎ止められていた意識を手放せる、甘やかな予感。

もう、あらゆる刺激より、眠気の方が強いのだ。

「こいつ、もうお仕舞いかもしれませんね」

「ふん、ならばそれまでだ」

猿田と三影の嘲笑が、かすかに耳朶を打った。

お仕舞い、終わり、ああ、そうか――。

八尋は気づかされる。

この落下の果てにあるものは、心地よい眠りではない。この身体を引っ張っているのは、睡魔ではない。死神だ。

このまま墜ちきった先、世界の深淵で待っているのは、すべての終わり。死、なのだ。

俺は、死ぬのか――。

それを自覚した刹那、ほとんど塞がってしまったはずの視界に光が溢れた。狭くて暗い取調室とは違う、広く明るい世界がそこに出現した。

いくつもの人影が見えた。三影や、猿蟹ではない。光に包まれていて、はっきりと姿はわからないが、八尋はその人々に懐かしさを覚えた。

八尋には、そこがどこか、それが誰か、すぐにわかった。

この世での役目を終えた森羅万象が帰る場所――神の世界（カムイモシリ）。

あの人影は、肉体を離れた人々の魂だ。きっと父や母もあの中にいる。だから懐かしいのだ。いや、人だけではない。幼い頃に獲った魚、摘んだ草花、泳いだ川、駆けた草原、そこに吹いた風。八尋が関わったすべてが人の姿をした神（カムイ）となって、集まっている。

ああ、俺もあそこに帰るのか。

――いいのか。

厳かな声が響く。

人影の中、ひときわ大きな一人のものだとわかる。父でも母でも、祖父でもない。しかし、八尋にはそれが、自分と深いつながりを持った神(カムイ)だと、わかる。

あのときの羆だ。

父と母を屠った、山の神(キムンカムイ)、否、悪神(ウエンカムイ)。

それは、静かに言う。

――この世界のすべては何かの使命を抱き人間の世界(アイヌモシリ)で生き、やがてそれを果たして神の世界(カムイモシリ)へと帰ってくる。おまえが「死」と呼ぶものは、万人に等しく必ずやってくる。すべては早いか遅いかに過ぎない。生きるとはすなわち、使命を果たすための、時間を稼ぐことだ。

それの言葉は、まるで大いなる父の腕(かいな)のように八尋を包み込む。

実はこの神(カムイ)は、現人神。天皇陛下の化身ではないのか――そんな、不敬な考えさえ頭をよぎった。

――あの日、おまえが生き延びたのは、おまえにはまだ、人間の世界(アイヌモシリ)で、果たすべき使命があったからじゃないのか。

そうだ。俺には使命がある。

お国のために尽くすという使命が。

——やってもいない罪を被り、殺されることが、おまえの使命なのか。汚名を着て死ぬことがおまえの為すべきことなのか。

違う！　断じて、否！

——そうか。だったら、おまえはまだ、ここへ来るべきではないな。

次の言葉を聞く前に、光は消えた。そして落下してゆく。死神が誘う深淵へ。

駄目だ！

まだ墜ちてはいけない。俺は、生き延びなければならない。

八尋はちぎれそうな意志の力を総動員して、目を開こうとする。うっすらと人影が見える。

光に包まれた神（カムイ）ではない、むしろ魔物のような男、三影の姿が。

「……た」

声を出そうとしたが、上手く言葉にならなかった。

「何だ」

三影は訊き返す。

「じ、自分が……やり……まし……た」

言葉を絞り出す。

やってもいない、罪を認めた。生き延びるために。

認めなければ、待っているのは拷問死だ。

ほとんど閉じてしまったまぶた越しには、三影の表情はわからない。しかし嗤っているだろうことは想像に難くなかった。

「そうか、貴様、認めるのか」

その声色には愉悦が滲んでいる。

「はい……み……認め……ます……」

そう口にするのと同時に、八尋は胸の奥を圧迫されたような苦しさを感じた。

悔しさだ。

これほどまでに痛めつけられてなお、理不尽に屈服することはこんなにも悔しいのか。しかし、こうするよりない。

くっくっく、と引き笑いが聞こえた。やがて、三影は堰を切ったように笑い出す。その声には恍惚が満ちており、またどこか歌うようでもあった。

それを聞いて、八尋は悟った。

この男は、単に人を痛めつけるのが好きなわけじゃない。痛めつけた上で、屈服させることが好きなのだ。

この男の望みは俺を屈服させること。そして俺を特高から排除すること。殺すことではないはずだ――。

ならばまだ、望みはある。八尋は自分に言い聞かせて、悔しさを圧し殺した。

「ただし……、お国のために……やったことです」

「なんだと」

「い、いやしくも……わ、我が、だ、大日本帝国の……命運を賭けた……た、戦いが行われている……最中、ち、……朝鮮人どもが、遊び呆けているの……が……許せません……でした」

必死になって言葉を紡いだ。

無論、でっち上げだ。殺していないのだから動機もない。これは一種の賭けだ。それもかなり分の悪い。しかし、おそらく他に生き延びる道はない。

猿田と蟹ヶ谷が怒声をあげる。

「何がお国のためか、この土人が！」

「烏滸(おこ)がましいぞ！」

顔に、何かがかかるような感触があった。おそらく唾を吐かれたのだ。

「ともあれ、自白するんだな」

三影の声がした。

「は……い……」

「よし。そいつを降ろしてやれ」

三影が命じる声がした。「はい」という声が重なり、猿蟹が八尋を吊っていた縄を外した。

宙から降ろされ数日ぶりに地面を踏んだ八尋の足は、しかし身体を支えることができず、そのまま三影の部下たちに倒れ込んだ。

「おら、しっかりしろ」

猿田がどやした。二人に支えられ、どうにかその場に立つ。

「猿、蟹、適当に調書巻いとけよ」

散々、八尋をいたぶって屈服させ、満足したのか三影は立ち去ろうとしている。

刹那、腹で煮えていた屈辱に火が点いた。

「み、三影……警部補……」

思わず呼び止めていた。三影が足を止め、こちらを振り向く気配がした。

「よ、よかったですね……、これで御子柴中尉への借り、返せたんじゃないですか……」

グルであろうがなかろうが、これが憲兵の描いた絵図であることは間違いない。三影はその上で踊る役者の一人にすぎない。それは自分でもわかっているはずだ。

足音で三影が近づいてくるのがわかった。

「哀しいなあ。貴様は、まったく、口の利き方を学習せんやつだ」

次の瞬間、頭に衝撃が走った。あの警棒で殴られたのだ。気を失う直前、前にも似たようなことがあったのを思い出していた。

17

――昭和二十年（一九四五年）二月二十八日。

「――手はずどおり、例の日崎という刑事が犯人ということで、事件に幕を引くことができました。特高の連中も、札幌に帰ったようです。室蘭署の中には、工場を怪しんでいる者もいるようですが、もう大したことはできないでしょう」

〝梟（フクロウ）〟は、一同に報告した。

「うむ。ご苦労」

上座に鎮座する〝鷲〟が、厳かに頷いた。

「お、おい、それで、本当の犯人の方はどうなっている」

〝四十雀(シジユウカラ)〟が甲高い声をあげる。

「憲兵が極秘で捜査を進めております」

「つ、つまり、見つかってないんだな」

「……申し訳ありません」

「あ、謝って済む話か。この無能が！」

何が無能だ。あんたなんか、〝朱鷺(トキ)〟のおまけみたいなもんじゃないか――。

〝梟〟はそんな言葉を呑み込んだ。

見ると〝朱鷺〟は、腕組みをして、じっと目を閉じている。何事かを考えているのか、居眠りをしているのか判別がつかない。

大東亜鐵鋼の軍需工場『愛国第３０８工場』の敷地内。その建物の一室には四人の男が集まっていた。〝鷲〟〝朱鷺〟〝四十雀〟そして〝梟〟。男たちは互いに鳥の名で呼び合うことになっていた。以前はあと二人、〝鵲(カササギ)〟と〝雉(キジ)〟がいたが、今はもういない。

「お、おい、本当に、これでよかったのか。憲兵だけで大丈夫なのか。犯人を捕まえるなら警察にも、捜査させた方がいいんじゃないのか」

〝四十雀〟がわめく。またその話かと〝梟〟はうんざりした。

特高に探られ、この集まりの秘密が外部に漏れるようなことがあれば、ここにいる全員が破滅しかねない。犯人をでっち上げ、警察には手を引かせて、御しやすい憲兵のみで捜査を進めさせる――それで〝四十雀〟も一度は納得したはずだ。

「不安にさせてしまい、申し訳ありません。が、どうかご安心ください。全力を挙げて必ずや犯人を捕らえます」

「そ、そんなこと言って、金田と設楽、二人も殺されてるんだぞ！　それにあの血文字だ。〝カンナカムイに群がる鳥ども〟とは、私たちのことじゃないか！」

先月〝鵲〟こと金田行雄が配下の棒頭、伊藤とともに殺された。その現場にはスルクと名乗る犯人が書いたと思われる血文字が残されていた。

スルクなどという者には誰も心当たりがなかった。この集まりとは関係のない伊藤が一緒に殺されていたことで、何か個人的な恨みか、朝鮮人同士の揉め事でも起きたのかと思い、警察にも情報を流し捜査を進めた。最低限の報道も許した。結果的にそれが失敗だったかもしれない。

今月に入ってから〝雉〟こと設楽泰嘉（やすよし）も殺された。憲兵は強引に自害ということにしたが、設楽も他殺だ。体内からは、金田と伊藤を殺したのと同じ毒が検出されている。死体の傍には血文字が残されており、犯人は〝カンナカムイに群がる鳥ども〟を狩ると宣言していた。

この時点でこの集まりを狙った連続殺人だということが明確になった。

〝四十雀〟の不安はある意味で正しい。決して楽観できる状況ではない。

「ちょっと、〝四十雀〟くん」

〝朱鷺〟が目を開いて、口を挟んだ。

「ちゃんと暗号名を使えよ。〝鵲〟と〝雉〟だろ」

〝朱鷺〟はもう五十近い歳のはずだが、見た目も喋り方もどこか子供っぽい。

この集まりは全員が顔見知りで人払いもしているので、本名で呼び合っても何も問題ない。が、〝朱鷺〟が強く主張して暗号名を使うことになった。

以前、〝鵲〟がどこかから仕入れてきたアイヌの神話を面白がり、それまで「第三の太陽」などと呼んでいた例のものに、カンナカムイと名づけた。

彼には妙な遊び心がある。

才人とは、そういうものなのかもしれない。集まりの頭目は〝鷲〟だが、要となっているのはあの〝朱鷺〟だ。

「は、はあ……」

「それにさ、〝梟〟さんを責めるなよ。〝梟〟さんだって、命を狙われてるんだぜ。その上、僕たちみたいにずっと隠れてるわけにもいかないんだ」

「え、ええ、それは、そうですが」

〝四十雀〟はばつが悪そうに頷いた。

〝鷲〟がおもむろに口を開く。

「まあ、いずれにしても、早く犯人が捕まるに越したことはない。〝梟〟、この犯人の目星くらいはついているんだろ」

「はっ、全力挙げて、行方を捜しております」

〝梟〟は答えた。

しかし実のところ〝梟〟はまだ、犯人――スルク――の正体について、目星をつけることはできていなかった。

このとき不安に怯えていた〝四十雀〟こと、桑田毅朋（くわたたけとも）が死体となって港で発見されるのは、およそふた月後のことだった。

第二章　使命

1

——昭和二十年（一九四五年）五月九日。

この日の朝刊で、友国ドイツが無条件降伏したことが伝えられた。

ソ連軍に首都ベルリンを包囲されて以来、独軍は相当の苦戦を強いられていたようだ。すでにヒトラー総統は死亡しており、その後継者である元大提督のデーニッツが、無条件降伏を受け入れたとのことだった。

北海道庁警察本部札幌署。特高課の刑事部屋で行われた朝礼では、特高課長の九条辰雄（くじょうたつお）がドイツの降伏を嘆く訓示をたれた。

「——かようなかたちで無条件降伏を受け入れるということは、三国同盟に明確に違反する愚挙である。我が大日本帝国は、これに一切の影響を受けず聖戦を継続するものである」

九条は、中央から派遣されてきた内務官僚で、警察本部でも指折りの実力者である。彼の弁は、新聞に掲載されていた外相談話とほぼ同じものだった。聖戦継続は国家の意思なのだろう。

三影美智雄は背筋を伸ばし、訓示に耳を傾ける。

「現在、帝都は空襲を受け、沖縄では熾烈な防衛戦が行われている。しかし、我らが真に恐れるべきは、一時の困難にくじけ、大義を忘れてしまうことである」

普段はおっとりした雰囲気で、陰で「お公家さん」などとも呼ばれている九条だが、さすがに訓示をたれるときは勇ましい。

九条の言うように、帝都東京をはじめとした本州各都市への空襲は、ますます苛烈になっているという。また、皇軍が本土侵攻阻止の最終防衛線としていた硫黄島も陥落し、敵はいよいよ沖縄にまで上陸してきた。

「皇国臣民の果たすべき義務は、来たるべき本土決戦に備え一致団結することである。くれぐれも反戦的な弱気が蔓延してしまわぬよう、諸君においてはよりいっそう、市井の監視、空気の引き締めに邁進して欲しい」

「はい」と、課員一同が声を揃えた。

三影も腹の底から声を出す。

「ああ、そう言えばなあ」

九条は訓示を終えたあと、思い出したように口を開いた。どこかのんびりした素の声だ。

一同が注目した。

「日崎のやつの、判決が出たそうだ」

みなが息を呑んだのがわかった。

日崎八尋。三影が逮捕した同僚だ。

平時であれば殺人事件の裁判はもっと長い時間がかかるが、この戦時においてはその限りではない。戦時刑事特別法の定めにより、裁判官と検察官の権限が強化されており、凶悪事件でもきわめて早く結審する。

「無期懲役だそうだ」

九条は言った。

つまり、日崎は死刑を免れたわけだ。

刑事部屋全体に「はあ」と息が漏れたようだった。

戦時刑事特別法では、単に裁判が簡素化されただけでなく、刑罰も重くなっている。二人も人を殺し、片方が軍人であれば、普通は死刑判決が下るところだ。奇跡的な温情判決と言える。

「まあ、よかったなあ。道を誤ったとはいえ、元々は同じ釜の飯を食った者だ。なあ、三影」

九条が呼びかけてきた。

「は」

「おまえも職務とはいえ、つらかったろ。改めて、ご苦労だった」

九条は気の抜けた声で言う。この男は、証拠を発見した三影が、泣く泣く日崎を逮捕したと思っている。他の課員たちも大半はそうだ。そしてみな、日崎が死刑にならなかったことに胸をなで下ろしているようだった。

三影は苛立ちを覚えたが、それを隠し「ありがとうございます」と一礼した。

「うむ。それでは諸君、今日も励んでくれ」

九条は立ち去った。

自分の机に戻ると、猿田が声をかけてくる。

「いやあ、日崎のやつめ、悪運が強いですね」

ともに日崎を逮捕して拷問にも参加したこの男も、死刑が回避されたことに安堵しているようだった。

「嬉しそうだな」

「え、あ、いや……」

三影の胸には、妙な忌々しさが湧いていた。

日崎が無期で済んだ理由はおそらく三つある。

一つは日崎が警察官、いわば身内であるということ。九条課長や、練習所の教官だった能代、かつて交番勤務をしていたという小樽署の所長など、これまでやつの上役だった者たちからは、減刑の嘆願が出されたという。

もう一つは、被害者が二人とも朝鮮人であったこと。新附の民の命は、純粋な大和人のそれよりも軽い。

そして最後に、日崎自身が「お国のためだった」と、証言したことだ。愛国テロルに関しては時に判決が甘くなる。

これら三点が組み合わさり、日崎は命拾いした。

おそらくこうなることを見越して自白をしたのだろう。やつはあの場で死を免れる唯一の手段として罪を認めたのだ。

日崎が延命を企図していることには気づいていた。難癖を付け拷問を続けることもできた。もう少し続けていれば、やつは死んでいただろう。

別に殺すのが目的ではない。むしろ取り調べ中に被疑者を殺せば、あとあと面倒になる。やつを屈服させ、結果、特高課からは土人を排除できたのだから、正しい判断ではあったはずだ。

しかし、やつの、あのしぶとさが気にくわない。

あそこまで追い込まれても、あきらめない。きっとこれまでもずっと、ああしてきたのだ。新附の民でありながら、しがみつくように階段を上り、特高刑事にまで上りつめた。そのしぶとさが忌々しい。

しかもやつは、気づいていた。誰が自分を嵌める絵図を描いたのかを。


――あれは日崎を逮捕する前日、二月十一日のことだ。

朝一番に三影の元に一人の軍人がやって来た。室蘭防衛隊に所属する小野寺という男だ。彼は三影が飼っている情報提供者、〝犬〟の一匹だった。かつて、違法な賭場に出入りしており、それを弱みに配下に置いた。

三影は『愛国第３０８工場』の内部情報をこの小野寺に探らせていた。

あの工場には何かありそうだ。会議の場では難癖を付けたが、設楽という工員は日崎が主張するように殺されたのだろう。工場のことを頑なに調べさせようとしない憲兵の動きも怪しい。

ただし小野寺は防衛隊の一兵卒に過ぎず、軍需工場に立ち入れる立場ではなかった。多くの〝犬〟を飼っている三影ではあるが、すべての町のすべての組織の中枢にまでいるわけではない。

この前日まで、三影が外から調べてもわかる程度の情報しか摑んでこなかった小野寺は、緊張した面持ちで言った。

「……工場の幹部が、三影警部補と面会したいので、工場まで来て欲しいと申しているそうです」

彼が隊の仲間などを通じ、それとなく工場の情報を集めようとしていたら、部隊長に呼び出され「さる工場幹部が、おまえの飼い主を呼んでいる」と告げられたという。

三影の指示で工場を嗅ぎ回っていたことは、向こうに筒抜けだったようだ。

その工場幹部が何者かは知らされていなかった。どうやら軍人らしい。ならば佐官以上の将校だ。無視するとあとあと面倒なことになるだろう。

機密を盾にこれ以上工場のことを調べぬよう釘でも刺されるのだろうか。

が、これはまたとない機会でもある。近づくことさえ叶わなかった『愛国第308工場』に大手を振って入れる。幹部と面識ができれば、そこから得られる情報もあるだろう。

三影は腹をくくり工場を訪ねることにした。

普段は警察など門前払いする衛兵たちは、来意を告げるとすんなりと中に入れてくれた。『愛国第308工場』の敷地に足を踏み入れるのは初めてのことだった。いくつもの真新しい棟が建ち並び、轟々という機械の作動音と、脂が焦げるような独特の尖った臭いがそこかしこに漂っていた。

御三家の中でも最も新しいこの工場は、正門のある東側が港に隣接し、西の高台まで敷地が広がっている。

三影は高台に建つ建物に案内された。装飾の施された両開きの玄関には『鳳凰閣』と書かれた看板が下げられていた。迎賓館のようなものだろうか。

通された部屋は、二階にある広間だった。広さは十坪ほどか。奥の壁には日の丸と御真影が飾られていた。天井からはシャンデリアが吊られ、床には分厚い赤い絨毯が敷かれている。窓からは港と海が見渡せた。

案内役の兵士たちとともに、御真影に一礼し、部屋に入る。顔をあげ、その中央に置かれた脚に螺鈿細工が施された巨大な机にいる人物をひと目見て――正確にはその人物の軍服に付いている襟章をひと目見て――息を呑んだ。ベタ金と称される装飾のない金地に、星が二つ。中将だ。

一本も髪のない禿頭に太い眉、精悍な顔立ちをした五十がらみのその人物と面識はなかったが、誰かはすぐにわかった。室蘭に中将は一人しかいない。

東堂武政中将――室蘭防衛司令でありここ『愛国第308工場』の総監督官も務める人物

だ。

確かに工場幹部には違いないが、幹部中の幹部、それどころか、室蘭における最大の権力者と言って過言ではない。

「三影警部補をお連れしました」

「うむ、ご苦労」

兵士たちは敬礼すると部屋を出てゆく。背後で扉が閉まった。

「三影くんだね」

東堂はこちらを値踏みするような目で見て言った。

「道庁警察本部特高課、三影美智雄警部補です」

背筋を伸ばし答えた。さすがに緊張を覚える。

「かけたまえ」

促され三影は、東堂と向き合うように椅子に座った。机が巨大なため、彼我は三メートルほども離れている。

「きみは、この工場に興味があるようだね」

東堂が淡々と尋ねた。距離を感じさせぬほど、よく通る声だ。

「捜査の都合で、情報を集めております」

腹から声を出し、正直に言った。どうせとぼけても無駄だ。

「なるほど。仕事熱心なのは結構だが、少々具合が悪い。ここは軍需工場。外部の人間に軽々に探られては困る機密の塊だ。特に時局が時局だ。場合によっては我が大日本帝国の存亡に関わることになりかねない。それは理解してもらえるね」

「……はい」

やはり、圧力をかけてきたか。業腹ではあるがここも頷かないわけにはいかない。無論、本当に手を引くつもりはなかったが。

どうすれば、この男を出し抜けるか——三影が頭を回転させようとした矢先、東堂は不敵に笑い、口を開いた。

「きみは優秀な刑事だと聞いている。そんなきみが、こうして釘を刺したくらいで、手を引いてくれると考えるほど私はお人好しではないよ」

図星を指されたかただが、三影は涼しい顔でそれを受け流した。

「いえ、自分は平凡な刑事です」

「謙遜せずともいい。きみが室蘭に来た理由は、朝鮮人殺害事件の捜査に協力するためだろう。つまり、事件が解決すれば工場(うち)を探る理由はなくなる。そうだね」

「ええ、まあ」

相づちを打ちつつ、話が予想していない方に転がる予感を覚えた。

「では、我々としても、事件の解決に協力しようじゃないか。きみには是非、犯人を捕まえてもらいたい」

「協力、していただけるのですか」

「そうだ。詳しい話は……」

と、そのとき、出入り口の扉の向こうから声がした。

「失礼します」

聞き覚えのある声だった。

「ちょうどいい、来たようだ。入りたまえ」

扉が開き現れたのは、憲兵隊の御子柴中尉だった。

御子柴は部屋の入り口で敬礼し、東堂が軽く手をあげて返礼すると、入室してきた。そして三影にも一礼した。

「お久しぶりです、三影警部補」

「どうも」

三影は軽く頷き挨拶を返した。

「きみらは知り合いなんだってな。憲兵と特高が協力しあうことは、我が国の安寧を守るためにも結構なことだ。三影くん、詳しい話はこの御子柴としてくれ」

東堂は一方的に告げて、席を立った。

御子柴が姿勢を正した。三影も席を立ち、気をつけの姿勢を取る。

東堂は軽く手をあげ、出入り口に向かう。御子柴は敬礼を、三影は礼をして東堂を見送った。

東堂が部屋からいなくなると、かすかに空気が緩んだ。

「お互い、妙なことになりましたなあ。まあ、東堂閣下もあのように仰っていたんです、ここは事件解決のために協力いたしましょう」

御子柴は相変わらずの慇懃さで言いながら、椅子を引いて座った。

三影は立ったまま御子柴を見下ろす。

「これはどういうことです」

「どうもこうも。ただ私は、きわめて重大な情報を摑んでいるので、それをあなたに提供しようと思っているだけですよ」

「情報だと」

「ええ。警察(あなたたち)は、二人の朝鮮人が殺された事件と、その後、この工場の工員、設楽が死んでいた事件を連続事件とする線を捨てていない。三影警部補、あなたが工場を嗅ぎ回っているのもそのための情報収集だ。しかし、お門違いですよ。設楽は自害です。それは憲兵（われわれ）が確認しています。朝鮮人殺しについては、犯人の目星もついています」

御子柴は、ゆっくり三影を舐め回すように視線を動かしながら言った。

「ほう、そいつは誰です」

「ずばり言いましょう、いつだったか私たちが確保しようとした、日崎巡査。彼が犯人のようです」

「ふん、馬鹿を言わないでもらいたい。やつは事件当日、家にいた」

「おや、あなた、日崎巡査をかばうのですか。漏れ聞くところによると、あなたは、かような新附の民が、特高警察にいることを苦々しく思っているはずですが」

三影は舌打ちをした。

「それがどうした。だとしても、あんたの与太話を鵜呑みにする道理はない」

「ふふふ、いえね、三影警部補、私もあなたと同じですよ。彼のように穢れた血の者が、治安維持の任に就いているのはまったくもってよろしくない。彼は、排除した方がいい。いや、自分から馬脚を現したと言うべきかもしれませんねえ。やはり彼はね、野蛮な土人だったのですよ。札幌の彼の自宅を捜索してみなさい、きっと面白いものが出てくる。それから、事件当日家にいたという家族の証言も、思い違いじゃあないですかね」

「何だと」

こいつ、何か仕込んだな――。

ほくそ笑む御子柴の顔を見て、確信した。

「犯人は日崎巡査だ。ゆえに彼は捜査を混乱させるため、工場裏で死んでいた設楽が、実は殺されたんだと騒ぎ立て、ありもしなかった血文字などというものを、でっち上げた。設楽は自害です。事件とは何の関わりもない。先ほど東堂閣下も仰ったように、この『愛国第３０８工場』は、きわめて重大な機密の塊です。事件が解決するならば、詮索は無用ですよ。ねえ、どうです、三影警部補。先だっての貸しを返してもらえませんか」

なるほど、日崎を生け贄にするということか。そしてこの件には、御子柴だけでなく、東堂中将も噛んでいるようだ。

「ああ、そうそう。東堂閣下も、憲兵と協力して事件を解決してくれれば、悪いようにはしない、と仰ってますよ」

御子柴は付け足した。懐柔とも脅しとも取れる。その両方なのだろう。

三影はにたりと口角を上げてみせた。

「いいでしょう。あんたの戯言を信じて、今日これから、やつの家を当たってみましょう」

日崎のような男は獅子身中の虫だ。やつの働きを評価する向きも多いが、所詮は異民族、いつ裏切るかわからない。あの男の排除は三影にとっても望むところだった。

「はは、それはよかった」

御子柴の表情にかすかな安堵が浮かぶのを、三影は見逃さなかった。

「ところで、御子柴中尉」

「はい、何でしょう」

「おかしくないですかねえ、どうしてそっちから情報をもらうことが、あんたへの借りを返すことになるんです。逆じゃないですか」

御子柴は、一瞬、はっとした顔になり、苦笑した。

「ええ、そう言われれば、そうですねえ」

「まあいいさ。俺は元々あんたに借りなんてつくった覚えはない」

三影も苦笑した。

そしてその日、三影は猿蟹を引き連れ、札幌へ戻り日崎の実家を捜索した。

果たして、日崎が寝起きをしている部屋から、いかにも怪しい小瓶が発見された。軍に照会をかけると、その中身が日崎の父、日崎新三郎博士が製造した毒と一致することはすぐに確認が取れた。また、日崎の従兄である日崎清太郎は、事件のあった一月二十八日の昼過ぎから日崎はどこかへ出掛けたと証言をした。

すべてのお膳立てができているようだった。かくして、その翌日、三影は日崎を逮捕した。毒の出所を探りに、畔木村へ向かったというので、逃亡を図ったと難癖をつけて。

能代が逮捕に反対するのは目に見えていたので、彼には何も知らせず、室蘭ではなく、札幌署に連行した。証拠と自白が揃えば、誰が何と言おうと後の祭りだ。

事実、日崎は自白し、事件は解決した――。

やつの排除は正しい判断だった。特高警察のために、延いては大日本帝国のために。御子柴に利用されたのではない。利用してやったのだ。

しかし、同時に忌々しさも覚える。

本当の犯人、スルクと名乗っている者は誰なのか。そして何故、御子柴はこの事件の隠蔽に動いたのか。

これは、真相が結局わからぬままであることへの苛立ちだ。

2

汽車は、終着駅にたどり着いた。

「降りるぞ！」

係官に腰縄を引かれ、座席から立ち上がる。手元で手錠の鎖が音を立てた。三等車の硬い座席の上で長く揺られ続けた身体の節々が痛んだ。

前後を二人の係官に挟まれ汽車を降り、駅舎を出てゆく。

外は冷たい雨が降っていた。深編み笠を被らされた頭は濡れることがなかったが、薄手の囚人服はあっという間に湿ってしまい、身体を冷やした。

かすかに顔を上げる。

時刻はよくわからないが夕刻だろう。まだ陽は落ちきっていない。深編み笠の隙間から見える厚い雲に覆われた空は、汚れたような鈍色をしていた。

——昭和二十年（一九四五年）五月十五日。

殺人犯として無期懲役の有罪判決を受けた日崎八尋は、オホーツク海に面したその小さな漁村に移送された。

北海道網走郡網走町。行き先は言わずとしれた、網走刑務所だ。

駅前の広場に、幌付きのトラックが停まっていた。木炭を燃料にする木炭トラックだ。その荷台から二人、運転席から一人、制服姿の男が降りてきた。網走刑務所の看守なのだろう。

「ご苦労様です」

看守たちは、八尋を連行してきた係官の前で立ち止まり、敬礼をした。その所作は、定規で引いたようにきびきびとしていた。三人はみな痩せぎすで、別に兄弟というわけでもないのだろうが、よく似た雰囲気を纏っている。一様に制帽を目深にかぶり、その陰からこちらを覗く眼光は鋭い。

看守たちに引き渡された八尋は、幌の中の荷台に乗せられた。看守二人が同乗し、挟まれて座らされる。もう一人の看守が運転席に乗り込み、トラックは走り出した。

幌の中には火鉢があり、ほんのりとした赤い光が灯っていた。

外を見ることはできず、どんなところを走っているのかよくわからない。二人の看守は一挙手一投足を見逃すまいと、こちらをじっと見つめている。とりあえず、この場から逃げるのは、不可能だろう。

八尋は視線を落とし、手錠を見つめた。

嵌められたのは間違いない。逮捕したのは三影だが、裏ではおそらく憲兵が蠢(うごめ)いている。やつらは強引に事件に幕を引こうとしているのだろう。

ではなぜ、俺が狙われたのか——。

父が毒を造っていたことや、三影に嫌われていることで、罪を着せやすかったというのはあるだろう。二度目の事件で血文字を見たというのも理由の一つかもしれない。あの事件には、探られたくない何かがあるのだ。

そしてスルク――畔木利市――は、一連の事件の犯人なのか。血文字は何を意味するのか。金田らを殺した殺人犯が誰であれ、今もまだ巷を闊歩しているのは確かだ。

いずれすべての真相を明かし、真犯人を捕らえる。それが延いてはお国のため、天皇陛下のためにもなるはずだ。

きっとそれが俺の使命だ。そのために、生き延びた――。

「おまえ、特高だったんだってな」

看守の一人が、おもむろに尋ねてきた。

「はい」

八尋はかすかに顔をあげて、頷いた。

「それが、こんなところに来るとはな、馬鹿なやつだ」

看守は吐き捨てるように言うと、八尋の足を蹴飛ばした。

つま先がちょうど弁慶の泣き所に当たり、八尋は思わず顔をしかめた。

司法の末端で働く彼らにとって、道庁警察本部の特高課まで上りつめておきながら、重罪を犯した八尋は、軽蔑の対象なのだろう。

軽蔑されなければならないことなど、本当は何もしていない。が、この場で無実を訴えたところでどうにもならないのはわかっていた。今はともかく耐えるときだ。

やがてトラックが停まると、看守たちは幌を開け外に出るように八尋を促した。

八尋は言われるまま、トラックから降りた。

そこは水の臭いがした。灯りがなく暗がりに包まれている。看守がカンテラを点ける。辺りが照らされ、うっすらもやっていることがわかった。霧が出ているのだ。

その霧の向こうに、煉瓦造の壁に囲まれた網走刑務所の影が見えた。手前にはさながら堀のように川が流れている。刑務所の南に位置する網走湖からオホーツク海へと注ぐ網走川だ。

看守たちに腰縄を引かれ、八尋は川にかかっている橋を渡った。

「鏡橋だ。刑期を終えて刑務所から出てゆく者は、この橋の上から、川面に映る己が姿を見て、自ら襟をただすんだ」

看守の一人が、独り言のように、つぶやいた。

八尋はちらりと川面を見てみたが、この暗がりでは何も見えず、看守が持つカンテラの灯りが人魂のようにぼんやり映っているだけだった。

「もっともおまえが、刑務所から出ることはないだろうがな」

別の看守が嘲笑う。

無期懲役囚である八尋は、よっぽど特別な恩赦がない限り、釈放されることはない。

橋を渡りきり、壁に沿って数メートルほど歩くと、正門が見えてきた。開いていれば、車が楽々出入りできそうな大きさだ。この時間はもう閉まっており、見張りが立っている。

看守たちはその手前にある、小さな門の前で立ち止まった。こちらは一般的な住宅の玄関と変わらない大きさだ。通用門なのだろう。

こちらにも見張りが立っており、看守らと何事か話したあと、門の鍵を開けた。

「さあ、こっちだ」

八尋は看守らに促され、通用門から刑務所の敷地に入る。背後で門が閉まり、鍵がかかる音が聞こえた。

出ていってみせる——。

この刑務所から、脱獄する。そう腹を決めていた。使命を果たすにはそれしかない。

網走刑務所は最果ての牢獄ではあるが、鉄壁の牢獄というわけではない。昨年、かの脱獄魔、白鳥由栄による破獄を許している。

看守たちに連れられて、刑務所の敷地をしばらく歩いてゆくと、霧の向こうに、巨大な黒い鳥の影が現れた。否、建物だ。

そうか、これがあの獄舎か。

五翼放射状房。八尋も知識としては知っていた。外をぐるりと取り囲む煉瓦の壁とともに、網走刑務所の代名詞ともなっている特殊なつくりの獄舎だ。

八角形の見張所を中心に、平屋建ての細長い獄舎が五棟、ちょうど広げた掌のように放射状に延びている。正面からこれを見ると、後方の獄舎は見えず、左右に巨大な翼を広げた怪鳥のように見える。

八尋は見張所の検査室で深編み笠を脱がされ、手錠と腰縄も外された。更に、囚人服も脱がされ、全裸にさせられた。そして三人の看守により、くまなく身体検査を受ける。最後には後ろを向いて尻の穴を自分で広げて中を見せるよう強要された。囲まれ抵抗する余地はなく、従うよりない。

「元特高刑事殿はきれいなケツの穴をしてますな」

看守の一人が嘲笑した。

いきなり屈辱的な扱いをして、囚人の抵抗心を折るという、刑務所ならではの方法論だ。

八尋は心を殺し恥辱に耐えた。

身体検査のあと、新しく浅黄色の囚人服を渡され、それに着替えた。これまで着ていた拘置所の囚人服よりも、生地が厚く着心地は悪くなかった。胸の位置に『二一一』という囚人番号が刺繍されていた。これ以降、刑務所の中ではこの番号で呼ばれることになるという。

次に隣の小部屋に通された。そこには小さな机があり、湯気を立てた椀が用意されていた。中を見ると、大きな団子がつゆにつかっていた。

「そいつを食え。おまえみたいなやつにはもったいないが、一応、決まりだからな」

看守は抑揚のない口調で言った。

網走刑務所では、投獄され混乱しがちな囚人の気を落ち着かせるため、「安定食」と呼ばれる食事を振る舞う習わしがあるという。

移送中は飲まず食わずだったので腹は減っていた。自然と口の中に唾液が溜まるのを感じる。ありがたく、いただくことにした。椅子はないので立ち食いだ。

箸で団子を摑み口に入れる。芋団子だった。口当たりはぼそぼそしているが、温かくほのかな甘みがあり、身体に染み渡る。八尋はあっという間に平らげた。

すると看守がすぐさま促す。

「さあ、食ったらこっちだ」

連れて行かれたのは見張所から斜め後方に延びる、第二舎だった。獄舎の廊下の天井はガラス張りで、梁に等間隔で電灯が吊るされている。灯火管制のためだろう、電灯は二つに一つしか点いておらず、天井越しに光りが漏れぬよう黒い傘がかぶせてあった。

廊下の床は煉瓦張りで、真ん中に線を引くように筵が敷いてあり、その中央を歩くように命じられた。

　廊下の左右に並ぶ獄房は、木製の分厚い格子で廊下と仕切られている。どれも雑居房のようで、三坪ほどの広さに四、五人の囚人たちが押し込まれていた。電灯は廊下にしかなく、房の中までは灯りは行き届かず、囚人たちの顔つきまではよくわからない。

　そこかしこの獄房で、ひそひそと話し声がするが、看守たちが前を通るとピタリと止んだ。今は就寝前の余暇時間のようだ。

　看守が足を止めたのは、廊下の左手、中程にある、第十三房の前だった。どうやらここに収監されるらしい。

　看守の一人が、獄房の中に声をかけた。

「新入りが入る。開けるぞ、全員、壁によれ」

　すると「はい」という声が響き、獄房の中で人が動く気配がした。

　看守は鍵を開け、「入れ」と八尋を促した。

　中に入ると奥の壁際に三人の男たちが立っていた。彼らが同房となるようだ。

　少しずつ目が慣れてきて、うっすら一人一人の姿が見えてきた。手前に、頬に大きな切り傷のある男、奥に痩せぎすで筋張った男と、やけに身体の大きな男がいる。

背後で、看守が鍵を閉めた。

「二一一番だ。おい、一〇八番。しばらくおまえが、その新入りに作法を教えてやれ」

「はい」

返事をしたのは、傷の男だった。看守たちは「頼んだぞ」と、その場から立ち去った。

「新入りさんよ、あんじょう、よろしくな。娑婆でなんぞ悪さしたかもしれんが、ひとつ心を入れかえて、一緒に陛下のために励もうやないか」

一〇八番と呼ばれたその男が、声をかけてくる。

しかし八尋は返事をすることができなかった。

嘘だろ……。

八尋の目は、目の前の一〇八番ではなく、その奥にいる胸に『一六三』の番号を付けた大男に釘付けになった。

大男も目を丸くして、大股でこちらに近づいてくる。

「あ、あんた……」

「何や、おのれら、知り合いか」

一〇八番が怪訝そうな顔をした。

「ひ、久しぶり、だな」

八尋は一〇八番を無視して、大男に言った。

「てめえ！　何しに来やがった！」

大男は、その太い腕で八尋の囚人服の襟を摑むと、身体を振り回し、そのまま壁に押しつけた。

身体がばらばらになるような衝撃が走った。

宮田永春、いや、呂永春（ヨヨンチユン）。八尋が騙して逮捕した朝鮮人との、およそ五ヶ月ぶりの再会だった。

3

店内には人が溢れ、そこかしこから歌声や笑い声が響いていた。

南四条、薄野の『梅寿司』は、札幌に五軒ある「勤労酒場」の一軒だ。酒を出すような店が軒並み廃業となった中で、特別に営業を許されている公営の酒場である。寿司屋の看板を掲げてはいるものの、店で出すものは、酒と通しのスルメだけ。飲める量も、配給券と引き換えに、一人、正一合だけと決められている。

それでも営業日には必ず、午後六時の開店時間前に店の前に長蛇の列ができた。この春から、またも家庭用酒の配給は減らされた上に、酒を飲める店など他にないからだ。

三影は人混みを掻き分けて進む。大半が似たような国民服を着ているので紛らわしいが、どうにか目当ての人物を見つけることができた。

店の奥、樽でつくった即席の卓の前で立ち飲みをしている丸眼鏡の男だ。独りではなく、連れがいるようだ。

さり気なく二人に近づき、会話に耳をそばだてる。

「……なあ、清さん、もう東京は滅茶苦茶にやられているって、本当かい」

連れの男が言うと、丸眼鏡は頷いた。

「どうもそうらしいな。俺だって自分で確かめたわけじゃないけど、東京に行った人はみんな言ってるよ」

帝都東京はB29による空襲を断続的に受けているものの、市民による消火活動が功を奏し損害はごくごく軽微である——と、ラジオや新聞は報じている。

が、報道機関が真実を伝えないことは、三影もよく知っている。

実際は丸眼鏡の言うように、甚大な被害が出ているらしい。内務省経由で警察に入ってきている情報によれば、葛飾や本所などの下町は焼け野原と化しているという。

「こないだ、警報鳴ったよな。なあ清さん、やっぱ北海道にも来るんだべか」

「ああ、来るかもしれないな。だから、準備してんだろ。疎開したり、壕を掘ったり」

つい四日前の五月十一日、ここ北海道でも初めて警戒警報が発令されており、いっそう緊張が高まっている。

「でもよぉ。ドイツも降伏しちまったっていうしよ。これからどうなんだぁ」

連れの男が情けない声を出す。

「どうなっちまうかな。お上は威勢のいいことばかり言うけど、このままだと、日本も……」

丸眼鏡が迂闊なことを言いそうになったところで、三影は後ろから割って入った。

「このままだと日本も、どうなるって」

こちらを振り向いた丸眼鏡は、三影の顔を見ると驚いて「あ」と声をあげた。

「何だ、あんたぁ。急に」

連れの男が絡んできた。

「俺か」

三影はにたりと笑い、懐から手帳を出し、男の目の前につき出した。

「特高課の三影という者だ」

「え、へ、と、特高？」

男はみるみる顔を青ざめさせた。

「あ、あの、すんません。こったらとこまで、ご苦労さんです」

こちらが特高と知った途端に態度を豹変させるさまに、嗜虐心をくすぐられるが、こいつに構っている暇はない。

「悪いが、ちょっとこの御仁と込み入った話があるんだ。外してくれるか」

「は、はい、そりゃあもう」

男は、すごすごという音が聞こえそうな体で、退散していった。

三影は改めて樽を挟んで丸眼鏡と向かい合う。

「い、いや、あの今のは……。その、ドイツのようにならぬよう、国民一丸となって頑張ろうって意味のことを言おうとしたのであって……」

丸眼鏡は思い出したように、言い訳を始めた。

白々しい。今「このままだと日本は負ける」とでも言おうとしたのは明白だ。

聖戦断行に水を差す発言を取り締まるのは、特高の重要な任務である。が、今日はそんなことのために勤労酒場なんぞに足を運んだわけではない。

三影は、丸眼鏡を睨み付けた。

「軽々に、くだらんことを言わないことだ。いや、考えてもならない」

「は、はい」

一度釘を刺したあと、三影はかすかに頬を緩め、表情を和らげた。

「そう、固くなるな。俺はあんたに感謝してるんだ。先日は、よく協力してくれたな」

「え、ええ。それは、義務ですから……」

丸眼鏡はぎこちなく頷いた。

「それで、あれ以降、困ったことはないか。近所で噂になっていたり、商売に影響が出てたりしてないか」

「おかげさまで……。はい、新聞にも、身元は出ませんでしたから。周りには知られず、噂も立たず、商売の方もこれまでと変わらず……。家内は心労で少し体調を崩しておりますが、大したことはありません」

この丸眼鏡の名は、日崎清太郎。先日、逮捕した日崎の従兄だ。

今、清太郎が言ったように、新聞には、室蘭で起きた朝鮮人将校殺害事件が解決した旨の記事は出たが、犯人である日崎の身元は報じられなかった。

当然だ。現役の警察官、しかも特高刑事が犯人だったなどということが報じられるわけがない。

かつて道内に十一紙あった新聞は戦時新聞統制により、北海道新聞一紙に統合されている。その拠点となる札幌の北海道新聞本社には、特高の検閲係が常駐し、すべての記事の事前検閲を行っている。官憲にとって都合の悪い情報は表に出ない。

さりとて、一度報じられた凶悪事件がいつまでも解決しないのも具合が悪い。そこで『犯人は出自不明のアイヌ人』といった具合に、アイヌであること以外の日崎の素性を伏せ、事件が解決したことのみを強調した記事を書かせた。現在、紙不足の影響で新聞は朝刊のみ、紙面も一枚裏表の二面しかない。記事の情報量が減るのは、新聞社にとってもありがたいようだった。

それは結果的に、清太郎一家のことも助けていた。身内から凶悪犯を出したとなれば、家族ともども「国賊」の烙印を押され、商売はおろか札幌に住み続けることも難しかっただろう。

「よかったじゃないか」

言ってやると、清太郎はどこか苦しそうに頷いた。

「ええ、大変、恵まれていると……思います……」

「そう言えば、あんたんとこには、小さな子供たちがいたよな。どう説明したんだ」

「ああ、はい。その……お仕事で遠くに行っている、と。八尋のやつは、任務で家を長く空けることがよくあったので……。あの、まずい、でしょうか……」

「別に構わんさ。あんたたち家族も、被害者のようなものだ。せっかく世間に知られなかったんだ、子供にまで犯罪者の家族として業を負わす必要はないだろう」

これは三影の本心だった。清太郎一家は、全員が純粋な大和人の家族だ。それが異民族の罪に巻き込まれてしまうのは忍びない。

「適当なところで、日崎は任務中に死んだことにでもすればいいさ。そうすりゃ、やつがいつまでも戻らなくても、話が通るだろう。俺が手を回してやってもいい」

「ああ、はい。そのようにしていただけると、助かります」

清太郎の顔には、安堵とともに、気まずさが浮かんだ。それを三影は見逃さなかった。

「そうか。だったら、その代わり、聞かせてくれないか」

「え、な、何でしょう……」

「あんた、日崎に対して、後ろめたさを感じているよな。罪悪感と言ってもいいか」

清太郎は息を呑んだ。

答えを待たずに、三影は問いを重ねる。

「何でそんなもん感じるかって言うとな、あんたが日崎を嵌めたからだ。そうだろう」

「あ、あう、それは……」

清太郎の頬は引きつり、ピクピクと震えはじめた。

「図星か。哀しいなあ。俺は哀しいぞ。まさか身内を嵌めるやつがいるとはなあ」

口癖が漏れた。三影にとって「哀しい」は、他人を追い詰めるときに使う一種の呪文だ。好きこのんでこんなことをしているのではない。俺だって哀しい――そう自分に言い聞かせ、被害者になることができる。この呪文は、手段を選ばぬことを肯定する力を生んでくれる。

清太郎の顔が歪み、目に涙が溜まりはじめた。

「あ、ああ……。い、いえ、そ、そ、そんな……」

軟弱な男だ。日崎の方がよっぽど骨がある。

三影は内心の軽蔑を隠しつつ、淡々と追い詰める。

「なあ、正直に答えてくれよ。あんたは、俺たちに嘘の証言をし、更に日崎の部屋に毒の瓶を仕込んで、やつを嵌めた。そうだな」

清太郎の顔はみるみる青くなってゆく。

「いいか、別にあんたをしょっぴく気はない。正直に答えれば、ここだけの話で済ませてやる。が、隠し立てするようなら、徹底的に取り調べるしかなくなる。そんなことはさせないでくれ。もう一度訊くぞ、あんたは、あいつを嵌めたな」

「い、い、いや、その……あ、あれは……」

清太郎は言いにくそうに、しどろもどろになる。三影は、代わりにその先を口にした。

「憲兵に命じられた、か」

「えっ」

「もっと言ってやろうか。その憲兵は、ちょび髭を生やした御子柴って中尉だ。大方、配給指定の取消でもちらつかせられたんだろ」

清太郎は、しばし死にかけた金魚のように、口をぱくぱくさせたあと、一度つばを飲み込み、頷いた。

「そうかい。俺はな、そいつが確認できれば、よかったんだ。安心しろ、さっきも言ったとおり、ここだけの話にしてやる」

そう、確認。わかりきっていたことを確認しに来ただけだ。

日崎を嵌めたのは憲兵、御子柴だ。この男は脅され、その片棒を担がされた。

いや、担いだのは俺もか——。

「ところで教えてくれ。『ヒザキ』ってのはなかなか大店だが、元々商家だったのか」

三影は、ふと思ったことを尋ねた。

「え、あ、いや、一応、曽祖父の代までは、武士でした」

「ほう、そうか、開拓士族か。うちもだ」

北海道開拓民には、戊辰戦争の際に賊軍に属すこととなり、争いに敗れ領地を失った士族も少なくない。三影の家系もそうだった。

「は、はあ」と、清太郎は卑屈な笑みで相づちを打った。

「あんたは武家の跡取りだ。家と家族を守らなきゃならない。そのためには、土人の血の混じった身内など切り捨てるのも当然だよな」

三影は何故か、今は亡き自分の兄のことを思い出していた。

三影より十一歳年上だった兄もまた、道庁警察本部に勤務する警察官だった。三影が警察官になったのは、兄の背を追いかけてのことだ。

兄は学業でも武道でも他を圧倒する文武両道を絵に描いたような人だった。

――それでこそ武家の男児だ。

――あなたは武家の跡取りに相応しい。

父と母はいつも兄のことばかりを誉めていた。

三影はまだ半分ほど酒が残っている清太郎のコップを手に取ると、ひっくり返して、中身を床にこぼした。

「あ」と、清太郎が呆気にとられたような顔をする。

三影は行動したあとで、どうやら自分が何かに酷く腹を立てているらしいことに気づいた。

「せいぜい、商売に励んでくれ」

そう言い捨て、その場をあとにした。

4

「何事だ！」

廊下から声と足音が響き、獄房の前に看守が集まってくるのがわかった。

「何をしておる！」

壁に押しつけられた体勢で顔を向けると、格子の向こうに看守二人の影が見えた。

「あ……」

我に返ったのか、ヨンチュンの力が弱まるのがわかった。

頬に大きな切り傷のある男、一〇八番が格子の前にかけより、看守たちに頭を下げた。

「申しわけありません。新入りの態度が悪く、一六三番が注意したんです」

「何？」

「せやな」

一〇八番はヨンチュンを振り向き、声をかけた。

ヨンチュンは歯ぎしりしつつも、八尋から手を放し、話を合わせる。

「はい。こいつが、生意気だったもので、つい……」

「そうか。おい、二一一番」

声色で、先ほどトラックの荷台で、八尋を蹴った看守だとわかった。

「はい」と、返事を返す。

「立場をわきまえろ。おまえはもう、特高刑事じゃない。新入りの囚人だ。生意気な態度をとらず、おとなしくしてろ」

「はい……」

特高、と聞き、ヨンチュン以外の同房、一〇八番と、痩せぎすの男――胸の番号によれば彼は八〇番だ――が、こちらを見るのがわかった。

「一六三番……、いや、一〇八番と八〇番もだ。騒ぎは起こすな。そいつに何か指導するなら静かにやれ」

看守たちは、獄房の前から立ち去ってゆく。

その足音が消えるのを待ってから、ヨンチュンが口を開いた。

「あんた、何でここにいる」

「……おまえと一緒だ。嵌められた」

このひと言が気に障ったようで、ヨンチュンは「てめえ」と凄み、手を伸ばそうとする。

「おい。チョン公、止めえや」

一〇八番が、ヨンチュンを制した。西の方の人間なのだろう、言葉には関西の訛りがある。

ヨンチュンは手を止め、男を睨み付けた。

「マツゲン、その呼び方は止めろって言ってんだろ」

どうやら一〇八番は、マツゲンと呼ばれているらしい。そのマツゲンは、にたりと笑う。

「せやったの。堪忍しいや、宮田くんよ。おのれだって、騒ぎを起こして睨まれたかないやろ」

ヨンチュンは憮然とする。

マツゲンは八尋の目の前に近づいた。険呑な空気を纏っている。頬の傷と相まって、娑婆ではカタギでなかったことがよくわかる。

「おい新入り、まずは互いに自己紹介といこうやないか。一応、ここの規則じゃ、みんな番号で呼び合うことになっとるが、四六時中一緒にいるんや、それじゃ味気なかろうよ。二一一番、あんた名前はなんていうんや」

「……日崎だ」

「下の名前は」

「八尋」

「ほう、日崎八尋か。ええ名前やんか。わしは松木玄太。マツゲンって呼んでくれや。そしてそこのおっさんが、カミサマや」

マツゲンは、顎をしゃくるようにして、痩せぎすの八〇番を指した。

「カミサマ？」

思わず訊き返した。

「もちろん渾名やで。ちょいと変わりもんでな、みんなそう呼んでる。本名は確か……柊（ひいらぎ）寿明（じゅめい）とかゆうたな」

カミサマと呼ばれているらしいその男は、顔色が悪く頬がこけている。まるで病人だ。自分の話をされているのに心ここにあらずといった感じで、焦点の合わぬ目で虚空を見つめている。

「そっちのでかいのが宮田永春、ああ見えてチョン公や。どうやらあんたとは顔見知りらしいけどな」

「ああ」

八尋は頷いた。今更、他人のふりもできない。

「なあ、日崎さんよ、あんたひょっとして宮田くんの飯場に潜入していた特高刑事なんか」

マツゲンは、ヨンチュンが投獄された事情を知っているようだ。これも誤魔化したところでどうしようもないだろう。

「そうだ」

八尋は再び頷いた。

「ほんまか、こらびっくりや。カミサマのお告げが、当たったな」

マツゲンが振り向くと、カミサマは歯を剝いて笑った。何とも言えない不気味な顔つきだ。

「カミサマはな、ときどきお告げを言うんや。でな、今朝、『思いがけぬ者、来たるだろう』って言うとった。したら、あんたが来たってわけや。なあ、あんたはまさに『思いがけぬ者』やろ」

「あてずっぽだろ。カミサマはいつもそんなことばっかり言ってるじゃねえか」

ヨンチュンがあきれ声で口を挟んだ。

「いいや、これはお告げが当たったんや。この日崎さんが同房に入って来たんは、わしにとっても『思いがけぬ者』やからな。なあ、日崎さん、ちょいとこいつを見てくれんか」

マツゲンは、囚人服の上着をはだけさせて脱ぐと、背中をこちらに向けた。

露わになったマツゲンの背には、龍がいた。

倶利伽羅龍王。巨大な宝剣に火炎に包まれた黒龍が巻きついている様を描いた、鮮やかな入れ墨が刻まれていた。いわゆる倶利伽羅紋紋だ。

「どうや。立派なもんやろ」

マツゲンは背を向けたまま言った。まるで入れ墨の龍が喋っているようだ。

「ああ、大したものだ」

「見てのとおり、わしはやくざ者でよ、娑婆じゃ、しがない闇屋稼業をやってたんや。そこそこええ塩梅で商いしとったんやけどな、あるとき、わしの店に鼠が一匹紛れ込んできやがってな——」

言いながら、マツゲンはこちらを振り向いた。手には脱いだ上着が握られており、それを八尋の顔に押しつけてきた。

完全に不意を打たれ、マツゲンの上着で視界が遮られた。マツゲンはそのまま、八尋を壁に押しつける。ヨンチュンほどではないが、かなり力が強い。八尋の顔を覆っている上着の一部を丸めて口に突っ込んできた。息が詰まり、声が出なくなった。

「——鼠ってのは、特高のことよ。わしも、そこのチョン公と同じで、特高に嵌められてここに入れられたんや。ええか、こいつをくわえてろ」

まずい——。

八尋は本能的に危機を感じ、腹に力を込めた。次の瞬間、鳩尾に衝撃が走った。殴られたのだ。声が漏れそうになるが、口に布を詰められているので、喉が震えるだけだった。

「悪いなぁ、別にあんたに嵌められたわけでもねえしな。わしはな、刑務所（ムショ）に入ったことは、ええことやったと思っとるんよ。これまでロクなことせんで生きてきたからな。心入れ替えて、毎日、陛下のために汗かいとるんや。せやけどな、嵌められたことは我慢ならんのよ。この鬱憤は晴らさないと気がすまんのや」

続けて、足をかけられ、床に転ばされた。とっさに受け身を取るが、すぐにマツゲンの足が飛んできて、脇腹を蹴られた。喧嘩慣れしていることが窺えた。

「わしとチョン公だけじゃなく、カミサマも特高の世話になってるそうや。カミサマはな、毛唐の宗教信じてるだけで捕まったらしい。愉快なこともあるもんや、元特高のあんたが、この房へ放り込まれるとはなあ」

最悪だ――。

これが偶然のわけがない。敢えて、特高に逮捕された者が集まっている獄房に入れられたのだ。嵌めた相手、ヨンチュンと同房になったことも仕組まれているのかもしれない。

先ほど看守が、わざわざ「おまえはもう、特高刑事じゃない」と言ったのは、きっとこの同房たちに、こいつは元特高だと知らせるため。そして「指導するなら静かにやれ」とは、痛めつけるなら周りにわからぬようにやれという意味に違いない。マツゲンはそれを正確に読み取り、実践しているのだろう。

「はは、安心せいや。別に命までは取らんで。ただこうして、憂さを晴らさせてもらうだけや」

マツゲンは踏みつけるようにして八尋を何度も蹴飛ばす。八尋は最低限の急所だけは守れるよううずくまり、口に突っ込まれた布を嚙みしめて痛みに耐えた。

何十発、蹴られたろうか。

マツゲンの足が止まった。「おら、いつまでくわえとるんや」と声がして、口から上着を外された。

「け、よだれでベトベトにしおって」

マツゲンは、不愉快そうに上着を数度はたいてから羽織った。

八尋は床に倒れたまま、何度も深呼吸をする。

「あんたらも、やったらどうや。ほら、カミサマ、特高には恨みがあるんやろ」

マツゲンが促すと、カミサマはこちらを見るとにたにた笑いながら口を開いた。

「思い見よ、誰が罪なくして亡びし者あらん。義者の絶たれしことといずくにありや」

そんな箴言(しんげん)めいた言葉だけを投げかけ、手を出すことなくそっぽを向いてしまった。まるで意味がわからない。

「かかか、相変わらずわけがわからんな。まあええ、チョン公、やれや。おまえは、こいつを恨んどるんやろ」

マツゲンはヨンチュンを促した。

「おい、マツゲン、その呼び方は止めろ」

「へへ、せやった、せやった。悪かったよ、宮田くん」

マツゲンは悪びれることなく、言った。

ヨンチュンは八尋の前まで来て見下ろすと「立て」と小さく言った。

八尋はよろよろと立ち上がる。何とか、息も整ってきた。それからおもむろに自分の囚人服の上着を脱ぐと丸めて口の中に突っ込んだ。

「はは、何やこいつ、自分から準備しとるぜ。宮田くん、一応、腹にしとけや、今日のところはな」

八尋はヨンチュンに視線を向け「やるならやれ」と言うように、顎で合図をした。

「クソッ(シバラマ)」

ヨンチュンが朝鮮語で悪態をついたのが聞こえた。その直後、腹に衝撃が走った。一瞬、息が止まり、身体が浮き上がる。ヨンチュンの拳は、マツゲンのそれよりも、ずっと強くて重かった。

倒れそうになるのをふんばる。するとヨンチュンは、振り下ろすようにして、八尋の胸を殴った。たまらず、もんどりを打って床に倒れた。

「クソが」

ヨンチュンは怒気を込めた目でこちらを見下ろし、今度は日本語で吐き捨てた。

「日崎さんよ、よろしくな。あんたのお陰でこれから、ますます気張って働けそうや」

マツゲンがニヤニヤと下卑た笑みを浮かべた。彼の「鬱憤晴らし」は、初日(きょう)で終わりというわけじゃないらしい。

5

『梅寿司』を出た三影は、街灯がなくなり薄暗くなった南四条を一人歩いてゆく。腹の底には苛立ちが燻(くすぶ)っていた。

通りの両側に並ぶ建物は、ところどころ、歯が抜けたようになくなり、空き地や畑になっている。

札幌のように住宅が密集する都市では、空襲に備えた建物疎開が進められている。建物を住民ごと郊外に移し、空き地を増やすことで焼夷弾が落ちてきたときの延焼を最小限に食い止める算段だ。

特にここ南四条は道幅を大通以上に広げ、防空地帯にする計画があり、道庁の指示で強制的な疎開が進められている。残った建物も多くは、光を漏らさぬよう窓に目張りをした上で、屋根や壁を真っ黒に塗っていた。

ラジオや新聞は、防空の備えは十分であり空襲など何するものぞと、勇ましい。実際、市民の大半は、いよいよ防空訓練の成果の見せ所だと、勢い込んでいる。

反面、ひりつくような緊張感もそこかしこに蔓延し、街の空気を粘つかせていた。その空気を吸うたびに、腹の底の苛立ちは餌を与えられたかのように肥大していくのだ。

やがて通りの向こうに、樹木の影が見えてくる。札幌市の中心部を南北に流れる創成川の川辺に植えられている並木だ。

創成川は、明治の開拓以前、まだ北海道を蝦夷と呼んでいた江戸時代につくられた用水路が元になった川だ。人工河川らしく、通りに沿ってまっすぐ流れており、ちょうど札幌市街地の東西の分かれ目になっている。

この川を越えてしばらく進むと、今度はより大きな豊平川に突き当たる。その手前で北に折れ、一キロほど歩いた先に、三影の住まいはあった。

御多分に洩れず屋根と壁が黒く塗られた一軒家だ。すぐ近くを鉄道の線路が通り、それを越えると苗穂（なえぼ）の国鉄工場がある。

家の庭先には、蓖麻（ひま）（トウゴマ）が植えてある。蓖麻の種から採れる蓖麻子油は、工業用の油として幅広く使うことができるため、各家庭での栽培が推奨されているのだ。

三影は、灯りが漏れないように新聞紙で覆われた玄関の前で一度立ち止まり、軽く深呼吸し、苛つきで強張った顔をほぐした。自分の面相が優しくないのは百も承知だが、それでもこの戸をくぐるときは、できるだけ険を取り除きたかった。

引き戸を引いた。

その音に気づいたのか、廊下の奥から、モンペ姿の少女が駆けてきた。亡兄の娘、薫だ。

「おかあり、なさいませ」

薫は、頭をぺこりと下げる。

「ああ、ただいま。今日も励んだか」

「あいっ！　薫は今日もお国のために、頑張りあした」

薫は元気よく返事をした。

「そうか、えらいな」

三影は頬を緩めた。

今年、数えで十四になるこの姪は、官営の亜麻工場で勤労奉仕をしている。日常生活に支障がある程ではないが、生まれつき知的障害があり、言葉もたどたどしい。ゆえに勉学はあまり得意ではないようだったが、性格は素直そのもので、言われたことを嫌がらずに、何でも一生懸命にやる質だ。亜麻から繊維を取り出す工場での勤労は、一日中粉塵にまみれる重労働だと聞いているが、毎日しっかり勤めあげているようだ。

「叔父さまに、お客様が、きていあす」

「客？」

三影は靴を脱ぎながら尋ねる。

「あいっ」

すると、奥から薫の母――つまり嫂の――絹代が、姿を見せた。

「美智雄さん、お帰りなさいませ。警察の方が、いらしているんです。仕事のことで折り入ってお話があるとかで」

「そうですか」

一体、誰だ。

自宅に警察の人間が訪ねてくることなど初めてだった。そもそも、仕事の話なら署ですればいい。

促され居間に入ってゆくと、知った男が、ちゃぶ台の前であぐらをかいていた。

「よう、しばらくだべな」と男は手をあげる。

能代慎平警部補。室蘭署の主任刑事であり、三影にとっては、警察練習所で警官としてのいろはを教わった師でもある。

「どういうことです。わざわざ自宅まで来て」

三影は立ったまま、能代を見下ろし、尋ねた。

「何、ちょっこし本部に用事があって、札幌に来たからな。ついでにおめさんと旧交を温めんべえと思ってな」

能代は嘯いた。

「薫ちゃん、私たちはお布団のお部屋に行ってましょうね」

「あい」

雰囲気を察したのだろう、絹代が、薫を促して居間から出ていった。

それを見送ったあと、能代は口を開いた。

「絹代さんと、薫ちゃんだってな。あれが、おめが引き取ったっつう、三影警視の嫁っこと娘っこか」

「……ええ」

三影警視とは、三影の兄、常一のことだ。

階級からもわかるように、兄は現場の刑事ではなく管理職にある幹部だった。特高課長の九条と同じで、本来は内務省の官僚で本部に出向していたのだ。警務課長を務めており、将来を有望視されていた。

ところが今から八年ほど前、ちょうど三影が特高課に配属され、部署と立場は違えど、兄弟で同じ本部で働くことになった矢先、兄は病に倒れた。結核だった。幼い頃は病がちだった三影に対し、兄は風邪ひとつひいた例しがなかった。それがある日、突然血を吐き、床に臥せるようになり、やがてあっけなく息をひきとってしまった。

このときすでに両親も鬼籍に入っており、幼子を抱えゆくあてをなくした絹代を、三影が「これから忙しくなるので、家のことをやってくれる女手がなくなると困るんです」と引き留め、以来、生活の面倒をみている。

「うらやましいな。あんな後家さんとよろしくできんなんてよ」

能代がからかうような口調で余計なことを言った。

目上の人間でなければ殴り飛ばしているところだ。

「誤解しないでいただきたい」

三影は、ぴしゃりと言い放った。

「ん」

「ただ家事をしてもらっているだけです」

絹代は大きな子供がいると思えぬほど若々しく色気もある。性格や立ち居振る舞いも申し分ない。しかし、そういうつもりで、一緒に暮らしているわけではない。

絹代自身、三人での生活が始まってすぐ、三影の寝室を訪ねてきて「よろしくお願いします」と三つ指をついたことがある。「どうぞお好きにしてください」と。そのとき、三影は「俺を見くびるな！」と叱りつけ、絹代の頬を張った。まだ拷問王の異名を取る前のことだ。あのとき三影は生まれてはじめて女を叩いた。

「そ、そうか……。悪りかったな」

能代は三影の怒気に怖じけたように、素直に詫びた。

三影は能代の正面に腰を下ろすと、再び尋ねた。

「それで、何しに来たんです」

能代はもったいぶるように一度息をつき、口を開いた。

「おめが逮捕した日崎のやつ、網走送りんなったらしいな」

これが本題らしい。

「……そのようですね」

「まんず、死刑にならずよかったな。おめも、ほっとしたかい」

「いえ、やつがどうなろうと、自分の知ったことではありません」

「そうかい？　三影、さすがのおめも、何の罪もない仲間嵌めて死刑台に送ったんじゃ、寝覚めが悪かんべ」

能代は、ずばり切り込んできた。

この男が、日崎が犯人と信じているわけがないことは、わかっていた。

「嵌めたとは心外です。あの土人、日崎は人殺しです。家から、証拠も出ました」

能代は眉をひそめた。

「おめだってわかってんべや、日崎はやってね。んなもん捏造だ」

「捏造？　犯行で使われた毒が出てきたんですよ。残念ですが、自分にはそんなものを手に入れることはできません」

「ふん、毒を仕込んだんは、憲兵だべ。憲兵なら、軍が保存してる毒を手に入れられる。おそらくは……御子柴だ。やつが絵を描いて、おめが日崎を逮捕したんだ。違うかい」

さすがと言うべきか。お見通しのようだ。もとより能代は、この事件は裏で憲兵が何かを隠そうとしていると疑っていた。

「何の話ですか」

「三影ぇ、俺相手にとぼけんじゃねぞ」

能代は憮然となった。その面構えは、かつて練習所でよく見たものだ。

教官としての能代は厳しい指導で知られていた。新人警官たちはみな、顔色を窺ったものだ。

しかし今の三影はもう新人ではない。階級も同じ警部補だ。刑事としての実績ではすでに上回っているという自負もある。

「とぼけてなどおりませんが」

平然と言い放った。

「ふん、おめのそういう面の皮の厚いとこは、警官としては優れた資質だ。俺の教え子じゃピカイチだんよ。ただよ、おめにも、忸怩たるもんがあるんでねえか。だからよ、わざわざ勤労酒場まで出張って、日崎の従兄を問い詰めたりしたんだべや」

何？　知っているのか。

「お、動揺したな。ほんの少し、目が泳いだぞ。清太郎っつったか。せっかくの酒をこぼされちまって、あいつも災難だべな」

「自分のことを尾けていたのですか」

「おおよ。たまには監視されるのも悪くねえべさ、特高警部補殿。おめは、自分でわざわざ、あの証拠が捏造だって確かめてたんだ」

能代はこちらを見透かすように、目をすがめた。

三影は舌打ちをし、開き直った。

「捏造だからどうしたというんです。どの道、やつは排除すべき存在だ」

「そりゃ、日崎がアイヌだからか」

「そうです。やつは純粋な大和人じゃない」

「そうかもな。でも皇国臣民ではあるべよ」

三影はかぶりを振る。

「違う。やつには、異民族の血が流れています、真の意味での皇国臣民にはなれません。土人が土人らしく、野良仕事でもしてる分には自分も文句は言いません。国のために働きたいと思うのも大いに結構でしょう。だが、この戦時下で警察に、しかも特高に入ってくるなら、話は別です」

「だから手段を選ばず、排除したんか」

「そうです」

「……おめ、変わったな」

能代はため息をついた。

この男は、かつての、特高課に配属される前の、三影を知っている。が、「変わった」などと言われるのは心外だ。自らが為すべきことを自覚したまでのことだ。

「あの後家さんと、姪っ子のためだべか」

唐突に同居する女たちのことを出されて、虚を突かれた。

「何？」

「おめがそこまでして、不安を排除したがるのは、あの二人を守るためなんか」

そのとき、三影の脳裏をよぎったのは一対の目だった。今際のきわに、こちらを見つめる兄の目。

そうだ、俺はあの二人を守らなければならない、兄の代わりに。

何も答えずにいると、それを勝手に肯定と取ったのか、能代は続けた。

「だどもよ、三影、よく考えてみろ。日崎が何をした。あいつは、あいつなりに国のことを思ってよう働いてたでないか」

「黙れ！」三影は一喝して遮った。「見当違いも、甚だしい！」

つい、敬語が外れて大きな声が出た。

能代はため息をついて頭を搔く。

「悪りかったよ。別に俺はおめと言い争うために、来たわけじゃねんだ」

「じゃあ、何しに来たんです」

「ちょっこし面白えことを教えてやろうと思ってな。こいつを見てくれ」

能代は懐から一枚の写真を出すと、ちゃぶ台に置いた。

粗くて詳細がよくわからないが、首から血を流した男が舗装された地面に仰向けになって倒れている。着ているのは菜っ葉服。どこかの工場の工員のようだ。そして、男が倒れている地面には、文字が書かれていた。血文字だ。

コクゾクノトリドモ
ノコリハサンバダ

「これは……」

「先月三十日の朝、港で見つかった死体だ。この菜っ葉服は大東亜鐵鋼の『愛国第３０８工場』のもんだ。どうやらあの工場の工員で、名札によれば桑田っつう男らしい。港で働く人夫が見つけて通報。まんず警察（おれたち）が駆けつけたども、すぐ憲兵が来て、現場を封鎖、追ん出された。どうにかこの写真だけ撮れたってわけだ。どうだ、知らなかったべ」

能代は手帳を取り出すとそれを広げてこちらに見せた。

そこには、室蘭で起きた一連の殺人事件についての情報がまとめられていた。

一月二十八日、『愛国第３０８工場』に勤務する朝鮮人将校、金田行雄少佐と彼の配下の飯場の棒頭、伊藤博が殺害された。現場には〝我が名はスルク我が怒りを知れ（ワガナハスルクワガイカリヲシレ）〟なる血文字が残されていた。これが発端となった第一の事件だ。

続いて二月七日、『愛国第３０８工場』の裏手、立ち入り禁止の高台で、同工場に勤務する設楽という工員が、血を流して死んでいるのが見つかった。憲兵は自害だとしているが、発見現場に居合わせた日崎によれば、〝カンナカムイに群がる鳥どもを狩り尽くす（カンナカムイニムラガルトリドモヲカリツクス）〟なる血文字が残されていたという。これが第二の事件。

そして四月三十日、室蘭港にて同じく『愛国第３０８工場』の工員らしい桑田という男の死体が見つかった。現場には〝国賊の鳥ども残りは三羽だ（コクゾクノトリドモノコリハサンバダ）〟という血文字が残されていた。

これが第三の事件――。

「いずれも、現場には血文字が残されてんだ。死んでたんは、全員が同じ工場の関係者。同一犯の連続殺人と見て間違いねえべ。死体を憲兵に押さえられてて確かめらんねえが、第二、第三の事件でも、第一の事件と同じ毒が使われてんじゃねえかと俺は踏んでる。犯人は日崎じゃねえし、事件はまだ終わってねえ。残り三羽ってことは、あと三人殺されるかもしんねえな」

能代は挑むような視線をこちらに向けてくる。

三影は写真をとんとんと指で叩いた。

「この第三の事件とやらの情報が、まったく本部に入ってきていないのは何故です」

能代は自嘲の笑みを浮かべた。

「第二の事件と一緒だ。憲兵が握り潰した。連中によれば、これも自害だそうだ。血文字は死んだ本人が錯乱して自分で書いたんだろうってよ。馬鹿げた話だけんど、憲兵は押し通してきた。警察は余計な捜査をすんなとよ。署には室蘭防衛司令からも直々に圧力がかかってきとるようだ。署長はすっかり及び腰で、捜査する気、なくしちまってる」

室蘭防衛司令――三影のことを呼び出した東堂中将のことだ。

「なるほど、室蘭署は軍の圧力に屈したわけですか」

言ってやると、能代は言い返してくる。

「は、御子柴に利用されたおめも、似たようなもんでねか」

「利用された覚えはありません」

半ば自分に言い聞かせるように言った。能代は苦笑する。

「おめがどう思おうとよ、おめが日崎を逮捕したことで、憲兵は堂々と事件に幕を引けた。こん先、何人殺されようとも、連中は全部自害ってことで押し通してくるべよ。この事件の裏には、やつらにとってよっぽど都合の悪い何かがあんだ。なあ三影よ、俺と組まねか」

「組む？」

「そんだ。上は軍にさからってまで捜査をするつもりはねえだろう。だから俺は俺で勝手に調べる。そいでもし犯人をとっ捕まえれば、日崎を助けてやれっかもしんねえ。おめにそれを手伝って欲しい。こっそり調べんのは十八番だろ」

　この申し出にはいささか驚いた。

「そんな話に自分が乗ると思ってるんですか」

自分でつくった冤罪を自分で晴らせと言っているに等しい。

　しかし能代は力強く頷いた。

「ああ、乗んね。おめは乗る。本当のことを知りたがるんは、刑事の習性だ。おめにはそれがある。それにおめは、自分が何のために利用されたかわかんねままで我慢できるような男じゃねえ。日崎んことなら、証拠を捏造したのは憲兵だ。あいつが無罪になったところで、おめは堂々と被害者面できるべよ」

「……知ったようなことを言ってくれますね」

　能代を睨み付けた。

「は、そう怖え顔すんなって。俺はそろそろ退散する」

　能代は立ち上がり、座ったままの三影を見下ろして続けた。

「ま、考えてけろ。おめはおめで、勝手に調べるんでもいいさ。俺と組む気んなったら、室蘭さ、来い。そうだ、もしおめが室蘭さ来て本気で調べてくれんなら、俺がおめの〝犬〟んなったっていい。そこらのチンピラより、いい仕事すんぞ」

冗談めかして、能代はそんなことを言った。

6

――昭和二十年（一九四五年）五月二十九日。

二十四節気によればとうに立夏を過ぎ、網走でももう雪は見られなくなっていたが、八尋はこの日、寒さで目を醒ました。

高い位置にある窓から朝日が射しこむ狭い獄房の中には霧が立ちこめ、寝具はぐっしょりと濡れていた。それにくるまっていた身体から気化熱が奪われたのだ。まるで氷でも抱いているかのようだった。

春めいてくるこの季節、暖かい空気がまだ冷たい海面に接することで、海に霧が発生する。オホーツク海のすぐ傍に建つ網走刑務所の獄舎には、時折その霧が流れ込んでくる。

ただし、長く収監されている囚人たちによれば、真冬の夜の寒さはもっと凄まじく、凍死する者も珍しくなかったという。

事実、かのゾルゲ諜報団の一員だったユーゴスラビア人、ブランコ・ヴーケリッチなども、逮捕後、無期懲役囚としてここ網走に投獄されていたが、今年の一月、獄死している。

この最果ての監獄では、霧で身体が冷えるくらいで済むなら、ましと考えた方がいいようだ。

「起床！」

看守の声が獄舎に響いた。午前六時になったのだ。

収監されてから今日でちょうど二週間。機械仕掛けのようにきっちり時間の決まった刑務所での生活に、そろそろ身体も馴れてきた。

八尋はおもむろに身を起こす。同房の三人――ヨンチュン、マツゲン、カミサマ――も、各々寝具から這い出てくる。

みな、無言で寝具を畳み、獄房の床に正座をする。ほどなくして、廊下に足音が響き、見回りの看守がやってくる。ひとことも喋らず、正座してこれを待たねばならない。

房の前で立ち止まった看守は、格子越しに中を確認する。寝坊している者がおらず、全員が正座していることを確認すると、「よし」と声をかけて隣の房へ向かう。

格子の前から看守の姿がなくなると、みな、足を崩した。

「おっと、朝一番のおつとめや」

マツゲンは立ち上がり、獄房の隅に設置されている便所に向かった。

便所、といっても、腰までの高さの衝立で遮られただけの、狭い空間だ。便器はなく桶と小さな壺が置いてある。この桶に用を足し、終わったら壺の中に入っている砂をかけるのだ。便所でしゃがみ込んだマツゲンは、凄まじい音を立てた。大きい方のようだ。同時に、臭いも漂ってきた。

「勘弁しろよ。飯の前に」

ヨンチュンが顔をしかめる。

「はは、堪忍やで、こちとら快便や。食う前に空けとかんとな。今日もお国のため、陛下のため、きばろうや」

マツゲンは笑いながら便所から戻ってくる。

足音が聞こえ、雑役を務めている高齢の模範囚たちが、朝食を運んできた。格子についた配膳用の小窓から、食事の載った盆が突き出され、各々それを受け取る。

朝食は食堂ではなく獄房で食べることになっている。すぐ傍の便所から漂ってくる臭いを嗅ぎながらの、いわゆる「臭い飯」というやつだ。

今朝は、魚の干物と馬鈴薯の入った汁物、それに麦飯だった。麦飯には玉蜀黍(とうもろこし)の粉などの混ぜ物がしてあり嵩を増やしてある。

豪華とは言えないが、量はそれなりにある。味も悪くない。物不足が深刻化している昨今、婆婆では、混ぜ物入りの麦飯もなかなか食えなくなっている。囚人たちは市井の人々よりもいいものを、一日三食口にしているのかもしれない。

この奇妙な逆転現象には網走刑務所ならではの事情がある。敷地内に巨大な農場を持ち、囚人たちの一部が労務として農作業をしているこの刑務所は、完全な自給自足を実現している。巷では窮乏している食物が、ここには豊富にあるのだ。もちろん特別上等な食事が出ているわけでもないのだが、市井の食糧事情がどんどん悪化してゆく中、相対的に、自給自足の囚人が食べているものの方がましになっている。

「おっと。すまんなあ」

盆を受け取ろうとすると、横からマツゲンが手を出してきて盆をひっくり返した。食事が床に落ちる。雑役たちは気にも留めずに、立ち去っていった。

マツゲンは、にやにやと笑っている。くだらない嫌がらせだ。

八尋は床に落ちた食事を拾い、盆に戻した。汁物はどうにもならないが、他のものは別に食えなくなるわけじゃない。

「はは、特高刑事殿も、落ちぶれたもんやのう」

マツゲンが嘲笑したが、八尋は何も答えず、飯を口に運んだ。

「天が――」

食事の最中。突然、カミサマが口を開き、天井を見つめた。

「――今日、天が割れて紅い馬が姿を顕すだろう」

「ほお、カミサマ、お告げかいな」

カミサマは、答えず何事もなかったかのように、食事を続ける。

「へへ、今日は何が起きるんかな」

マツゲンが愉快そうに言った。

ヨンチュンは、あきれた顔をする。

「どうせ、何もありゃしねえよ」

八尋は何も言わなかったが、ヨンチュンに同意見だった。

カミサマが朝お告げを口にするのは、八尋が収監されてからこれで三度目だ。「海が溢れる」だの「見知らぬ客人がやってくる」だのと、毎回内容は違うが、それらしきことが起きた例しはない。当てずっぽうで適当なことを言っているとしか思えない。

八尋がやってきた日、「思いがけぬ者、来たる」と言っていたらしいが、たまたま当たってしまっただけなのだろう。

いつもうわの空でにたにた笑っており、時折わけのわからぬことを口にするこのカミサマという男は、逮捕拘禁の影響か、少々気がふれてしまっているように思える。

食事を終えると、囚人たちは身支度を調え、また正座して待つ。

午前七時三十分、看守たちがやって来て、順番に獄房から囚人を出し、廊下に整列させた。

これから、労務が始まるのだ。

囚人たちは腰縄を括られて、四房ごと十数人ずつが数珠つなぎにされ、移動させられる。

逃げ出す者がいないよう、列の前後で看守が目を光らせている。

看守らに先導され、獄舎を出て刑務所の敷地を歩いてゆく。

空は曇っていた。霧がかかり湿った空気の中に、かすかに、堆肥の臭いがした。きっと、刑務所の西に広がる農場から漂ってくるのだろう。

「たらたらするな」

「きびきび歩け」

看守たちは発破をかける。

八尋は歩きながらさり気なく周囲に目を配った。

脱獄を成功させるには、まず刑務所の構造をよく知る必要がある。労務への行き帰りは、刑務所内部を観察する貴重な機会だ。

前方、遠くに敷地を囲む煉瓦の壁が見えた。

この刑務所から脱獄するには三重の囲いを破らねばならない。一つ目は、収監されている獄房。二つ目は、その獄房のある獄舎、五翼放射状房の建物。そして三つ目が刑務所を取り囲むあの壁だ。

この労務の時間は、獄舎の外、つまり一つ目と二つ目の囲いの外に出されている。隙を突いて逃げ出し、あの壁を越えることができれば脱獄達成だ。

しかし壁の高さは、低いところでも五メートル近くある。手がかりになりそうなものもなく、素手で登るのは不可能だろう。何か工夫が必要だ。

八尋たちが連れて来られたのは、敷地の北側に三棟並んで建っている工場の一つ『第二工場』だった。木工場であり、刑務所裏の山林で伐採された樹木を囚人たちがここで加工する。かつては箪笥や鏡台などの家具などを造っており、網走刑務所製は丈夫で豪華だということで嫁入り道具にもよく使われたらしい。が、現在は軍に卸すための建材の加工のみを行っている。

支那事変さなかの昭和十三年（一九三八年）以来、全国すべての刑務所が戦時体制に組み込まれ、農作業以外の労務は、みな軍需作業となった。

刑期満了を間近に控えた者は、獄外にある農場での農作業や、土木工事にも駆り出されている。海軍の航空基地となっている美幌（びほろ）飛行場などは、網走刑務所の囚人たちによってつくられたものだ。

本土決戦を控えた現在、軍需作業の需要は高まっており、労務の内容も多岐にわたっているようだ。

工場の中では腰縄は外されるが、出入り口には見張りがいる。

労務を始める前に、まず皇居のある南南西に向かい、全員で一礼する。

その後、監督役の看守から作業の説明があり、一人一人に工具が渡される。囚人たちは百坪はあるだろう広い工場の中で、木を切り、削り、指定された建材に加工してゆく。資材を運んだりするために工場の外に出るときは、必ず監視がつく。

囚人を獄舎の外に出す労務中は、当然ながら看守の方も逃亡を警戒している。

この日、八尋に与えられていたのは、資材の整理だった。材木や丸太を抱え走り回る。単純だがきつい肉体労働だ。

ヨンチュンがいることも相まってか、飯場に潜入していた日々のことをときどき思い出した。自由を奪われ、日の大半を労働に費やすという点では、刑務所もタコ部屋も、そう変わらない。

ただし時間的にも内容的にも、刑務所の労務は、飯場の労働よりもいくらかましだ。よくタコ部屋を「刑務所並み」と言うけれど、むしろあれは「刑務所以下」だったのが、両方経験した今はわかる。

　また、世間では凶悪犯の巣窟のように思われている網走刑務所だが、収監されている囚人たちの多くは強い愛国心を持っていた。大半は、お国の役に立ちたいと、毎日の労務に励んでいる。娑婆ではやくざ者だったというマツゲンなどは、二言目には「陛下のため」と口にする。今や刑務所も戦争継続のための生産拠点の一つだ。確かに、ここで労務に精を出すことは、お国のためになるのだろう。

　でも、ずっとここにいるわけにはいかない――。

　そんな思いが湧き上がってくる。やってもいない罪を償うため、死ぬまでここで労務に明け暮れることが自分の使命とは思えない。

　八尋は黙々と作業をしながら、看守たちの死角を探った。

　と、切り出した材木を抱え運んでいるときだった。突然、背中に重い衝撃が走った。思わず前方に転倒してしまう。とっさに手をつき、抱えていた材木が音を立てて床に散らばった。

「おまえ、何やっとんや」

　怒声が飛んでくる。

　這いつくばったまま振り向くと、マツゲンの姿があった。手に大きな角材を抱えている。おそらく、あれで殴られたのだ。

　マツゲンの傍らには名前も知らない他房の囚人が四人ほどいて、八尋は取り囲まれていた。

くそ、またか——。

「陛下から賜った貴重な資材を何落としとるんや。わしら、罪を背負った囚人やからこそ、お国のために懸命にご奉仕せなあかんのや、わかっとんか」

「そうだ。自覚が足りねえな」

「木っ端一つだって、てめえみてえなクズより価値があるんだぞ」

「教育が必要やな」

マツゲンは蹴りを繰り出してきた。

とっさに八尋は膝をついた姿勢で身を丸めた。頭の後ろで手を組んで一番の急所である後頭部を守る。

次の瞬間、脇腹にマツゲンの足がめり込んだ。他の囚人たちの足も次々に飛んできて、滅茶苦茶に蹴られる。八尋は歯を食いしばる。

「こら、そこ、何やってる!」

看守の声がして、蹴りは止まった。

「ああ、えろうすんまへん。こいつが、ものもろくに運べんので、教育してやっとるんです」

マツゲンは、駆け寄ってきた看守に白々しく言った。

看守は床に這いつくばる八尋に冷たい視線を投げかける。

「ふん、また二一一番か。仕方のないやつだ。立て」

命じられ八尋は立ち上がった。蹴られたところがずきずきと痛む。

「もっとしっかり働かんか！」

看守は怒鳴り、八尋の頬にびんたを見舞った。

八尋は言い訳せずそれを受け、頭を下げた。

「はい。すみませんでした」

看守は立ち去り際、口元に笑みを浮かべ、マッゲンに言った。

「ほどほどにしとけよ」

「はい」

マッゲンはにたりと笑って返事をした。

茶番だ。

労務中、時折こうして難癖を付けられて、他の囚人に袋叩きにされる。看守たちもわかっていて、乗っかってくる。

ときに刑務所には、囚人たちの鬱憤晴らしに使われる「いたぶられ役」が生まれることがあるというが、どうやら八尋にはその役が回ってきてしまったらしい。元特高という肩書きは、看守からも囚人からも目の敵にされやすい。

「腑抜けた働きぶりやったら、また教育したるからな」

マツゲンたちは笑いながら、各々持ち場に戻る。

八尋は床に散らばった木材を拾い集め、再び運び始めた。すると、同じように木材を運んでいた誰かが近づいて来た。

ヨンチュンだった。まっすぐ前を向き、八尋の横を歩きながら、口を開いた。

「何故、黙ってやられている」

それが自分に対する問いかけだと気づくのに多少の時間を要した。

何故、黙ってやられているか。看守からも目を付けられている以上、下手に抵抗すれば、事態がもっと悪くなるのは目に見えているからだ。今は耐えるしかない。それに、三影から受けた拷問に比べれば、囚人たちの暴行なんてどうということはない。

が、八尋は答えず、問い返した。

「何故、おまえは俺を殴らない」

収監されてきた夜以降、ヨンチュンは八尋の暴行に一度も加わっていない。恨みといえば、この男ほど八尋を恨んでいる者はいないはずなのに。

ヨンチュンは何も答えなかった。

「もう気が済んだのか」

問いを重ねると、ヨンチュンはこちらを睨み付けた。

「そんなわけねえだろ。ただ、弱い者いじめは性に合わねえってだけだ」

八尋は思わず、目を丸くした。

ヨンチュンは舌打ちをして、歩を早め、先に行ってしまった。

7

労務が終わるのは、午後四時半。囚人たちはまた腰縄で括られ、獄舎へと戻される。獄舎に着くと、各房へ戻される前に、労務中に何か持ち出していないか確認するため、一人一人、全裸にさせられ身体検査を受ける。

その後、食堂で夕食をとる。この日は夕食のあとに入浴の時間があった。

網走刑務所は敷地内に巨大なボイラーがあり、そこで湯を沸かし蒸気で発電もしている。が、燃料の薪を節約するために、風呂に入れるのは、夏場をのぞけば月に一度だけと定められている。

八尋にとっては、投獄されて以来、初となる入浴だった。

浴場の定員は十五名で、三、四房ずつまとめて入る。

脱衣三分、入浴三分、洗身三分、あがり湯三分、着衣三分と、十五分間で風呂をすませて、次の十五人と交替する。その間、ずっと看守に監視されており、ゆっくりできるわけではないが、貴重な機会である。

「こら極楽やな」

湯船につかるとマツゲンが、しみじみと言った。

きっとそれは、全員が思っていることだろう。労務で疲れ切った身体に、湯の温かさがじんわりと染み入る。

「いやあ、兄さんの彫りもんは、いつ見ても惚れ惚れするねえ」

一緒に入浴している他房の囚人の一人が、マツゲンに声をかけた。

「へへ、せやろ。安芸(あき)の彫銀、渾身の作よ」

マツゲンは自慢げに囚人に背を向ける。

実際、彼の背中に彫られた倶利伽羅紋紋は、見事なものだ。彫り物を背負っている囚人は他にも多いが、マツゲンのそれは、意匠も鮮やかさも抜きん出ている。寡聞にして安芸の彫銀なる者を知らないが、きっと大した彫り師なのだろう。

立派な龍を棲まわせるマツゲンの背中に対して、八尋の背中には墨は入っていないが、いくつもの痣と生傷が刻まれていた。日々、袋叩きにされている証しだ。

八尋の隣で、いつもと同じうわの空のまま湯につかっているカミサマの背中は、ある意味で八尋やマツゲンのそれよりも目を惹く。一面に大きな火傷の跡があるのだ。いつ、どんな事情で背中が灼かれたのかは、誰も知らない。尋ねても、神の怒りがどうのこうのと、箴言めいた言葉を口にするばかりだ。

彼のお告げによれば、今日は天が割れて紅い馬が姿を顕すはずだったが、無論、そんなことは起きていない。異教の教えを触れ回っていた咎(とが)で投獄されたというこの男も、八尋に対する暴行には加わらないが、まったく得体が知れない。労務などは真面目にこなしており、刑務所の規則を破るようなこともしない。いわば人畜無害である。

完全に気がふれきった者ではないのだろうが、いつもにたにたと笑っており、独り言をつぶやいている。言語不明瞭で何と言っているのかはよくわからない。はっきり言って気味が悪い。マツゲンもお告げなどを面白がる反面、どこか恐れている様子だ。看守たちもこの男については腫れ物に触るように接している。

そのカミサマの更に隣にいるヨンチュンの背中は、身体の大きさに合わせ、逞しく、大きい。よく発達した背筋が浮き出ており、自然な肉体美を湛えている。

――弱い者いじめは性に合わねえ。

労務中にヨンチュンが吐いた言葉が脳裏に蘇った。

この数日観察した限り、彼のことを「チョン公」などと呼ぶマツゲンとはあまり相性がよくないらしい。敵対しているようではないが、二人が仲良さげにしているところを見たことはない。

「上がれ」

看守の号令で囚人たちは湯船を出る。脱衣所で手早く身体を拭き、囚人服に着替えた。浴場は獄舎とは別の建物で、風呂から上がった囚人たちは、看守に先導されてそれぞれの獄房に戻される。

暦の上で夏になったとはいえ、未だに夜は肌寒い。浴場と獄舎の短い距離を歩いただけで、せっかく風呂で温まった身体は、すっかり冷めてしまった。

入浴のあと、ほどなくして消灯となった。

四人で布団を敷き、横になって眠る。

かすかに湿った寝心地の悪い布団に包まり小一時間ほどが過ぎた頃、八尋はおもむろに身を起こした。

暗がりに目を凝らし、同房の三人が寝入っていることを確認する。それから、物音を立てぬよう、そっと布団を出て獄房の隅にある便所に向かった。

睡眠時間を少しだけ削り、こっそりと便所に入るのが、八尋の日課になっていた。

用を足すためではない。

二週間の刑務所生活の中で悟ったのは、昼間、看守たちが警戒している労務中に逃亡するのは不可能に近いということだ。看守だけではなく、同じく労務をしている囚人たちの目もある。人の目は、檻や壁以上に堅牢な囲いだ。

この刑務所からの脱獄を成功させた白鳥由栄も、逃げたのは人の目の少なくなる夜間だった。

ただし、夜逃げるには、獄房、獄舎、壁の三重の囲いをすべて破らねばならない。

第一の囲いである獄房と廊下を隔てる格子は、硬く太い槐(えんじゅ)の木でできている。素手で壊せるような代物ではない。大山が飯場でやったような腐食させる手は使えないので、ある意味鉄格子よりも厄介かもしれない。

工具さえあれば削ったり切ったりすることができるだろうが、労務後の身体検査はかなり念入りで、房内に物を持ち込むのは難しい。その上、数日に一度、看守たちが房内を改める「捜検(そうけん)」も行われる。

そして仮に、何らかの方法で格子を壊して獄房から出られたとしても、まだ第二の囲い、獄舎の中だ。一目で見渡せるまっすぐな獄舎の廊下には、夜間も不寝番(ねずばん)の看守が目を光らせている。昼間よりは少ないとはいえ、最低限この不寝番の目だけは、欺く必要がある。

八尋は便所に入ると、音をたてぬように気を配りながら、桶を持ち上げて場所をずらした。目が痛くなるような酷い臭いがした。暗闇の中ではわかりにくいが、桶には糞尿だけでなく血らしきものも混ざっているようだ。誰か体調を崩し血便を出している者がいるのかもしれない。

桶があった位置の床をよく見ると、わずかな裂け目ができている。発見したのはつい五日ほど前のことだった。

おそらくは湿気が原因だろう、この部分だけ床板が傷んで割れているのだ。看守たちは気づいていない。刑務所自体があまりにも広大であるため、いくら監視を強化しても、こういった小さな瑕疵(かし)をすべて見つけることはできないのだ。

八尋は床板の裂け目に手を突っ込んで引っ張る。すると床板は蓋が開くように外れ、土がむき出しになった。そこには、三十センチほどの深さの穴が空いていた。この五日で八尋が掘ったものだ。

更にこの穴を大きく深く掘り進めることができれば、外への逃げ道になるかもしれない。

八尋は、手で土を掬(すく)い、便所の桶の中に捨てる。少しであれば、上から砂をかければ誤魔化せる。

一日に掘れるのは深さにしてせいぜい数センチ。気が遠くなる作業だが、時間さえかければ、確実に穴は大きくなるはずだ。

不意に背後から声がした。

「うぅ」

八尋は手を止め、息を呑んだ。

声色からして、ヨンチュンだ。

起きたのか？

振り向いて衝立越しに、獄房内の様子を窺った。ヨンチュンも他の二人も、布団にくるまったままだ。

ひときわ大きく膨らんでいるヨンチュンの布団から、また声が漏れる。

朝鮮語で何か寝言を漏らしているようだ。夢でも見ているのだろうか。

以前、八尋に心を許したヨンチュンは、いつか父親が奪われたと思っている故郷の土地よりも広い土地を買って、でかい家を建てると話していた。ほんの半年ほど前のことが、もうずいぶん昔のことのように思えてしまう。

再び掘り進めようとすると、指先に硬い何かが触れた。

まさか。

嫌な予感を覚えつつ、土をかき出す。すると、土の下にあるものが露わになる。コンクリートだ。

やっぱりか……。

当然といえば当然なのだが、土台はコンクリートで固められているようだった。穴を掘って逃亡するのは不可能ということだ。

落胆しないと言えば嘘になるが、仕方ない。

八尋は床板を直し、桶を元の位置に戻す。そして便所を出ると、冷たく湿った布団にもぐり込み、目を閉じた。

大丈夫だ、きっと別の手がある——。

あの床板の裂け目が示すのは、一見堅牢に見えるこの獄舎にも、小さなほころびがあるということだ。

白鳥由栄が脱獄を成功させたように、この刑務所は完全無欠というわけではない。

開かぬ箱がないように、破れぬ獄はない、はずだ——。

八尋は自分に言い聞かせた。

8

——昭和二十年（一九四五年）六月一日。

この日、三影は札幌署から自宅へ帰る道すがら、飼っている〝犬〟の一匹と落ち合うことになっていた。

待ち合わせ場所に向かう途中、暗い路地の向こうに小さな影が三つ、連なって横切るのを見た。大きさからいって、たぶん鼠だろう。

つい数週間前、札幌では犬猫の供出運動が行われた。今や家庭で飼っている動物も、戦争継続のための物資である。集めた犬猫の皮は防寒着に、肉は食用に加工されるという。かくして、天敵である猫が街からいなくなったため、鼠が増えていると聞く。

家の倉にもよく鼠が出たものだ——。

ふと、子供の頃のことを思い出した。

三影の父と母はどちらも厳しい人だった。父の口癖は「武家の男児として、人に後れをとることは恥と思え」で、三影にも兄の常一にも幼い頃から、武道と学問を修めさせた。

長男に「常一」と名づけるように、父は成績でも何でも一番でなければ認めない人であった。

——いいか、勝負事には必ず勝て。決して負けてはいけない。敗者が顧みられることなどない。

戦いに敗れ、未開の地に追いやられた開拓士族の末裔だからこそ、そう思うのかもしれないのだから。

幼い頃から武道と学問の両方に秀で、その名の通り常に一番を取ってくる兄はいつも父に誉められていた。優秀ではあるものの必ずしも一番ではない三影は、父に叱責されることが多かったように思う。「兄を見習え」と何度言われたかわからない。

が、父の厳しさは基準が明確で、その意味で兄弟に対して平等だった。三影が一番を取れたとき父は「よくやった」と誉めてくれた。

対して母は三影にだけ、厳しかった。いや、理不尽だったと言っていいだろう。

母はよく三影のことを叱ったが、そこには明確な基準がなかった。箸の上げ下げがどうとか、廊下の歩き方がどうとか、母はその都度、理由を付け、本人は「躾（しつけ）」と言っていたが、どれもこれも重箱の隅をつつくような難癖だったし、兄が同じようなことをしても母はまったく叱らなかった。

また、叱った三影にどのような罰をあたえるかは、そのときの母の気分で変わった。

一番多かったのは、食事を抜かれ家の裏にある小さな倉に閉じ込められることだった。空腹をかかえうずくまっていると、暗闇の中、がさごそと動き回る鼠の足音が聞こえ、幼心に酷く恐ろしかったのを覚えている。

ときに母は折檻もした。荒縄を鞭のように使い三影の身体を何度も叩くのだ。女の細腕であっても、重さと鋭さを持った荒縄の打撃は、身を切るような鋭い痛みを三影に与えた。

——あんたみたいな子は、武家の子じゃない。

三影を叩くとき、母はいつもそう言い、蔑むような目で三影を見た。

母は兄のことは誉めるばかりで、折檻どころか言葉で叱るのさえ見たこともなかった。兄と十以上歳が離れていることを差し引いても、母の兄弟に対する扱いは歴然としていた。父もそんな母の振る舞いは知っていたはずだが、口を挟もうとはしなかった。

兄だけが、時折、慰めてくれた。倉に閉じ込められていると、こっそり兄がやって来て「母さんにばれないよう、早く食べろ」と握り飯を渡してくれたことが何度もある。母に折檻されたときも、兄が薬を持ってきて傷に塗ってくれたものだった。

——すまないな、美智雄。母さんのことを許してやってくれ。

いつも兄は母の代わりに三影に謝った。

兄は立派な人だった。昔から何でもできて、北海道帝国大学に進学し内務官僚となった。父に「見習え」と言われるまでもなく、兄は三影の目標だった。尊敬もしていた。兄もまた、いつも三影のことを見守り励ましてくれた。歳が離れていたこともあり、兄弟喧嘩など一度もなかった。

その兄ももういない。父と母は、兄より前にこの世を去った。かつては名の通った武家だったという三影家に残っているのは、強面の独身男と、未亡人、そして生まれつき障害のある娘だけになってしまった。

待ち合わせに指定した創成川の畔にゆくと、その〝犬〟――衣笠喜平（きぬがさきへい）――は風呂敷を提げて立っていた。風呂敷には人の頭ほどもあろう何かが包まれているようだ。

「旦那、ご苦労さんです」

衣笠は北海道内で最大勢力を誇るやくざ、北狼一家の若衆頭だ。このご時世、やくざ者の中には、愛国的でむしろ積極的に警察に尻尾を振る者が少なくない。この男もその一人であった。もちろん、自分の一家に対する捜査のお目こぼしと引き替えではあるが、過大な要求をしてくるわけでもない。

蛇の道は蛇で、やくざ者の情報を集める際には非常に重宝する。

三影は無言で相づちを打ち、足を止めず川沿いの道を歩いてゆく。衣笠は歩調を合わせ隣を歩く。

「わかったか」

三影は衣笠の方も向かずに尋ねた。

「へえ。幕西に菊乃って芸妓を売っぱらったのは、青柳一家の辰巳って女衒です。かなりあこぎな仕事をするって噂のやつでしたよ」

「あこぎな仕事とは具体的に何だ」

「女を騙して借金をこさえさせて、問答無用で売っぱらっちまうんです」

「貴様らも似たようなことをやってるんじゃないのか」

「まあ、そこは言いっこなしで。辰巳のやつは、普通じゃ高く売れないような女のことも、別人にして売ったりもしてたんです」

「別人？　どういうことだ」

「へえ。世話してる女が死んだときに届けを出さずに戸籍を残しておくんです。そいで、器量はいいけどわけありの女を売るときに、そっちの戸籍と入れ替えて、売っちまうんですよ。女の方も高い買い手がついた方がいいに決まってるから、まずばれません」

「今、その辰巳って女衒はどこにいる」

「それがどうも死んじまったみたいで」

「死んだ、だと」

「ええ。それもわりと最近、今年の初めなんですがね、函館で、海に浮かんだそうです」

「殺されたのか」

「それがよくわからないそうなんです。見つかったときは、だいぶ腐っちまってて、警察は事故ってことでまとめたらしいんですが、まあ、色んなとこから恨まれるようなことをしてた男ですからね。殺されてても不思議はねえです。青柳一家の方でも、どっちかわかんねえって言ってました」

「そうか……」

「こんなもんでよかったですか」

「ああ」

「それから、これ、頼まれていた例のもんです」

衣笠は手に提げていた風呂敷を、うやうやしくよこした。

三影はそれを受け取り、代わりに懐から封筒を出して渡した。中にはいくばくかの金が入っている。

「とっておけ」

「どうも。しかし旦那もたまには贅沢したがるもんなんですね」

にやけ面で余計なことを言った衣笠を睨み付けた。

「あ、いや、すんません。ではこれで」

衣笠は回れ右をすると、逃げるように夜道に消えていった。

三影は風呂敷包みを提げ、家路を進んでゆく。

——おめは、自分が何のために利用されたかわかんねままで我慢できるような男じゃねえ。

能代の言葉はあながち的外れではなかった。

彼と組むかどうかはともかく、わからぬことがあるまま、ただ苛ついているだけなのは性に合わない。

三影が猿蟹につくらせた調書では、日崎は、金田の馴染みの芸妓、菊乃に金を渡し犯行に協力させており、事件後、菊乃は日崎を残しどこかに逃亡した——ということになっていた。日崎にも調書に爪判（拇印）を押させたが、無論、真相ではあり得ない。こちらで適当に作った話だ。

ただし、菊乃という芸妓が犯行に深く関与していること自体は、おそらく間違いないだろう。犯人、スルクの協力者か。あるいは彼女自身がスルクかもしれない。

菊乃を置屋に売った女衒は女の出自を捏造することさえあったらしい。置屋が把握していた菊乃の身元はあてにならないかもしれない。しかも今年の一月、つまり最初の事件が起きる直前、その女衒は死んでいるという。まるであとあと身元を探れなくしているようにも思える。

この女は何者か。仮に犯人か共犯者だったとして、なぜ『愛国第３０８工場』の関係者を殺して回っているのか。

東堂中将まで出張ってきて事件を隠蔽したことからも、あの工場に何かがあるのは明白だ。以前、室蘭防衛隊の小野寺に工場を探らせたときは、すぐに察知された。向こうも警戒しているということだ。直接当たるのは危ない。まずは外側から情報を得るべきだ。

さてどうするか――。

考え事をするうちに、自宅の前までたどり着いた。

強張った顔をほぐしてから、玄関を開ける。

いつもなら、走って来る薫の足音は聞こえず、奥からゆっくりと絹代が姿を現した。

「おかえりなさいまし」

「薫の具合はどうです」

三影は靴を脱ぎ框を上がりながら尋ねた。

「今はよく寝ております。ようやく熱も下がってきて、明日からまたご奉仕できるかもしれません」

つい三日前から、風邪をひいたようで薫は高熱を出して寝込んでいた。勤労奉仕も休んでいる。

「それはよかった。ですが病み上がりでぶり返してもつまらない。明日も養生させてください。きちんと治してしっかり働かせた方が、国のためです」

「ええ、そうですね……。工場のみなさんには申し訳ないですけど、そうさせてもらった方がいいかもしれませんね」

絹代はほっとしたように言う。

三影は廊下を進み、一番奥の絹代と薫の寝室の前で立ち止まる。

「様子を見せてもらってもいいですか」

「ええ」

三影はわずかに襖を開ける。隙間から中を覗くと、目を閉じ布団に横たわる薫の姿が見えた。うなされている様子もなく、よく眠れているようだ。

父と母は、この孫の顔を見るよりも前に死んでしまった。二言目には「武家」と言っていたあの二人は、初孫が女の子でしかも、障害があると知ったら、どう思っただろうか。

薫に知的障害があると医者に判定されたのは、彼女が数えで五つになった頃だ。それを聞いた三影は兄に「残念でしたね」と声をかけた。

実は三影の胸の裡には、昏い喜びが湧いていた。あらゆる点で自分より優れ、父に誉められ、母に愛された兄も、我が子のことだけはままならぬのか、と。

しかし兄は少しも気落ちしたそぶりを見せずに答えた。

——残念なもんか。よかったのさ。薫が俺の子に生まれてきてくれて。きっとあの子の人生は、人よりいくらか困難が多いものになるだろう。けれど俺なら守ってやれる。

ごく自然に兄が口にした善意の言葉は、どういうわけか、かつてないほどの孤独と惨めさを三影に突きつけた。

やがて気づいた。

この兄にとって自分は、障害を持った娘と同じようなものではないのか。守るべき存在。だからこそ兄は、優しかったのか。幼い頃からよく慰め、励ましてくれたのか。

それは裏を返せば、自分と対等な能力を持った存在と思っていないということだ。

病に臥し、己の死期を悟ったであろうとき、兄は見舞いに来た三影をじっと見つめて言った。

——あとを頼む。

そう口にしながらも、どこかあきらめたような兄の目つきは「どうせおまえには、俺の代わりは務まらぬだろう」と、雄弁に語るようだった。

「義姉(ねえ)さん、これを」

三影は寝室の襖を閉めると、先ほど〝犬〟から入手した風呂敷包みを絹代に渡した。

「え、何です」

絹代は受け取った風呂敷包みを開き「まあ」と声をあげた。

「これ……、真桑瓜ではないわよね」

「ええ。メロンです」

　その楕円球の果物は、古くから日本で食べられている真桑瓜の近種ではあるが、ずっと甘味が濃い。平時でさえ、一般家庭の食卓には滅多に上ることのない高級食品として知られている。

　北海道にはいくつか産地があったが、戦争が始まってからは栽培用の温室のガラスが太陽を反射して、防空上問題があるとされ、原則、作付けが禁じられた。そうでなくても、農家には、果物よりも芋や豆など、生産効率のいい作物を作るよう指導が入っている。

　現在、メロンはごく一部、軍の特例を受けている農家が細々と栽培しているのみだ。衣笠に、そこからの横流し品を調達させたのだ。

「これがメロンなのですね。初めて見たわ」

「明日にでも、薫に食べさせてやってください」

「はい。その、でも、こんなものいただいてしまっていいんでしょうか。このご時世に」

「気にしないでください。伝手があって、たまたまもらったものです。俺は果物は好きではないし、放っておけば腐ってしまう。薫やあんたが食ってくれたら助かります」

「美智雄さん、本当にいつもいつも、ありがとうございます」

　絹代はメロンを床に置くと、その場に正座をし、深々頭を下げた。白いうなじが露わになる。

瞬間、脈拍が上がるのを感じた。

同時に昏い妄想に囚われる。

突然、空襲が始まり、この家が焼ける様子が思い浮かぶ。避難しようとするが、炎の中から男たちが姿を現す。男たちは軍服を着ているが、顔も腕も獣のような黒い毛で被われている。男たちは三影を取り押さえ、絹代を押し倒す。あっという間に絹代は衣服を剝ぎ取られる。別の男が寝室に踏み込み、眠っていた薫を引きずり出しやはり衣服を剝ぎ取る。男たちは楽しげに何か喋りながら笑い声をあげる。冗談でも言っているのだろうか。日本語ではない異国の言葉だ。三影にはわからない。やがて男たちは全裸に剝いた母娘に、順番に覆い被さり、蹂躙してゆく。三影はどうすることもできない。それでいて、目を逸らすこともできない。淫靡な興奮が湧き上がり、下半身が熱くなる――。

すぐに我に返り、三影は頭から幻を振り払う。いつ頃からだろう、ふとしたきっかけで、この悪夢のような妄想が湧くようになった。

三影はいつまでも頭を下げている絹代に言い放った。

「別に、そんなことをして欲しいわけじゃない」

「え」と、絹代は顔をあげる。

「俺は少し書斎に籠もります。先に休んでください」

三影は早足で廊下の階段を上がると、振り返りもせず、書斎に入った。

9

——昭和二十年（一九四五年）六月十一日。

六月に入り、労務の割り当てが変更になり、第二舎の囚人たちは、農作業を行うことになった。といっても、まだ長い刑期が残っている八尋たちは敷地の外にある農場には出ていけない。仕事は、農具の清掃や修繕、収穫された作物の脱穀といった補助的なことばかりだ。

朝食後、いつものように腰縄で括られ看守に先導され、獄舎を出てゆく。

昨晩は雨が降ったようで、空気が湿り、地面の舗装されていない部分はわずかにぬかるんでいた。

おあつらえ向きだ——。

八尋はいつもよりいっそう注意深く、敷地内の様子を窺った。

もうすぐひと月を数えようという刑務所暮らしの中で、八尋はある仮説を抱いていた。それは、刑務所側が囚人に隠している大きな隙と言っていいかもしれない。

この仮説が正しいか否かは、雨上がりの敷地内をよく観察することで、ある程度確かめることができる。

おそらく、正しい——。

何食わぬ顔をして、看守のあとを歩きながら、手応えを感じていた。

この刑務所には、大きな隙が存在する。白鳥由栄が脱獄を成功させたのも、この隙を突けたからだ。

いける。少なくとも賭ける価値はある。

次に考えるべきは、具体的な破獄の算段だ。隙があるとはいえ、三重の囲いを突破しなければならないことに変わりはない。白鳥由栄は、鉄の手錠を壊すほどの人並み外れた怪力と、関節を自由に外し、わずかな隙間から抜け出せるという驚異的な身体の柔らかさを兼ね備えているらしい。八尋には、そこまでの身体能力はない。

たぶん独りでは難しい。脱獄を成功させるには協力者が必要だ。

やがて八尋たちは、炊場の裏にある小屋にたどり着いた。物置を兼ねた脱穀場で、広さは工場の四分の一ほどだろうか。地面に茣蓙が敷いてあり、隅の棚にはいくつもの箱が積まれている。箱の中は、端切れや木っ端など、工場で出た半端品のようだ。

第十三房と隣の第十二房の囚人、計八名は、六月に入ってから連日、ここで玉蜀黍を脱穀し粉にする作業をしていた。

脱穀機はないので、手で玉蜀黍を剝き、臼で挽いてゆく。作業の負荷自体は、先月やっていた木工よりも小さいが、延々と続く単純作業で疲れはむしろ溜まる。マツゲンなどは「工場の方が万倍ましや」とよくぼやいている。

工場と違い見張りの看守は一人だけだが、小屋で作業する八人の囚人は相互監視しているようなものだ。仮に看守の隙を突いて八尋が逃げようとしても、マツゲンあたりが黙っていないだろう。労務中の逃亡はやはり得策ではない。

小屋には作業台もなく、囚人たちは地面に敷かれた莫蓙に二列になって座り作業する。この日八尋は、ヨンチュンの隣に陣取った。反対側の隣にはカミサマがいる。

八尋が座ると、ヨンチュンはあからさまに嫌そうな顔をした。マツゲンのように暴力を振るうことはないが、やはり恨まれてはいるのだろう。

作業が始まると、カミサマはにたにたと笑いながら玉蜀黍を剝きつつ、小さな声をあげ始めた。

うめくような、しかしどこか楽しげでもある声。どうやら歌、のようである。詞も旋律も不明瞭だが、節がついている。何の歌なのかよくわからない。もしかしたら西洋の敵性音楽かもしれないが、それもはっきりしない。

毎度のことだ。この労務が割り当てられてから、カミサマはいつも作業中にこの奇妙な歌を口ずさんでいた。

看守は「またか」と言いたげに顔をしかめたが、何も言わなかった。

カミサマは、看守に注意されれば、素直に歌うのを止める。しかし、作業の邪魔になるような声量ではなく、他の囚人たちからも文句は出ていないからか、看守によっては黙認する者も多い。彼らにとってもカミサマは不気味なのだろう。

すぐ近くでカミサマが歌ってくれているのは、八尋にとっては都合がよかった。

作業をしながら、八尋は小声で隣のヨンチュンに呼びかけた。日本語ではなく、朝鮮語で。

《おい、ヨンチュン》

およそ半年ぶりに、朝鮮語を口にした。が、一度呼んだだけではヨンチュンは気づかなかった。

《おい、ヨンチュン》

少し、語気を強めた。多少なら、カミサマの歌がかき消してくれる。万が一誰かに聞かれても、朝鮮語ならヨンチュンにしか通じないはずだ。

ヨンチュンは、気づき、こちらに顔を向ける。

《こっちを見るな。仕事を続けろ》
八尋は手元に視線を落とし、玉蜀黍を剝き続けながら言った。
ヨンチュンは前を向き直り、小声の朝鮮語で返してきた。
《何だ》
短いひと言にも警戒と戸惑いが滲んでいた。
八尋は意を決して口を開いた。
《一緒にここから逃げないか》
ヨンチュンが息を吞み、絶句するのがわかった。
《おまえだって、こんなところに閉じ込められるために内地に来たわけじゃないだろ。頼む。手を貸してくれ》
ヨンチュンがかすかに身体を揺らす気配がしたと思ったら、怒声が飛んできた。
《ふざけんな！　誰のお陰でこんなことになったと思ってる！》
一同が作業を止め、こちらに注目する。カミサマの歌も止まった。
「何事だ！」
看守が駆け寄ってきた。
八尋はすぐに立ち上がり、気をつけの姿勢を取った。

「申し訳ありません。自分が一六三番をからかって怒らせてしまいました」

「からかった、だと。何と言ったんだ」

「それは……『間抜けなチョン公は仕事が遅い』と」

看守は顔をしかめる。

「くだらんことを言うな」

平手打ちが飛んできて、頬を張られた。

「一六三番、貴様も立て」

「はい」

命じられ、ヨンチュンも気をつけの姿勢で立つ。

「貴様、今、朝鮮語で怒鳴ったな」

「すみません。かっとなってつい朝鮮語が出ました」

「何と言ったんだ」

「それは……『誰が間抜けだ、ふざけんな』と」

「そうか。二度と日本語以外を使うな」

看守はヨンチュンの頬も張った。

「真面目に作業を続けろ」

八尋とヨンチュンは「はい」と、声を合わせ座り直し、作業に戻った。
危なかった――。
ヨンチュンに「こいつに脱獄を持ちかけられた」と言われていたら、終わりだった。が、話を合わせてくれた。まだ辛うじて、望みはあるのか。
しばらくすると、カミサマは再び歌い出した。
《すまなかった。おまえが怒るのも無理はない。騙したことは謝らせてくれ》
再び、朝鮮語の小声で話しかける。
《また、俺を嵌める気か》
音量を抑えつつ怒りを滲ませた声が返ってきた。
《違う。脱獄は本気だ。俺にはやらなきゃならないことがある。いつまでもここにいるわけにはいかない。だが、一人で逃げるのは不可能だ。力を貸してくれ。もしそれでおまえの気が済むなら、外に出たあと、好きなだけ殴ってくれていい》
ヨンチュンは何も答えず、黙々と作業を続ける。
駄目だ。まずは聞く耳を持たせないと、話にならない。
《……ここに来る前、京子に会った》
作業するヨンチュンの手が止まったのを八尋は見逃さなかった。

よし――。

《おまえがどうしているか、心配していた。なあ、また京子に会いたくはないか》

《いい加減なことを言うな。何で、おまえが京子に会うんだ》

ヨンチュンは食いついてくれた。

《捜査だ》

《捜査だと。何の捜査だ、おまえ、京子にまで何かしたのか》

ヨンチュンの声がやや大きくなった。周りに聞こえたかとひやりとしたが、みな、黙々と作業を続けている。看守も気づいた様子はない。カミサマの歌でかき消されたようだ。

《落ち着いてくれ。何もしてない。実はな、京子の父親が殺されたんだ》

《棒頭が？》

ヨンチュンの声に当惑が滲んだ。

《そうだ。金田少佐も一緒に殺された。俺はその捜査に加わっていたが……、犯人ってことにされて、今、ここにいる》

《何だそりゃ。おまえ、やっぱり俺を嵌めようとしてやがるな》

《違う。本気でおまえを騙すならもっとましな嘘を吐く。頼む信じてくれ》

ヨンチュンはしばらく黙って手を動かし続けた。八尋はじっと返答を待った。

やがてヨンチュンが口を開いた。
《本当に棒頭が殺されたのか》
《ああ、そうだ》
《京子はどうなったんだ》
《今は、母親や弟と東室蘭で暮らしている。母娘ともに輪西の製材所で働いているそうだ》
《元気にやってるのか》
《ああ。一応な。ただ、住んでいる家は、上飯台よりは粗末になっていた。暮らし向きもだいぶ変わってると思う》
《俺のこと、何か言っていたか》
《心配していた。重い刑にならないと伝えたら、安心してたよ》
《そうか……。この刑務所に何年もぶち込まれるのは重い刑じゃねえのか》
《方便だ》
ヨンチュンは、ふんと鼻を鳴らし、また少し黙ったあと、尋ねてきた。
《……おまえが、棒頭と金田を殺(や)ったことになってるのか》
《そうだ》
《おまえがやったんじゃないのか》

《やってない。嵌められたんだ》
《ふん、ざまあねえな。人を嵌めるから、嵌められるんだ》
《そうだな》
否定はしなかった。
ヨンチュンはこちらを一瞥したが、すぐに視線を元に戻した。
《こっから出て、やんなきゃいけないことって何だ》
《決まってる。事件の真相を明かすことだ》
《話せ》
《何？》
《何があったか、一切の隠し事なしに全部、事情を話せ。そしたら、考えてやる。おまえを助けるか、看守に全部、密告(チク)るかをな》
決して信頼されているわけではないのだろう。だが、ここまで話したら、もう後戻りはできない。
《わかった。少々込み入った話だが、聞いてくれ》
八尋は、順を追ってヨンチュンに話して聞かせた。室蘭で起きた殺人事件、現場に残された血文字、そして突然の逮捕と身に覚えのない証拠――。

視線を手元に向けて作業をしながら、周りに気づかれぬよう、ゆっくり話してゆく。

ヨンチュンも、相づちを打ったり、茶々を入れたりすることはなかった。傍目には、二人とも他の囚人たちと同じように、黙々と玉蜀黍を剝き、臼で挽いているように見えただろう。

三影に拷問され、嘘の自白をしたところまで話し終えると、ヨンチュンはおもむろに尋ねた。

《一つ聞かせろ。どうして俺に話を持ちかけた。俺がおまえを恨んでないとでも思っているのか》

当然の疑問だ。

《いや、恨まれているのはよくわかっている。だからだ》

《どういう意味だ》

《おまえになら、裏切られても自業自得だと諦めがつく》

答えるとヨンチュンはふっと息を漏らした。

《一つ教えといてやる。おまえはたぶん自分を結構賢いやつだと思ってるんだろうが、本当は間抜けだ。よく覚えとけ》

突然、そんなことを言われ、面食らった。

《おい、どういう意味だ》

尋ねても、ヨンチュンは答えなかった。

そしてこれ以降、労務時間中、ヨンチュンはひと言も喋らず、作業にいそしんだ。労務が終わってからも、ヨンチュンと言葉を交わす機会はなく、結局、脱獄に協力するのか否か、答えを聞くことはできなかった。

しかし不思議と不安はなかった。協力が得られるかどうかはわからないが、少なくともヨンチュンが看守に密告することはないだろうと思えた。

果たして翌日の労務の時間、ヨンチュンは自分から、八尋の隣に座り、例によってカミサマが歌い始めると、朝鮮語でぼそりと言った。

《で、どうやって逃げるつもりだ――》

10

暗くて狭い取調室の空気は、いつも湿っていて、独特の匂いを放っている。その匂いを嗅ぐとなぜか懐かしさを覚え、三影の気分はかすかに落ち着く。

「知りません……」

裸のまま宙づりにされた男は、顔を俯けてつぶやいた。

この期に及んで、まだしらを切るか。

男の強情さに三影は、苛立ちと、裏腹の奇妙な喜びも覚える。

そうだ、簡単に白状するんじゃない。もっとねばれ。ねばればねばるほど、おまえを痛めつけることができる。

「貴様がやったんだろうが」

三影は警棒を振るい男の身体を滅多打ちにする。

肉と骨が軋む鈍い音が響き、裂けた肌から血が飛び散る。

「正直に言え、貴様が割ったと！」

割った？

こいつは何を割ったんだっけ。俺は何故こいつを取り調べているんだっけ。

「割ってません。自分は台所にも近づいてません！」

男は悲痛な叫びを上げる。

ああ、そうだ、こいつは皿を割ったんだ。三影家に代々伝わる伊万里焼の大切な皿を。

「信じてください、母様」

男は懇願する。

母様？

「私は、おまえの母様なんかじゃない！」

三影は何故か女言葉で怒鳴り、縄で男を打った。そうだ、縄だ。握っていたはずの警棒は縄になっていた。

三影は男の髪の毛を摑むと、顔を上げさせた。

宙づりにされた男は三影自身だった。否、まだ幼さを残した、少年時代の三影だ。

ここは取調室ではなく、家の裏にあった倉だ。

ああ、俺はまた母様に折檻されていたんだ——。

彼我が入れ替わる。つい今しがた自分だと思っていたのは母だった。

縄を持ち息を切らしている母は、空いている方の手で三影の髪を摑んでいる。

「おまえは、過ちでできた子だよ。ああ、忌々しい。その濁った目の色はあの女にそっくりだ」

次の瞬間、どこかから落下する感覚とともに、三影は目を醒ました。


——昭和二十年（一九四五年）六月十三日。


そこは、取調室でも倉でもなく、自宅の書斎だった。

約束の時間まで少しあるので、仮眠を取ろうと、薄掛けだけを羽織り横になっていたのだ。

つまらない夢を見た――。

壁掛けの時計を見ると、午前一時を回っていた。そろそろ、行くか。

三影は薄掛けをはいで身を起こした。

書斎を出て、階段を下りてゆく。絹代と薫はもう休んでいる。薫の具合はすっかりよくなり、毎日勤労奉仕に励んでいる。

玄関から表に出ると、涼やかな夜気に頬を撫でられた。

なかなか冬が明けぬと言われていた今年の北海道も、ようやく春めいてきた。

三影は苗穂の国鉄工場の脇を抜け、札幌市街地とは反対の北へ向かう。進むにつれて、民家はまばらになり、道の舗装はなくなり、その左右には玉葱畑が広がるようになる。

透き通った青臭さが漂ってくる。きっと、植えたばかりの苗の匂いだろう。畑のずっと向こうに、暗闇に沈む大きな建物の影が見えた。昨年完成したばかりの陸軍の丘珠（おかだま）飛行場だ。

石狩川の支流、伏籠川（ふしこかわ）の流域であるこのあたりは、よく肥えた土が堆積する沖積土地帯だ。農業に適した土地で、特に、玉葱「札幌黄」の栽培地として知られている。札幌黄は、明治時代、札幌農学校に赴任してきたアメリカ人、ブルックスによって持ち込まれた「イエロー・グローブ・ダンバース」を原種とし、品種改良を重ねてつくられた国産種だ。冬季の保存食となるため、生産が奨励されている。

ただしあの丘珠飛行場を建設するために、かなりの玉葱畑を潰したらしく、結果的に収穫量は減っているようだ。

三影は畑と畑に挟まれた大きな民家の敷地に入ってゆき、庭先の防空壕の前で足を止めた。壕の入り口には上開きの板戸が付けられている。中には人がいるようで、隙間から少し灯りが漏れていた。

三影は板戸の前に立つと「志村、いるな」と声をかけた。すぐに「はい」と、返事が返ってきた。

取っ手を引いて戸板を開き、中に入ってゆく。

壕の入り口には木製の短い階段があり、その向こうに八畳ほどの部屋が広がっていた。丸太の柱と梁が渡され、カンテラが吊ってある。土を固めた天井から数本突き出たパイプは空気穴だろう。地面には畳が敷いてあり、奥にいくつかの家財道具が積まれていた。部屋の中央にちゃぶ台が置かれ、そこに、小柄な男が座っていた。

志村欣治。三影が飼う〝犬〟の中でも最古参の一匹だ。歳はまだ四十前だが、額はすっかり禿げ上がっている。

この男と直接顔を合わせるのは、夜更けに、この防空壕でと決めてあった。ここであれば、万が一にも話を誰かに聞かれることはない。

志村はこの辺りの畑を所有する地主の次男坊だが、現在は北海道新聞で記者をやっている。幼い頃から学業優秀で地元では神童と呼ばれていたらしい志村だったが、その反面ずる賢く、記者の立場を利用し詐欺に手を染めていたことがある。

——その手口はなかなか巧妙だった。

まず、東京や仙台など本州にある大学や専門学校の学生名簿を調べ、北海道内から息子を進学させた家を探す。そして取材と称し、それらの家を訪ね、子育ての苦労や、息子に対する期待などを訊いてまわる。場合によっては本当に記事にして新聞に載せる。お国のために優秀な人材を育てようという家庭の記事はそれなりに需要がある。

志村はその取材の中で巧妙に「親元を離れて独り暮らししている学生の中には、羽目を外し悪事に手を染めてしまう者や、気の緩みから事故を起こしてしまう者が多い」といった話を親に吹き込んでおく。実はこれが詐欺の仕込みである。

そして数日ののち、息子の名を騙り親に偽の電報を打つ。下宿で酔って火事を起こしたとか、さる婦人と不貞を働き解決金が必要になったなどと、でっち上げ、金の無心をする。そして知人が金を取りにゆくとし、間を空けずに、志村の共犯者である受取役の男が、親元に現れるのだ。

つい先日、似た事例を新聞記者から聞かされていた親は、一種のパニックに陥り勢い金を渡してしまう。子息を遠地に進学させるような家は大抵裕福で、そこそこ蓄えもある。取材時にそれとなく家の経済状況を把握しておき、すぐに払えそうな額を調整するのがコツらしい。

またそういった家は、えてして体面を気にする。のちに騙されたことに気づいても、恥をさらすわけにはいかないと、警察に相談することもなく泣き寝入りしてしまうという。

親が子を思う気持ちは普遍的なものだ。もし今後、親子が別々に暮らすのが当たり前になったりしたら、この手の詐欺は激増するだろう。今は電報だが、将来的には電話を使うようになるかもしれない。

被害者が被害を訴えないのだから、志村の詐欺は完全犯罪だった。しかし、志村は知恵は回るが、人を見る目がなく、それが綻びを生んだ。

共犯者である被害者宅に金を受け取りにゆく男が、ある時期から共産主義に傾倒し、詐欺で稼いだ自分の取り分を共産党の地下組織に流していたのだ。

当時、特高課に配属になったばかりの三影はこの地下組織の検挙に関わり、その男を取り調べることになった。すると男は資金の調達法として詐欺の手口と志村のことを白状した。

三影は、志村の事情聴取にこぎ着けた。このとき、もう言い逃れできないと悟った志村は懇願してきた。

――僕は共産主義者でも何でもありません。相棒の金の使い道なんて知らなかったんです。今後、犬のようにあなたの言うことを何でも聞きますから、見逃してください。きっとお役に立てると思います。

それは三影にとっても悪くない取引だった。

特高の狙いは共産党であり、市井の詐欺事件ではない。思想汚染されていない小悪党をどうしても逮捕しなければならない理由はない。そして新聞記者は何かと使える。戦時体制が強化されるにしたがって、特高の検閲係のみならず、政府の情報局や、陸海軍の報道部の者たちも、それぞれに新聞社に対する情報統制を行うようになっていた。これは逆に言えば、新聞社には、警察、政府、軍部、すべての情報が集まるということでもある。

三影は取引に応じ、志村を〝犬〟にした。

事実、志村は役に立った。この男が拾ってくる情報が何度も大きな摘発に繋がった。三影はこうした情報提供者を手駒にすることの有用性を認識し、次々に〝犬〟を増やしていったのだ――。

「先日はご苦労だった」

三影は志村の正面に座ると、一冊の冊子をちゃぶ台に置いた。先週、志村に調達させた

『愛国第308工場』の従業員名簿である。

事件については伝えず「室蘭にある大東亜鐵鋼の『愛国第308工場』の名簿を手に入れて欲しい」とだけ命じた。

軍需工場の従業員名簿は、機密扱いで一般に公開されてはいないが、行政には提出されている。志村であれば入手可能かと踏んだが、思いのほか早く手に入れてきた。

「いえ、お役に立てましたなら何よりです。まあ、時期も味方してくれました」

志村は誇らしげに言った。

今月より札幌に北海地方総監府が設置されることになった。地方総監府とは、すべての官庁を指揮下に入れた地方内閣とでも言うべき強力な行政機関である。政府は来たるべき本土決戦に備え、万が一国土が分断された際に各地方が独立して自活自戦できるように、全国八箇所にこのような地方総監府を設置するという。

これに伴い、行政内部の再編が行われ、札幌の官衙は対応に追われている。こんなときだからこそ、どさくさに紛れてすんなり資料を手に入れられたという。

「ご苦労ついでに、もう一つ調べて欲しいことができた」

「はい、何なりと」

三影は、名簿を捲り、あるページを開いた。

そもそもこの名簿は、殺された者たちの人物特定を行うために入手したものだ。

第二の事件で殺害された設楽、第三の事件で殺害された桑田、ともにそんなに多い名字ではない。ならば名簿で特定が可能かもしれない。そう考えていたが、実際に入手してみたところ、想像していたよりも重大な事実に行き当たった。

三影が開いたのは、総務部のページだ。その中にある課長含め四人だけの小さな部署の欄を指さす。

事務二課
課長　金田行雄
主任　古手川瑛介
　　　設楽泰嘉
　　　桑田毅朋

「この『事務二課』という部署が何をしているところか、情報を集めろ。ただし、工場には直接当たるな。おまえが調べていることを工場関係者はもちろん、軍や憲兵にも気取られてはならない」

この『事務二課』には、金田、設楽、桑田——と、殺された者たちの名が並んでいた。設楽、桑田という名字の者は、他にはいなかった。これが殺された当人とみて間違いないだろう。

金田行雄の名前は、軍の出先機関である監督部にもあった。こちらが金田の本来の所属のはずだ。同姓同名ではなく、金田は二つの役職を兼任していたのだろう。

だとすれば殺された四人のうち、三人までが『事務二課』の所属ということになる。

これが偶然のわけがない。この『事務二課』こそが犯人の標的で、ここに名前のない伊藤は、金田の巻き添えとなって殺されたのではないか。

思えば、御子柴が事件の隠蔽を図ったのは第二の事件のあとだ。第一の事件の時点では、事件そのものを隠そうとはしなかったし、表面上、警察と協力して捜査を行うことにしていた。

御子柴は、伊藤が一緒に殺されたため、最初『事務二課』が標的とは思わなかった。しかし、第二の事件で、設楽が殺されたことでそれが明らかになった……いや、血文字だ。日崎が見たという〝カンナカムイに群がる鳥ども——〟の血文字。あれがまさに『事務二課』を名指しする言葉なのではないか。

ともあれ、御子柴たちが事件の隠蔽を図った理由はおそらくこの『事務二課』にある。

「はあ、『事務二課』ですか。やれるだけやってみますが……。あの、三影さん、この工場に何があるんですか」

上目遣いに尋ねる志村の目に、好奇心の光が宿っているのを三影は見逃さなかった。

「余計なことを考えるな。貴様はただ調べればいい」

冷たく言い放った。

「は、はい」

志村は怯えた顔になる。

「いいか、くれぐれも慎重にやれよ。もしこの工場を調べているとわかれば、貴様もろくな目に遭わんぞ」

念のため、釘を刺しておく。

「わかりました」

志村は神妙に頷いた。

11

——昭和二十年（一九四五年）六月二十六日。

《いよいよ今夜だな》
《ああ、今夜だ。……ヨンチュン》
《何だ》
《もし気が進まなければ、降りてくれ》
《はあ。今更何言ってんだ》
《もし失敗したら、おまえは俺のせいでまた捕まることになる》
《何だそりゃ。自信がねえのかよ。これまでさんざん偉そうに計画を立ててたじゃねえか。おまえの見立てじゃ、今日は絶好の機会じゃなかったのか》
《……そうだ。でも、はっきり言って上手く行くかどうかは、やってみないとわからない》
《ふん、やっぱりおまえは馬鹿野郎だ。こんなもん博打だってことはわかってる。俺は別におまえを手伝うんじゃない。外に出てえんだ。京子に会いてえんだ。おまえはおまえで、外に出てやんなきゃなんねえことがあるんだろ。だったら余計なことぐちゃぐちゃ考えてんじゃねえ》
《そうだな。悪かった。今夜はたのむ》
午後四時過ぎ、そろそろ労務も終わろうという頃、炊場裏の小屋で、ある二人の囚人が作業しながら、朝鮮語でそんなやりとりをしていた。

しかし、労務の見張りをしていた看守、種崎惣兵衛はそんなことにはまるで気づかなかった。二人は視線を交わさず、作業に没頭する振りをしながら、小さな声で話していた。また、彼らの傍でもう一人別の囚人が奇妙な歌らしきものを口ずさんでいたので、わずかに漏れる声もそれでかき消されてしまっていた。

本来であれば、その歌も注意してしかるべきなのだが、その囚人は、やや気をおかしくしているようで、どうにも気味が悪く、実害もないようなので見逃していたのだ。


奇しくもこの日、種崎は当直であり、夜間、くだんの囚人たちが収監されている第二舎で不寝番を務めることになった。

午後九時の就寝時刻から翌朝六時まで、獄舎の長い廊下のちょうど真ん中に設置された見張り台で過ごさねばならない。

不意に睡魔に襲われ、うとうとしかけてしまったのは、日付が変わり、もう二十七日になった夜半過ぎのことだった。

ああ、いかん――。

種崎は自分の二の腕をつねって覚醒を促す。

台の脇に吊り下げたフード付きのカンテラが、廊下をうっすらと照らしていた。

まだまだ夜は冷え込むが、さすがにもう氷点下を切ることはなくなった。寒さに関しては、冬に比べると、かなりましになっている。

問題は、この身体を蝕(むしば)む、疲れと眠気だ。

種崎は一度伸びをして天を仰いだ。ガラス張りの天井の向こうの夜空には、ぼんやりと白んだ雲が見えた。ここから月は見えないが今夜は満月である。

網走刑務所の看守の間には「三星(さんぼし)」という言葉が伝わっている。網走の看守は日に三つの星を見る、という意味だ。

一つ目は、朝星。働き始めの早朝、まだ夜が明け切らぬ空の星。二つ目が、昼星。これは空の星ではなく、昼に食べる弁当に入った梅干しのことだ。そして三つ目が、夜星。夜間の見張りのときに見る星だ。ただし今夜は月の光にかき消され夜星は見ることが叶わなそうだ。

三星の意味することはすなわち、昼夜を問わずずっと働いているということである。

そもそも刑務所の看守というのは、四六時中囚人を監視するのが仕事だ。特に去年の夏、あの白鳥由栄の破獄事件が起こってからは、監視体制強化が通達された。

が、いかんせん、今は人手が足りない。大東亜戦争が開戦する前に比べて看守の数は三割以上も減っている。

この不寝番も、本来なら二時間ごとの交替で行うのだが、交替要員を確保できないがために、各舎ごとに一人が朝まで受け持つことが常態化している。

——俺たちの方が囚人たちよりずっときつい生活をしている。

そんな愚痴を漏らす看守は少なくないし、それは紛れもない事実でもある。

囚人たちの労務はきついとは言っても、せいぜい、半日程度で終わる。睡眠時間も毎日しっかりと確保されている。食い物だって、最近は自給自足をしている囚人らの方が、配給制の看守よりよいものを食べている。

ああ、くそ——。

見張り台に持ち込んだ夜食の弁当を平らげてからは、大して腹が膨れたわけでもないのに眠気が頂点に達した。何度腕をつねっても効果は薄い。

ここでじっとしていたら、眠ってしまう。

種崎は見張り台から降りるとカンテラを手に取り、獄舎の見回りをすることにした。少しでも身体を動かしていた方が、まだ気が紛れそうだ。

種崎は煉瓦張りの長い廊下を歩いてゆく。

左右に並ぶ獄房の格子は角度のついた菱形の「斜め格子」になっていて、廊下を歩きながらだと、房の中がよく見える。それでいて、廊下を挟んで向かい合う房からは、まったく中が見えない。これは他の獄房の囚人同士を結託させず、かつ見回りしやすくするための工夫だ。

種崎は、一つ一つ、房を覗き込んでゆく。

いつものことだが、労務で疲れた囚人たちはみなよく眠っている。

よし、問題なし。よし、問題なし。よし、問題なし——。

順番に確認してゆき、種崎はその獄房、第十三房の前にたどり着いた。

中を覗いたとき一瞬にして眠気は吹っ飛び、背中から汗が噴き出した。

狭い房の中で囚人たちが横になっている。それは他の獄房と変わらない。しかし、一人足りない。

この獄房には、四人の囚人がいたはずだ。布団も四つ敷いてある。が、そのうち一つに膨らみがない。明らかに蛻の殻になっている。

膨らんだ布団三つのうち、奥の一つは頭から被っているようだが、手前側の二つは掛け布団がはだけ、横たわる囚人の姿が見えた。その二人は裸に剝かれ、身体を囚人服で縛られているではないか。

うち一人は、暴行を受けた様子で顔を腫らし鼻から血を流していた。背中に倶利伽羅紋紋を背負っている一〇八番だ。眠っているのではなく、気を失っているようだ。

騒がれないように同房の囚人を縛って脱走したのか。

馬鹿な。どうやって。何処から。

廊下に面した格子が壊された様子はない。鍵もしっかりかかっている。

種崎はカンテラを掲げて、房内を照らす。すると、奥にある便所の周りに、土が散らばっているのが見えた。衝立と桶がどかされ、床板が外されている。

まさか、あそこから――。

ただでさえ過酷な連日の任務によって疲弊しきっていたことに加え、破獄だけは二度と起こしてはならないという重圧が、種崎の身にのしかかっていた。その、起こしてはならない破獄が起きてしまったのだ。よりによって、自分が不寝番をしている夜に。

種崎はうろたえ、冷静な判断力を欠いていた。

姿が見えた二人の囚人が縛られていたので、もう一人もそうなのだろうと思い込んだ。いや、それを確認するよりも、まず、あの便所を確認しなければならないと思った。

だから種崎は、慌てて獄房の鍵を開けて中に入り、床板を外された便所の前まで駆け寄った。

そこで目にしたものは、消えた一人が抜け出したとおぼしき大きな穴、ではなく、むき出しになったコンクリートだった。

ようやく種崎は、この獄舎の基礎がコンクリートで固められていることに思い至った。

穴を掘って逃げられるわけがないんだ――。

そう思った瞬間、背後から、何者かに組み付かれた。腕が、首筋に絡みつく。

頸動脈を締め付けられているのがわかった。

まずい――。

しかし、抵抗しようにも力が入らない。

せめて声をあげようと、口を開きかけたところで、種崎は気を失った。

12

よし、落とした――。

確信したところで、八尋は腕の力を緩めた。武道の稽古は警官になってからもずっと続けている。締め技は特に得意だ。

看守は、支えを失い、その場に崩れ落ちた。

背後からヨンチュンが駆け寄り、倒れた看守の胸元に手を当てる。

「心配するな、マツゲンやカミサマと一緒だ。締め落としただけだ」

ヨンチュンは、看守の鼓動を確認したのか、ほっと息をついた。

狭い獄房の中に、三人の男が横たわっていた。マツゲン、カミサマ、そしてこの看守だ。

消灯後、八尋とヨンチュンは布団の中で眠気を堪え、マツゲンとカミサマが熟睡するのを待った。そして夜半頃、二人は布団から抜け出し、八尋はマツゲン、ヨンチュンはカミサマの寝込みを襲った。

八尋は自分の囚人服の上着を脱ぎ、鼾を掻いて眠るマツゲンの口を覆い、馬乗りになった。突然のことにマツゲンが覚醒した。が、口を塞がれているので声は出せない。より効果的に看守を欺くために、この男にはわかりやすく怪我をしてもらう必要があった。八尋はマツゲンの顔面を三度殴った。三度目の打撃で鼻を折った不快な感触が拳に伝わり、マツゲンの鼻から血が噴き出た。普段の威勢の良さが嘘のように恐怖に怯えた目から、ぼろぼろと涙をこぼしていた。これまで、ねちねちと暴行され続けた恨みが拳に籠もらなかった自信はない。その後、締め落として囚人服を脱がし手足を縛った。

一方、ヨンチュンはカミサマを羽交い締めにして、声を出さぬよう口を押さえていた。マツゲンを縛り終えると八尋は、カミサマの首筋に手を伸ばした。「安心してくれ。おとなしくしていれば痛くはないし、少し眠ってもらうだけだ」カミサマの目が少し笑ったように見えた。得体の知れない不気味さを覚えたが、八尋はカミサマの首筋を通る頸動脈を押さえつけた。締め落とすときのコツは、喉の気道ではなく血管を締め付けることだ。上手くやれば、数秒で意識が途切れる。案の定、カミサマはすぐに目を閉じ脱力した。マツゲンと同じように囚人服を脱がして、手足を縛った。ヨンチュンは「本当に殺してねえだろうな」と不安げに、倒れた二人の胸に手を当て、鼓動を確認していた。

看守が見回りに来たときに、房の外からマツゲンが怪我をしていることや、二人が縛られていることがわかるよう、布団をはだけさせた。便所の床板を外して穴を掘り土を散らばらせた。

八尋とヨンチュンは二人で密着して一つの布団をかぶり身を隠した。これで、いかにも誰か一人が同房の囚人たちを縛り、脱獄したように見えるはずだ。

果たして、見回りの看守は気を動転させ、鍵を開けて獄房の中へ入ってきてくれた。

内側から開かないならば、外から開けてもらえばいい。

三重の囲いの一つ目、獄房は計画通り破ることができた。

「行こう」

八尋はヨンチュンを促し、獄房から廊下に出た。

看守がいた見張り台を探り、役に立ちそうなものを物色する。カンテラに点火するためのマッチと、看守の弁当箱らしき空の飯盒(はんごう)があったのでこれらを拝借した。飯盒の中にマッチをしまい。肩から提げる。

次はこの獄舎からいかに抜け出すか、だ。

出入り口は、放射状に延びる五棟の獄舎の要の部分にあるが、当然そこには見張りがいる。八尋は天井を見上げた。天窓の下側には屋根を支える梁とそれを補強する鉄骨が露出している。見張りに見つからず出ていくには、あそこしかない。白鳥由栄も、天窓を破って脱獄したという。

廊下の壁には、獄房の柱や格子など、手がかり、足がかりになるものが多い。八尋とヨンチュンは、それらに取りつき、天井へよじ登ってゆく。

何とか梁までたどり着いた。天窓が目と鼻の先にある。ガラスを間近で見ると、うっすら黒い格子模様が見えた。補強のため、針金が入っているのだろう。

余計な音をたてないためにも、できれば一発で割りたい。より膂力（りょりょく）のあるヨンチュンの出番だ。

「頼む」

八尋が言うと、ヨンチュンは、小さく舌打ちして「貸しだぞ」とつぶやいた。

ヨンチュンは身体を安定させるために近くの梁を両手で摑む。そして天窓を正面に大きく深呼吸をして、一度背を反り、身をのけぞらせた。

人間は身体の構造的に、高い位置にあるものを拳で叩こうとしても、上手く力が入らない。補強された天窓を確実に砕くには、拳よりも硬く、全身の力を込められる部位を使うべきだ。

ヨンチュンは「はっ」と息を吐き気合いを入れたあと、思い切り、額を天窓に叩きつけた。パン、と何かがはじけるような高い音とともに、ガラスが砕け散った。その勢いで、補強の針金も、ブチブチとちぎれた。破片が舞い落ちる。八尋はたまらず顔を背けた。

「ってえぇ」

ヨンチュンはうめき声をあげる。

顔をあげると、ガラスを割った拍子に切ったのだろう、ヨンチュンは額から血を流し、歯を食いしばっていた。

その向こうに、ガラス越しではない、生の夜空が見えた。

「うう、くそっ」

ヨンチュンは顔をあげると、手を伸ばし、まだ少し残っていた針金をむしり取り、割れた天窓から外に出た。八尋もそれに続く。

「ああ、痛ってえ」

屋根に出るとヨンチュンは額を押さえ、うずくまった。

「大丈夫か」

ヨンチュンはこちらを振り向くと、恨めしげな視線を向けてきた。

「どってことねえよ。どってことねえけど……、本当に貸しだからな」

ともあれ、これで第二の囲い、獄舎も突破だ。

残るは最後の囲い。刑務所を取り囲む壁を越えるだけだ。

目指すは北側。並び建つ三棟の工場が見える方角だ。刑務所の北は北山と呼ばれる山地になっていて、逃げるにはおあつらえ向きだ。白鳥由栄も、北山に逃げこんだと考えられている。

不意に辺りが明るくなった。

見上げると、雲の切れ間から黄色い月が顔を出そうとしていた。

「伏せろ」

ヨンチュンの上着を引っ張り自分も伏せる。

今夜は満月だ。視界がよく利くが、それは逃げるこちらの姿もよく見えるということでもある。

二人は屋根に這いつくばったまま、敷地を見渡した。

「おまえの見立て、当たってたんじゃねえか」

ヨンチュンが囁いた。

八尋は無言で相づちを打った。

夜陰に紛れるという点では明るい満月の夜は、脱走には不向きだ。こんな日を敢えて選んだのにはもちろん意図がある。

八尋が立てた仮説。この刑務所が囚人たちに隠している大きな隙とは、ずばり人手不足、である。

警察しかり、役所しかり、交通機関しかり、今、銃後のあらゆるところで深刻な人手不足が起きている。当然、刑務所も同様だろう。その上、軍需作業の需要は増し、労務の種類と量は増えている。監督する看守たちの負担は増しているはずだ。

おそらく、今この巨大な刑務所を十全に運営することは物理的に不可能なはずだ。

そんな状況で、もし自分が刑務所の所長なら、どう差配するかを考えた。

まず最優先にするのは、昼間の労務だ。お国のためにも、これを滞らせるわけにはいかない。監督には、最優先で十分な人手を割く。

対して警備については効率を重視する。もちろん昨年の白鳥由栄に続き破獄を許すようなことがあってはならない。が、逆に言えば、囚人さえしっかり見張っていればそれでいいということだ。囚人を獄舎から出す労務中や、その前後の移動時はしっかりと監視し、逃亡を防ぐ。夜も獄舎に不寝番を置き、房を見張る。その分、獄舎の外、敷地内の見回りなどは必要最低限に抑える。

それを確かめるため八尋は、雨上がりの朝の地面に注目した。看守が頻繁に外を見回っていれば、ぬかるんだ敷地内に多くの足跡が残っているはずだ。しかし皆無だった。やはり夜、獄舎の外は手薄なのだ。

特に明るく見張りやすい満月の夜は、尚更、見回りの数を減らすはず――そう、踏んだ。

今夜が他の夜に比べて特別、見張りが少ないのかは無論わからない。

が、少なくともここから見える限りでは、目標とする北側には看守の影はない。

八尋とヨンチュンは、念のため這いつくばったまま獄舎の屋根を進んでゆく。第二舎から、中央見張所を経て、第一舎の屋根へと。

五棟ある獄舎の一番端で、西側にまっすぐ延びる第一舎は、その端が食堂や炊場のある建物とつながっている。八尋とヨンチュンは、第一舎の屋根から食堂の屋根に移り、地面に飛び降りた。

二人はすぐさま、建物の陰に隠れて、息を潜める。

互いの息づかい以外の物音はない。人の気配もまったくない。

建物の壁に沿うようにしながら慎重に進み、昼、労務を行っている小屋へと向かった。

小屋の引き戸には、一応、鍵がかけてはあるが、厳重とはいえない。小さな止め金具に錠前が嵌めてあるだけだ。

「いけるか」

「任せておけ」

ヨンチュンが錠前を握り力任せに引っ張ると、ゴリッという音とともに金具ごと外れた。物音で気づかれるのではとひやりとしたが、誰かがやってくる気配はない。

二人は小屋の中に入った。

ここで必要なものを二つ、調達する算段だった。一つは食糧だ。上手く刑務所から逃げおおせたとしても、当面、山道など人気(ひとけ)のないところを逃げ続けなければならない。脱穀場と物置を兼ねるこの小屋には、挽いて粉にした玉蜀黍が保存してある。八尋とヨンチュンは囚人服の上着を脱ぎ、上半身裸になった。脱いだ上着に風呂敷包みの要領で粉を詰められるだけ詰めた。最後に腕の部分を縛り輪にすれば、肩から提げられ鞄のようになる。

もう一つ手に入れたかったのは、壁を越えるための道具だ。

二人は棚に駆け寄り、半端品を収納した箱から、なるべく長くて丈夫そうな端切れを数枚、見繕った。端切れ同士をきつく結び合わせて紐状にしてゆく。こうして六メートルほどの長さの紐を二本つくった。そしてそれらを編むようにより合わせてゆく。即席のロープの完成だ。最後にロープの先端に、重しとして先ほど扉から外した錠前をくくり付けた。

試しに二人でロープを引っ張ってみたが、どこもほどけない。なかなか頑丈だ。これなら、大柄なヨンチュンの体重も支えられそうだ。

「よし、行こう」

上半身裸の二人は上着で作った即席の鞄を肩に提げる。八尋は先ほど獄舎の見張り台でみつけた飯盒を、ヨンチュンは輪にしたロープを反対の肩に提げ、小屋を出た。

ここまではすべて、計画どおりだった。

炊場の脇を通り過ぎると、三つ並んでいる工場と壁が見えた。その更に向こうに、北山の黒い影が見える。

いいぞ、行ける。あの壁を越えれば――。

工場の角を曲がった、そのときだった。

目の前に、看守がいた。

「え」「あ」「へ」八尋、ヨンチュン、そして看守の三人がほぼ同時に、間抜けな声を漏らした。

「お、おまえら……」

看守の唇がわなわなと震える。その右手が首から下げている警笛に伸びた。

まずい――。

八尋が、看守に跳びかかる。が、それよりも、看守が吹いた警笛がけたたましく鳴り響く方が早かった。

とにかく、取り押さえないと。

八尋の手が看守の腕を摑んだ。看守は身をよじりながら、警笛を鳴らし続ける。至近距離からその音を聞かされ、耳がつんざかれる。

と、ヨンチュンが後ろから看守を羽交い締めにして、無理矢理、警笛をむしり取った。音が止んだが、八尋の耳の中ではまだわんわんと音が反響していた。

「おまえら、何をするか！　脱走だ！　脱走だあ！」

看守は絶叫した。

悪いが黙っててくれ――。

八尋は、獄房のときと同じように、腕を看守の首筋に回して、締め付けた。

「がぁ」

ものの数秒で看守は力を失い、崩れ落ちた。

「くそ、上からは見えなかったのに」

ヨンチュンが吐き捨てた。

さっきは建物か樹木の陰にいて見えなかったのだろう。

遠くからざわめきが聞こえた。それはみるみる近づいてくる。

警笛を聞き、看守たちが駆けつけてきたのだ。緊急事態ならば、休んでいる看守も叩き起こされるだろう。こうなれば、もう人手不足は関係ない。単純に、逃げ切れるかどうかの勝負だ。

「とにかく急ごう」

「ああ」

八尋とヨンチュンは、工場脇を走り抜け壁へ向かう。

今は急いで逃げるしかない。

はっきり言って、かなり分が悪くなった。

脱獄の成否を分ける最大の鍵は、どれだけ発覚を遅らせることができるか、だ。白鳥由栄の破獄が発覚したのは朝になってからだったという。看守が捜索を始めた頃には、白鳥はもう何処に逃げたかわからなくなっていた。

しかし看守を呼ばれてしまったらそうはいかない。仮に壁を越えることができたとして、人海戦術で追っ手をかけられたら、果たして逃げ切れるのか。この辺りの土地勘は向こうの方がある。

何か、何か手はないか――。

何も思いつかないまま、壁までたどり着いてしまった。

ヨンチュンがロープの先端にくくり付けた錠前を、壁の向こうに放り投げた。錠前が壁を越えて消える。続けてロープを引っ張った。すると、ガツッという音がして、ロープがピンと張った。上手く返しの部分に引っ掛かってくれたようだ。

背後から怒声が聞こえた。一人ではない。複数人が大声をあげている。内容は判然としないが「脱走」という言葉が聞こえたような気がした。

振り返ると、工場の辺りにぼんやりと橙色の光が見えた。カンテラだ。看守たちが集まっている。見つかるのは時間の問題だ。

八尋は壁を上ろうとロープを手に取った。

と、今度は別の方角からざわめきと足音がした。近くはないが、壁の向こう側から聞こえた。

まさか――。

もう壁の向こう側に追っ手がいるのか。

思えば、看守たちがかつて白鳥が逃げた北山を警戒するのは当然だ。脱走を知らせる警笛が鳴った時点で、北山に駆けつける手はずになっていても不思議ではない。

「おい、何ぼうっとしてるんだ。来てるぞ、急げ」

ヨンチュンが声をあげた。

そうだ。このままここにいれば袋の鼠になる。とにかく行くしかない。まだこちらの位置を把握されているわけじゃない。

八尋がロープをたぐろうとしたとき、声が響いた。

「やめとけ。壁に上った時点で、看守たちから丸見えになる。内と外から挟み撃ちに遭って終わりだ」

小さいけれど、よく通る声だった。

八尋とヨンチュンは声の方を振り向いた。

そこには、囚人服を着た痩せた男が立っていた。知っている男だったが、あまりの意外さに、誰であるか認識するのに刹那の時間を要した。

「狙いは悪くなかったが、運がなかったな。きみたちは失敗したんだ」

その口調は、八尋の知る彼のものとは思えなかった。しかし、その顔立ちは間違いない。

男はつい先ほど獄房で縛り上げたはずの、カミサマだった。

「カ、カミサマ？　何で、ここにいるんだよ」

ヨンチュンが愕然と尋ねた。

「私もそろそろ刑務所（ここ）を出ようと思っていたところなのでね。きみらに便乗させてもらったんだ。今すぐ選べ。無謀を承知でこのままその壁を登るか、私の第二案（プラン・ベー）に乗るか」

この男も脱獄を企てていたということなのか？　第二案（プラン・ベー）？　一体どういうことだ？

理解が追いつかない。が、八尋はロープから手を離していた。

「お、おい」

ヨンチュンが戸惑う。

「カミサマの言うとおりだ。ここから逃げてもおそらく逃げ切れない」

それだけは、言えた。

「日崎、きみはなかなか賢明だな。よし、こっちに来い。ああ、そのロープはそのままにしておけよ。都合がいいからな」

カミサマは手招きをする。

八尋はそれに応じて壁から離れた。

「どうなってんだ、あれ、本当にカミサマなのか。ついていって大丈夫なのか」

ヨンチュンは八尋の肩を摑んだ。

そんなこと、八尋にもわからない。

「宮田、混乱するのも無理はない。が、今は無事にこの刑務所から逃げ出すことを考えろ。詳しい説明はあとだ」

カミサマは言うと、一度息を吸い、大声をあげた。

「いたぞお！　北山だ！　壁を越えて北山に逃げた！」

まるで別人かのような、野太い声だった。

「これで当面、追っ手は北山に向かうはずだ。さあ、来い」

カミサマは駆け出した。

こうなれば、ここに留まるのは危険だ。ついていくしかない。

「行こう」

八尋はヨンチュンに声をかけてカミサマのあとを追った。

「わけがわかんねえ」

そう口にして、ヨンチュンもあとについてきた。

13

八尋とヨンチュンを連れたカミサマは、敷地の東側へ向かった。こちらには植え込みが点在している。

「そこでやり過ごすぞ」

カミサマは、一旦、大きな植え込みに身を隠した。

するとしばらくして、ざわめきと人の気配がした。植え込みから様子を窺うと、十数人の看守たちが列をなし、脇を走り抜けていった。彼らが走り去った方角には、刑務所の裏門がある。そこから、北山へ向かうのだろう。まさか、自分たちが追っている脱獄囚がすぐ近くにいるとは思いもしなかったようだ。

看守たちをやり過ごしたあとも数分、植え込みに留まった。

「おい、カミサマ、いつまでこうして隠れてんだ」

痺れを切らしたヨンチュンが訊いたとき、辺りが暗くなるのがわかった。空を見上げると月が雲で隠されていた。

「月が隠れるのを待っていたんだ。日崎、刑務所の人手不足に目を付けたところまではよかったが、満月の夜を選んだのはやり過ぎだ。仮に警備が多少薄くなろうとも、逃げる身としては明るいことの不利益の方が大きい。雲が出ているのが不幸中の幸いだな」

物言いから、カミサマが八尋が立てた脱獄計画を把握していることは明らかだった。労務中、歌いながら会話を聞いていたとしか考えられない。しかも朝鮮語が理解できるということだ。そして、この理路整然とした喋り方……。本当にあの少し気がふれているような同房の囚人と同一人物なのか。

「待て。あんた、何者なんだ」

訊かずにいられなかった。

「柊寿明。カミサマと渾名される囚人だ」

答えになっていない答えを返し、カミサマは植え込みを出て駆け出した。八尋たちもそのあとを追う。

カミサマが向かったのは、敷地の南側だった。ほとんどの看守が北山に向かったからだろう、ただ一人の看守とも出くわすことはなかった。やがて南の壁が前方に見えてきた。壁の近くには、便所や文庫（図書室）などの建物がいくつか並んでいる。

あの壁の向こうには、刑務所の前を流れる網走川がある。

カミサマは便所の陰に身を隠した。八尋たちはそのあとに続く。

「簡単な話さ。北から逃げたと思わせて、南の川から逃げる。それが第二案（プラン・ベー）だ」

「川から逃げるって、どうやって、壁を越えるんだ」

ヨンチュンが尋ねた。

ロープは北の壁に掛けっぱなしになっている。カミサマも何か使えそうな道具を持っているようには見えない。

「物資を運ぶときと同じだ。筏（いかだ）を使う」

川沿いの南の壁には、農作物や物資を筏で運ぶための用水路が通っている。

無論、素通しになっているわけではなく、水門と呼ばれる木製の門で囲われ、常に二人の看守が門番をしている。

「水門の見張りはどうするんだ」

「目を凝らしてよく見ろ」

カミサマは顎で水門のある方を指した。

八尋たちは、便所の陰から水門の様子を窺った。

ちょうど月が雲の切れ間から顔を出したのか、かすかに明るくなり、遠くまで見えた。

水門の前に門番らしき人影がある。が、一人しかいないようだ。

「日崎、繰り返すが、きみが人手不足に目を付けたのは正解だったんだよ。今、水門には門番が一人しかいない。彼から鍵を拝借しよう」

「襲うのか」

「そうだ。門番が二人以上ならば、どちらかに警笛を吹かれてしまう恐れがある。が、一人ならば、何とかできるだろう。きみら二人なら」

「二人？」

ヨンチュンが訊き返すと、カミサマは歯を剝いてにっと笑った。

「私は荒事はからっきしでね」

「何だ、そりゃ」

ヨンチュンは顔をしかめた。

「ヨンチュン、やろう。どのみちもう、北山からは逃げられない」

八尋はずっと肩に提げていた荷物を地面に下ろした。

「わかった。で、どうする。こっからまっすぐ走っていったら、襲う前に気づかれるぞ」

「ああ、俺がまず、そっちの文庫のところに隠れる――」

その場で考えた手はずをヨンチュンに伝え、再び雲が月を隠すのを待った。しばらくすると、厚く大きな雲が流れてきて、月をすっぽり覆ってくれた。

おあつらえ向きだ。

八尋は便所の陰から飛び出した。

建物に隠れるように移動してゆき、便所から二十メートルほど離れたところにある文庫の建物の陰に隠れた。そこから、ヨンチュンに合図を送る。するとヨンチュンは便所の壁を手で叩き、音を立てた。

水門の前にいた門番が、音に反応してカンテラの灯りを便所の方にかざすのがわかった。

なおもヨンチュンは、壁を叩いて、音を立てた。

門番は水門の前を離れ、便所の方へ近づいてゆく。

「だ、誰か、いるのか」

門番が声をかける。彼の注意は完全に便所の方へ向いているようだ。

八尋は音を立てないように文庫の陰から飛び出し、門番の背後に回り込む。

「おい、誰かいるのか！」

門番は再度呼びかけた。

それに応えるように、ヨンチュンは、咳払いをした。

「だ、誰だ！」

門番は警笛を手に取ろうとする。そのとき、背後から八尋が組み付いた。

完全に不意を打った。足払いをかけて、地面に転がし、そのまま首筋を締める。

よし——と、思いきや、門番は意識を失うことなく、手足をばたつかせる。

落ちない？

確かに決まっているはずなのに、門番は気を失ってくれない。

体質か、骨格の問題なのか、稀にこういう者がいるというのは聞いたことがあったが……。

門番は身をよじって八尋を振りほどこうとするが、背後から身体を押さえつけている状態では、外されることはまずないだろう。しかし、落とせないのでは、こちらもこのまま離れることができない。

首筋ではなく、気管を締めて息を詰まらせるという手はある。しかしそれでは、本当に殺してしまうかもしれない。

そこに、荷物を持ったヨンチュンとカミサマが駆け寄ってきた。

「お、おい、何やってんだ」

「何だ、締め落とせないのか。なら殺せば話が早いだろう」

カミサマはこともなげに言う。その声が聞こえたか、門番は必死になって暴れる。

ヨンチュンが血相を変えた。

「そ、そりゃ駄目だ」

八尋も同意する。

「そうだ。この看守には何の罪もない。いくら何でも殺すわけにはいかない」

言いながら、暴れる門番の身体をどうにか押さえ続ける。

「仕方ないな……なら、宮田、いやヨンチュンと呼んだ方がいいのかな。きみがズボンを脱いで、猿轡（さるぐつわ）にして縛れ」

「えっ、ええ？　待て、服で縛るなら、あんたの上着貸してくれよ」

八尋とヨンチュンは上着を即席の鞄にしているので、上半身裸で下しか穿いてない。対してカミサマは、上下共に着ている。

「嫌だよ。私は別に殺して切り抜けたっていいんだ。ほら、やるなら急げ。でないと、殺すしかなくなるぞ」

「ええい、くそ。わかったよ」

ヨンチュンはズボンを脱ぐと、力任せにそれを裂いて、紐状の布を数本つくった。

それをしり目に、カミサマは八尋と共に地面に転がる門番を覗き込んだ。

「状況はわかってるな。あんたが、おとなしく縛られてくれれば、こいつらはこれ以上、危害は加えないらしい。抵抗するようなら容赦なく殺す」

暴れていた門番の力が抜けるのがわかった。どうやら、命に代えてでも職務を全うする向きではないようだ。

しかし八尋は油断せず、しっかりと身体を押さえた。

そこに、ヨンチュンがまず、口に布を嚙ませて猿轡にする。次いで、手足を縛った。

門番は殺されるよりましとあきらめたのか、抵抗らしい抵抗はしなかった。

八尋が縛り上げた門番の身体をまさぐると、懐に鉄製の鍵があった。水門の鍵だ。

「あったぞ」

三人は顔を見合わせる。

カミサマは、ふと思い出したように門番を見下ろして口を開いた。

「追っ手が北山を捜している隙に、俺たちはゆうゆうと海に逃げさせてもらうよ。さあ行こう」

カミサマは八尋とヨンチュンを促し、水門へ向かう。

「何だ、今の」

八尋はカミサマの背中に問いかけた。

「何って何がだ」

「何でわざわざ海から逃げるって言った」

「ほう日崎、そこに引っ掛かったか。さすが元特高だ。まあ、ちょっとした念押しだよ」

「念押し？」

「すぐにわかるさ」

ちょうど水門の前までたどり着き、カミサマが手を出した。八尋は鍵を渡す。

水門の扉を開けると、用水路には物資を運ぶための筏が係留してあった。

夜の川面は墨のように黒い。轟々（ごうごう）という音が、雪解けの季節の、海に注ぎ込む川の流れの速さを物語っていた。

カミサマは地面に落ちていた木の葉を一枚拾い、川に放り込んだ。すると木の葉は、あっという間に川下に運ばれてゆく。

「川の流れに逆らい筏を進ませるのは至難の業だ。ここから筏で逃げたら、念を押さずとも、当然、海に逃げたと思うよな。だが……」

カミサマは筏に乗ろうとせずじっと川面を見つめる。

「お、おい、早く逃げねえのかよ」

ヨンチュンはちらちらと背後を振り返る。

「まあ待て。これから面白い事が起きる。きみたちが脱獄に満月の夜を選んだのは、基本的には失敗だ。だが、今夜だからこそ裏をかけることもある」

カミサマがそう言ったとき、川の流れる音が、変わった。

うねるような、音に。

何だ、これは？

カミサマは、再び地面に落ちていた木の葉を拾い、川面に放り投げる。

すると、木の葉は、大きく揺られた。川が突然、波打ち出したようだ。木の葉は、波に揉まれつつ、川上に向かって流れて行った。

川が逆流を始めたのだ。

「来たな。行くぞ」

カミサマは筏に乗り込んだ。八尋たちもそれに続く。

八尋が係留してある縄をほどき、ヨンチュンは筏に載せてあった木製の櫂を摑む。そして勢いを付けるように、漕ぎ出した。筏は水路を進み、川に入る。

途端、うねる流れに揉まれた。

「うわっ」

「振り落とされるな」

「わかってる」

三人は筏にしがみつく。

筏は波打つ川に押し流されてゆく、普段の流れとは逆に、川上へ、川上へ。あっという間に、網走刑務所の前を通り過ぎてゆく。

「す、すげえ！　こりゃ、どうなってんだ」

ヨンチュンが声をあげた。

「海嘯（かいしょう）という現象だ。網走川はね、河口が広い上に、上流の網走湖との間に高低差がないんだ。このような川では、満潮時、海から流れ込む潮の力によって、流れが逆巻くことがある。特に潮汐力の強まる満月と朔（新月）の日には、長い距離を逆流することさえあるんだ。北山に逃げたと思わせて、南の水門から逃げる。海へ向かったと思わせて、上流へ向かう。二度裏をかく。これが私の第二案（プラン・ベー）だ」

進行方向に向かって右手、北山の辺りに、ちらちらと小さな灯りが見える。きっと、山を捜している看守たちのカンテラだろう。

さしあたって逃亡するのに十分な時間は稼げそうだ。

その光を見ながら、カミサマは満足げに頷き、つぶやいた。

「ハラショー。これにて、脱獄完了だ」

八尋の頭の中で閃くものがあった。この得体の知れない男の正体について。

14

刑務所の前から蛇行する川を川上に半里ほど進んだところで、筏は巨大な湖に出た。網走湖だ。逆流はここで止まった。

八尋は櫂を手に取り水を掻いた。このまま、網走湖を南下してゆけば、女満別村の外れに出る。

「つくしょん!」

ヨンチュンが大きなくしゃみをした。

その音に驚いたのか、湖畔に生い茂る木々から鳥らしき影が、音を立てて飛び立った。

門番を縛ったときから、ヨンチュンはずっとふんどし一丁、八尋も上半身は裸だ。少々、冷える。

湖水の流れは穏やかで、強めに何度か櫂を漕いだだけで、筏は慣性力によって音もなく滑るように湖面を進んでいく。

静かだ。

それでいて、静寂に夜が囁くようだった。

揺れる湖の水が、柔らかにそよぐ風が、湖畔でなびく木々が、漂う苔の匂いが、ただそこにある闇が。すべてが言葉を持っているようだ。

不意に辺りが明るくなった。

空を見上げる。

雲が晴れて、満月が完全に顔を出していた。黄色い明かりが湖面に乱反射し、筏は光に包まれた。

まるで、神の世界(カムイモシリ)のよう——。

いつか、死を覚悟したときに幻視した、あの世界を思い出す。役割を終え、人間の世界(アイヌモシリ)から送られた魂のゆく先。

「はは、すげえ」

ヨンチュンがため息を漏らした。

カミサマは膝をつき水面に手を伸ばすと、まるで光を掬い上げるかのように水を掬った。

しかし水は、指の間からすべてこぼれてしまう。

「まやかしだ」

カミサマが、ぽつりとつぶやいたのが聞こえた。

「なあ、カミサマ」

八尋は呼びかけた。

「何だ」

カミサマはこちらを振り向いた。

「あんたは、労務中に俺たちが話していたこと、ずっと聞いていたのか」

尋ねると、カミサマはかすかに口角を上げる。

「そうだな。最初は自然と耳に入ってきたが、あまりにも興味深い話だったので聞き入ってしまったよ。日崎、きみもなかなか災難だったな」

「あんた、頭のおかしな囚人の振りをしていたのか」

「刑務所暮らしをより快適にするための工夫さ。ああいう場ではね、少しくらい、気味悪がられていた方がいいんだよ。みな、腫れ物に触るように接してくれて、いろいろ楽ができるし、面倒も少ない。ただ、あまりおかしいと、独房にぶち込まれかねない。微妙な調整が必要なんだ。……質問は終わりか」

「いや、もう一つある。もしかして、あんた〝ドゥバーブ〟か」

カミサマは薄く笑みを浮かべたまま、あっさりと頷いた。

「そうだよ。幸い私は目も髪も黒いからね。日本人になりすますのは簡単だった」

自分で訊いておきながら、八尋は愕然とした。

確信があったわけではなかった。ロシアの言葉が口から漏れたこと、更に〝ドゥバーブ〟とはロシア語で柊のことだと思い出し、もしやとは思ったが。

「え、ど、どばーぶ？　何だそりゃ」

ヨンチュンが横から尋ねた。

「ソ連(ロシア)のスパイだ」

八尋が答えると、ヨンチュンは目を丸くした。

「ええ、スパイ？　それも露助の」

「より正確には、私を送り込んだのはソヴィエト政府ではなく、コミンテルンだがね」

八尋はカミサマをじっと見下ろす。

一見、貧相な痩せた男だが、全国の特高警察が血眼になって捜していた大物スパイと思えば、独特の凄みを感じる。

「何故、あんたが網走刑務所にいたんだ。ヴーケリッチがらみか」

ゾルゲ諜報団の一員だったブランコ・ヴーケリッチは、昨年の七月に網走刑務所に収監され、今年の頭に獄死している。

「いや、彼が投獄されてきたのは偶然だ。彼はずっと独居房にいたから、顔を合わせることもなかった。私はただあそこで身を隠していただけだよ」

「身を隠していた？」

「そうさ。網走刑務所は巨大な農場があり自給自足をしているため、飢える心配もない。今この国は酷い食糧不足だろ。そんな中を逃げ回るよりずっといい」

刑務所を隠れ家にしていたというのか。確かに怪しまれない場所ではある。が、スパイの潜伏先として適当とは思えない。

「刑務所にいては、スパイの役割を果たせないんじゃないのか」

スパイの本分は情報収集。市井に溶け込み、政府や軍に近づこうとするものだ。人里はなれた刑務所では何もできない。

「それでよかったんだ。私はもうスパイは辞めたのだからね」

「辞めた、だと」

「そうだよ。ただ、辞めたいと言って辞められるものでもないがね。私は今や裏切り者だ。私が身を隠している相手は、日本の官憲だけじゃない。ソヴィエトからもだ。日崎、きみは共産主義を知っているな。特高は一通り、勉強するんだろ」

日崎は「ああ」と相づちを打った。

カミサマの言うとおり、特高に配属された警察官は、取り締まりの対象である共産主義思想を学ぶことになる。もちろん、批判的にではあるが。

「きみは共産主義をどう思っている」

「頭でっかちな戯言だ」

「はは。そうか。戯言か。私はね、これこそが人類が到達すべき理想なのだと思ったよ。弁証法的唯物論に立脚したその理論は完璧だ。すべての富が社会化されることで、万人に真の平等がもたらされ、あらゆる民族は調和し、誰も搾取せず、誰からも搾取されない、そんな美しい世界がやってくる。そう確信させてくれるだけの美しさがあった」

カミサマは視線を逸らし、天を見上げた。月明かりに照らされたその顔は、ずいぶんと若々しく見えた。

「だから私は戦うことを選んだんだ。革命を成し遂げた偉大なるレーニンと、その後継者たるスターリンこそが、その旗手なのだと信じてね。そのためには、どんなこともしたよ。これまで何人もの人々を騙したし、結果的に人を死に追いやったこともあった。すべて理想のためだと、不平等を生み出す元凶である帝国主義を打倒するためだと、自分に言い聞かせてね。けれど、あるとき私は気づいてしまった。いや、ずっと前から気づいていたのに、気づかない振りをしていた……」

カミサマは喋りながらゆっくりと視線を下ろしてゆき、いつの間にか俯いて湖面を見つめていた。静かな水面に満月が揺れている。

「今、ソヴィエトでスターリンが何をしているか知っているか。粛清と弾圧だよ。彼は理想を共有したはずの同士たちを次々、殺しているんだ。最高指導者となったスターリンは権力を自身に集中させた。政敵は排除し、人民には過酷な生産目標を課した。それでも人心を掌握し続けるために、民族主義、大ロシア主義を掲げ、人民の愛国心を煽るようになった。構成国の多様な言語を禁止しロシア語に統一し、少数民族は保護の名目で強制移住させた。彼に意見する者、従わぬ者に待っているのは、死だ。国に残っていた私の友人や、私が師と仰いだ人たちも、殺されたよ。共産主義の理想を掲げ革命を成し遂げたはずの国家がやっていることは、結局、形を変えた帝国主義だ」

カミサマはすっと顔を上げて、まっすぐにこちらを見た。

「理想を掲げ、異論を認めず、民族主義や愛国心をテコにして国民にはその理想のために死ねと迫る。従わぬ者は弾圧してやはり殺す。なあ、日崎、私の国ときみの国は、よく似ていると思わないかい」

「……違う」

「どこが違う」

八尋は苛立ちを覚えつつ、口を開いた。

「大日本帝国が掲げる大東亜共栄圏や八紘一宇の理想は、共産主義のような血の通わぬ空論ではない。日本は確かに帝国主義をとっているが、それは武力による覇道ではなく、徳によって人を治める王道だ。欧米のそれとは、根本的に違う。それに日本には陛下がいる」

「驚いたな。きみは国をかばうのか。無実の罪を着せられたのではないのか」

「俺を嵌めたのは、一部のよからぬ輩だ。国や、まして陛下じゃない」

「陛下、か。こう言ってはなんだが、きみは天皇に会ったこともないんじゃないか。なぜそこまで敬う。私に言わせれば、彼もスターリンも、同じようなものだがね」

「陛下をならず者と一緒にするな。皇室には万世一系、二千六百年の神聖な歴史がある。陛下は全皇国臣民の親のようなものだ。たとえお会いしたことがなくとも、敬うのは当然だ」

言いながら八尋は苛立ちが増しているのを自覚していた。

カミサマは大げさに肩をすくめる。

「はは、スターリンがならず者というのは私も同意するよ。そうだな、本当に二千六百年か万世一系かはともかく、確かに天皇家には長い歴史があり、その分、品がいいかもしれない。天皇はスターリンのような傲慢な独裁者とは違うと言えば違う。ただ、私が言いたいのはそういうことではない。たとえどんな大義を掲げようと、どんな者が統べようと、自己を拡張してゆく欲望とその裏返しの滅びの恐怖によって駆動する、まやかしの国家という点で、よく似ているということだ」

「まやかし、だと」

「そうだ。まやかしだ。まあ、それは日本やソヴィエトに限ったことじゃないがね。アメリカやイギリスも、名も知らぬアフリカの小国も、すべての国家はまやかし、共同幻想だ。国だけじゃない、民族や宗教もそうだよ。全部まやかし、それ自体に価値などない」

カミサマの弁は、八尋には受け入れ難いものだった。国家に価値がないのだとしたら、多くの皇国臣民が無価値なものに尽くそうとしていることになってしまう。

しかし、すぐには反論の言葉は出てこなかった。

「日崎、きみはアイヌの血を引いているのだろう」

八尋は無言のまま頷いた。

「アイヌは非常に興味深い民族だ。きみの祖先はここ北海道で、長く狩猟採集を中心とした生活を続けてきた。彼らは集落で生活していたが国家という概念を持たなかった。彼らは神を信じていたが宗教という概念を持たなかった。そして彼らは血縁者集団を形成していたが民族という概念を持たなかった。その証拠に『アイヌ』という言葉の本来の意味は『人間』

だ」

「……ずいぶんくわしいな」

「ロシアにも、アイヌの血を引く人々はいるからな。もっとも彼らはもうソヴィエト連邦の人民になってしまった。北海道のアイヌが皇国臣民になってしまったのと同じだ。日崎、きみはどうしてアイヌが長い間、国家、宗教、民族といった概念を持たなかったか、わかるか」

「必要がなかったからだろ。広い土地に点在して自給自足していたアイヌの生活は国という枠組みがなくても成立する」

「そうだ。狩猟採集社会では、大規模な富の蓄積が発生しない。一部の保存食を除き、獲ったものはすぐに消費しなければ腐ってしまうからな。自然とみなで分け合うことになり、所有の意識も薄くなる。ことさら自分と他者を分ける必要はない。どこか別の土地に別の人々がいて別の神を信じていようとも、気にする必要はない。いいか、国家、宗教、民族、これらの概念の共通点は『敵』と『味方』を分けるということなんだよ。アイヌにはそんなものはいらなかった。小さな血縁ユニットで集落をつくり、日々分け合い、満ち足りていたはずなんだ。しかしそれを、愚かな農耕民が破壊した。それが大日本帝国であり、ロシア帝国やソヴィエト連邦だ」

――おまえの親父さんは、余計なことをしてくれたと思っているよ。いや、あの先生だけじゃねえ。大和人(シャモ)はみんなろくなことをしなかった。

　畔木村で、長老(エカシ)、畔木貫太郎から聞いた言葉が頭をよぎる。彼も、神(カムイ)とともに生きる暮らしを大和人(シャモ)が奪ったと言っていた。

「国のお陰で、アイヌは近代的で豊かな暮らしができるようになったはずだ」

　八尋の反論を、カミサマは苦笑で受け流した。

「農耕民の言う豊かさというのは、単なる富の蓄積に過ぎない。しかしそれは本当に、人を幸福にするのか。保存可能な穀物を育てることで、農耕民は富を蓄積することができるようになった。それが結果として持つ者と持たざる者を分けることになる。支配階級が誕生し、人々は平等ではなくなる。また、蓄積した富は奪うこともできる。自分と他人、敵と味方を分けるまやかしが生まれる。国家、宗教、民族だ。これらを獲得した人間は当然の帰結として争うようになる。戦争こそが、農耕民の最大の発明だ。大規模な富の蓄積は、確かに文明を発展させたかもしれない。人の寿命は延び、人口は爆発的に増えた。だが、それは幸福と関係があるのか。ピラミッドを造るために使役される奴隷、資本家に搾取されるために働く労働者、戦場で犬死にする兵士、彼らの人生は、自然の恵みを分かち合う民のそれより、本当に豊かで幸福なのか。国家がアイヌから奪った暮らしの中には、私たちが失った本当の豊かさがあったのではないか」

カミサマは淡々と語った。そこには声色と裏腹の熱が籠もっていた。

八尋はカミサマの話を理解することはできたが、咀嚼はできなかった。

皇民化と近代化は、アイヌから何かを奪ったのではない。与えたのだ。むしろ、アイヌを幸福へと導いたはずだ。八尋の父がそう語り、母はそれを信じた。

しかし、言葉が出てこない。

カミサマは続ける。

「私はね、共産主義こそが、我々が失った豊かさと幸福を取り戻す思想だと思っていた。けれど違った。それは、さっき話したとおりだ。結局、国家というまやかしに取り込まれ、殺し合いの理由になっただけだ。そんなものに命をかけるのは心底馬鹿馬鹿しいと気づき、私はスパイを辞めたんだ」

「なあ、カミサマ」

ずっと傍らで黙って聞いていたヨンチュンが口を挟んだ。

「何だ」

「あんたの話は何だか難しいけど、わかる気がするよ。俺は皇国臣民ってやつになりたくて内地に渡ってきた。でもよ、朝鮮人は、大日本帝国の国民ってことになっているのに、戸籍からして別なんだ。まあ、半島で生まれた俺が、天皇陛下の子だってのも無理がある話だよな。確かに、国だの民族だのっては、誰かが勝手にそう決めているだけの、まやかしかもしれねえ」

「そのとおりだ。きみは日崎より物わかりがいいな」

「で、あんたが刑務所に隠れていたのは、そのまやかしから逃げるためなのか」

「ふむ。まあ、そう考えてもらって構わない」

「じゃあ何で、脱獄なんかしたんだ。しかもこうして、俺たちを助けてくれた。あんたがいなかったら、今頃俺たちは北山で捕まってたかもしれない」

ヨンチュンは、同意を求めるようにこちらを見た。

八尋は相づちを打った。カミサマに助けられたのは事実だ。

「助けたのは礼のようなものだよ。さっきも言ったが私は荒事はからっきしでね。きみらの計画にただ乗りしなければ、そもそも脱獄などできなかった。そして脱獄した理由は……もう時間がないからだ。きっと、遠からず私は死ぬ」

「えっ」

これには八尋も驚いた。

カミサマは自分の腹に手をあてた。

「どうやら、内臓がもう駄目らしい。四六時中腹が痛いし、食欲も全然ないんだ。腫瘍でもあるんだろうな」

八尋は、獄房の便所桶に血が混じっていたのを思い出した。初対面のとき病人のようだと思ったが、事実病人だったのか。

「あのまま刑務所で死を待つつもりだったが、きみらの計画を耳にして少し色気が出た。死ぬ前に故郷に帰りたくなった」

「故郷って、ロシアかい」

ヨンチュンが訊いた。

「ああ。シベリアのバイカル湖の近くにある小さな村だ。バイカル湖は知っているか。世界で最も古い湖だ。海のように巨大で、水はどこまでも透明だ。村外れの高台から、湖を一望できるんだ。一面氷に覆われる冬も、澄み渡る夏も、それぞれに美しい。願わくは、あの景色を最後に見たい」

カミサマは、視線を湖面に移して言った。

沈黙が流れた。

前方の岸辺に生い茂る木々の影が見える。

「さて、あの岸辺に着いたらお別れだ」

「……あんた、どうやって、シベリアまで行くつもりだ」

八尋は尋ねた。

「さて、どうしたものかな。さしあたり樺太を目指すよ。まるっきりあてがないわけじゃない。きみたちこそ、どうする。日崎の話では室蘭に向かうのだろうが、その恰好じゃ迂闊に人里に近づけまい」

確かに二人とも裸だ。どこかで服を調達する必要がある。

「こっちにも、あてはある。一応な」

八尋は答えた。

岸が近づき、わずかに湖面が波立つ。

どぷん、という水音が響いた。どこか遠くで魚が跳ねたのだろう。

15

「そうか日崎め、逃げ出したか。潰したかと思えば、這いずり回る。まったく忌々しい虫のようだな」

三影は吐き捨てた。

「まったくです」

「往生際の悪い奴です」

猿田と蟹ヶ谷が追従した。

「さすがにお公家さんもピリピリきてるようだな。まあ、そもそもあの土人に仏心など出して、減刑嘆願など行ったからこんなことになる」

「え、ええ」

「そうですよね」

「しかも、このくそ忙しいときに網走に人をやれという。困ったもんだ。おまえら、急ぎ二人で行ってくれるか」

命じると猿蟹は「はい」と返事をして、刑事部屋を出ていった。


――昭和二十年（一九四五年）六月二十七日。


網走刑務所で集団脱獄が発生した――その一報は、朝一番で札幌の道庁警察本部にもたらされた。

逃亡したのは、同じ雑居房に入れられていた三人で、初動捜査では行方を摑むことができなかったという。

脱獄そのものは発生直後に発見できたものの、脱獄囚たちは刑務所北の山地に逃げたと見せかけ、南を流れる網走川から逃亡し、裏をかかれたらしい。川から海へ逃げた可能性が最も高いとみられているが、網走川は、昨夜のような満月の夜には、満潮時に逆流することが知られており、更に裏をかき、川上の網走湖から女満別方面へ逃げた可能性も捨てきれないという。刑務所の看守らは、いずれの方向へ逃げたのかわからぬまま、闇雲に周囲を捜し、手がかりさえ摑めず一夜が明けたようだ。

これで網走刑務所は昨年の白鳥由栄に続き、二度目の破獄を許したことになる。しかも今度は三人も同時にだ。

ただでさえ、巷に不安が渦巻いている今、こんな事実は決して公（おおやけ）にはできない。司法省は、この破獄事件を非公表とすることを即日決定した。

また、警察にとってより深刻な問題は、三人の脱獄囚の中に、元特高刑事で殺人犯の日崎八尋が含まれているということだった。直接の責任は刑務所にあるとはいえ、表に出れば、道庁警察本部の全幹部の首が飛んでもおかしくない不祥事だ。

「ああ、まったくあいつはなんてことをしてくれたんだ。こんなことになるくらいなら、死刑台に送ってやればよかった」

お公家さんこと、特高課長の九条も、苦虫を嚙みつぶしたような顔でぼやいていた。

警察部長から直々に、道内全警察署に日崎を含む三人の脱獄囚の手配が発令された。ただし、脱獄事件及び日崎の身元については、内密にして捜査をすすめよとの厳命付きでだ。

これを受けて三影も、猿蟹を網走に派遣した。

が、その一方で今更、網走周辺を捜したところで見つかるわけがないとも思っていた。日崎が単に刑務所暮らしが嫌で逃げ出したとは思えない。

まったくしぶといやつだ。

やつは、きっと事件の真相を摑みにやって来る——そんな忌々しい予感とともに、どういうわけか腹の底には、愉快な気分が湧いてくるのだった。

機を図ったわけでもないだろうが、この日の夕方、三影宛に一本の電話がかかってきた。〝犬〟の志村からだった。新聞社の記者からのちょっとした確認という体での電話で、実際、ごく短いやりとりだけをして切れた。それは互いに申し合わせていた合図であった。

三影はその夜、以前と同じように夜半まで待ち、自宅を出て志村の防空壕を訪れた。

志村は二週間前と同じように、狭い防空壕のちゃぶ台に鎮座していた。が、その顔つきが少し違った。隠しようもない興奮と自信が張り付いている。

「どうした、その面は。何か、面白いことでもわかったか」

三影は志村の正面に腰を下ろし、切り出した。

「ええ。きわめて興味深いことがわかりました。順を追って話させてもらっていいでしょうか」

ほう、と思う。

表面上、衒わぬ態度の志村だが、自分が摑んだネタを話したくてうずうずしていることが伝わって来た。

さて何を釣り上げたのか。

「話せ」

三影が促すと、志村は口を開いた。

「例の『愛国第308工場』の『事務二課』についてですが……、正直に言えば、最初は外部から極秘で調べることなどできないだろうと思っておりました。そうでなくても軍需工場の守秘は厳重です。ただ、どうにか僕でも入手できる唯一の情報源、名簿がとっかかりになってくれました」

言いながら、志村はちゃぶ台の上に三冊の冊子を並べた。それは、以前、入手したのと同じ『愛国第308工場』の従業員名簿のようだ。

「あの工場は毎年一月、行政に名簿を提出しています。前に三影さんにお渡ししたのは一番新しい今年のものですが、それに加えて去年と一昨年のものも手に入れました。つまりここにあるのは、過去三年分の名簿です。これらを見比べると、去年と一昨年の名簿には『事務二課』という部署はないんです」

「何だと」

三影は眉をひそめた。

志村は去年の名簿の総務部のページを開いて見せた。

するとそこには第一も第二もない『事務課』だけがあった。

「『事務二課』は、この一年のうちに新設された部署だということです。更に『事務二課』の課員の中で、課長の金田以外の三人、古手川、設楽、桑田は、去年と一昨年の名簿にはどこの部署にも載っていません。おそらく彼らはこの『事務二課』を設立するために、どこからか呼ばれた人材です。ただの事務仕事をする部署を、わざわざ外部から人を招いて新設するのは少々不自然です」

なるほど。

三影は頷いた。

志村は上目遣いでこちらを見て尋ねてきた。

「ところで三影さん、この課長の金田ってのは、朝鮮人将校で、確か殺されてますよね。遊郭で遊んだ帰りに。犯人も捕まっているはずだけど、警察は詳しい身元を新聞社にくれなかった。まあ、こっちはこっちで、訊いたらやばいのかと空気を読んで、訊きませんでしたが。それから、室蘭支社のやつから、少し前に変な自殺があったって話を聞いたこともあるんです。港で軍需工場の工員が血まみれで死んでて、地面に血で何か字らしきものが書いてあったって。憲兵が飛んできて、現場を封鎖。取材もできず、あとから自害だったって発表があって、死んでた工員の名前の公表もなし……。三影さん、これらのことって、全部これと関係ありますか」

さすがに目端が利く。

が、三影は憮然とした顔で志村を睨んだ。

「哀しいなあ。志村、前にも、俺は余計なことは考えるなと言ったはずだったが」

「え、あ、いや、そんな、詮索するつもりは毛頭ありません。す、すみませんです」

志村は震え上がり、首をすくめた。

「ふん、まあいい。つまり『事務二課』は、最近、外の人間を集めて作った部署というわけだな。わかったことはこれだけか」

「い、いえ、あの、本番はこれからでして……」

志村は卑屈と不敵が混ざった笑みを浮かべた。

三影は、無言のまま顎で先を促した。

「それで私、この『事務二課』主任の古手川瑛介という名前に、どこか見覚えがある気がしたんですが……」

志村は今年の名簿を開き、『事務二課』で唯一未だ殺されていないと思われる、主任の古手川の名前を指さした。

「おそらくこの男、東京の理化学研究所、理研の研究者です。理研はご存じですか」

「『理研ヴィタミン』の理研か」

三影は兄の闘病生活を思い出した。肝油から抽出したビタミンAとビタミンDを主成分にするという栄養剤『理研ヴィタミン』は、結核の特効薬とも言われており、兄も飲んでいた。結果的に治癒はしなかったが、飲むといくらか具合がよくなるとは言っていた。

「ええ、その理研です。あそこは自然科学の総合研究所ですが、研究成果を系列会社で商品化し、その売り上げにより、潤沢な研究資金を賄っているんです。所属する研究者は束縛されることなく好きな研究ができることから『科学者の楽園』なんて言われることもあります。二年ほど前、その理研がある研究に着手することになり、社に報道資料が送られてきました」

志村はちゃぶ台の上に紐で綴じた文書を出した。

表紙には「理化学研究所『二号研究』について」とあり、その上から「極秘」「不可」の検閲印が押されている。

「理研の主任研究員で、世界でも有数の物理学者でもある仁科芳雄博士が中心になって行われるため、仁科の頭文字を取って『ニ号研究』と名づけられたそうです。発表直前になり軍部が研究そのものを極秘扱いとしたため、結局、報じることはできず、資料は社の金庫で保管することになりました。こいつは、その写しです。この中に古手川の名前があるんです」

志村は文書の前の方のページを開いた。そこには携わる研究者の名前が列挙されていた。一番上に「主任研究員　仁科芳雄」とあり、そのすぐ下に「次席研究員　古手川瑛介」とあった。

「よく見ると、設楽と桑田の名前もあるんです」

志村はページの下の方を指さす。そこには小さめの活字で「設楽泰嘉」「桑田毅朋」と、それぞれの名前があった。この二人には特に肩書きはないようだ。

「三人は、この『ニ号研究』に関わっていたんです。特に古手川は研究の中心的な役割を果たしていたと思われます。おそらく彼らは、研究疎開で『愛国第308工場』にやってきたのではないでしょうか」

「研究疎開？」

「はい。昨年末、東京で撃墜したB29の機内から、理研を攻撃目標とする地図が見つかったため、重要な研究を地方に分散させたんです。実際、三月の大空襲で東京の理研はやられてしまいました。『愛国第308工場』の『事務二課』とは、古手川たち三人に『二号研究』を続行させるための部署だったのではないでしょうか」

志村は文書を数ページ捲り、中を三影に見せた。「強力無比」「究極兵器」などの勇ましい言葉とともに、いくつかの数式が並んでいる。

「『二号研究』とは新型兵器の開発研究です。軍需工場であれば、受け皿としてはうってつけです」

新型兵器。

並んでいる数式の意味など、まるでわからないが、そのうちの一つが妙に目についた。

$E=mc^2$

「これは一体、どういう兵器なんだ」

「ウラン爆弾のようです」

知らぬ言葉だ。これでは答えになっていない。

「何だそれは」

「その、僕もきちんと理解できているわけではないのですが……。ウラン爆弾は、その名のとおりウランを原料にした爆弾で、かのアルバート・アインシュタイン博士が発見した『質量とエネルギーは等価である』という理論に基づき設計されているようです。これは小型の太陽と称されるほどの威力を秘めているとされており、具体的には、札幌くらいの街であれば一発で壊滅させるほどだとか……」

「一発で札幌を」

思わず、声が出た。

「ええ、理論上は、爆発時、それほどの熱と光が放出されるようです。更には、放射線という有毒な電磁波も大量に発生し、直撃を免れた者も皆殺しにされてしまうとのことです」

三影は静かに息を呑んだ。本当ならまさに究極兵器だ。そんなものがあれば、戦況はひっくり返るだろう。

志村は続ける。

「ただし、ウラン爆弾の開発はアメリカも行っているんです。連中は情報戦のつもりなのか、その進捗を意図的に流しており、報道機関には外電として入ってきています。それによれば、早ければ今年の七月か八月には、完成する見込みとのことです。我が国を混乱させるための誤情報の可能性も高いため、報道はしていませんが……。どちらにせよ、大東亜戦争の帰趨(きすう)は、日本とアメリカ、どちらが先にウラン爆弾を完成させるかにかかっているのかもしれません」

説明を聞きながら、三影は、そのウラン爆弾とやらが、札幌の街に投下される様を想像した。街一つを消滅させるほどの凄まじい熱と光。

いつか、日崎の言っていた言葉が蘇った。

――雷を司る雷神です。羽の生えた蛇の姿をしていて、気性は荒く、怒らせると地上のすべてを焼き尽くすと伝えられています。

ああ、そうか――。

三影は思い至った。

このウラン爆弾こそが、血文字にあったというカンナカムイだ。

そして犯人は〝カンナカムイに群がる鳥ども〟を狩ると血文字に書いていた。つまり殺されているのは、ウラン爆弾製造の裏で、悪事を働いていた連中ということではないのか。

16

スルクが、その場所を訪れたのは、もうすぐ夜が明けようという頃だった。

二十畳ほどの細長い空間。輪西の溶鉱炉、〝第二の太陽〟が放つ赤い光も、ここには届かない。

出入り口には草で編んだすだれがかかっており、四方も草で覆っている。アイヌの草葺きの家、チセに倣った防寒の知恵だ。そのお陰で、持ち込んだ小さなダルマストーブだけでも、春先の寒さはどうにかしのぐことができた。

波の音が聞こえる。

ここにいると、あの島の記憶が蘇ってくる。

ガダルカナル島。通称ガ島、いや、「餓島」と表した方がより正確だろうか。

——かの島に上陸したのは、もう三年も前の八月のことだ。

月の明るい夜だったのを覚えている。敵の妨害はなく、六隻の駆逐艦に分乗した兵卒たちはすんなりと陸に上がることができた。

「こうなったら大手柄をあげてやろうぜ」

一緒に上陸した戦友の一人が、そんなことを言ってみなを鼓舞していた。

スルクが所属した隊には、内地への帰還命令が出ていたのだが、作戦計画の変更により、途中で引き返し、ガ島へ派遣されることになったのだ。与えられた任務は、島の北岸にある飛行場の奪還だった。もともと皇軍が建設したものだったが、米軍に急襲され奪われたという。

敵は島に大した兵力を残しておらず、奪還は容易との話だった。

スルクたちは、意気揚々と海岸線を進んでいった。飛行場の裏手から奇襲をかける計画だった。

しかし、上陸からちょうど丸二日が経過した夜。飛行場近くの川までたどり着くと、対岸にはこちらを迎え撃つかのように、敵の陣地が展開されていた。

今にして思えば、こちらの作戦は敵に筒抜けだったのだろう。

想定外の事態を前にしても、隊は作戦を立て直さなかった。敵を侮っていたのだ。真夜中、敵陣への白兵突撃を行うことになった。

スルクたちは川下の砂州を渡り、敵陣を目指した。

途中、スルクのすぐ前を走っていた男の頭が突然、爆(は)ぜた。上陸時「大手柄をあげてやろう」と言っていた戦友だった。彼は敵の一人も倒すことなく、異郷の川で倒れた。

そして雨が降った。水の雨ではない、鉛弾の豪雨だ。圧倒的火力による包囲射撃だった。銃剣しか持っていないスルクたちに為す術はなかった。真っ暗闇の中に、いくつもの火花が散り、銃声と悲鳴が谺した。戦友たちが次々と倒れてゆくのがわかった。銃弾が耳元をかすめる音を何度も聞いた。

敵軍の兵力は想定の数倍以上で、明らかにこちらを凌駕していた。事前の情報は間違っていたのだ。この戦いで大半の兵卒が戦死し、隊は事実上壊滅した。

スルクが生き残れたのは、単に運がよかっただけだ。闇雲に進むうちに、敵の包囲を突破していた。敵陣への突撃などできようはずもなく、スルクは同じように命拾いした仲間たちとジャングルに逃げ込んだ。

このあとの日々を思い返すと、あるいはあの川で戦死した者の方が幸運だったのかもしれない。なぜなら、たとえ一方的に蹂躙されたのだとしても、敵と戦って死ねたのだから。それはまだ、出征前に思い描いた英雄的な死に近いものだったろう。

かの島で真に恐ろしいのは敵ではなく、過酷な気候と病、そして飢えだった。

南の島というと様々な果実が自生する楽園のような場所を想像するかもしれない。北国で育ったスルクも、出征前にはそんなふうに思っていた。しかし、人の手が入っていないジャングルは、緑の砂漠だ。まともに食べられる動植物などほとんどないし、あっても数日で食い尽くしてしまう。

空腹が二日も続けば、人は精気を失い、腹に何か入れることしか考えられなくなる。誰もが二言目には「腹が減った」とつぶやくようになり、木の皮や、土、自分の着ている服や靴まで食う者も続出した。

水だけは豊富にあったが、そこら中に病原菌がうようよしており、簡単にマラリアや赤痢に罹患した。かすり傷でも傷口はすぐに膿み、生きている者の身体にも蛆がわいた。

精強を謳われた皇軍兵士たちは、あっという間にみすぼらしく痩せ細り、ただ食い物を求めてジャングルを浮浪するだけの餓鬼となった。

そして飢えと病でばたばた死んでいった。

それは想像もしなかった死に方だった。戦地において、敵と戦うことすらなく、ただ死ぬだけ。まったく無意味で苦しいだけの死だ。

まるで地獄(ポクナモシリ)だ――。

いつもじめじめ湿っていて、地の恵みはなく、永遠の飢えと苦しみがある世界。まさに、アイヌが信じる地獄、ポクナモシリそのものだった。

援軍が到着したのは、ジャングルの中でどうにか命を繋ぎ、ひと月ほど過ぎた頃だった。彼らは、ぼろぼろになったスルクたちを見て酷く驚き、「俺たちが来たからには、もう大丈夫だ」と、励ましてくれた。彼らの持ち込んだ糧秣(りょうまつ)で、久方ぶりに腹が膨れるほど飯を食うことができ、生き返った思いだった。

しかし、その援軍も島の敵勢力にはまるで歯が立たなかった。違ったのは、壊滅せず多くの兵士がジャングルを逃げ惑うことになったことくらいだ。

制空権を敵に奪われており、島に近づく船舶は攻撃を受けるため、補給はまともに続かなかった。糧秣も、武器も弾薬も、何もかもが不足していた。援軍の兵士たちはみるみる疲弊してゆき、やがてスルクらと見分けがつかない餓鬼と化した。

その後も数度、援軍が送られて来たが、同じことの繰り返しだった。補給もままならないというのに兵卒だけが送り込まれてくる。何故か援軍はみな戦況を楽観しており、「俺たちが来たからにはもう大丈夫」と胸を張るが、みなすぐにぼろぼろになる。

当然の帰結としてジャングルのそこかしこに、空の飯盒を抱えたまま行き斃れた兵士の死体が転がるようになった。おそらくガ島では、敵と戦い命を落とした者より、ジャングルで無意味な死を迎えた者の方が多かったろう。

スルクもまた、何度も生死の境を彷徨った。

赤痢に罹り、糞尿を垂れ流したままジャングルを這いずるしかなかったときは、もう駄目かと思ったが、偶然、野戦病院を見つけることができた。

ほどなく、その野戦病院も敵襲にあった。たまたま隣に寝ていた男とともに、またジャングルを彷徨うことになった。彼は援軍の隊に所属しており、補給を取りに浜に戻ったところを敵に待ち伏せされ、足を撃たれたという。消毒薬もなく包帯を巻いただけの足は動かすことはできず、肩を貸さなければ歩けなかった。

途中、何度も「俺を置いていけ」と言う男を「馬鹿言うな」と励まし、スルクはひたすらジャングルを進み、小さな洞窟を見つけ身を隠した。

そこでどのくらい過ごしたかはよく覚えていない。たぶん数日だ。とにかく食い物がなく、二人とも日に日に衰弱していった。特に男は、怪我した足が壊死し始め、高熱に浮かされるようになった。

そしてある日、男はひと言も喋らなくなり、その翌日にはまばたきすらしなくなり、さらにその翌日、冷たくなった。島で噂になっていた余命判断のとおりだった。

そのときはスルク自身も、もう立ち上がることができなかった。余命判断によればあと三週間だ。

死にたくない――。

それは、恐怖だった。

何の役にも立てず、ただ無意味に死ぬことが心底恐ろしかった。

スルクは気力を振り絞り、洞窟から這い出した。そして敵を探した。戦うための武器など、もうなかったが、せめて敵に殺されたいという一心だった。

どこかでざわめきと足音が聞こえた気がして、木々に寄りかかりながら、そちらに向かった。果たしてそこにいたのは、敵ではなかった。味方。皇軍兵士だった。数百はくだらないだろう数の兵卒が隊列を組んで行軍していた。

スルクに気づいた兵士がうつろな目で尋ねた。

「おまえ、どこの隊だ」

スルクは戸惑いつつも、所属を伝えた。兵士は無表情のままそれを聞いたあと、小さな声でつぶやいた。

「帰還だ。島を出ることになった」

転進と言い換えられた、撤退の命令が下されたのだ。上陸してから、ちょうど半年が経過しようとしていた。

スルクは隊列に加わり、月明かりのない夜、島にやってきた駆逐艦に乗り込んだ。不思議なことにこの撤退作戦中は、ほとんど敵からの攻撃がなかった。

スルクはマニラの陸軍病院に一度収容され、心神衰弱により兵隊として戦える状態ではないと判断された。病院船で内地に帰ることになった。まだ戦えると判断された者は、そのまま南方に留め置かれて、別の戦地に送られたという。

スルクは病院船の中でずっと考えていた。

俺たちはあの地獄のような島で、何のために誰と戦っていたんだ。

飛行場奪還のため、米軍と戦っていた？

それは違う。スルクたちは飛行場に近づくこともできず、ほとんどの時間を敵に遭わないジャングルで過ごしていたのだから。

意味などなかった。最初から破綻していた作戦を継続するために、ただ捨て石にされたのだ。そうとしか思えなかった。

皇国臣民としてお国のために命を賭けると誓った報いがこれか。

このとき、火種は植え付けられた——。

布団にくるまっていた女——緋紗子——が、スルクに気づき身を起こした。

スルクが手に持っているカンテラの淡い光が、彼女の顔を照らした。美しくも冷たいその顔が暗闇に浮かび上がる。

「遅くなった」

「表はどう」

「憲兵が、血眼になっておまえを捜しているよ」

「そう」

「不便をかける」

スルクは、荷物を置いた。水と食糧だ。

「いいわよ。置屋の部屋と居心地は大して変わらないわ。あと少しね」

緋紗子が言った。スルクは「ああ」と相づちを打つ。

〝鵲〟〝雉〟〝四十雀〟は始末した。残るは〝梟〟〝朱鷺〟そして〝鷲〟の三羽だ。

「ねえきて」

緋紗子が手招きをする。スルクは緋紗子を抱き寄せる。

「もうすぐね。もうすぐ終わる。大和人の男どもが始めたくだらない戦争で、奪われるだけの日々が終わる」

緋紗子が囁いた。

ああそうだ。もうすぐ終わる。

だが、その前に〝鳥ども〟にはカンナカムイを完成させてもらわねばならない。それに、残りの三羽を仕留めるのは簡単ではない。少々工夫がいるだろう。

成し遂げてみせる。

スルクは胸に誓う。

〝鳥ども〟からカンナカムイを奪い取り、すべてを焼き尽くす。

それこそが、俺がこの人間の世界で果たすべき、使命だったのだ。

第三章　雷神

1

それは、鹿島嘉介（かしまよしすけ）にとって、災難以外の何ものでもなかった。

――昭和二十年（一九四五年）七月一日。

その日も鹿島は、いつものように年老いた両親と一緒に、朝から畑に出た。屯田兵として北海道に渡ってきた鹿島家は、祖父の代から、札幌市街地の北に位置するここ篠路（しのろ）で農業を営んでいる。

ほんの小一時間、土を掘り返しただけで、鹿島の額には汗が滲んできた。

この数日は野良仕事をしていて汗ばむほどの陽気が続いている。もう夏至を過ぎ、ようやく、である。

今年はなかなか冬が明けず、春になってからもずいぶんと寒い日が続いた。この時期の気温と日照時間は、作物の実りに重要だ。春が寒い年は、決まって凶作になってしまう。

鹿島は一度、鍬を振るう手を休め、ため息をついた。

ちらりと横目で、老父、老母の姿を見やる。ほおかむりをして、顔を俯かせ、黙々と地面を耕している。二人とももう七十近いというのに、毎日畑に出ている。

好きで老骨にむち打っているわけじゃない。人手が足りないのだ。

鹿島家は男ばかりの五人兄弟で、鹿島以外にもあと四人、男手があったが、みな兵隊にとられてしまった。そのうち二人は今、苫小牧の小隊におり、一人は大陸におり、あと一人は戦死して靖国にいる。

父と母は、息子が遺骨になって戦地から帰ってきたことにも、自分たちがこの歳になってまだ野良仕事をしなければならないことにも、文句一つ言ったことがない。

「おいの兄ちゃと姉ちゃは、鉄砲水で死んじまった。おいの父ちゃは、死ぬまで畑掘っとった。おいも、死ぬまでやるばい」

それが父の口癖だった。

屯田兵だった祖父は、生まれたばかりの父を連れて、この地を訪れた。

当時の篠路は泥炭土が堆積する谷地で、作物を育てるのに向いた土地とは言い難かった。地形的に北風が強く吹き込むため、冬の寒さは厳しく、近くを流れる川はしょっちゅう溢れてすぐに土地は冠水した。

そもそも楽な開拓などというものはあり得ないが、札幌の他の土地に比べても、篠路が特に厳しい環境だったのは間違いない。

祖父たち初代の開拓民はそんな土地を客土で埋め、防風林を植え、川には堤を築いた。必死に自然と格闘し、少しずつ拓いていった。

父の兄と姉は、堤の造成中、水害に巻き込まれて死んだ。祖父は、七十まで生きたが、死ぬ前日まで鍬を振るっていたという。

土地のために、延いてはお国のために、命を捧げることは父にとっては当然のことなのだろう。本土決戦が迫る中、何とか秋の凶作を避けようと、毎日、身を粉にして働いている。

でも、もし本当に本土決戦になどなれば、この国は滅んでしまうのではないだろうか——。

鹿島は不意にそんな邪なことを考えてしまい、はっとする。

いかん、いかん。馬鹿げたことは考えてはいかん。また痛い目を見るぞ。

邪念を振り払うかのように首を振った。

鹿島は尋常小学校を出てから、対英米戦争が始まる直前までのおよそ二十年間、札幌の運輸会社に勤めていた。家の働き手としては兄弟たちがおり、鹿島自身も外で働くことを望んだ。最初、父は気に入らないようだったが、小学校の先生が「ご兄弟のうち一人くらいは街で働かせた方がいいですよ」と説得してくれ、就職を許された。

鹿島は家を出て、市街地にある会社の寮で暮らすようになった。運輸業は、開拓地北海道の基幹産業と言ってよく、仕事は忙しかったがやり甲斐があった。父や兄弟たちとは別の形で、お国に貢献するのだと、鹿島は一生懸命に働いた。

就職して十年ほどが過ぎ、街の生活にもすっかり慣れた頃、満州事変がおきた。その後、支那事変が始まり、大日本帝国は戦時下へと突入してゆく。増産体制により物流の需要が増し、仕事はますます忙しくなった。

当初、次々に支那の都市を落とし制圧していった関東軍の活躍に、市井の人々は沸きたった。鹿島も誇らしく思い、かの地での戦いを支えるためにも頑張ろうと、仕事に身が入った。大国ロシアさえ降した神国日本の軍隊であれば、支那などものの数ヶ月で制圧できるだろうと、誰もが思っていた。

しかし一年、二年、三年と過ぎても事変は終わることがなかった。新聞では華々しい戦果が伝えられているものの、人づてに知り合いが大陸で戦死したという話をよく聞くようになった。戦況が泥沼化しているという噂も流れるようになった。それと歩調を合わせるように景気も悪化し、巷は何ともいえない倦怠に包まれた。

鹿島が若い同僚に誘われ、『紙の会』なる集まりに参加するようになったのは、ちょうどその頃。具体的には昭和十六年の春先のことだった。

同僚は最初、文学好きが集まる懇親会のようなもの、と説明していた。鹿島の実家は本の一冊もない家で、鹿島にも読書の習慣などなかったのだが、街で生活するようになってから、何となく文学に興味を抱いていた。だから鹿島は同僚の誘いに乗って、その『紙の会』に参加することになった。

会長は大学で教鞭を執っているという年嵩の学者だったが、その他の参加者たちは、みな鹿島と同い年か少し若いくらいで、真面目な善男善女の集まりといった感じだった。彼らに薦められ文学同人誌なるものを読んでみたが、どれも読みやすく面白く感じられた。

また、『紙の会』の雰囲気は実にざっくばらんで、居心地もよかった。会員は互いを信頼しあっているようで、「ここだけの話」として、事変が長引くことの憂鬱や、ちょっとした政府への批判を口にしていた。最初はそんなこと言っていいのかと、驚いたが、鹿島だって不満がないわけじゃない。場の空気に乗せられるようにして、普段、言えないようなお上の悪口を口にするようになった。

この集まりに参加するうちに、鹿島はだんだんと、軍国主義を推し進める国のありように違和感を覚えるようになった。すると、それを見越したように会員たちは「鹿島さん、こういう本もお薦めだよ」と、反戦要素が強く、下手をすれば発禁の憂き目に遭いかねない同人誌を薦めてきた。

以前ならばおそらく、理解も共感もしなかっただろうその内容は、このときの鹿島の頭には、するすると入ってきた。

鹿島は次第に反戦思想に感化されてゆき、戦争によって、権益を維持拡大しようという大日本帝国の方針は間違っていると、考えるようになった。

『紙の会』はそもそも、反戦活動家の集まりであり、鹿島は見事にオルグされたのだ。折しも、対英米開戦の気運が高まっていた時期だった。会では、未だ支那事変の終結が見えない中、かような新たな戦いを始めるなどという愚行は、断じて看過できないと話し合っていた。

会長は「仮に帝国主義を肯定したとしても、アメリカと事を構えるなど愚かに過ぎる」と言っていた。曰く、アメリカと日本では国力に差がありすぎ、奇襲などをかけて機先を制することができたとしても、最終的には物量で押し込まれ敗北を喫するだろう、とのことだった。

開戦を阻止するためにできる限りのことをやろうと、一同は誓った。

が、その矢先、会の集まりに特高が踏み込んできて、参加者全員が逮捕された。この年、治安維持法が改正され、一般市民の集会であっても取り締まりの対象になったのだ。

その後の取り調べで、しこたま殴られ、鹿島は簡単に転んだ。

鹿島は特高刑事に土下座して、この国難の時期に、国策に反するような活動をしていたことを詫びた。「そそのかされただけなんです」「こんな連中とは知らなかったんです」と、言い訳をして『紙の会』について知っていることは洗いざらい、すべて喋った。

実際、反戦活動などというものに関わってしまったことを心底後悔した。

結局、鹿島は数日お灸を据えられただけで、釈放された。おそらく思想的にも染まりきっておらぬ小物であったことが、幸いしたのだろう。

会の他の者たちは、みな、もっと長く勾留されて拷問を受けているようだった。会長が苛烈な拷問で殺されたという噂も聞いたが、鹿島には他人の心配をしているような余裕はなかった。とにかく、短い期間で出てこられたことを感謝し、二度とお上に逆らうまいと心に決めた。

特高に逮捕されたことで会社にも居づらくなった鹿島は、実家に戻ることにした。父は「おまえは家の恥だ」と、散々なじったが、最後には「うちで根性を叩き直せ」と、受け入れてくれた。

その年の暮れに、いよいよ大東亜戦争が始まり、翌年から兄弟たちが次々と召集されていった。鹿島にだけ令状が来なかったのは、逮捕歴があったからなのかもしれない。

ともあれ、残された両親とともに、この畑を守ることこそが自らの使命と今は思っている。もう、反戦など口にする気は毛頭ない。

戦況がかつて『紙の会』の会長が予想したとおりになっているような気がし、甚だ不安ではあるけれど、極力、それは考えないようにしていた。

鹿島は汗を拭い、再び作業に戻ろうと鍬を握った。

と、視界の端に人影が映った。ゆらりと細長い……背の高い男のようだ。

人影はあぜ道をゆっくりと、こちらへ向かってくる。それが大きくなるにつれて、鹿島は、脈が速くなるのを感じた。背中に汗が噴き出す。暑さのせいではない、冷や汗だ。

見覚えのある男だった。逮捕されたときに、鹿島を取り調べた刑事だ。あの耳と顎の尖った顔の迫力は、忘れようとしても忘れられない。『紙の会』の会長を拷問死させたのも、あの刑事だと噂されている。

「よう、鹿島、久しぶりだな」

その特高刑事は、目の前まで近づいてくると、鹿島を見下ろして言った。

「は、はあ……」

鹿島は恐怖で膝が笑うのを自覚した。

「少し貴様に訊きたいことがある。署まで付き合え」

鹿島は息を呑んだ。

き、訊きたいこと？　な、何だ？　この四年、特高に目を付けられるようなことは、何もしていないはずだ。

「あ、あのう、どちらさんでしょう」

いつの間にか、傍らに両親が近寄ってきていた。ただならぬ雰囲気を感じているのだろう、尋ねる父の顔は青ざめ、母は父の陰に隠れるようにして特高刑事のことを見上げている。

「鹿島くんのご両親ですな。自分は、道庁警察本部、特高の者です」

刑事は言って、両親の前に手帳を掲げた。

「ひぃ」と母が小さな悲鳴をあげた。

「そ、そんな……。け、刑事さん。こいつぁ昔は馬鹿げたことさしましたが、今は心入れ替えて、毎日、そりゃ真面目に仕事しとるんです。堪忍してやってください」

父は刑事にすがりつかんばかりの勢いで頭を下げる。

すると刑事は苦笑した。

「ご心配なさらずに。別に鹿島くんをしょっぴこうってんじゃない。彼が深く反省し、心を入れかえたことは知ってます。ただ、ちょっと確認したいことがありましてね。それで、話を訊かせてもらうだけですよ」

「はあ……」と、両親は不安げな様子で顔を見合わせた。

「じゃあ、ついてきてもらうぞ」

刑事はにたりと不吉な笑みを浮かべて言った。鹿島には断りようもなかった。

「いいか、鹿島。お互い面倒なのは嫌だろう。今からおまえは、俺の質問に全部『はい』と頷け。そして調書に爪判をよこせ。そうすりゃ、すぐに帰してやる」

札幌署の地下にある取調室は、およそ四年前に連れて来られたときと、あまり変わっていなかった。窓がなく息苦しい、狭い部屋。どことなくカビ臭い。

小さな木机を挟んで相対した刑事の言葉に、鹿島は戸惑いながらも頷いた。

「よし、それじゃあ、訊くぞ。鹿島嘉介、貴様はかつて所属していた『紙の会』という組織について隠していることがあるな」

「え、い、いや、何も隠してなんかないです」

驚いてそう答えると、刑事はいきなり立ち上がった。そして腰に手をやり振りかぶった。

次の瞬間、肩に激痛が走った。

「ぎゃあ」と悲鳴をあげ、鹿島は肩を押さえる。

刑事の手には、赤黒い警棒が握られていた。あれで叩かれたのだ。刑事がこちらを見下ろす。

「哀しいなあ。俺の言ったことが聞こえなかったか。おまえは全部『はい』と答えるんだ」

「い、いや、でも……俺は、本当に」

「おまえ、馬鹿なのか」

刑事は舌打ちをすると、警棒を自分の掌に軽く打ちつけて、パンと音を立てる。

「ああ、いや、あ、はい。はい、わかりました」

鹿島は慌てて何度も首を縦に振った。あの警棒でもう一度殴られたらたまらない。

「安心しろ、俺は貴様を逮捕したいわけじゃない」

刑事は椅子に座り直すと、改めて鹿島に尋ねた。

「もう一度訊くぞ。貴様はかつて所属していた『紙の会』という組織について隠していることがあるな」

「は、はい」

「よし。それは『紙の会』には、この札幌以外にも支部があり、そこは摘発を免れ現在も活動しているということだ」

「え」

そんな話、聞いたことがない。

刑事は冷たい目でこちらを睨み付けてくる。

「あ、え、いや。は、はい」

とにかく、目の前の恐怖から逃げるように、答えた。

「その支部は、室蘭にあるな」

無論、それも初耳だった。室蘭など行ったこともない。本当に、室蘭に『紙の会』の支部があるのだろうか。少なくとも、鹿島が『紙の会』に出入りしていた頃、そんな話は一度も聞いたことがない。が、素直に頷いた。

「はい」

すると、刑事はかすかに表情を緩めたようだった。

「そうか。それが確認したかったんだ。じゃあ、この調書に爪判を残してくれ」

刑事が机に広げた調書は、脅されて認めたのではなく、鹿島が自ら情報を提供したという旨のことが書かれていた。

鹿島は言われるままに、爪判を押した。

「よし。これでいい。ご苦労だったな。安心しろ、おまえが罪に問われるようなことはない」

調書を取り終えると、刑事は鹿島を解放した。

まるで狐につままれたようだった。

何が何やらわからない。あの特高刑事は何故、こんなことをさせるのか。帰り道、白昼夢か何かだったのかとさえ思ったが、赤く腫れた肩の痛みが、すべて現実だと告げていた。

何にせよ、鹿島にとっては、災難以外の何ものでもなかった。

2

――昭和二十年（一九四五年）七月三日。

気味の悪い色をしてやがる――。

以前、室蘭を訪れたときも泊まった木賃宿の一室。

三影は窓辺から、日が暮れたあとも紅に染まる空を見上げる。妙に心がざわついた。

志村から聞かされたウラン爆弾の話を思い出す。

都市を消し去れるほどの強力無比な爆弾。敵国も造っているという。万が一、そんなものを札幌にでも落とされたら、どうなるのか。

三影は紅く灼けた空に、炎に包まれる街を幻視した。

倒壊する建物、燃えさかる瓦礫。その中に二人、見覚えのある人影。絹代と薫だ。二人ともボロボロになって彷徨っている。二人は炎の中から姿を現した毛むくじゃらの男たちに蹂躙されてゆく――。

三影は自ら想像するその「最悪の事態」に、昏い興奮を覚えてしまう。下半身が淫らな熱を帯びているのを自覚した。

「邪魔すんぞ」

背後から声がし、想像は寸断された。

振り向くと部屋の入り口に、能代の姿があった。

三影の胸の裡は未だ興奮の余韻でざわめいていたが、それを気取られぬよう「どうも」と相づちを打った。

「へへ、やっぱり来やがったな」

能代はにんまり笑った。

三影は憮然としたまま目配せだけをする。

御子柴らの企みを暴くのはやぶさかではないが、能代の思いどおりに動いてると思われたら、それはそれで癪だ。

「おめ、ずいぶん無茶したんでねえか」

能代が言っているのは、三影が職務として室蘭で単独行動をとる理由を強引につくったことだろう。

仕事の性質上、特高刑事はある程度裁量で動くことができるが、長期の潜入や出張には課長の決裁が必要になる。

そこで以前、治安維持法違反で逮捕したことのある鹿島という男を引っ張り、無理矢理、室蘭に反戦運動組織の支部があるという供述を取った。その捜査を名目に、室蘭への単独出張を申請したのだ。

「文句があるなら、出てってください。あんた、俺の〝犬〟になるんじゃなかったんですか」

能代は口をへの字に曲げて苦笑した。

「連れねえこと言うなや。文句なんかねえよ。ああ〝犬〟として使ってけろ」

能代は嘯く。

ならば望みどおり、使ってやるつもりだ。元教官だろうが、利用できるものはすべて利用する。実際、能代なら並の駄犬よりいい働きをするだろう。

「例のことは調べてくれましたか」

三影は尋ねた。室蘭へ来る前、電話で調べ物を依頼していた。

「ああ。闇市だべな。確かに港の周りでやってるやつは室蘭署(うち)も憲兵も摘発しねえことんなっとる」

非合法な酒や食い物の提供や、モグリの売春が横行する闇市は、本来取り締まりの対象だが、官憲はそのすべてを摘発するわけではない。労働者が集まる町には、ごく少数だがお目こぶしを受けている市が存在し、場合によっては、軍人や役人がそこで羽を伸ばすこともある。

「桑田の写真使って聞き込んでみたとこ、おめの言ったとおりだったよ。あいつ足繁く闇市に通って、酒やら女やらをしこたま買っていたらしい。よく、もう一人、仲間らしい男を連れてきてそいつも羽振りがよかったそうだ。そっちが設楽だったかは、写真もねんで、確かめらんなかった」

「そうですか。まあそれで十分です」

やはりか。

これで、事件の構図は概ね見えてきた。

「三影、おめ、何を摑んでんだ。教えろ。〝犬〟だって餌が必要だんべ」

三影は少し考え、口を開いた。能代を上手く働かせるためにも、情報は共有した方が効率がいいだろう。

「ここまで殺された者たちは、飯場の棒頭だった伊藤を除き全員が『愛国第308工場』の同じ部署に所属しています――」

三影は、『愛国第308工場』の『事務二課』と、『二号研究』の研究疎開について、話して聞かせた。

途中で能代は何度も目をしばたたかせ驚いていた。

「おめ、札幌にいてそんだけ調べたんか。こっちゃ工場の目と鼻の先にいんのに手も足も出ねってのに」

「あんたらが、だらしないだけです」

言ってやると、能代は頭を掻いた。

「かあ、言ってくれるでねか。教え子にそったら言われたら、立つ瀬がねえな。だども、そのウラン爆弾? とかいうもんには、たまげんな。街一つを丸ごと消し飛ばすなんて、そったら爆弾が本当に造れるもんなんか」

「自分が見た理研の資料によれば、理論上は可能なようです。強力な兵器が造られることは大いに結構です。しかし血文字には〝カンナカムイに群がる鳥ども〟とあった。カンナカムイがウラン爆弾とするなら、その周りに何かよからぬ〝鳥ども〟が群がっていると読める」

「別の血文字には〝国賊〟とも書いとったな」

「そうです。ただ新型兵器を開発しているだけではないのでしょう。その裏で、何かが行われているはずだ」

「さては、おめが、俺に闇市を当たって、殺された工員が派手に金を使ってねえか調べさせたんは、そういうことか」

能代は察しよく気づいたようだ。

「最初の事件で殺された金田は、例の菊乃という芸妓に入れあげ、身請けしようとしていた。まあ朝鮮人とはいえ金田は少佐だ。そのくらい不思議ではないかもしれない。が、設楽や桑田まで、派手に金を使っていたとなると、少々、きな臭くなってくる」

「……横領、ってこったか」

三影は頷く。

きっちり裏が取れているわけではないが、ここまで掴んだ情報から推理を働かせれば、その蓋然性は高い。

「もしこのウラン爆弾をアメリカより先に完成させることができれば、戦況はひっくり返る。充てられる予算はおそらく青天井のはずです。それは金を抜きやすいということでもある」

「つまり、殺された『事務二課』の連中は、ウラン爆弾さ造る裏で軍費を横領しとったたっていうんか。こいつらが〝鳥ども〟か……や、だったら足んなくねえか。『事務二課』で残ってんのは、古手川って主任だけだべ。だども、血文字には〝残りは三羽〟ってあったべ」

「『事務二課』の外にも〝鳥ども〟がいるということです。一人は考えなくてもわかる。御子柴ですよ。やつが日崎を嵌めてまで事件を隠蔽したのは、自分の悪事が明るみに出ぬようにです」

「おお、そっか。で、もう一人は誰よ」

「もう一人は、相当の権力を持った人物のはずです。そもそも『事務二課』自体が、横領ありきでつくられた部署としか考えられない。そんなこと、現場の研究者や朝鮮人将校だけでは不可能だ。新しい部署をつくり、その課長に子飼いの将校を据えることのできる者が一味にいるとしか思えない」

「新しい部署をつくって人事を好きにするって、権力もっとる者ったって、そったらこと、総監督でもない限り……。え、おめ、まさか」

能代が顔色を変えた。

「工場の総監督にして室蘭防衛司令の東堂中将です。戦争の帰趨を決するような兵器開発の裏で行う横領です、そのくらいの大物が嚙んでなければ不可能でしょう」

だとすれば、あの中将が御子柴とつるんでいた理由もわかりやすい。

警察がそうであるように、軍とて一枚岩のわけはない。もし軍費の横領などという不祥事が明るみに出れば、東堂中将とて身の破滅だろう。だからこそ、隠蔽を図っているのだ。

「はあ、だども、防衛司令が嚙んでんなら、下手に手を出したら、こっちが火傷すっかもしんねえな」

三影は無言で頷いた。

連中が権力の厚い鎧で守られているのもまた事実だ。今の段階で横領を告発しようとしても、握り潰され、日崎のように排除されるのが関の山だろう。何か決定的な証拠が欲しい。

「皮肉なもんだな。犯人、スルクってやつは、警察（おれたち）が裁けねえ国賊を殺して回っとんか」

「仮にそうだったとして、犯人の好きにさせるわけにはいきません。確かに、この時局、軍費の横領などに手を染めるのは言語道断、中将だろうが司令だろうが、落とし前はつけてもらわなければならない。しかしそれでカンナカムイ、ウラン爆弾が完成しなくなるのはまずい。横領犯を誅して戦争に負けたのでは、本末転倒です。『事務二課』で一人残っている主任の古手川という研究者は、ウラン爆弾の製造で中心的な役割を担っていると思われます。彼を殺させるわけにはいかない」

「そっか。そりゃそうだな」

「もっとも、危惧すべきはむしろ逆の可能性かもしれませんがね」

「逆？」

「仲間が三人も殺されており、現場にはあんな血文字も残っているんだ、横領の一味は、当然、自分たちの命が狙われていることには気づいているでしょう。もう十分に警戒しているはずです。俺が古手川なら、工場から一歩も出ません。あの工場には警察だっておいそれと近づけない。犯人は手も足も出せないはずです。そして御子柴は、部下の憲兵を使って血眼になって犯人を捜しているのでしょう。むしろ狩られるのは犯人かもしれない。そうなれば、すべては闇に葬られる。そんなことを許すわけにはいかない」

「お、おお、そだな。うん。犯人の好きにも、横領してる連中の好きにも、しちゃなんねえ。そんためには――」

能代は一度言葉を切ると、上目遣いにこちらを見てから続けた。

「――俺たちが犯人捕まえっしかねえな」

「そういうことです。まず、犯人を捕らえる。その上で、横領を告発する手段を考えます」

三影は、気持ちが昂ぶってゆくのを感じていた。それを見透かしたような顔で、能代が顎をさする。

「三影、気づいてっか。おめ、今、いい面してんぞ。刑事の面だ。覚えてっか。特高んなって、拷問王なんて呼ばれる前は、おめ、いつもそういう面してたんだ」

三影は舌打ちをした。

ずいぶんと余計なことを喋る〝犬〟だ。

何も答えずにいると能代は思い出したように、口を開いた。

「ところでよ、三影、あいつ、来ると思うか」

「あいつって、誰のことです」

無論、誰のことを言っているかなどわかりきっている。

「とぼけんでね。日崎だ。網走から逃げおおせたらしいじゃねか。さすがにたまげたよ。俺はあいつが、ただ逃げ回るような男とは思えねえ。あいつはあいつなりに、真相を追ってくんでねか」

三影は勝手な能代の物言いに苛立ちを覚えつつも、笑ってみせた。

「やつがのこのこやって来たら、容赦なく叩きのめすまでですよ」

3

——昭和二十年（一九四五年）七月四日。

道、と呼べるようなものはなかった。あるのは、立ち並ぶ木々の隙間だ。

八尋とヨンチュンは、そこを縫うように歩いてゆく。慌てるのは禁物だ。足を滑らすかもしれないし、陥没した地面や、大きな石、木の根などが、下草の中に隠れていることがある。一歩一歩しっかり地面を踏みしめるようにして進むのだ。

脱獄から八日。網走湖南岸の女満別から西に向かい、大雪山を回り込むように南下した。人里には近寄らず、山の麓に広がる森林を進んだ。

二人ともふんどし一丁の裸で、髭は伸び放題。虫除けのため泥を塗り、全身真っ黒になっていた。肩には囚人服の上着でつくった即席の鞄を提げ、手には槐の枝を削りつくった杖を兼ねる槍と、小さな袋を持っている。この袋は、八尋が穿いていた囚人服のズボンを裂いてつくったものだ。

もし、今の二人の姿を誰かが見たなら、どうして南方の原住民が北海道の山に迷い込んでいるのかと思うだろう。

斜面を下ると、小さな沢があった。その畔には木が生えていない。

八尋は空を見る。まだ明るいが、太陽の位置はもうあまり高くない。たぶん、午後四時前後だろうか。

「水場もあるし、今日はここで、どうだ」

明るいうちに少しでも進みたくなるが、早めに野営地をつくって、しっかり休んだ方がいい。山では陽が落ち始めてから、真っ暗になるまではあっという間だ。悠長に構えていると寝床をつくれず、一晩中、不眠不休で歩き続けることになる。一日二日ならそれでもいいかもしれないが、何日も続けば疲労が積もり、怪我につながる。

「ああ」

ヨンチュンは頷いた。

「俺は火をやる。食い物を頼む」

「わかった」

ヨンチュンは再び頷くと、槍と袋を手に、斜面の縁にそって木々の中へ消えた。

一人になった八尋は、生い茂る木々の中から、針葉樹を探す。おあつらえ向きに、エゾマツと思われる樹が群生していた。その樹皮を数枚剥いでゆく。素手ではなく、硬いが割れやすい石で造った、即席のナイフを使って。

剥いだ樹皮には脂が滲んでいた。針葉樹は脂を多く含むため、火をつけるのに役に立つ。

樹皮を細かく裂き、地面に落ちている枯れ葉や枯れ枝も集め、一緒にまとめて小さな山をつくる。上手く隙間をつくり空気を多く含ませるようにするのがコツだ。

袋からマッチを出して擦る。獄舎の見張り台にマッチがあったのは助かった。これがなければ、毎日、火をおこすだけで一苦労だったろう。

マッチを放り込むと、樹皮、枯れ葉、枯れ枝へと火が燃え移り、パチパチと音を立て、燃え始めた。

当面、燃え続けるだけの樹皮や枯れ葉をくべると、今度は広葉樹を探す。少し離れたところにコナラらしき樹が生えていた。その枯れ枝を集める。

脂の多い針葉樹はよく燃えるが、煙が多く出るし、長くは保たない。対して広葉樹は脂が少ない分、長くじっくり燃えてくれる。針葉樹で火を起こし、あとから広葉樹をくべることで長持ちする焚き火ができる。

凍えるような季節ではないが、野宿をする上で火があるかないかは大きい。夜の底冷えを防げるし、熱を通すことで食べられるものが格段に増える。

石のナイフや焚き火の造り方などは、すべて子供の頃に利市から教わったものだ。まさか、こんなところで役に立つとは思わなかったが。

焚き火が完成する頃には、空は橙色に染まっていた。やはり、早めに準備をして正解だ。

ほどなくしてヨンチュンが戻ってきた。

「兎がいたんだけどな。すばしっこくてどうにもならなかった」

ヨンチュンは、顔をしかめて槍を振る。本職の猟師でもない者が即席の猟具で野生動物を捕まえるのは難しい。

「でも、大猟だぜ」

ヨンチュンは手に持っていた袋を広げた。覗き込むと中には、数本の独活と、茶褐色の蛇が一匹、それから緑色の芋虫が何匹もうねうねと蠢いていた。これらが今夜の夕食だ。

「よし、飯にするか」

二人はまず、沢に入って身体を洗い泥を落とした。やはり飯は泥まみれで食いたくない。ついでにヨンチュンが穫ってきた独活も洗った。

沢から上がって、料理を開始する。と、言っても、大したことはできない。

刑務所の倉庫から失敬してきた玉蜀黍の粉を水でこね、団子状にした上で、飯盒で茹でる。これが主食だ。

独活は皮を剝かずにそのまま、焚き火の中に突っ込んで焼いた。皮が黒く焦げるくらい焼くと、中は炊いたようにほくほくと滋味溢れる味になる。

蛇は石のナイフで頭を落とし、皮を剝く。内臓を取り出し血を抜いたあとで、木の枝に巻き付けた。別の枝を地面に刺し支柱にして物干しの要領で、蛇を巻き付けた枝を焚き火の上、煙が当たる位置に架ける。こうして燻製にするのだ。

芋虫の方は、石のナイフでお尻に切れ込みを入れて、小枝を突き刺し、焚き火の回りに刺し、炙る。

蛇や虫を食おうと言い出したのは、ヨンチュンだった。

脱獄して最初の二日ほどは、玉蜀黍の粉の他には、山菜や沢蟹などをとって食べていた。

「こんなんじゃ、力が出ねえよ」とヨンチュンは文句を言った。確かに蛋白源が圧倒的に足りない。蛇や虫なら比較的簡単に捕まえることができる。

ヨンチュンの故郷、朝鮮半島の農村では、蛇は精力の源とされ常食しており、また蚕のさなぎを煮て食べるポンテギという料理もあるという。そのためか、まったく抵抗なく「芋虫も焼きゃ食えるだろ」と宣った。

対して八尋は、札幌はもちろん、畔木村でも蛇や虫を食ったことはなかった。八尋が知る限り、伝統的なアイヌにもこれらを食べる文化はない。

蛇はともかく虫を食べるのはかなり抵抗があった。だから最初は「食うならおまえ一人で食え」と食べなかった。が、ヨンチュンは「こりゃいける」と、あまりに美味そうに食う。それに、炙られた芋虫はやけに香ばしいいい匂いがした。

脱獄から五日目、試しに一度だけ口にしてみたところ、ぷちぷちという食感は気味が悪かったものの、なるほど中身はほんのり甘みがあり、美味であった。穀物と山菜ばかりで栄養が偏った身体が欲していたため、そう感じたのかもしれないが。

ともあれ八尋は、以来、蛇も虫も食うようになった。慣れとは恐ろしいもので、たった数日で芋虫を見ただけで口の中に唾が溜まるようになってしまった。

二人は向かい合い、黙々と蛇や焼いた芋虫を口に頬張る。

視線を上げると、濃紺の空に、うっそうと茂った樹冠の影が見えた。この時期は山でもよほど高いところまで登らなければ雪はない。逃げるには、いい季節だ。もしも雪に閉ざされる真冬であれば、一日保たずに野垂れ死んでいたかもしれない。

ふと、利市が地獄（ポクナモシリ）と呼んだという島、ガダルカナル島のことを思った。

南太平洋に浮かぶその島を訪れたことなどなく、新聞記事や手記などの文字情報でしか知らない。大東亜戦争が始まる前は、いや、始まってからも激戦地として報道されるようになるまでは、存在すら知らなかった。

夏以外の季節がないというかの島のジャングルには、まともに食えるようなものはほとんどなく、飢えと病が蔓延していたという。検閲が入っているはずの記事や手記にさえ、その厳しさが綴られていたのだから、相当なものだったのだろう。

寒さがあらゆる生命の天敵であることは間違いない。しかし暖かければ、凌ぎやすいという単純なものでもないということか。

——ここ北海道の自然はね、厳しいのではないよ。豊穣なんだ。

農業技術を村人に教える父が、繰り返し言っていたことを思い出す。

寒冷帯にありながら、湿潤ではっきりとした四季のあるこの北の大地には、多様な動植物相が育まれている。アイヌが本格的な農耕を行わず狩猟採集を中心とした生活を営んでこられたのは、この自然の恵みがあってこそのことだろう。

だからかもな。

ふと、八尋は思い至った。

アイヌに蛇や虫を食べる習慣がないのは、豊かなこの地では、その必要がなかったからかもしれない。猟具と技術があるなら、骨や毛皮を利用できる獣や魚を狩った方が効率的だ。

八尋が生まれるよりずっと前、まだこの地が蝦夷地と呼ばれており、畔木村も存在しなかった頃、アイヌの集落（コタン）にはカミサマが言ったような、満ち足りた生活があったんだろうか。

ただし豊かな自然は、脅威になり得る。だからこそ、アイヌは森羅万象を神（カムイ）と考えたのだ。

広大な北海道の山地を逃げる限り、追っ手を恐れる必要はほとんどないだろう。今、警戒すべきは、人ではない――。

「おい、もう近いんだよな。おまえの故郷とやらは」

ヨンチュンが尋ねてきた。

二人が目指しているのは畔木村だ。それが別れ際、カミサマに「一応、あてはある」と言った行き先だった。

長老（エカシ）、畔木貫太郎を頼る。先日、訪ねたときは、昔と変わらぬ偏屈ぶりだったが、それだけに、逃げている八尋をすぐ警察に突き出すようなことはしない気がした。

「そのはずだ」

答えると、ヨンチュンは口を尖らせた。

「昨日もそんなこと言ってなかったか」

「仕方ないだろ。地図があるわけじゃない。けれどすぐ近くまで来ているのは確かだ。たぶん、もうすぐ着くはずだ」

オホーツク海沿いの網走から畔木村のある日高までは直線距離でも二百キロ以上。北海道をほぼ横断することになる。しかも平地をまっすぐ進むのではなく、山道を遠回りするのだ。道のりは四百キロ近くなるだろう。

たどり着くまで最低でも十日はかかると、踏んでいた。

「本当かぁ、迷ってんじゃねえのかあ」

文句を垂れようとしたヨンチュンを八尋は遮った。

「待て」

「な、何だ」

「物音がした」

八尋は腰を浮かして耳をすませる。

ヨンチュンも慌てて、辺りを見回した。

今、警戒すべきは、人ではない――獣、とりわけ、羆だ。

ガサガサという葉擦れの音。上だ。何かが頭上を通り過ぎていった。鳥か、あるいは樹上生物か。少なくとも、羆ではない。

胸をなで下ろす。

「つたく、驚かせやがって」

ヨンチュンが大きく息を吐いた。

見上げた樹冠の隙間から、月が見えた。まるで夜空が嗤っているかのような、弓形の月だった。

4

――昭和二十年（一九四五年）七月五日。

室蘭港に隣接する大東亜鐵鋼『愛国第308工場』。

その敷地内、木造の迎賓館『鳳凰閣』がある西の高台の奥に、『西の杜』という通称で呼ばれる緑地が広がっている。この緑地には一箇所、入り口のように木々が途切れている場所がある。そこから、道が延びている。外からは先が見通せない彎曲した道だ。その突き当たり、緑地の中心部には、木々に隠されるようにして、灰色の建物が一棟、ひっそりと建っている。

何の装飾もない無骨なコンクリート造りで、巨大なトーチカのように見えるその建物は、『特別開発棟』。存在自体が軍事機密とされており、工場内部でも一部の者しか知らない工場棟だ。

午後八時過ぎ。

工場の総監督であり室蘭防衛司令でもある〝鷲〟こと東堂武政中将は、憲兵隊室蘭分隊所属の〝梟〟こと御子柴稔（みのる）中尉を伴い、この『特別開発棟』を訪れていた。

棟の内部は、手前と奥の二間に分かれており、その奥の方の部屋で、東堂はそれと対峙した。

全長一メートル、直径は七十センチほどの楕円形の黒い筒。木製の台座の上に同じものが六つ、鎮座している。

材質は鉄だろうか。磨かれてはおらず、ざらざらとした質感の表面に光沢はない。縦横に一つずつ継ぎ目らしき線が走り、ボルトで留められている。

部屋には、荘厳な音楽が流れていた。オペラだ。『特別開発棟』の主である科学者、〝朱鷺〟こと古手川瑛介の趣味である。ほぼ一日中、この建物に籠もっている彼は、いつもオペラのレコードをかけている。

東堂も知っている曲だった。イタリアの作曲家、ヴェルディのレクイエムだ。

現在は、元同盟国の楽曲であっても、西欧音楽は敵性音楽と解され、本来は規制の対象となっている。

が、ここでは好きなレコードをかけることを許していた。誰に聞かれるわけでもないし、かく言う東堂も、かつてはオペラを愛好していた。古手川の仕事が捗るならむしろ歓迎だ。

「これが……」

隣で御子柴が嘆息した。

「完成したんだな」

東堂は、傍らにいる白衣を着た古手川に尋ねた。

「ええ、お待たせしました。本当は、実験をさせてもらいたいんですが、どうやらそんな余裕はないようですな」

古手川はのっぺりとした童顔で、どこか子供のような雰囲気を纏っている。

「実戦で試せばいい。同じことだ」

東堂は視線を動かさず、相づちを打った。

ウラン爆弾。暗号名、カンナカムイ。この古手川が設計し、ここ『特別開発棟』で極秘に製造が進められていた究極兵器だ。まったく予想だにしない事態が発生し、どうなることかと気を揉んだが、無事、完成したという。

この黒い筒の内部には、頭と尻の両端に濃縮させたウランの塊が置いてある。起爆すると尻の方のウランが、火薬の爆発力により、頭の方のウランに向けて発射される。濃縮されたウランは物質として不安定で、勢いよくぶつかったとき、核分裂と呼ばれる原子核の崩壊現象が起きる。そしてこのとき、質量の一部がエネルギーに変換され、都市一つを消し飛ばせるほどの凄まじい爆発が起きるという。

かつて士官学校で工学を修めた東堂は、古手川の説明で、一応、理屈は理解したつもりだ。しかしこの黒い筒にそれほどの威力があるなどとは、未だに信じ難くもある。

もともと、ウラン爆弾開発は、世界的な物理学者である理研の仁科芳雄博士の下で『ニ号研究』として進められていた。しかし実はこの研究は、初手であるウランの濃縮からして難航し、ずっと成果を出せていなかった。そんな中、この古手川が画期的なウラン濃縮技術の開発に成功したという。そして、いよいよウラン爆弾の本格的製造に着手しようとした矢先、東京の理研が空襲の標的になってしまった。

帝都が空襲にさらされたのは由々しき事態だが、結果として古手川が自身の研究を手に室蘭に転がり込んできたのは、東堂にとって奇貨(きか)であった。

この兵器に賭けるよりない――。

大東亜戦争の戦況は、厳しいなどという状況はとうに通り越している。

このまま本土決戦になだれ込めば必敗だ。国土を蹂躙された上で、無条件降伏に追い込まれるだろう。鬼畜米英どもに、惻隠(そくいん)の情など期待できるとは思えない。敗軍の将となれば、東堂はなぶり殺しにされかねない。

誉れある帝国軍人、しかも将官まで上りつめたこの俺が、そんな目に遭っていい道理はない。負けだけは困る。兵卒や国民の命などいくらでもつぎ込めばいい。一億総玉砕も止むなしだ。が、負けてはならぬ――それが、東堂の偽らざる本心だった。

かといって、もう勝ちが望めぬことはわかりきっていた。

目指すのは講和だ。この際、南方や満州の権益などどうでもいい。実質的に負けであっても、最低限、国体が維持でき、将校の名誉と身分が保障されるならばそれでいい。

そのために、このカンナカムイを使うのだ。

外電によれば、アメリカもウラン爆弾の開発を進めており、すでに完成間近だという。軍内部では、我が国を混乱させるためのデマゴギーであると断じる向きが強いが、東堂はおそらく真実なのだろうと思っていた。我が国にできることが、圧倒的な物量を誇るかの国にできぬわけがない。

ただ、この土壇場で、一歩先んじてウラン爆弾を完成させられたのは僥倖だった。それも六発もだ。

アメリカ本土にお見舞いしてやれれば一番だが、運ぶ手段がない。それどころか、制海権を握られた今、本州まで運ぶことすら難しい。

ならば、考えられる使い方は一つ。

特攻だ。

早晩、ここ北海道でも、本格的な敵の空襲が始まるはずだ。そのときが逆に、好機となる。北海道には南方の基地から飛ぶ爆撃機は届かない。北海道が空襲を受けるということは、巨大な空母を含む敵艦隊が近海に展開されていることを意味する。

それを叩く。

カンナカムイを搭載した特攻艇で船団をつくり、敵艦隊に突撃する。仮にカンナカムイの威力が古手川の試算の半分程度だったとしても、艦隊の一挙撃滅くらいは可能であるはずだ。

戦争が長びく中、米軍とて疲弊していないわけではない。もう少しで勝てると思っていたはずのところに、こちらがウラン爆弾を完成させ、なお頑迷に抵抗してくるとなれば、さすがにうんざりするのではないか。

艦隊一つ壊滅させただけで向こうが降伏するとは思えないが、講和に応じる可能性は大いにあるだろう。

特攻艇は、すでにこの工場で製造させている。早速、明日にも防衛隊に志願兵を募らせ、訓練を始めさせよう。

「大丈夫、なんだな」

東堂は半ば自身に言い聞かせるように、古手川に尋ねた。

「ええ、もちろんです。こいつは必ずや、期待に応えてくれるでしょう」

古手川は手を伸ばすと、カンナカムイの表面を慈しむように撫でた。

この科学者は、帝大を首席の成績で卒業し、その後入所した理研でも、並ぶ者のいない天才と呼ばれていたという。

部屋の隅に設置された大型の電気式蓄音機から、力強い合唱が響いた。怒りの日（ディエス・イレ）。ミサの典礼文を詞にしたこの聖歌は、レクイエムの代名詞ともいえる。

基督教（キリスト）における最後の審判。使徒ヨハネが幻視した世界の終末を表現しているという。

Dies iræ, dies illa（怒りの日、その日は）
solvet sæclum in favilla:（世界が灰燼に帰す日です）
teste David cum Sibylla（ダビデとシビラの預言のとおりに）

現実の世界には終末などない。戦争が終わったあとも、世界は続く。

東堂たちは、ただ強力な新兵器を開発するだけでなく、その後の準備も進めている。戦況を一変させるほどの兵器開発なら予算を無尽蔵に使えることに目を付け、一部をかすめ取り、蓄財しているのだ。

首尾よく国体を維持できたとしても、戦後には間違いなく、政・官・軍の混乱が起きる。この国を統べる者たちは、決して一枚岩ではない。維新に端を発する官軍と賊軍の争い、内務省と司法省、軍と警察、陸軍と海軍、統制派と皇道派、未だに幅を利かせる藩閥……対立の火種は数え切れない。誰もが隣人を恨み妬み、いつか寝首を掻いてやろうと、隙を窺っている。今はそんな連中が、アメリカという外敵のお陰で、辛うじて同じ方向を見ているに過ぎないのだ。

外敵が去ったあと、きっとこの対立は表面化する。今度は国内で、醜い権力争いが起きるだろう。そのとき、金の力はきっと身を助けてくれるはずだ。

それもすべては、講和がなればこそ、だ。もしも敗戦の憂き目となれば、皮算用は水泡に帰す。金以前にこの身が危なくなる。また、講和の前にこのことがばれるのもまずい。やっていることは立派な横領である。すべてが明るみに出れば、東堂とて、軍法会議にかけられる。

これは、恐ろしく賭金の高い博打のようなものだ。勝てばすべてを手に入れ、負ければすべてを失う。

「ところで……」

東堂は傍らの御子柴を睨み付けた。

「……スルクとやらは、まだ見つからないのか」

「は、申し訳ありません。憲兵たちには、例の消えた芸妓を捜させているのですが……」

御子柴はばつが悪そうに顔を俯けた。口元にドイツのヒトラー総統のような髭を生やしたこの男は、もともと陰気な顔つきをしていたが、最近はげっそりと頬が削げ、鬱々とした雰囲気に拍車がかかっている。

「そんなことを言って、もう半年だぞ」

「申し訳ありません」

御子柴は侘びの言葉を繰り返す。

東堂たちにとって不安の種は、敗戦や横領の発覚だけではない。東堂の子飼いの部下で、横領の実務的な部分を担っていた金田、そして古手川が理研から連れてきた部下の設楽と桑田の三人が、連続で殺害されたのだ。

どうやら犯人はカンナカムイのことも横領のことも知っているようだ。

人一倍怯え、警戒していた様子の桑田まで殺害されたのは、いささか驚いた。東堂と古手川は用心のため、当面、この工場内から外に出ないことにしていた。

「頼んだぞ」

念を押すように言うと、御子柴は「は」と敬礼をした。

東堂とて、御子柴が手を抜いているなどとは思っていない。彼も命を狙われているのだろうから必死のはずだ。

犯人がどこの何者かはわからないが、憂いを断つためにも必ず排除しなければならない。

蓄音機が吐き出す合唱は、朗々と世界の終わりを歌い上げていた。

Quantus tremor est futurus,（審判者があらわれて）
quando judex est venturus,（すべてが厳しく裁かれるとき）
cuncta stricte discussurus（その恐ろしさはどれほどでしょうか）

5

「そりゃ、驚きましたよ、菊乃姐さんが自分を贔屓にしてくれてる将校さん殺す手引きをしたんだっていうんだから。え、ああ、そうよ。憲兵さんたち、菊乃姐さんのこと捜し回ってるみたいで、あたしんとこにも来ましたよ。昔のよしみで匿ってるんじゃないかって。あたし、そんな、姐さんと仲よかったわけじゃないのにねえ。え、うん、そうねえ。憲兵さんにも訊かれたけど、姐さん、面倒見はいい人だったけど、あまり誰かと深く付き合う感じじゃなかったのよね。あの人を匿ってるとしたら、お客さんだと思うわ。ああ、お兄さん、昔なじみなら、そのうち憲兵さんが来るかもよ。まだみつかってないみたい。ついこないだも来たから。そうそう、しつこいのよ。どうしてって、そんなのわかんないけど……。殺された将校さんは鮮人で、殺した犯人は土人だったんでしょ。そう新聞にも出ていたらしいじゃない。あたしは読んでいないけど。まあ姐さん、軍要員になるくらい器量がよかったから、何かややこしいことがあったんじゃないかしらねえ」

かつて菊乃と同じ置屋にいたという女は、話し好きなようで訊いてもないことまでべらべらと喋ってくれた。

幕西遊郭が営業停止になって以来、母恋にある縫製工場で勤労奉仕しているという。工場近くの女子職員寮は手狭で、遊郭にいた頃に比べると、暮らし向きは質素になったが、お国のために役立てる今の仕事の方がやり甲斐があると話していた。

「あんのう、そん菊乃姐さんってんは、本当にハツなんだべか」

三影は、訛った言葉で尋ねる。

よれた国民服を着て顔も汚している。青森から流れてきた人夫で、菊乃こと竹内ハツの昔馴染みだということにしていた。

「それ、どういうことよ」

「おらぁ、ハツがそった恐ろしいごとすっとは思えねんだ。なんがの間違いでねんか」

「ああ、そうねえ。置屋には身元を誤魔化して働いてる人も、結構いるからねえ」

「誰か別の女が、ハツになりすましてたりしてねっかな」

「どうだろうねえ。あたしにはわかんないよ」

――昭和二十年（一九四五年）七月八日。

三影が再度室蘭を訪れてから、五日が過ぎていた。

憲兵に先んじて犯人を捕らえるといっても、闇雲に捜し回って見つかるわけがない。まずは可能な限りの情報を集めることだ。

三影は室蘭にいる〝犬〟たちとも連絡をとりつつ、自分も労働者風の恰好をして、町で聞き込みをしていた。

今のところ、犯人に繋がりそうな最も太い線は、行方不明の芸妓、菊乃だ。当然、憲兵も捜しているようだが、まだ見つけられていないらしい。

訊くべきことを概ね聞き終えたあと、三影は最後に一つ、予定になかった質問を女にした。

「あんた、赤ちゃんがおるだか」

女の腹がかすかに膨れているのが、ずっと気にかかっていた。

「あら、わかる」と、女ははにかむ。

「父親は」

結婚していたら、女子職員寮には住んでいないはずだ。

「昔、お客さんだった人なんだけどね。いろいろあんのよ。でも、あたし、一人でもこの子を立派に育てんの」

女は慈しむように腹をさすった。

「は、過ぎで、でけた子をか」

蔑みが、つい口をついた。辛うじて働いた理性が言葉を訛らせた。

「はあ、あんた、何」

女は顔をしかめた。

「何でもね。邪魔しだな」

三影はそう言って、その場を辞した。

くそ、俺は何をやってる——。

足早に路地を歩きながら、衝動を抑えていた。

回れ右をして、女を殴り飛ばし、腹の中の子と一緒に殺めてしまいたい。そんな破壊の衝動を。

——おまえは、過ちでできた子だよ。

——あの女にそっくりだ。

頭の中に、母が三影を折檻するときに決まって吐いた言葉が谺する。その言葉の意味するところは子供心にもわかっていたが、確かめたことはない。母が説明してくれることもなかった。父は何も語らず、三影のことを「三影家の男子」だの「武家の子」だのと宣った。

母の言った「あの女」がどこの誰なのか、今となってはもう知る術がない。

苛つきを抱えたまま木賃宿に戻ると、部屋には能代がいた。

「よう、ご苦労さん。どうだ、今日は何か収穫はあったかい」

組むと言っても、別に一緒に行動しているわけではない。能代は二日に一度ほどの頻度でこうして情報交換のために宿にやってくる。

まるで自分の家のように勝手にくつろいでいる能代に、三影は舌打ちを返した。

「あんたの方こそ、どうなんです」

「面目ねえが、大したことはなんも……。ああ、憲兵はここんとこずっと山狩りしてるみてえだな。室蘭岳の先の山地をよ」

能代は可能な限り憲兵の動向を探ることになっていた。

「菊乃を捜すためにですね」

この季節であれば、市街地の北側、室蘭岳を越えた先の山地は、潜伏場所としては有力である。山狩りをするのは理に適っている。

「ああ、そのようだ。だども現場の隊員はあんま士気は上がってねみてだ。『どうせ遠くに逃げちまった』とか愚痴ってるやつもいると聞く」

「なるほど」

当然だが、末端の憲兵たちには、血文字の意味や横領のことなど知らされていないのだろう。彼らは純粋に、逮捕された日崎の共犯者として菊乃を追っているに違いない。最初の事件からはもう半年だ。室蘭の近辺にはいないと考えるのは自然だ。

しかし、いる。

事件はまだ終わっていない。〝鳥ども〟はあと三羽残っている。

菊乃がスルクの仲間か、スルク本人だとしたら、室蘭近辺に潜んでいるはずだ。

〝鳥ども〟の一羽であろう御子柴も、そう考えているに違いない。しかし、部下に真相を話すわけにはいかず、上からどやしつけるくらいしかできまい。やつの焦りを想像すると、わずかに溜飲が下がる。

「あの、ごめんくださいまし」

部屋の襖の向こうから、宿の番頭が呼びかける声がした。

「どうした」

「三影様に、お客様がいらしてます。小野寺さんという方ですが……」

「通してくれ」

「おい、誰だ」

「室蘭防衛隊の男です」

「おめ、そんなとこにまで〝犬〟さ飼ってんか」

「大した働きもできない駄犬です」

前回、小野寺は役に立つ情報も取れなかった上に、工場を探っていることを気取られた。が、この町の軍組織内部にいる唯一の情報源ではある。

襖が開き、小野寺が顔を覗かせた。

「あの、どうも」

小野寺はおどおどと頭を下げた。

「しばらくだな」

「また室蘭にいらしてたんですね……」

小野寺は同席する能代が気になるようで、ちらちら見る。

「室蘭署の刑事だ。気にするな。適当に座れ」

「はい……」

小野寺は言われるまま、三影と向かい合うように畳に座る。表情が暗く、ずいぶんと浮かない様子だ。体調も優れないのか、頬が少しこけている。

「ふん、どうした。俺と顔を合わせるのは気まずいか」

「い、いいえ、滅相もないです。ただ、自分は三影さんの期待に沿えるような情報は何も……」

「案ずるな、こっちも期待はしてない」

これは三影の本心だった。

「はあ……」

「最近、防衛隊の雰囲気はどうだ。何か変わったことはあるか」

三影は本題を切り出した。

「そ、そうですね。敵艦隊が北上してくるってもっぱらの噂でして、ぴりぴりしておりまして」

「そうか。東堂司令は、隊に顔を出すのか」

「い、いえ。ずっと大東亜鐵鋼の工場に詰めておられるようで、隊の方ではまったくお見かけしません」

工場の中に引っ込んでいる、とも思える。やはり東堂中将も〝鳥ども〟の一羽なのだろう。

ふと見ると、小野寺は何かを訊いて欲しそうな視線をこちらに向けていた。

「どうした。そのしけた面の理由が何かあるのか」

水を向けてやる。

すると、小野寺はすぐに口を開いた。

「あの実は……つい先日なんですが、敵艦隊に対する特攻作戦が立案されまして」

「特攻、だと」

「はい。水上特攻です」

「震洋隊でも配備するのか」

震洋とは、海軍が開発運用している特攻艇だ。簡素な造りの小型モーターボートだが、船内に炸薬を搭載しており、目標船舶に体当たり攻撃を行う。沖縄やルソン島の戦いで実戦投入されている。

大本営は本土決戦に備え、全国の海軍基地などへの震洋隊の配備を進めていた。単純に敵に突っ込むだけの特攻兵器には、熟練した操縦技術は不要だ。隊は、主に予科練上がりの若年兵を中心に組織されているという。

「いえ、室蘭防衛隊、独自の作戦と聞いてます。特攻艇も大東亜鐵鋼が新しいものを製造し、極秘で配備しております」

「大東亜鐵鋼が」

三影は訊き返した。

「は、はい」

つまり、『愛国第308工場』で専用の特攻艇を造っているということだ。

「もう少し詳しく話せ。それはどんな艇だ」

「どんなと言われても……二人乗りのモーターボートで、機銃が二丁とロケット弾を二発装備しております。震洋よりも大きく頑丈で、より多くの炸薬を搭載できるよう設計されているとは聞いております」

「作戦はいつ決行される」

「わかりません。訓練は昨日から始まってますが……。北海道で本格的な敵の空襲が始まったらと、噂されてはいます」

空襲が始まれば、艦隊は確実に近海に展開している。それを迎え撃つ作戦だろう。

「貴様も乗ることになるのか」

「……それも、わかりません。隊員は全員が志願しておりますが、艇の数は限られてますので」

なるほど。これが、こいつの憂鬱の種か。

全員が志願したのではなく、志願させられたのだろう。

「なあ、あんた、本当は乗りたくねんだべ」

横から能代が小野寺の内心を言い当てるように言った。

「そんなことは……いや……」

小野寺は、一度大きくため息をつき、続けた。

「疑問がないと言えば、嘘になります。命が惜しいわけじゃないんです。死ぬ覚悟は、入隊したときにできています。しかし、モーターボートで突っ込んだところで、巨大な戦艦や空母を破壊できるものでしょうか。敵は洋上のみならず空にもいます。そもそも敵艦にたどり着けるのでしょうか。実際、震洋での特攻はほとんど成果を挙げることができなかったと噂されています。結局、自分は犬死にするだけではないのかと……」

隊の中では決して口に出せないだろうことを、小野寺は吐き出した。だが、その女々しさは三影を苛つかせた。

「あきらめろ。兵卒が結果を論じるな。選ばれたら立派に死んでこい。それにな、その特攻作戦、貴様が思っている以上に威力があるやもしれんぞ」

「え」

小野寺の顔に戸惑いが浮かんだ。

「どの道、志願したんだろ。死ぬ覚悟があるなら腹をくくれ」

「え、ええ。そうですね」

小野寺は暗い顔で点頭する。

「おまえ、先ほど、防衛隊独自の作戦と言っていたな。つまり、東堂中将の立案か」

「具体的に誰が立案したかは、自分にはわかりようもありませんが、作戦は東堂司令から直々に下されたかたちになっております」

「特別な作戦名はつけられているのか」

「はい。『雷神作戦』と」

これは、瓢簞(ひょうたん)から駒が出たかもしれない。

能代に視線を送ると、こくりと頷いた。

どうやら同じ推論をしているようだ。

おそらくその特攻艇に積まれるのは、炸薬ではない、カンナカムイだ。もしウラン爆弾に資料どおりの威力があるとすれば、敵艦隊を壊滅させることさえ可能だろう。

何より重要なのは、このような作戦が立案され、訓練まで始まっているということだ。それはつまり、すでにウラン爆弾が完成している証左に他ならない。

6

うっすらと空が白んでくる頃、八尋は自然に目が醒めた。

見張り役のはずのヨンチュンは、焚き火を前に座ったまま、うつらうつらと船を漕いでいた。

「キョンジャ……」

ヨンチュンの口から京子の名が漏れた。

再会する夢でも見ているのか。

「おい、ヨンチュン」

声をかけると、ヨンチュンははっと顔をあげた。

「お？　キ、キョ……ん、あれ……日崎？」

ヨンチュンは寝ぼけた目をしばたたかせる。我に返ったように息をついた。

「ああ、悪い、ついうとうとした」

「いいさ、特に何もなかったようだ」

野営地で眠るときは、用心のため二時間ごと交替で眠り、一人が見張りをすることになっていた。が、一日、山道を歩きづめに歩いたあと、じっと起きているのはなかなかつらい。

八尋も、ヨンチュンが寝ているときにうとうとしてしまうことはあった。

八尋はゆっくりと身を起こすと、大きく伸びをした。朝の湿った空気と草いきれを感じる。

「こっちこそ悪かったな。京子(キョンジャ)じゃなくて」

八尋はからかうように、言ってやった。

「はあ、何だそりゃ」

「数秒前のことを覚えてないのか。名前、呼んでたぞ」

ヨンチュンは顔を赤らめ口を尖らせる。

「う、うるせえ」

「とりあえず、朝飯を食おう」

八尋は、水の入った飯盒に夜のうちにこねておいた玉蜀黍の団子を放り込み、焚き火にかけた。

　山の中で野宿を繰り返す中で学んだことは、朝、動き出す前に必ず何か腹に入れておいた方がいいということだ。それだけで、昼の疲れ方がずいぶんと違う。

　ただし、刑務所で調達した玉蜀黍の粉とマッチが、もう残り少なくなっている。山の中で穀物の類を入手するのは難しいし、マッチがなくなれば火を起こすのにもかなり手間がかかるようになる。これらが底をつく前に、畔木村にたどり着きたい。

「おい、日崎」

　団子が煮えるのを待っていると、不意にヨンチュンから声をかけられた。

「何だ」

「……おまえ、自分のこと、結構賢いやつだと思ってるだろ」

「はあ」

「思ってるよな」

「思ってねえよ」

「いいや、思ってるね。おまえはそういうやつだ。だけどな、おまえ、自分が思ってるよりずっと間抜けだからな」

　そう言えば、脱獄する前にも同じことを言われた気がする。

「何だそりゃ。やぶから棒に、何を言ってるんだ」

「おまえが間抜けだって言ってんだよ」

朝から妙な絡まれ方をして、さすがにむっとした。

「悪いが、おまえに言われたくないぞ」

「は、そうだな、確かに俺は間抜けさ。おまえにコロッと騙されるくらいな。でもよ、俺は自分が間抜けって知ってるぜ。自分をできるやつと思ってる間抜けよりは、ましだろうよ」

ヨンチュンは大げさに肩をすくめた。

「おい、俺のどこが間抜けだって言うんだ」

「じゃあ訊くけどな、おまえが間抜けじゃないなら、どうして俺たちはまだこんな山の中にいるんだよ。おまえがもうすぐ着くって言ってから、何日経っている」

「それは……」

八尋は言葉につまった。

「わかんなきゃ教えてやるよ。十日だ、十日！」

——昭和二十年（一九四五年）七月十四日。

脱獄からは、もう十八日が経過していた。

今のところ飢えてはいないし、大きな怪我もしていない。罷に遭遇もしていない。しかし十日前後で到着するはずだったのに、その倍近い時間、山の中を彷徨っている。

「はっきり言って、道、迷ってるだろ」

ヨンチュンが据わった目でこちらを見る。八尋はかぶりを振った。

「いや、迷ってなんかない。もう本当に村の近くまで来ている……はずだ」

ヨンチュンは鼻で笑った。

「そういうとこだよ。おまえが間抜けなのは。自分をできるやつだと思ってるから、間違いを素直に認められねえんだ」

「そんなことは、ない」

「あるよ、おまえは、自分で思ってるより間抜けなやつだ。一緒にいて俺にはよくわかった」

頭に血が上るのを感じた。

元来、八尋は何を言われてもそんなに腹が立たない質だ。小さな頃から悪口は言われ馴れている。もちろん、悔しさがないわけじゃないが、それをやり過ごす術は心得ている、つもりだった。

けれど、どういうわけか、ヨンチュンにこう言われると聞き流せなかった。

「違う」

八尋は改めて否定するが、ヨンチュンも引かない。

「違わねえ。おまえ、俺にさんざ借りがあるだろうが。このくらい素直に認めやがれ」

それとこれは話が別——と、言い返そうとしたときだ。

ヨンチュンの向こう、茂みの間に動く影が見えた。

八尋は思わず目を見開き、傍らの槍を手にして立ち上がった。ヨンチュンが怪訝そうな顔をする。

「どうした？」

影は闇に紛れて見えなくなってしまった。しかし、確かに何かがいた。

はっきりとは見えなかったが、あの巨体はおそらく……。

「羆が、いる」

ヨンチュンは、顔色を変えて振り向いた。

「じょ、冗談はやめてくれよ」

「こんな冗談言うかよ」

「だって、これまで、一度も会わなかったじゃねえかよ」

「単に運がよかっただけだ」

ヨンチュンは立ち上がり、槍を手にした。

「おい、羆ってのは……食えるのか」

「ああ、食える」

「美味いのか」

八尋は幼い頃、一度だけ食べたことがあった。イオマンテの宴のときだ。

「ああ、美味い。ただ、俺たちが食われる可能性の方が高いけどな」

「そうかよ。で、どこにいる」

「たぶん、そこの茂みだ」

八尋は、影を見失った辺りを槍で示した。

「どうする、やられる前に、やるのか」

「駄目だ。それこそ食われるだけだ。こんな棒っきれで羆に勝てるわけがない」

羆の恐ろしさは身をもって知っていた。

「じゃあ、逃げるか」

「それも駄目だ。むしろ逃げれば、追ってくる」

「じゃあ、どうすんだ。襲ってこないよう、祈るってのか」

「そうだ。祈れ。それから――」

八尋は記憶の中から、かつて利市に教わったことを思い出す。もし山の中で羆の気配を感じたときにやるべきは……。

「——歌え」

「はあ」

「いいから歌うんだ。見よ東海の空あけてぇ、旭日高く輝けばぁ」

八尋は突然、声を張り上げて愛国行進曲を口ずさんだ。第二の国歌とも言われている国民的愛唱歌だ。

「わっ、な、何なんだ？　急に」

「いいから、声を出せ！　それで羆が驚いて逃げてくれるかもしれないんだ。天地の正気ぃ、潑剌とぉ」

羆に限らず、野生動物はみな臆病だ。だからこそ、山でばったり人間と出くわしたとき襲ってくる。が、ある程度距離がある状態で、こっちに人がいると気づけば、むしろどこか遠くに逃げてしまうことが多いという。

「わ、わかった。トラジ、トラジ、ペクトラジィ」

ヨンチュンも何やら歌を口ずさみ始めた。朝鮮の民謡のようだ。

と、そのとき、茂みの奥から、ガサガサという音が響いた。風ではない、明らかに何かがそこで動いている。

二人は顔を見合わせ、必死に声を張り上げる。頼むから襲ってくるなよ、と祈りながら。

しかし音は大きくなってくる。近づいてくる。

「おい、逃げるどころか、こっち来てるんじゃねえか！」

ヨンチュンは歌を止めて怒鳴った。

茂みの草の合間に黒っぽい影が見えた。

いる。あそこだ。やはり近づいて来ている。まずい、歌で逆に呼び寄せてしまったのかもしれない。

「くそっ」

八尋も歌を止めて、槍を構えた。こうなったら戦うしかない。

「だから、おまえは間抜けだって言ってんだ！」

ヨンチュンも叫びながら、槍を構えた。

次の瞬間、茂みから、それは現れた。

見上げるほどの巨大な羆……、ではなく、国民服を着た老人だった。長身ではあるものの、羆とは比べるべくもない。手には鉈を持っていた。

畔木村の長老、畔木貫太郎だ。

「な、何だ。おまえら」

貫太郎は目を剥いて鉈をこちらに突きつける。こんな山の中で槍を持った裸の男に会ったら警戒するのは当然だ。

「エ、長老。俺です、日崎八尋、フラクイ」

「フラクイ？」

貫太郎は、一歩こちらに近づき、八尋の顔をまじまじ見つめ、噴き出した。

「何だあ、おまえ、会う度に顔が変わりやがるな」

刑務所で坊主に刈られた頭は少し髪が伸びていがぐりのようになっており、顎と頬は髭でぼうぼうだ。確かに、前に畔木村を訪ねた頃とは別人のようだろう。

「おい、知り合いか」

ヨンチュンが小声で尋ねる。

「ああ、畔木村に一人だけ残って暮らしている長老だ」

「は、本当に近くまで来てたんだな」

「あの、長老、実は――」

言いかけると、貫太郎が遮った。

「知ってるよ、官憲から逃げてんだろ。村にもおまえを捜しに警官が来たよ」

故郷の村を当たるのは当然といえば当然だ。

貫太郎は口元を歪めた。

「連中、年寄り一人しかいねえのを確認したら、とっとと帰ったがな。通報するのが皇国臣民の務めかな」

「ち、違うんです。長老(エカシ)、俺は、濡れ衣を着せられて……」

慌てて事情を話そうとすると、貫太郎は、くっくっくと含み笑いをした。

「冗談だ。安心しろ、警察に突き出したりはしねえさ。まあ、ついて来い」

貫太郎は歩き出した。

八尋はヨンチュンと一度顔を見合わせ、そのあとに続いた。

と、そのときだ。

頭上から音がした。さほど大きくはないが、低くぱらぱらと鳴り響き、存在感がある。

みな、一度足を止め、天を仰いだ。

樹冠の隙間から見える空は、一面、白い雲に覆われており何も見えない。だが、そこを何かが飛んでいるのは間違いない。

音は十秒近くも続き、遠ざかりやがて聞こえなくなった。

まるで、天に棲まうという雷神、カンナカムイが、雲の中を通り過ぎたかのようだった。

7

朝靄のかかる室蘭の町に、サイレンの音が鳴り響いた。

低音から高音へと変化しつつ四秒ほど鳴り、八秒沈黙、その後また四秒鳴るのを繰り返す。

空襲警報だ。

敵機の接近が確認された時点で鳴らされる。ラジオでもブザーによる警報が流され、具体的な敵機の方角や予想飛行地点などが伝えられているはずだ。

これまでも空襲警報は何度か発令されている。が、いずれも偵察のみのようで、実際に空襲はなかった。無論、だからといって、今日もないとは限らない。

早朝、木賃宿を出た三影は、母恋へ向かい工場の社宅が並ぶ住宅地を進んでいた。すぐ後ろを能代があくびを噛み殺しながらついてくる。今日は非番なので一日行動をともにすると、朝一番で宿にやってきた。

路地には、工員や人夫らしき人々が行き交っている。これから仕事に向かうのだろう。警報が鳴ったからといって、仕事が休みになるわけではない。労働者は警報が鳴っても避難せず、敵機を視認するまでは勤労に励むよう通達が出されている。

三影は意図的にゆっくりと歩きつつ、小声で能代に言った。

「次の角を右に曲がったら、走ります」

「……もしかして、尾けられてんだべか」

能代も小声で返してくる。勘よく意図に気づいたようだ。

宿を出たときから、人夫を装った男二人に尾行されているのには気づいていた。

「はい。おそらく憲兵です。一昨日から、宿の前をうろちょろしています」

室蘭に滞在して、もう十日あまり過ぎている。さすがに、気づかれたようだ。御子柴とは因縁もある。こちらの動向を探ろうとしてるのだろう。

当面、尾行に気づかないふりをしていたが、今日、これから向かう場所の情報は与えたくない。向こうはある程度、距離をとって尾けてきている。これなら撒きやすい。

「全力疾走します。もし、ついてこられなかったら、署に帰っておとなしくしていてください」

「は、馬鹿にすんでね」

三影はそのまま、何食わぬ顔で角を曲がると、予告通り全力で走り始めた。

まっすぐには走らず、すぐ最初の角を曲がる。そのあとも複雑に入り組んだ住宅街を縫うように走ってゆく。この十日ほどで、町の地図は頭に入れてあった。

単純な方法だが、不意をつけば有効だ。追いかける方は、角の数だけ追跡経路の選択肢が増えてゆく。たった二人では一度見失った対象を発見するのはほぼ不可能だ。

十五分ほども住宅街を走り続け、母恋から輪西を経て太平洋に面した海岸線の一本道に出た。そこを更にしばらく走って一旦足を止める。

さすがに息が切れた。汗を拭って後ろを振り返ると、やや遅れて、能代が追いついてきた。

「よく、ついてこられましたね」

三影は本気で能代も振り切るつもりで走った。なかなかの健脚だ。

「ば、馬鹿に……すんでね……って……言った……べ」

能代は横っ腹を押さえ肩で息をしつつも、強がった。

あとに続く人影はない。この一本道であれば、尾行を撒けたかどうかは一目瞭然だ。

三影は無言で能代を促すと、目の前にあった横道に入ってゆく。

道はゆるやかに傾斜した下り坂で、下りきった先には海があった。

海岸は彎曲しており、海を抱えるように白い砂浜が広がっている。室蘭東部、太平洋に面した、イタンキ浜だ。イタンキとは「腕」を意味するアイヌ語だという。

浜に下りると、一歩進むたびに砂が、キュ、という小さな音をたてた。

この砂浜は、歩くたびに音を立てる鳴き砂らしい。

「なあ、知っとるか」

歩くうちに息を整えた能代が声をかけてきた。

「何です」

「このイタンキ浜にはな、工場で死んだ苦力たちが埋められてるんだと」

「苦力……、支那人どもですか」

苦力とは、大陸の底辺労働者のことだ。

「そんだ。大陸から連れてきて、工場で人夫として働かせとるようだ。苦力は人夫の中でも一番下の扱いで、日本人や朝鮮人よりも、ずっと大変な仕事をやらされるらしい。休みなく死ぬまで働かされて、最後は弔いもなく、この浜に埋められるんだと。砂が鳴くのは、そのせいなんだと。埋められた苦力が『無念だ』『悔しい』って、嘆いているんだと」

「くだらない」

三影は、吐き捨てた。

「いや、哀れだべよ。知らね国さ連れて来られて、死ぬまでこき使われるなんてよ」

「ふん、支那人ごときが皇国の礎になれたなら、誉れでしょうよ」

「誉れ……か。やつら、そもそも臣民じゃねんだぜ。で、思ったんだけどよぉ、例の幽霊ってのは、ここに埋まってる苦力なんかもしんねな」

イタンキ浜に幽霊が出るらしい――という噂話を三影が知ったのは、つい昨夜のことだった。

三日ぶりに宿を訪ねてきた能代が「署の部下から聞いただども――」と、何の気ない様子で語った。本人は新たに摑んだ情報ではなく、世間話のつもりだったろうが、三影は引っ掛かった。

夜、道に迷った流れ者の人夫が偶然、この浜に出たところ、ずぶ濡れになった男と女が彷徨っているのを見たというのだ。

室蘭の太平洋沿岸は、ほとんどが断崖絶壁であり、このイタンキ浜の傍にも切り立った崖がある。崖の上は高台で、軍需工場群が見渡せるため立ち入りを禁止されているが、忍びこんで崖から身を投げる者がときどきいるらしい。

このことから、その人夫が見たのは、入水心中した男女の幽霊だろうと噂されるようになったという。

三影はこれまでに一度も霊などというものを見たことはないし、見たことのないものを信じる気もなかった。

考えられる可能性は三つ。そもそもでたらめの作り話か、何かの見間違いか、さもなくば、本当にずぶ濡れの男女がいたか、だ。

憲兵は、人海戦術で山と町を捜しているが、今のところ菊乃は見つかっていない。海というのは、盲点かもしれない。

三影は能代を無視して浜を進み、辺りを見回した。二人の他に人影はない。一軒、朽ちかけた漁師小屋があった。近づいてみるが、人が潜んでいるような形跡はなかった。もっとも、こんなところにいるなら、さすがに憲兵が見つけているだろう。見渡す限り、他に身を隠せそうな場所はない。だが……。

気になったのは、人夫が見たという幽霊がずぶ濡れだったということだ。

三影は浜の端の岩場まで進むと、海に入った。海水はひんやりと冷たかった。岩肌に手をつき、崖の裏側に回り込むように進んでゆく。浜辺から三メートルも離れると、水位は長身の三影の胸の位置に達するようになった。塩辛い飛沫が飛んできて口に入る。

「お、おい、おめ、何してんだ」

浜から呼びかける能代の声がした。三影は構わず進む。途中で足がつかなくなった。が、岩肌に凹凸が多く、しがみついて更に進んでゆくのは難しくなかった。しっかり岩肌に張り付いていれば、波に呑み込まれる恐れは少なそうだ。

慎重に岩肌を伝い、浜からは見えない崖の裏側に到達した。長年、波浪によって削られた断崖は急角度の斜面になっており、海面より高い位置にいくつか、穴が空いているのが見えた。洞穴だ。

　しかもそのうちの一つ、海面から三メートルほどの位置にある洞穴の入り口に、すだれらしきものがかかっている。

　三影は目を見張った。

　あんなものが自然にできるわけがない。

　あそこには、人がいる――。

　表からは完全に死角になっており、海に入ってみなければ、ここに洞窟があることさえわからない。斜面は急だが、岩肌が摑まりやすいため楽に登れる。これならたぶん女であっても行き来できそうだ。隠れ家としてうってつけじゃないか。

　三影は崖をよじ登ってゆき、その洞穴の縁までたどり着いた。

　ちょうどよく岩がせり出した箇所があり、足をかけ登れるようになっていた。

　洞穴の入り口にかかっているすだれは、何か草を編んだもののようだった。やはり明らかに人の手によってつくられている。それをくぐり、入ってゆく。

　中は灯りがなく真っ暗だった。すぐには奥行きがわからない。ただ、暗闇の向こうから、かすかに人の息づかいが聞こえた。

「誰かいるな」

三影は暗闇に呼びかけた。

「だ、誰……」

返ってきたのは、か細い女の声だった。

少しずつ、目が慣れてきて洞穴の中の様子がわかってくる。岩壁は草で葺かれており、奥の地面には莫蓙が敷いてある。小さなちゃぶ台や布団、簞笥やストーブまでが持ち込まれ、ちょっとした部屋になっていた。

そして布団の上に座る人影があった。女だ。入り口から回り込んでくるかすかな光でも、はっきりした目鼻立ちがわかる。以前、能代がつくった似顔絵は、なかなかよく描けていたようだ。

見つけることができた――。

「軍要員の芸妓、菊乃だな」

呼びかけると女は、座ったまま少し後じさりをした。

「あ、あんた、誰よ」

「貴様を捜していた者だ」

「お、おい、三影。誰かおったんか」

背後から物音とともに声が聞こえた。

振り返ると、ずぶ濡れになった能代が洞穴に入って来た。まだ目が慣れぬようで、暗さに戸惑いきょろきょろしている。

「いましたよ」

三影が答えると、能代は数歩こちらに近づいてきて足を止めた。女の姿が目に入ったようだ。

「こら、たまげたな……。こったらとこ、隠れてたんか」

三影は女に視線を戻し、大股で近づいてゆく。

「女、質問に答えろ。貴様が、〝鳥ども〟を狩っているスルクか」

女は瞬間、驚いたように目を見開いたが、すぐに平静に戻り、挑発的な視線をよこしてきた。

「へえ、あんた、血文字の意味わかってるみたいね。見たところ憲兵じゃないわね。何者よ」

三影は身をかがめると、女の頬を張った。パシンという音が洞窟に響く。

「きゃっ」

女は横倒しに倒れる。

「おい、三影」

三影は表情を変えず、倒れた女を見下ろした。

「訊いているのはこちらだ。貴様がスルクか」

女はゆっくり身を起こす。口元に血を滲ませていた。

「違うわ。スルクは私の夫よ、私じゃない」

「夫、だと」

「あんたたちは〝鳥ども〟の手先？　私たちを始末しに来たわけ」

横から能代が答えた。

「違う。俺たちは警察のもんだ。純粋に真実を知りてえだけだ。もちろん、おめが殺しに関わってんなら捕まえる。仲間がいるなら仲間もだ。そいから、その〝鳥ども〟とやらが、悪事を働いてんなら、いずれ告発してやるつもりだ」

女は能代と三影のことを見回した。

「あんたたち、〝鳥ども〟がどこの誰で、何をしているかわかってるの」

能代はちらりとこちらを見た。三影は頷く。

能代が女に答えた。

「ああ。大東亜鐵鋼の工場で、新兵器開発する裏で横領さ働いとる連中だ。防衛司令の東堂中将もいる。違うか」

女は一度目を伏せると、観念したように息をついて、口を開いた。

「そうよ。だいたいわかってるわけね。私はね、夫、スルクが金田たちを殺す手引きをしたの」

女の言葉を能代が遮る。

「待て。あんたは、結婚なんてしてねえべ。スルクってんは、何者だ」

女はくすくすと笑う。

「ああ、置屋にあった私の身元はでたらめよ。私を売った女衒が、会ったこともない竹内ハツって人の戸籍を私にあてがったの。土人の女は高く売れないからって」

やはり、身元を偽っていたのか。土人、つまりこの女はアイヌなのか。

女は、続ける。

「私の本名は、畔木緋紗子っていうの」

「はあ、畔木緋紗子？」能代が驚き、高い声をあげた。「て、ことはおめの夫ってのは、畔木利市んことけ」

その名は、三影も知っていた。第一の事件で室蘭に来たとき、捜査資料にあった。確か、畔木村で日崎の父、日崎新三郎博士の助手を務めていた男だ。毒の製法を伝えられている可能性があったが、すでに戦死しているはずだった。

能代がまさにそのことを指摘した。

「いや、待て。畔木利市は戦死したんでねか」

「生きてるわ。軍なんていい加減なものね。戦死したって知らされていたけど、あの人はね、死んでなんかいなかった。生きて戦場から帰って来たの」

戦地での人定は必ずしも正確ではない。

「じゃあ、おめの夫の畔木利市がスルク、〝鳥ども〟を殺して回っとる犯人なんか」

「そうよ。でも、少し遅かったわね。あの人は、最後の狩りに出てしまった。もう、ここには戻ってこないわ」

三影は眉をひそめる。

「最後の狩り、とはどういうことだ」

女はこちらににじり寄ってきた。その目には冷たい光が宿っていた。そしてその口からは、問いの答えではなく、意外な懇願が漏れた。

「ねえ、あんたたちが〝鳥ども〟の手下じゃないなら、頼みがあるの。あの人を、スルクを止めてよ。私が知っていることは、全部話す。逮捕されてもいいし、死刑になったっていい。だからあの人を捕まえて」

8

貫太郎のあとに続き、山道を歩くこと三十分ほど。八尋とヨンチュンは畔木村に到着した。

二人が貫太郎と出会った場所は、畔木村の一キロほど北東、日高山脈の裾の辺りだったようだ。貫太郎は、仕掛けたくくり罠の確認と、山菜などを摘むため、時折あの辺りまで足を延ばすのだという。

後ろをついて歩きながら、平地と変わらぬようにすいすいと山を歩く貫太郎の足運びに、八尋は舌を巻いていた。体力的には、八尋やヨンチュンよりはるかに劣るはずだが、長年の経験の賜物なのだろう。

村に到着すると、かつて父の『研究所』で、今は貫太郎の住まいとなっている小屋に案内された。

以前訪れたとき村は一面雪に覆われていたが、今はその雪はすでに溶け、地面が露出し、そこら中に雑草が生えていた。人気がないのは以前と同じだ。雪があったときよりもいっそう、廃村の寂れが感じられた。

「とりあえずは、着るもんだな。古くて悪いが、こいつを着てくれ」

貫太郎は部屋の隅の箪笥から、二着の国民服を出してこちらによこした。

八尋とヨンチュンはありがたく、それに袖を通した。数日ぶりにまともな衣類を身につけた。裸に馴れてしまったのか、どこかくすぐったいような気がする。

着替えがすむと、貫太郎は湯を沸かし、オオウバユリからつくる保存食トゥレプアカムと馬鈴薯、それから干し肉で鍋(オハウ)をつくり、振る舞ってくれた。

簡素な鍋ではあったが、何日も玉蜀黍の団子と、虫、せいぜい蛇で飢えをしのいできた身には、十分に美味だった。ヨンチュンは「美味い」を連発していた。

「はは、儂のことを羆(キムンカムイ)かと思ったのか。そりゃ光栄だ」

先ほどの顛末を話すと、貫太郎は手を叩いて笑った。

「でも結局、見間違えだったんですよ」

ヨンチュンがぼやいた。

「フラクイはガキの頃からおっちょこちょいだった。変わってねえな」

「そうなんですか」

「ああ、いつもすまし顔でな、他のやつらとは違うって、偉そうにしているわりに、大事なところで抜けてやがるんだ」

「へえ、こいつ昔からそうだったんですね」

ヨンチュンは、我が意を得たりと頷いた。

「お、おい、ちょっと待て」八尋にとっては面白くないかたちで意気投合しそうな二人に割って入る。「さっきは、本当に羆らしく見えたんだ。あと、俺は別に村で偉そうになんてしてなかったぞ」

「どうやら、自覚はねえらしい」

貫太郎が呵呵大笑した。

「困ったもんだ」

ヨンチュンも笑いながら深く頷く。

何とも釈然としない。

「はは、フラクイ、そうむっとするな。おまえさんが儂を頼ってきてくれて嬉しいよ。あの網走刑務所から逃げてきたんだろ」

貫太郎の言葉に驚いた。

「追っ手はそんなことまで言っていたんですか」

時局を考えると、捜査員は破獄や事件の具体的なことは伏せて捜しているものと思っていた。

「いや、連中は何も説明しねえで、ただおまえが来なかったか訊いて、もし来たら知らせろって言って帰っていったよ」

「じゃあ、どうして網走のことを」

「全部、スルクから聞いた。おまえがやってもねえ殺人の罪を着せられて逮捕されたってこともな」

「どういうことですか」

「つい数日前、スルクがまた村に来たんだよ。イポカは連れず、独りでな。もしおまえが村に逃げてくるようなことがあれば、匿ってやって欲しいと頼まれた」

利市が？

いや、それでもおかしい。

八尋の逮捕や脱獄が、まともに報道されているとは思えない。たとえ利市が事件の真犯人だったとしても、八尋が網走に投獄されたことや、まして逃げ出したことは、知りようがないはずだ。

「ああ、それからな、実は……」

貫太郎は一度立ち上がると、部屋の隅の棚から何かを取り出した。

「そんときスルクからこれを預かったんだ」

それは折りたたんだ数枚の便せんだった。

「手紙、ですか」

「そうだ。もしおまえが来たら渡してくれって託された」

八尋は戸惑ったが、貫太郎は押しつけるように差し出してくる。

「ほらよ。読んでやれ」

「……はい」

八尋は受け取り、便せんを開いた。

これはおまえに届くのだろうか。もし届くのならば、まずは詫びさせて欲しい。まさかおまえが逮捕されることになるとは思わなかった。おまえにだけは、本当のことを伝えておきたい――

そこには、見覚えのある筆跡で一連の事件の真相が綴られていた。

9

「捕まえろとは、どういうことだ。貴様は、スルクとやらの犯行を手助けしてたんだろ」

三影はその女――畔木緋紗子――を見下ろし、鋭い視線を投げかけた。

「それは……そうよ。〝鳥ども〟を狩るのを手伝っていた」

「ふん、怖じ気づきでもしたか」

言ってやると、緋紗子は、目を泳がせた。

「そうね。確かに私は怖じ気づいたのかもしれない。あの人の怒りは、私が思っていたよりずっと大きかった……。あの人が最後の狩りで標的にしているのは残った〝鳥ども〟だけじゃないの」

「何だと」

三影は眉をひそめた。

能代が「話を聞こう」と促すように、こちらに目配せをしてきた。三影は小さく頷いた。

「女、順を追って、わかるように話せ」

「わかった」

緋紗子は、布団の上で居住まいを正すと、三影と能代を交互に見て、口を開き、語り始めた。

「戦地から帰還したあの人が私の前に姿を現したのは、去年の夏だったわ――」

室蘭の遊郭で芸妓をしていた緋紗子は、夫が現れたとき、酷く驚いたという。女衒の辰巳から夫は戦死したと聞かされていたからだ。

また、芸妓として働いていたことを恥じた。戦時下の芸妓は、事実上の高級慰安婦だ。芸妓は芸は売っても身体は売らないなどとよく言われるが、軍の将校に求められて断れるものではない。

以前のスルクであれば、悲しむか、あるいは怒るか、したはずだった。緋紗子を攫って逃げてでも足抜けさせようとしたはずだった。

が、スルクはただひと言「そうか」と言っただけで、悲しみも、怒りもしなかった。スルクは放心したようで、目には精気がなく焦点も合わず、まるで目の前にいる緋紗子の姿さえ見えていないようだった。

言葉少なにスルクが語ったところによれば、彼の耳には町の喧騒が、戦地で聞いた断末魔の声に聞こえるのだという。彼の鼻には竈から漂う飯の匂いが、戦地で嗅いだ腐臭に思えるのだという。彼の目には往来を歩く人々の姿が、飢えたままジャングルを彷徨う戦友たちに見えるのだという。それらの幻は、目を閉じても消えることなく、眠りについたあとでさえ、悪夢となって襲いかかり、彼を苛むのだという。

夫はもう、死んだのだ。畔木利市という名の皇国臣民は死んでしまった――このとき緋紗子は改めてそう思った。

戦場から戻ってきたのは、心を壊してしまった男、いや、壊れた心を戦場に置いてきてしまった男、スルクだった。

傷ついているのは緋紗子も同じだった。二人にできることは、ただただ慰め合うことだけだったという。

きっかけは、今年の正月。緋紗子に首ったけの馴染み客、金田が交わったあとの寝物語に、自慢げに機密、いや、不正についての情報を漏らしたことだった。

「実はな、工場で新しい部署の課長に納まったんだ。新兵器の開発を行う部署だ。すごいだろう。しかも俺はこの部署の予算を好きなだけ抜けるんだ。おまえのことも身請けしてやるぞ」

それはつまり、軍費を横領しているということだ。

緋紗子は表面上「すごいわあ」「うれしいわあ」と、調子を合わせたが、内心では憤った。そしてそのことをスルクに話した。「あなたがこんなに苦しい思いをしているのに、横領した金で私を身請けしようとしている将校がいる」と。

話を聞いたスルクは、ぼそりと言った。

「そうか。そんなやつがいるのか。ならばそいつに、誅(ちゅう)を下そう」

ずっと精気を失ったようだった彼の目に、確かな熱が灯っていた。

緋紗子はスルクのことを止める気にはならなかった。むしろ思うがままにさせてやりたいと思った。

ただ、この時点ではまだ偶発的な憤りに駆られていただけであり、スルクも、金田を殺したら二人でどこかへ逃げるつもりだったようだ。

スルクと緋紗子は畔木村を訪れ、かつて日崎博士が念のための予備として埋めていた毒を手に入れた。

長年、地中に埋めていた毒だ。まずはどの程度の威力か試すために、緋紗子を売り払った女衒の辰巳を殺すことにした。あの男を殺すことは、のちのち緋紗子の身元を辿らせないためにも必要だった。当時、辰巳が訪れていた函館にスルクが向かい、娘を売りたい父親の振りをして近づき、毒を塗った刃物で刺した。効果は覿面で、急所でもない足を刺しただけでも、辰巳は絶命したらしい。

毒が十分な威力を秘めていると知ったスルクは、緋紗子にカルモチンを盛らせ、金田を殺害した。一緒にいた伊藤は巻き添えになったかたちだが、スルクにしてみれば、金田の金で芸者遊びをした伊藤もまた同罪と言えた。

このとき金田から聞き出した横領の全貌は、スルクと緋紗子が想像していた以上に、規模の大きなものだった。金田が課長となった部署が開発している新兵器には、アイヌの雷神にちなみカンナカムイという名がつけられたというが、その正体は街一つを破壊する威力を秘めたウラン爆弾だった。開発につけられる予算は無尽蔵。そしてこの横領計画には、工場の総監督で防衛司令でもある東堂中将も関わっているという。

金田は泣きながら命乞いをし、すべてをぶちまけた。が、もちろん、許しはしなかった。

血文字は、スルクが半ば衝動的に書いたものだという。

横領犯〝鳥ども〟の顔ぶれは、三影が推測していた通りだった。『事務二課』に所属する四名――金田、設楽、桑田、古手川――に、憲兵の御子柴と、工場総監督の東堂を加えた六名だ。彼らはそれぞれ鳥の名の暗号名で呼び合っているという。

全貌を知ったことで、スルクの犯行は金田の殺害では終わらなくなった。この〝鳥ども〟全員を誅すると言い出した。

スルクは緋紗子とともにこの洞窟に身を隠し、〝鳥ども〟を殺害する機を窺っていたという。そしてある日スルクは「〝鳥ども〟の一羽をおびき出せそうだ」と、実際に設楽を殺害した。

が、ここで、不測の事態が起きた。

御子柴が隠蔽に動いたのだ。

設楽の殺害は憲兵により自害として処理され、金田と伊藤を殺害した犯人として、無実の男が逮捕された。

よりによって逮捕されたのは、日崎博士の子息で、スルクや緋紗子とも馴染みのある日崎八尋だった。これを知り、スルクは怒り狂った。

終わらせなどしない。すべての〝鳥ども〟を狩り尽くす――その意を込めて、桑田のことも殺害した。しかし、憲兵はそれもまた自害として処理をしたという。

「待て」

三影は話を途中で遮った。

「貴様、逮捕されたのが日崎だと知っているのか」

「知ってるわ。逮捕したのは、拷問王とか呼ばれてる有名な特高刑事らしいじゃない」

思わず苦笑した。

「そうかい。哀しいなあ。そいつは俺のことだ」

「え」

緋紗子は、顔色を変えると警戒心を露わにした。

「やっぱり、〝鳥ども〟の手下じゃない」

「そら違う。こいつも嵌められたんだ」

能代が口を挟んだ。

「嵌められた、ですって」

「そんだ。御子柴が、証拠をでっち上げてこいつに渡したんだ。証拠があったら、逮捕すんのは警官なら当たり前だ。逮捕したくてしたんでねえ。そうだろ、三影」

「ああ、俺としても日崎を捕らえたのは苦渋の選択だった。事件が終わったとされたあとも、改めて手を尽くして調べ、事件の裏で暗躍する者がいることを突き止めたのだ」

三影は、能代の話に調子を合わせた。苦渋の選択も何も、本当は最初からでっち上げとわかって日崎を排除したのだが。

「ほ、本当でしょうね」

「本当だ。女、貴様も本当のことを言え。どうやって日崎が逮捕されたことを知った。やつの名は、新聞でも報じられなかったはずだ」

三影は強引に、話を戻した。

緋紗子は怪訝そうにしつつも、口を開いた。

「それは……。あの人が、軍の関係者からそういう話を聞いてきたのよ。『先日の朝鮮人将校殺しの犯人は、実は日崎八尋という特高刑事だったらしい』ってね」

「軍の関係者？　何故、そんなところから話を聞ける」

「あの人が、もぐり込んでるからよ。室蘭防衛隊に」

「何だと」

三影は能代と顔を見合わせた。

防衛隊にもぐり込むなどということが可能なのか。

だが思えば、目の前の女も身元を偽って働いていたし、そもそもスルクこと畔木利市は死んだことになっていた。

「どうやってもぐり込んだ。当然、偽名を使っているな。何という名だ」

尋ねると、緋紗子はかぶりを振った。

「知らない。あの人、詳しいことは何も教えてくれなかった」

「しらばっくれるな」

「しらばっくれてなんてない。ただ、軍にいると何かとやりやすいってあの人は言っていた。設楽や桑田をおびき出して殺せたのも防衛隊員の立場を利用したからだって」

「具体的にどうやって殺した」

「それも、知らない。金田を殺したあと、私はずっとここに隠れているだけだもの。ときどき、あの人が水と食べ物を持ってきてくれて……。設楽や桑田を殺したことは聞いたけど、どう殺したかまで話してくれなかった」

確かに外では憲兵が菊乃を捜し回っている。緋紗子がここから出るのは難しかったろう。

「ふん、まあいい。それで、やつはこの先何を企んでいる。貴様は何に怖じ気づいた」

「〝鳥ども〟の残った三羽は、いずれも簡単におびき出せるような相手じゃないわ。その上、普段以上に警戒もしているでしょうね。だからあの人は、残り三羽は一人ずつじゃなく、まとめて焼くことにしたの。室蘭の町ごとね。それがあの人の最後の狩りよ」

室蘭の町ごと焼く、だと。

あまりに馬鹿げているが、それを可能にするものがこの町にはある。

「まさか、カンナカムイか」

「そう。ウラン爆弾とかいうものの仕組みは、よくわからないけれど、本当に街を一つ消し飛ばせるくらいの威力があるなら、〝鳥ども〟がどこに隠れていようと関係がない」

「どうやってカンナカムイを手に入れる」

緋紗子はかぶりを振る。

「わからない。ただ、あの人は向こうからこっちに渡してくれるはずだと言っていたわ。そしてあの人は、ここを出ていったの。カンナカムイを使えば、表には人を殺す毒のようなものが蔓延するから、当面は絶対に外に出ないようにって言って」

「お、おい、三影、ひょっとすっと……」

「ええ。例の『雷神作戦』とやらでしょう」

スルクが室蘭防衛隊にもぐり込んでいるなら、あの作戦がカンナカムイを用いた洋上特攻だと気づくはずだ。

これに志願し、選ばれれば労せずカンナカムイを手にできる。そして敵艦ではなく港にでも突っ込むつもりか。

「しかし、とんでもねえな。そったらことしたら、自分も巻き添えんなんぞ」

「あの人はそんなの覚悟の上よ。あの人の狙いは、ただカンナカムイで〝鳥ども〟を焼くことじゃない。起死回生の切り札のはずのカンナカムイが、室蘭の軍需工場ごと消し飛べば、もうこの戦争に勝ち目はなくなる。この国は、滅びる。あの人を駆り立てた怒りは、自分たちを捨て石にした国に対する怒りだった。〝鳥ども〟は、その身代わりにすぎない。あの人の本当の獲物は、大日本帝国なのよ」

緋紗子の声には熱が籠もった。が、裏腹に辺りの空気は冷えてゆくようだった。三影は、背中に寒気を覚えていた。

「だ、だども、おめは、それを止めてえんだな」

緋紗子はゆっくりと頷く。

「あの人の怒りはわかる。でも、そんなことをすれば大勢の無関係な人まで巻き込んでしまう……。この際、あんたたちが本当は〝鳥ども〟の手下でも構わない。止められるものなら、止めて欲しい」

奇妙な女だ……。

三影は緋紗子の様子を注意深く観察しながら思った。

特高刑事としてこれまで何百何千という者たちを追い詰めてきた三影の嗅覚は、敏感に嘘の匂いを嗅ぎ取ることができる。

無論、物理的な「嘘の匂い」などというものが存在するわけではない。嘘つきに独特の、目の泳がせ方や発汗、口調といった雰囲気から、推し量るのだ。

緋紗子からも、わずかにそれを感じる。

おそらくこの女は、真実だけを語っているわけではない。

吹雪を閉じ込めたような冷たい目がそれを物語る。たとえば花束の中に、小さな毒蜂が一匹だけ紛れ込んでいるような。そんな違和感を覚える。

この女は、きっと何かを腹に隠している。

ただ、利害は一致する。スルクを止めるという一点において。

国家を逆恨みした男が、国賊どもと心中しようが知ったことではない。が、国をも巻き添えにしようとするのを、黙って見過ごすわけにはいかない。たとえ裏で国賊どもが横領を働いていようとも、『雷神作戦』自体は成功させ、この戦争には勝ってもらわなければ困る。

「貴様、何か証拠になるようなものはあるか」

三影は緋紗子に尋ねた。

「証拠？」

「〝鳥ども〟が横領を働いていたことを示す証拠だ」

「ああ、よくはわからないけど……」

緋紗子は棚を探り、一冊の手帳をよこした。

「金田が持っていたものなの。いろいろとお金のことが書いてあるみたい」

三影は手帳を受け取り、ぱらぱらと捲る。

思わず口元に笑みが浮かんだ。

「お、おい何が書いてあるんだべか」

「面白いことですよ」

能代が覗き込もうとするので、ページを開いて渡してやる。

「こりゃあ……」

手帳に書き込まれていたのは、『事務二課』の予算から抜いた金の詳細な記録だった。公的な帳簿には残せないから、私的な手帳に書いておいたのだろう。しかも別のページには、備忘録として、〝鳥ども〟の名前と暗号名の対応表が書いてあった。東堂中将の名前もある。

これは決定的な証拠になる。

そのとき、どこか遠くからくぐもった破裂音が聞こえた。かすかに洞穴の中が揺れ、天井や壁からぱらぱらと砂が落ちる。

地震か？　いや、違う。

破裂音は何度も連続し、その度に洞穴は揺れた。

外だ。外で何かが爆発している。それも一発じゃない。何発も、何発も。

三影は洞穴の天井を見つめる。岩は硬く、とりあえず崩落はしなそうだ。

「お、おい、三影。まさか……」

おそらく、そのまさか。空襲だ。

すでに北海道にも敵機が侵入してきている。いつあっても不思議ではなかった。それがたまたま、今日だったのだ。

今重要なのは、これで『雷神作戦』とやらが決行されるまで、もう時間的な余裕はなくなったということだ。

10

――俺はカンナカムイを奪い、すべてを終わらせる。

手紙は、そんな一文で結ばれていた。

八尋の便せんを持つ手は震えた。

馬鹿な……。

その内容は理解を超えるものだった。

スルクは、室蘭で秘密裏に開発されているというウラン爆弾、カンナカムイを奪い爆発させるつもりだという。

いや、それ以前に、スルクは――。

「長老(エカシ)、これは……」

貫太郎はかすかに口角を上げた。

「儂は嘘は言ってねえぞ。戦地から帰ってきたのはスルクだ」

「おい、どういうことだ」

後ろから覗き込んでいたヨンチュンが、声をあげて最後の一枚を奪い取った。

「ここに書いてあることは本当なのか。街一つを消し去る爆弾、室蘭に、こんなもんが本当にあるのか」

ヨンチュンが、掴みかからんばかりの勢いで貫太郎に尋ねた。

「本当かどうかは、儂にはわからん。が、少なくともスルクは本気だ。この国をも巻き添えにして、何もかも一緒に滅ぼしちまうつもりらしい」

貫太郎は他人事のように答えた。

「じょ、冗談じゃねえぞ。国を滅ぼす？　そんなもん勝手にしろ。だけど、人を巻き込むんじゃねえよ。あそこにいるのは国じゃねえ、人だ。京子だっているんだぞ」

ヨンチュンは八尋の方を向き、襟首を摑んだ。

「おい、日崎。止めに行くぞ。スルクだか、スルメだか知らねえが、そんな馬鹿げたことやらせるわけにはいかねえ」

八尋はヨンチュンの手首を摑み、力を込めて襟首から引き離す。

「言われなくても、そのつもりだ」

そうだ。何の罪もない人々を巻き添えに死ぬことなど、断じて認めてはならない。

止める――。

慕った人だからこそ、俺が止めなければならない。

そのとき、どうん、という重たい音が響いた。

入り口の戸がたわみ、小屋全体が、揺れた。

何事だ？

一同が、戸の方を振り向く。

今度は、声がした。人の声ではない。

ぶごおお、ぶごおお、と甲高くも不気味に響く、獣の声。八尋の記憶の底に、恐怖とともにこびりついている咆哮だった。

「な、何だ、これ」

ヨンチュンが声をあげた。

「これは……」

貫太郎がたわむ戸を見て、愕然とした。

「羆だ」

八尋が言うのと、派手な音を立てて、入り口の戸の一部が裂けるように割れるのは同時だった。その割れ目から、赤黒い毛に被われた巨大な腕が入ってくる。手の先には、太く鋭い爪がむき出しになっていた。

「お、おい、何で、こんなとこに羆が出るんだよ」

「山からずっとついてきてたのかもしれんな。だとしたら、あいつは山の神（キムンカムイ）じゃねえ。人の味を知ってる悪神（ウエンカムイ）だ」

貫太郎が言った。

羆は賢い獣だ。ときに、山で見つけた人間（えもの）のあとを尾け、人里までやってくることもあるという。

「長老（エカシ）、すみません。たぶん、俺たちが連れて来てしまいました」

野営地で最初に見かけたのは、やはり貫太郎ではなく羆だったのではないか。

「わからんさ。儂がずっと尾けられていたのかもしれん」

「そんなんどっちでもいいだろ。どうすりゃいい。また歌うのか」

ヨンチュンが叫ぶと、貫太郎はかぶりを振った。

「無駄だな。ウェンカムイにとっちゃ人は食料だ。いくら音で威嚇したところで、驚いて逃げてはくれんよ」

ならば、撃退するしかない。

「長老（エカシ）、猟銃は」

「そんなもん、全部、供出で取られちまった」

「念のため訊きますが、父が造った毒がどこかに残っていませんか」

「ねえよ。予備が隠してあったようだが、スルクが持ってった。手紙に書いてあったとおりだ」

炉端に置いてあった鉈が目に入った。

「これを借ります」

八尋は鉈を拾い上げると、戸に向かった。割れ目から飛び出ている羆の太い腕に思い切り鉈を叩きつけた。

ぐおう、という悲鳴とともに、腕が引っ込んだ。

やったか、と、思いきや、すぐに、戸がしなり、小屋が揺れた。戸の割れ目が広がり大きく裂けた。

羆が体当たりをしているのだ。おそらく、あと一度で戸を破られてしまう。

八尋は後じさる。

見るとヨンチュンも手製の槍を構えていた。

破裂するような音が響き、戸が大きく割れた。木片が飛び散る。そして羆が姿を現した。

その姿を見た瞬間、八尋は言葉を失った。単に恐ろしいだけではなかった。

破られた戸から射し込む光を背に受ける羆の身体は、燃えるような赤毛に覆われていた。

そしてその目の色は、何の意志も感じさせない冷たい灰色をしていた。

あの日の神(カムイ)――。

八尋の両親を屠った、あの羆そのものだった。

いや、違う。ただ、少し似ているだけだ。あの羆は、もういない。

そう言い聞かせる。

羆はうなり声をあげ、四つん這いに一歩一歩、八尋たちに近づいてくる。

「クソッ」

ヨンチュンが吐き捨てた。

「儂が食われよう」

貫太郎の声に、思わず振り向いた。

「若いおまえらが、こんなところで死ぬこたあねえ。どうせ老い先短い身だ。儂がウェンカムイに食われてる間に、おまえらは逃げろ」

貫太郎は、おもむろに羆に向かって歩いて行こうとする。八尋はその肩を摑んで引き留めた。

「駄目です」

そのまま、強引に貫太郎の身体を引っ張った。

貫太郎はたたらを踏んで後じさる。

「フラクイ、何をする」

八尋は貫太郎を無視して、ヨンチュンに呼びかけた。

「俺が羆を引きつける。長老と一緒に、逃げてくれ」

「え」

「頼んだぞ」

返事も聞かず、羆に向かって駆け出した。

これはきっと俺が蒔いた種だ。俺のせいで二人を死なせるわけにはいかない――。

「おおおおおっ！」

腹の底から、雄叫びが込み上げてきた。

羆はまるで八尋を迎え撃たんとするかのように立ち上がった。そしてそのまま、腕を振り下ろす。

瞬間、八尋は体をかわした。ぎりぎり、最初からそう動くつもりで突っ込んだからこそできた回避行動だ。羆の腕が空を切る。八尋は羆とすれ違う。刹那、ふんばり、足を止め、がら空きになっている背中に思い切り鉈を叩きつけてやった。

硬く重い感触が手に伝わるが、体重を乗せて強引に押し込む。鉈は分厚い肉を裂き、羆の背にめり込んだ。傷口から血が噴き出し、羆は咆哮を漏らした。

八尋は鉈から手を離し、そのまま戸の外に出た。

「どうだ、痛かったか！　こっちに来い！」

声を振り絞って羆を挑発する。

羆は背に鉈を刺したまま、こちらを振り向いた。

よし――。

羆は賢い獣だ。人のあとを尾けてくる狡猾さだけでなく、怒ったり恨んだりという感情も持っている。

「来い！　悔しかったら、俺を食ってみろ！」

八尋は羆を挑発しながら、後ろ走りに小屋から離れてゆく。

羆もあとを追うように小屋から出てきた。八尋を威嚇するように一度吠え、四つ足で駆け出そうとする。

八尋は回れ右をして、羆に背を向け全力疾走を始めた。

ヨンチュン、頼むぞ。逃げてくれ――。

羆の走力は人間のそれをはるかに上回る。走って逃げ切るのは不可能だ。そんなことはわかりきっていた。羆の気を引き、できる限り小屋から引き離す。頭の中にはそれしかなかった。

背後から、獣が駆ける足音が聞こえてくるのはあっという間だった。

恐怖に背中を摑まれるような錯覚を起こす。振り返りたいのを堪えて、ひたすら走る。

足音だけでなく、獣の息づかいも聞こえてくる。

もう、すぐ後ろまで迫っている――。

そう思ったとき、全身がバラバラになるかというほどの衝撃が、背中を貫き、八尋の身体は前方に吹っ飛ばされた。

背後から追突されたのだ。

身を丸めて、受け身を取るが、勢いを殺しきれない。地面を転がり、天地がぐしゃぐしゃになる。

何かにぶつかり、ようやく止まった。

背中が、じんと痺れている。もう転がっていないのに目が回る。衝撃で平衡感覚が狂っているのだ。が、手足は動く。息もできる。脊髄や頸椎は損傷してないようだ。

目の前に黒い木の板が見えた。民家の壁だ。どうやらここに突っ込んだらしい。

羆はどこだ——。

八尋は壁に手をつき、どうにか身を起こし、振り向いた。

そこには羆の巨体があった。前足をあげ、二本足で立っている。大きく開かれた口吻から、獣臭が漂ってくる。今にも覆い被さってきそうだ。

瞬間、声を聞いた気がした。

——残念だったな。

三影に拷問されたときにも聞いた厳かな声。その主(ぬし)は目の前の、羆だ。

——ここがおまえの死に場所らしい。おまえが今日まで生き延びてきたのは、こうして俺に食われるためだったのさ。

ここが死に場所？

馬鹿な。そんなはずはない。俺にはまだやるべきことが――。

しかし、立ちはだかる羆の恐ろしくも神々しい姿には、すべてをねじ伏せるような説得力があった。

赤黒い体毛がぬめぬめとした光を放つ。まるで全身に炎を纏っているようだ。

羆は耳をつんざかんばかりに咆哮をあげて、襲いかかってきた。

大きく開いた羆の口内に、鋭く尖った歯が並んでいるのが見えた。あの日と同じだ。

殺される――。

八尋が絶望を覚えたのと、轟音を聞いたのは同時だった。

羆の巨体ごしに見える白い空に、鈍く光る銀色の機体が見えた。

低空飛行する戦闘機だ。そう認識した直後、機体の正面に火花が散り、連続した発砲音が響いた。

機銃掃射だ。八尋はとっさにその場に伏せた。直後、八尋の上に羆が倒れ込んできた。下敷きにされ、押し潰される。何が何だかわからない。とにかく身体を丸め呼吸だけを確保した。

機銃掃射は数秒続き、止んだ。戦闘機の航空音も遠ざかり、すぐに聞こえなくなった。

終わった、のか。

八尋にのしかかってる羆はぴくりとも動かない。まるで、ものすごく重い布団を掛けられているようだ。

焦げ臭さと一緒に、鉄を煮たような血の臭いが漂ってくる。八尋は全身に力を込めて羆の身体から這い出した。

つい先ほど、神のごとき威容で立ちはだかった羆は、うつ伏せに倒れていた。背中には八尋が打ち付けた鉈が刺さったままだった。数箇所、銃創らしき穴が穿たれ、全身の赤毛は血にまみれていた。冷たい灰色の瞳からは精気が失せていた。よく見ると、頭部にも穴が空き、血がこぼれている。即死、だったのだろうか。

人間を容易に殺すウェンカムイも、戦闘機の前ではひとたまりもなかったらしい。

八尋は戦闘機が飛び去った先に目を向けた。

明らかに敵軍の機体だった。たぶんグラマンだろう。

畔木村が標的のわけはない。どこか別の場所を攻撃するため飛んできた戦闘機が、通りがかりに人影を見つけ撃ってきたのだ。

いよいよ北海道への本格的な攻撃が始まったのではないか。

「日崎、大丈夫か」

ヨンチュンと貫太郎が駆け寄ってきた。

「あ、ああ。何とかな」

「フラクイ、おまえ、こいつに助けられたな。悪神（ウエンカムイ）ではなく、山の神（キムンカムイ）だったのかもしれんな」

貫太郎は横たわる羆の傍らに跪（ひざまず）いた。

羆にしてみれば、八尋を助ける気などなかったろう。むしろ襲うつもりだったはずだ。それが偶然、盾になっただけだ。逆にあの戦闘機が羆を撃って助けてくれたと解釈することもできる。もちろん、向こうに八尋を助ける意図などなかったのは明らかだが。

「止めてこい」

貫太郎は振り向き、こちらを見た。

「大事なのは、おまえがまだ生きているってことだ。おまえにまだ使命がある証拠だ。たぶんそいつは、スルクを止めることなんだろう。儂は正直、あいつが国と心中しようがどうでもいいと思っている。でも、おまえは違うんだろ。儂はな、あいつもどっかでおまえが止めてくれることを期待しているような気がするよ。だからこそ、あいつはあんな手紙をおまえに残したんじゃねえか」

そうなのだろうか。

わからない。が、行かねばならないことだけはわかる。

八尋は無言で頷いた。

11

およそ三分間に亘る長いサイレンが鳴ったのは、午後四時を回った頃だった。浜の近くにサイレン柱が建っているためか、洞穴の中にもよく響いた。

爆音と揺れから判断するに、敵の攻撃は、午前と午後の二度に分けて、断続的に行われたようだった。

三影は、能代を洞穴に残し緋紗子を監視させ、一度、外に出た。

来たときと同じように海からイタンキ浜へ出て、さらに近くの輪西の宅地に出る。まだ明るい空はしかし一面雲に覆われていた。

町の様子は、拍子抜けするほど朝と変わらなかった。建ち並ぶ家屋はどれも無事で、空襲を受けた様子はない。

「あんた、港から逃げてきたんかい」

海水で濡れ鼠さながらの三影の姿を見て、通りかかった男が声をかけてきた。

町ではなく港が攻撃されたのだろうか。

とりあえず話を合わせることにした。

「ああ、酷い目に遭った」

「いよいよ北海道（こっち）にも空襲がきたな。港じゃずいぶん船も沈められたらしいじゃないか」

空襲、という熟語が男の口から発せられた。

やはり港がやられたようだ。三影たちがいた洞穴からは三キロほどしか離れていないが、町を挟んで反対側だ。

「大変だったよ。こっちの方は大丈夫だったのか」

「室蘭駅のあたりは機銃掃射を食らったらしいよ。それから、鉄道もやられたって聞いたな」

なるほど。市街地への無差別攻撃ではなく、まず流通の拠点が狙われたようだ。

三影は港へ向かった。近づくにつれ、行き交う人が増えてゆく。みなどこか浮き足立っているようだった。途中、通りかかった病院の前では、人がごった返していた。港で負傷した水兵や水夫が次々と運び込まれているようだ。

三影は母恋の町を抜けて、港に出た。

これはまた、こっぴどくやられたな——。

室蘭港は変わり果てていた。

重油が焦げる嫌な臭いと、真っ黒い煙がそこら中を覆っている。

海には大破した船の残骸と、黒い油、それから人が浮かんでいる。辛うじて原形を留めている船も、多くは破損し、煙を上げていた。埠頭を覆うコンクリートには、何箇所も穴が穿たれている。港に並んでいた桟橋や倉庫も大半が破壊され、鉄骨を露わにしていた。

黒煙が立ちのぼる空には、この惨状をつくりあげた敵機の姿はすでにない。

兵卒と人夫が入り交じり、消火活動や、海に落ちた者の救出に当たっていた。そこかしこで怒号が飛び交っていた。

敵は、ついにこの北の地にも牙をむき始めた。

攻撃を受けているのは、果たして室蘭だけなのだろうか。他の都市は？　札幌はどうだ？

三影の脳裏には、炎に巻かれて逃げ惑う絹代と薫の姿がちらついた。と、同時に、あの昏い興奮も覚えてしまう。

鎮まれ——。

三影は自分に言い聞かせた。

今は目の前の状況に対処すべきだ。

とりあえず、カンナカムイが使われた形跡はない。まだ『雷神作戦』は決行されていない。いや、港がこのような状態で、果たして可能なのか。もし『雷神作戦』が中止されれば、スルクの計画も大幅に狂うはずだ。

三影は消火活動をする人夫たちに混じり、聞き耳を立て、ときに話しかけ、状況の把握に努めた。

人夫らによれば、艦載機とおぼしき戦闘機の編隊が室蘭港に侵入。爆撃と銃撃を受けたという。室蘭港全域が被害を受け、港内に停泊していた海防艦をはじめ、十隻以上の船が沈められたようだ。

丘陵地に設置された高射砲による反撃も試みられたが、低い高度で侵入してくる戦闘機に対してはまったくの無力で、為す術もなく一方的に破壊されたという。

特に悲惨だったのは、港に浮かぶ船内にいた人夫や兵卒たちで、海に飛び込み泳いで逃げようとしたところを機銃掃射で徹底的に狙われたらしい。何人くらいが犠牲になったかは、今のところまったくわかっていない。とにかくたくさん死んだとのことだ。

一方、港以外の市街地の被害は比較的軽微だったようだ。軍需工場にも損害と呼べるほどの被害は出なかったという。港の東側、五本煙突の〝第二の太陽〟は、何事もなかったかのように空を灼き続けている。

三影は人混みの中に、見覚えのある顔を見つけた。

室蘭防衛隊の小野寺だ。海から瓦礫を引き上げる作業に従事していた。隊の者たちも駆り出されているのだろう。

近づき、声をかける。

「おい」

「え、あ、三影さん」

「えらいことになったな」

「ええ、ついにこんなことに……」

小野寺は唇を噛んだ。目を赤く腫らしている。ひょっとしたら、知人か友人が犠牲になったのかもしれない。が、それに構っている暇はない。

「空襲があったぞ。例の『雷神作戦』とやらはどうなった」

こいつがここにいるということは、やはり中止になったのか。

「あ、明日、決行されるとのことです」

「何？　なら、貴様何故、こんなところにいる」

「ああ、その、私は選抜から漏れてしまいまして」

小野寺は泣き笑いのような顔になった。

「特攻艇は無事だったのか」

「はい。艇は大東亜鐵鋼の工場の中にありますんで――」

小野寺によれば、特攻艇は『愛国第３０８工場』の構内にある船渠（ドック）に格納されているという。訓練は港で行われていたが、このような事態になり、明日は船渠から直接出撃することになるようだ。

「選ばれた志願兵は何人で、今、どこにいる」

「え、あ……十二名です。召集され、工場で待機しているはずです」

小野寺は戸惑いつつも、素直に答えた。

特攻艇は二人乗りのはずなので、六隻あるということか。

その十二名の志願兵の中にスルクはいるのか。

いる、と考えるべきだろう。だとすればやつは、すでに『愛国第３０８工場』に侵入していることになる。

三影は港を離れた。いつしか、陽が落ち始め町は薄暗くなっていた。

『雷神作戦』は明日決行されるという。戦勝のために、これ自体は成功させてもらわなければならぬ。

しかし、スルクにカンナカムイを奪わせるわけにはいかない。遅くとも今夜中には捕らえる。その手段は考えてあった。

三影は来た道を輪西まで戻ると、一軒の古い木造の建物を訪ねた。

すっかり陽が暮れていたが、すぐ近くで燃える溶鉱炉から漏れる紅い光が辺りを照らしていた。

建物の門前には、軍服を着た見張りが二人立っていた。

三影が近づいてゆくと、そのうちの一人が目を見開いた。

こちらはこの男のことを知らぬが、向こうは知っているらしい。

三影は名乗った。

「道庁警察本部特高課の三影美智雄警部補だ。御子柴中尉にご面会願いたい」

建物は、憲兵室蘭分隊の屯所だった。

尾行していた相手がこうして現れたのだから、面食らったろう。見張りの憲兵らは、慌てた様子で、一人が中に知らせに走った。

そしてしばらくすると、三影は屯所の中に通され、人払いをした部屋に案内された。簡素な会議室のようなところで、六人ほどが囲める程度の卓と椅子が並んでいた。

三十分ほど待つと、御子柴が姿を現した。

「これはこれは、三影警部補ではありませんか。まさか室蘭までお越しになってるとは驚きです」

開口一番、そう言い放った御子柴に、三影は嘆息した。

「白々しいな。知っていたでしょうに。一昨日あたりからかな、憲兵が俺のことを張っていたのは」

「何のことですかな」

相変わらず、慇懃な態度が鼻につく。が、その容貌はずいぶんと変わっていた。かなり痩せたようで頰がこけている。スルクをなかなか捕らえられず、心労が重なっているのか。

「哀しいなあ。とぼけてくれるなよ、〝梟〟どの」

そう呼ぶと、御子柴の表情が固まった。

「な、な、何ですか、それは」

取り繕おうとしているが、狼狽を隠せていない。

つい頰がゆるむ。情報を小出しにして、こいつが慌てふためく様を見るのも一興だが、時間がない。

「おい、御子柴。悪いが俺はもう全部知っているぞ」

三影はかたちばかりの敬語を外して凄んだ。

「し、知ってるとは、何をです」

「あの工場でウラン爆弾、カンナカムイを造っていることも、貴様ら〝鳥ども〟がその裏で横領を働いていることも、〝鳥ども〟の頭が東堂中将だということも、だ。証拠も押さえてある。金田が横領の詳細を記録していた手帳だ。あれを、札幌の司令部あたりに持ち込めば、中将といえどただじゃ済まないだろうな」

「き、貴様。そんなものをどうやって……」

御子柴が歯がみをして、こちらを睨み付けてきた。困惑は怒りに変換されたらしい。この男が感情を露わにするのを初めて見た気がする。溜飲が下がる思いだ。

が、当面必要なのはこの男を、延いてはこの男の背後にいる東堂中将を、味方につけることだ。

三影は相手を落ちつけるように手をかざした。

「まあ待て。貴様らがやっていたことは許しがたいが、カンナカムイとやらが完成したなら、そいつを使って戦争に勝ってもらわねば困る。俺だけでなく、皇国臣民の誰もがな。今日の攻撃を受け、明日、敵艦隊に洋上特攻を仕掛けるのだろう。カンナカムイを使って」

御子柴は唇を噛む。

構わずそれを肯定と受け取り、三影は続ける。

「だがな、スルクはその機に乗じて、カンナカムイを奪おうとしている」

「何？」

「ふん、俺はな、やつの正体と居所を知っている――」

三影は、具体的な洞穴の位置などは伏せ、スルクと緋紗子のことを語った。

じっと黙ってそれを聞いていた御子柴は、ぽつりと尋ねた。

「その話、本当なんでしょうね」

御子柴の顔はもう真っ青だ。

「こんな嘘を言ってどうする。やつは、貴様ら残った〝鳥ども〟を、まとめて狩るつもりだ。この国ごとな。さりとて貴様らも、明日の洋上特攻を中止するわけにはいかないだろう。今日、あれだけの攻撃があったんだ。明日になれば敵は更に攻勢をかけてくるかもしれない。虎の子のカンナカムイを使わぬまま、工場ごと破壊されてしまったら目も当てられない。生きる目は一つだ。今夜中にスルクを捕らえるしかない。命が惜しかったら協力しろ」

三影はまくし立てた。御子柴の目が泳ぐ。

「協力、ですすと？」

「そうだ。俺たちに首実検させせろ。こっちは、スルクの女房を捕らえている。あの女に工場で待機している特攻の志願兵を見せればスルクをあぶり出せるはずだ。カンナカムイを守ることが何より先決だ。協力するなら、証拠の手帳をあんたらに渡してもいい。東堂中将にそう伝えろ」

餌をぶら下げてやった。

御子柴は押し黙り、考え込む。

三影は懐から一枚の紙を取り出し、卓上を滑らせるように御子柴に渡した。

「そいつをよく見てみろ。金田の手帳の一部だ」

横領について記載されているとわかるページを一枚破って、持ってきていたのだ。

御子柴はそれを手に取り、じっと見つめると、ため息をついて立ち上がった。

「しばらく、待っていてください」

御子柴は、足早に部屋を出ていった。

その後、御子柴が戻ってきたのは、たっぷり一時間以上も経過したあとだった。

「本当に手帳を渡してくれるんですね」

御子柴は部屋に入ってくるなり、待たせたことを詫びもせず尋ねた。

「約束は守る」

三影はにたりと笑い答えた。

「東堂閣下は了承されました。明日の未明、『雷神作戦』決行前に、首実検を行います。その女を連れて『愛国第308工場』に来てください」

「いいだろう」

三影は満足げに頷いて、立ち上がった。

12

八尋とヨンチュンは畔木村をあとにし、鉄道の駅がある門別村まで出た。国民服を着て、伸び放題だった髭も剃り、巷を歩き回っても、すぐに通報されない程度の風体にはなっているだろう。

貫太郎から聞いたところによれば、やはり八尋たちの脱獄は報じられていないようだ。追っ手と鉢合わせでもしない限り捕まる心配はないだろうが、念のため、はっきり顔を見られないように戦闘帽を目深に被ることにした。

村にたどり着いたのは、もう陽が暮れかけた頃だった。

物々しい雰囲気が漂っていた。点在する民家の中の数軒が焼け焦げ、朽ちている。爆撃されたのだと一目でわかった。

すでに消火作業は終わっており、村人が瓦礫を撤去していた。その傍らには、膝を落としておいおいとすすり泣いている老人の姿があった。家族が犠牲になったのだろうか。

二人は足早に村を抜けて、日高門別の駅に向かった。

駅員によれば鉄道も一部攻撃を受けたが、運行はしているという。

ついでにその駅員に、攻撃を受けたのは日高だけなのか、他の町の状況を知らないか訊いてみた。

駅員は「よくはわかんねけど……」と、断った上で、どうやら小樽や函館、札幌など、道央と道南のめぼしい都市は、軒並み何らかの攻撃を受けたらしいと答えた。室蘭も港を中心に攻撃を受け、室蘭本線は一部運休しているという。

やはり、本格的な攻撃が始まったのだ。

それはスルクを止めるために残された時間が、もうほとんどないことを意味する。

二人は最終の汽車に乗り込んだ。特に乗車制限はかかっていなかったが、その分、車内は、恐ろしいほどのすし詰めになっていた。大半が国民服を着た男性なので、紛れるにはちょうどいい。

終点の苫小牧に到着したのは、夜九時半過ぎだった。ここから室蘭へ向かう室蘭鉄道の便はなかった。およそ六十キロほどもあるが徒歩で向かうよりない。

「は、さんざん歩いてきた山道に比べりゃ楽なもんだ」

ヨンチュンが強がりを口にした。

苫小牧と室蘭は、太平洋の海岸線に沿って延びる札幌本道で結ばれている。確かに舗装された街道は、山道と比べれば格段に歩きやすい。

急げば夜明け頃にはたどり着けるだろう。


八尋とヨンチュンは、苫小牧を出発して三時間ほどで、白老村の萩野とよばれる土地にさしかかった。

この辺りはまだほとんど開拓が行われておらず、街道を外れた場所には、手つかずの谷地が広がっている。濃い水の臭いが漂っていた。

大きな樹木は茂らず、延々と湿地が続くその風景を眺めていると、あらゆる生きものを呑み込む怪物の胃袋を覗いているような、奇妙な恐ろしさに囚われる。

おそらくもう日付は変わっているだろう。これから夜はますます深くなる。

そんな時間帯だというのに、道にはまばらながら人通りがあった。

みな、八尋たちの進行方向とは逆、苫小牧の方へと歩いてゆくようだ。

家族連れが多く、家財道具一式を持ち出したという感じで、リヤカーを引いたり、大きな荷物を背負ったりしていた。

八尋はもしやと思い、途中、路肩に荷物を置いて一休みしている女に声をかけてみた。まだ十にも満たなそうな子供を二人連れ、赤ん坊を背負っている。

「すみません。ひょっとして室蘭から疎開されるんですか」

「え、ああ、はい。そうなんですよ」

人のよさそうな女は、訝しむこともなく答えてくれた。

「自分らは、仕事の都合でこれから室蘭に向かうんですが、港で空襲があったというのは本当ですか」

「それは、こんなときにご苦労様です。ええ、大変だったんです——」

女は、こちらが訊かずとも室蘭の様子を教えてくれた。

日高門別の駅員から聞いた話は本当だったようだ。

朝から何度も敵の戦闘機が飛んできて攻撃を受けたという。標的は港だったようで、かなり爆弾が落とされ、何隻も船が沈んだ。水兵や水夫の犠牲者も多く、市内の病院はパンク状態らしい。

港以外の工場や市街地には、さほど大きな被害はなかった。女の家は無事だったが、いつまた攻撃があるかもわからないから親戚を頼り、疎開するよう夫に言われたという。夫は軍需工場の工員であり、持ち場を離れることができないため室蘭に残ったとのことだった。

こういう事情は珍しくないのだろう。道行く人の多くが、女子供と老人ばかりで、働き盛りの男の姿は少なかった。

八尋は女に礼を言い、また歩き始めた。

「なあ」

不意にヨンチュンが声をかけてきた。

「何だ」

「スルクってやつは、どんなやつだ」

「どんなって……」

「世話になったんだろ」

「ああ。俺にとっては恩人だ」

「やつはカンナカムイを奪えると思うか」

手紙にはカンナカムイを奪う具体的な方法まで書いてあった。今頃、スルクはカンナカムイが保管してあるだろう『愛国第３０８工場』への侵入を果たしているかもしれない。

「わからない。が、あの人ならやれるかもしれない」

「そうか……」

ヨンチュンはしばらく何か考えるように黙ったあと、再び口を開いた。

「日崎、室蘭に着いたら、工場行くのやめないか」

「何？」

思わず顔をしかめる。

「だってよ。おまえが行ったところで、工場の中に入れるかもわからねえだろ。警備にとっ捕まるのが関の山かもしれねえ。それじゃ、骨折り損だ。いや、最悪、何もできないまま爆発に巻き込まれて死んじまうかもしれねえ」

カンナカムイの威力が手紙にあるとおりなら、爆発時に至近距離にいる者は、まず無事では済まないだろう。

だが、そんなことは覚悟の上だ。

「今更、何言ってるんだ。おまえだって、京子を助けたいんだろ」

「ああ、だからよ。スルクを止めるんじゃなくて、逃げないかってことだ」

「逃げる？」

「室蘭行ったら、カンナカムイじゃなくて京子を捜して、みんな一緒に逃げるんだよ。スルクがカンナカムイを爆発させてもいいように、どっか遠くへ」

「つまり、避難するってことか」

「そうだよ。それでさ、何もなけりゃそれでいいじゃねえか」

確かに闇雲に工場へ向かっても、無駄足に終わる可能性はある。だったら、せめて知っている人と一緒に避難するのが、正しい選択かもしれない。

八尋はまっすぐヨンチュンを見て言った。

「俺は……工場に行く。おまえは京子を捜して一緒に避難しろ。彼女は今、東室蘭にいる。住所は教えてやる」

「どうしても、スルクってやつを止めたいのか」

「ああ、こんなかたちで、あの人を死なせたくない」

すんなりと言葉が出て、八尋は自分でも少し驚いた。

ああ、そうか――。

死なせたくないんだ。

ずっと自分の使命は、皇国臣民として生きることだと思っていた。お国のために、延いては天皇陛下のために尽くすことだと思っていた。なのに、その国を滅ぼそうという男の命を救いたいと思っている。

今、室蘭へ向かい歩いているのは国を救うためではない。一人の男を、そしてその男と行動を共にする女を、救うためだ。

「もう覚悟を決めてるんだな」

「そうだ」

八尋は静かに、しかし熱を込めて答えた。

ヨンチュンは大きなため息をついた。

「そうかよ。じゃあ室蘭に着いたら別行動だな」

「ああ」

「どの道、急がねえとな、俺たちが着くより前に、カンナカムイを奪われたら元も子もねえ」

そのとおりだ。

逸る(はや)気持ちのまま一歩一歩、足早に歩を進めてゆく。

13

──昭和二十年(一九四五年)七月十五日。

午前四時半。空がうっすら白みかける頃、三影は能代と緋紗子を連れて『愛国第308工場』を訪れた。

隣接する室蘭港には、昨日の夕刻と同じように、大勢の兵卒と人夫が行き交っていた。復旧作業が夜を徹して行われているのだろう。

一方、工場の方は、ほとんど無傷だったようだ。

三人は、以前、三影が一人で呼び出されたときと同じ、敷地の西側、高台の上にある『鳳凰閣』の二階にある広間に通された。

港と軍需工場群が一望できる窓からは、港だけが集中的に攻撃を受けたことがよくわかった。

部屋ではずいぶんと待たされ、東堂中将を連れて御子柴が現れたのは窓の外がすっかり明るくなったあとだった。

三影たちは立ち上がり、東堂と御子柴を迎えた。

東堂は目元にくっきりとした隈を浮かべ、疲労の色の濃い顔をしていたが、眼窩の奥の目はらんらんと輝いている。この男の暗号名は〝鷲〟だったはずだが、なるほど獲物を狙う禿鷲のようだ。

「東堂中将、久しぶりです」

三影は大股で一歩、東堂に近づき、頭も下げず言った。

東堂は何も答えず、鋭い視線を向けてくる。

「御子柴中尉から話は聞いてますな。哀しいなあ。あんたもずいぶんとつまらぬことをしたものだ」

通常では決してできぬ口の利き方で、言ってやった。

「貴様ごときに何がわかる」

東堂は唸るように言い返してきた。

三影は立ったまま、近くにあった机を叩いた。ばん、という音が部屋に響く。

「ああ、わかりませんな。軍費をちょろまかすような国賊のことなどは」

東堂が歯がみをする。

「おい、三影、その辺にしとけ」

後ろから能代が声をかけてきた。

能代は三影の横に並び、東堂を見据えた。

「ども。初めまして。室蘭署の能代と言います。俺もこいつの言うように、あんたらは国賊と思っとります。ただ、今はそんなこと言っとる場合ではねえ。スルクを捕らえねと、大変なことになる」

「そんなことはわかっている」

東堂は忌々しげに吐き捨てた。

「その女が、犯人、スルクとかいう者の妻、ですね」

東堂の横から御子柴が尋ねた。

能代は頷く。

「そんだ。スルクの顔を知っとる。あんたらも、首実検の準備はしてくれてんだな」

「ええ、志願兵たちは、船渠近くの倉庫に集めています」

「念のため訊くけんど、カンナカムイはまだ船には積んでねえな」

「もちろんです。艇に搭載するのは、スルクを捕らえ安全が確保されたあと、『雷神作戦』決行の直前です。それまで、工場内の別の場所に保管しております」

「もし、志願兵ん中にスルクがいても、そん場所はわかんねようになってんな」

「カンナカムイは、存在自体が極秘です。製造に関わっている者さえ古手川博士以外は、何を造っているのか知らされていません。志願兵などにその在処(ありか)をおしえるわけがありませんん」

今の段階で捕らえれば、スルクにカンナカムイを奪われることはないだろう。

能代がこちらに目配せしてきた。三影が口を開く。

「では、首実検をさせてもらおう。案内しろ」

「待て」

東堂が制した。

「その前に、例の手帳をこちらに渡せ」

鷲の目で睨み付けてくる。

三影は少し考えるそぶりをしてもったいつけてから、懐に手を入れた。

「いいだろう」

手帳を出し、すっと東堂の目の前に掲げた。

東堂はひったくるようにそれを受け取り、開いて中を確認する。御子柴も背後から覗き込む。

一通り手帳に目を通し終え、東堂は懐にしまった。

「これ一冊だろうな」

「当然だ」

三影は平然と嘘を吐いた。

渡した手帳は、実は写しだ。昨日、三影が外に出ている間、洞穴の能代には金田の手帳の内容を、そっくりそのまま別の手帳に複写させていたのだ。筆跡は違っているだろうが、東堂や御子柴が元々の金田の筆跡を知っているとは思えない。

いずれ、この国賊どもにも落とし前をつけてもらう。本物の手帳はそのときの切り札だ。

東堂の目には、疑念の色がありありと浮かんでいた。

この男とて、こちらを信頼しているわけはないだろう。が、確かめる術などないし、今は揉めている場合でもない。

「御子柴、案内してやれ」

東堂は御子柴に命じた。

御子柴が「は」と返事をした、そのときだった。

「おい、何だありゃ！」

突然、能代が素っ頓狂な声をあげて窓の外を指さした。

全員が一斉にそちらを向いた。

まさか、早朝から敵襲か——そう思ったのは、三影だけではないだろう。

しかし何もなかった。ただ、朝陽に照らされた港と工場の風景があるだけだった。

それは、単純と言うにもあまりに単純、かつ古典的な陽動の手だった。が、見事に不意をつかれたがゆえ、三影でさえ、あっさり引っ掛かった。

唐突に、左脇腹に鋭い痛みが走った。

な——？

視線を下げる。脇腹の辺りに血が滲んでいる。一瞬遅れて、三影の脳は自分が刺されたことを認識した。

「があっ」

叫び声がした。

振り向くと、そこには、大ぶりのナイフを握った能代と、その傍らで腋の下を押さえる御子柴の姿があった。能代のナイフは赤く汚れ、腋を押さえる御子柴の手の隙間から血がこぼれている。

能代はまるで流れるような動作で身を翻し、すぐ傍らにいた東堂の背後に回り込む。そして、首筋にナイフを当てた。

能代が隙を突いて三影と御子柴を刺して東堂を捕らえたのだ。それは、明らかだった。が、理解が追いつかない。

なぜ、こんなことを？

「貴様っ」

振り向きざま、能代に跳びかかろうとした御子柴は、足をもつれさせ、その場に崩れ落ちた。腋からは、堰を切ったかのように、おびただしい量の血が噴き出ている。刺されどころが悪く、動脈が切れたのだろう。

こちらも、軽傷とは言えない。腹がうずく。おそらく傷は内臓まで達している。

「な、何なんだ！」

東堂が叫んだ。

「東堂中将殿、騒がないでけろ。騒げば、あんたのことも、そこの二人みたいに、刺すことんなる。この小刀には、毒（スルク）が塗ってあんだ」

言いながら、能代はナイフの腹で、ピタピタと東堂の首筋を叩いた。

東堂は「ひぃ」と小さな悲鳴をあげ、口をつぐんだ。

三影は、苦しさを覚えた。刺された腹がうずくのとは違う、肺に粘土でも詰まっているかのような息苦しさだ。

床に倒れた御子柴も、ぜいぜいと苦しそうに喉を鳴らしている。

毒の刃で、刺されたのか……。

「ど、どういうことだ！」

三影はかすれる声を振り絞った。

能代はこちらに目を向け、口元に笑みを浮かべた。

「わかんねいかい？　俺がスルクなんだよ」

三影は息を呑んだ。

この男がスルク――どういうことだ。スルクは畔木利市じゃなかったのか？

能代は三影の疑問を察したように続けた。

「俺もあの島にいたんだよ。あの地獄のような島にな。そこでな畔木利市と会った。確かに、あいつはまだ生きている。俺ん中でな」

あの島、とはガダルカナル島のことか。そこで、能代と畔木利市が会っていた……。馬鹿な。能代は兵役に就いていたが、大陸にいたのではなかったのか。

「あはははははっ」

けたたましい笑い声が響いた。

緋紗子だった。腹を抱えんばかりに笑っている。整った顔を崩し、目に涙を浮かべて笑っている。

三影の混乱をよそに、能代は東堂に言う。

「さて、東堂中将殿、『西の杜』だよな。カンナカムイの在処は。設楽と桑田に聞いてんぞ。へへ、室蘭署の主任刑事って立場使えば、あいつら、おびき出して殺るんは簡単だったよ。設楽はまったくの無防備だった。桑田の方は、逆にえらく怯えとったみてえだども、それが裏目に出たな。『事件の犯人について極秘で耳に入れたいことがある』っつったら、のこのこやってきたんだ。まさか刑事が犯人とは思わんかったんだろな」

「貴様……」

「さて、カンナカムイんとこまで案内してもらおうか。それとも、今すぐここで死ぬかい」

能代はナイフの刃を起こしてゆく。

「わ、わかった……。やめろ、早まるな」

東堂は額にだらだらと脂汗をかいている。

「待て！」

三影は渾身の力を込めて、能代に跳びかかろうとしたが、足がもつれ、たたらを踏んだ。

危うく転倒しそうになり、床に膝と手をついた。

目が回り、同時に全身ががたがたと震えた。

まずい。

「三影、カンナカムイに近づくため、おめを利用させてもらったんだ。悪りぃな。とばっちりもいいところだべな。だども、おめも日崎を嵌めたんだ。自業自得だべ」

この男、本当にあの、能代か？

「き、さ、ま……」

三影は顔をあげて能代を睨み付けながら、懸命に身を起こそうとする。

「おとなしくしてろ。動けば動くほど、毒はよく回んぞ」

能代は「さあ、行くべ」と東堂を促し、一緒に部屋を出てゆく。緋紗子はけらけらと笑いながら、そのあとについていった。

三影は気力を振り絞り、どうにか立ち上がった。

く、くそ……。

そしてふらつく足を動かし、能代たちのあとを追った。

14

能代慎平が召集を受けたのは、昭和十六年（一九四一年）の十二月。真珠湾攻撃が成功し、大東亜戦争が開戦した直後のことだった。

最初の任地は大陸の大連で、警察官としての経験を買われ現地の憲兵隊に配属になった。ところが直後、南方へ向かう隊に欠員が出たとのことで、そちらに転配されることになった。その隊が旭川に本拠地を置く第七師団所属だったため、北海道出身の能代に白羽の矢が立ったらしい。

あとから思い返せば、このとき大きく運命が狂ったのかもしれない。

比較的年嵩で警官出身でもある能代は、新兵にしては意見を尊重してもらえる立場だった。この転配も、拒否すれば拒否できそうではあった。しかし、そもそも憲兵をやることにあまり乗り気でなかった能代としては、むしろ配置換えは望むところだった。

南方は前線ではあるが、大東亜戦争の緒戦、皇軍は破竹の勢いで勝ちまくっており、米英何するものぞとの楽観論が広がっていた。南方へ向かう兵に悲愴感など微塵もなく、みな、いっちょう武功を挙げてきてやろうという気概を抱いていた。もちろん、能代もそうだった。

昭和十七年（一九四二年）六月、能代が転配された隊は、米軍の重要拠点であるミッドウェー島を攻略する作戦に参加する予定だった。しかし直前でこの作戦は中止になり、隊はグアムに留め置かれることになった。くだんのミッドウェー島沖で起きた海戦で、連合艦隊は予想外の大損害を被り、部隊を上陸させるどころではなくなったという。

もうこの時点で皇軍は不敗ではなくなっていた。それどころか、南方での戦闘の主導権を完全に失っていたのだ。が、隊には未だ強気の楽観論が蔓延していた。

当面の作戦が中止されたため、一度は内地への帰還命令が下されたが、八月、再度の作戦変更により、隊はガダルカナル島へ向かうことになった。

そして能代は、半年以上に亘り地獄を見ることになる。

能代が畔木利市と出会ったのは、上陸から四ヶ月ほどが過ぎ、昭和十八年の年が明けた頃、這々（ほうほう）の体（てい）でたどり着いた野戦病院で、だった。

たまたま隣に寝かされていた負傷兵が利市だった。「畔木」という珍しい名字に、もしやと思い、尋ねてみた。

「あんたひょっとして、アイヌじゃないか」

するとと利市は警戒感を露わに目をすがめた。

「何だ、あんた、いきなり。アイヌだからどうしたっていうんだ」

「いや、すまね。別に馬鹿にする気はねんだ」能代は不躾な態度を詫び、事情を説明した。

「北海道に畔木村ってアイヌの村があってよ、そこには畔木って名字ばっかだって聞いたことがあったもんだからよ」

「あんた、畔木村を知ってるのか」

「ああ。俺は道警の警官でな。警察練習所の教官をやってたんだ。教え子の中に、一人、畔木村の出身者がいてな、聞いたことがあるんよ」

そう言うと、利市は驚いた様子だった。

「あの村の出で、警官になったやつがいるのか」

「ああ、日崎。日崎八尋ってんだ。知っとるかい」

利市は輪をかけて驚いた。

「なんだ、八尋か。よく知ってるよ。先生には、あ、八尋の親父さんのことだけど、ずいぶん世話になったんだ」

「知ってつか。はは世の中ってな、広えようで、狭めえもんだなぁ」

共通の知人がいたことがきっかけとなり、能代と利市は話し込んだ。

利市は結婚して村を出て、今の住まいは仙台にあるという。所属は第二師団。ガダルカナル島には、援軍として送り込まれたとのことだった。

利市が「先生」と呼ぶ日崎の父親は、畔木村の近代化に尽力し、また、村に代々伝わっていた毒の精製法についての研究をしていたという。利市は助手として彼の仕事を手伝う中で、皇国臣民として国に尽くしていく生き方を見出したそうだ。

能代はアイヌであることを自覚した上で、強い愛国心を抱く利市を好ましく思った。

古くからアイヌと大和人が共存していた上ノ国の村で生まれ育った能代にとって、アイヌであることは親しみの対象だった。村ではアイヌと大和人の交わりも深く、祖先を辿れば能代自身にも、アイヌの血が混じっているはずだ。

二人はあっという間に意気投合し、「慎さん」「利市」と名前で呼び合うようになった。このとき能代は利市から、故郷に残してきた妻、緋紗子のことや、幼い頃に村の長老から「スルク」という〝魔除けの名〟をもらったことなどを聞いた。

野戦病院が襲撃されたのは、二人が出会って十日ほど過ぎた日の明け方だった。

能代は足を負傷し満足に歩けない利市を連れて、ジャングルを逃げ惑い、偶然見つけた小さな洞窟に身を隠した。どうにか敵襲を免れたものの、襲い来る飢えの前にはほとんど無力だった。

先に力尽きたのは、負傷した足が壊死し始め、体力を削られた利市の方だった。

彼は喋れなくなる直前、ひたすら無念と後悔を口にしていた。

「こんなはずじゃなかった」「俺は何のために兵隊になったんだ」「こんな島で飢えて死ぬのが、悔しくてたまらない」

そしていよいよ死期を悟ったのだろうある日、うつろな目で能代を見つめながら言った。

「生きてくれ。もし、俺が死んだら、慎さん、あんたは俺の肉を食って生きてくれ。アイヌはな、この世のあらゆるものは、何かの使命を帯びて生まれてくると信じている。猟師に狩られる獣には、人に食われる使命があるって考えるんだ。そして人はその恵みに感謝して、命を『送る』のさ。俺が死んでも、あんたが俺を食って、生き延びてくれたら、俺は俺の使命を果たしたことになる。頼むよ。俺を食ってくれ。そして送ってくれ」

恐ろしい申し出だった。

「馬鹿なことを言うでね、そったらことできるわけねだろ！　おめこそ、くたばるんでね！」

そう叱責した能代だったが、現実問題、食い物はなく、利市の命は風前の灯火だった。

利市には能代の声は聞こえていないようだった。もう意識も混濁しているようで、その場にいない妻に、何事かを話しかけていた。

「緋紗子……覚えているか……いつか村でやった……イオマンテを……ああそうだ……おまえは神謡（カムイユカラ）を謡って……俺は舞い（クリムセ）を舞ったよな……あんとき食ったキムンカムイ……美味かったよなあ……また……食いてえなあ……」

利市の口から最後に漏れた言葉は「腹減ったな……」だった。

利市が息絶えたあと、能代は凄まじい恐怖に襲われた。このときはもう、能代も身体を動かすことができなくなっていた。

利市は、命を失い、もの言わぬただの物と化してしまった。そこにあるのは、圧倒的に無慈悲で無意味な死だ。遠からずそれが自分にも訪れることを思うと、発狂しそうなほど恐ろしかった。

否、発狂してしまったのかもしれない。

気がつけば能代は、絶対に不可能だと思っていたことをやっていた。

利市の壊死してない方の足の肉を削いで貪（むさぼ）ったのだ。

死にたくない――。

反射的に嘔吐（えず）いたが、無理矢理にでも飲み込んだ。そして飲み込んでしまえば、極限まで飢えていた身体は、利市の肉を素早く吸収し、力に変えた。

最低限の体力と気力が回復した。それを振り絞り、能代は洞窟から這い出した。敵に見つかってもいい、せめて意味のある死を――との一心だったが、偶然、撤退するため行軍中だった味方の隊に発見された。

こうして能代は、生きてガダルカナル島を出て、マニラを経由し、内地に戻ってきた。途中、マニラの陸軍病院に入院中、当地の憲兵隊がやってきて「ガ島でのことは、口外しないように」と、釘を刺された。戦意高揚のためにも、かの島では、精強なる皇軍が物資不足などの苦境を物ともせずに戦い抜いた、ということにしたいらしい。実際、新聞記事や軍の報道班による手記は、そういった内容で発表されているという。

ガダルカナル島から転戦せずに内地に戻る者には、こうして憲兵が口止めをしているようだった。

能代としては、是非もなかった。島でのことは早く忘れたい。ガ島にいたこと自体、誰にも言うつもりはないと話すと、憲兵はいい心がけだとし、記録上もずっと大連にいたことにされた。

ただ能代は、帰国したあと、利市の妻にだけはどうしても会わなければならないと思っていた。まさか自分があなたの夫を食いましたと打ち明けるためではない。たとえ嘘でも、勇敢に戦い立派に死んだと、伝えたかった。せめてもの慰めに。

しかし利市から聞いた仙台の住まいはすでに引き払われており、緋紗子はいなかった。能代にとって幸運だったのは、近所に暮らす老婆が、緋紗子は辰巳と名乗る女衒らしき男に連れて行かれたことと、その男が「故郷で働けるんだ、ありがたく思え」と言っていたのを覚えていたことだ。

能代は北海道を根城にするやくざ青柳一家に辰巳という名の女衒がいることを調べ、接触した。能代は辰巳に警官だと明かした上で、悪事を不問にすることを条件に、緋紗子が室蘭の幕西遊郭で菊乃という名で働いていることを聞き出した。

当時は遊郭の営業が停止される直前だった。能代は客の振りをして幕西に赴いた。そこで初めて緋紗子に会い、言葉を失った。

美しかったのだ。

細く墨を引いたようなくっきりとした眉、二重で切れ長の瞳、すっと伸びた鼻筋、みずみずしい花弁のような唇、小さな顔の中でそれらが奇跡的な調和を描いていた。

野戦病院で利市は「俺にはもったいないくらい、きれいだ」と、照れたように言っていたが、まさかこれほどとは思わなかった。この美貌であれば、女衒が狙いをつけるわけだ。

「どうなさいました」

緋紗子は、そんな能代をくすくす笑った。

能代は、自分がガ島で利市の最期を見取った者だと明かした。

すると緋紗子の顔から笑みが消えた。

「そうでしたか。あの人は、どんな最期を迎えたんです」

緋紗子の二つの目が能代を射貫いた。

まるで吹雪を閉じ込めたような冷たい目だ。その目を見た瞬間、能代は頭の中が真っ白になった。用意していた作り話はすべて吹っ飛んだ。そして魅入られたように、すべてを打ち明けていた。

語るべき虚飾ではなく、語るべきでない真実を。

利市の身に起きたことと、利市の死後、自分がしたことを洗いざらい、すべて。口からは言葉が、両目からは涙が止めどなく溢れた。

「すんません。本当にすんません……。俺は恐ろしかったんです。恐ろしくて、恐ろしくて、あいつのことを……」

「じゃあ、あの人は、あなたの中で生きているんですね」

緋紗子は薄い笑みを浮かべ、泣きじゃくる能代を抱き寄せた。

「よかったわ。たとえどんなかたちでも、あの人が戻って来てくれて」

緋紗子は、能代の服をはだけさせ、腹をさすった。臍（へそ）の下が熱を持つのを能代は感じた。

「ずっと待っていた」

緋紗子の美しい顔が近づいてきて、能代の口を吸った。

身体の奥から湧き上がる官能に抗うことはできなかった。

二人は互いに慰め合うように、身体を貪り合った。

戦友の女房を抱くことの後ろめたさはなかった。むしろ、運命の女に出会ったというような、興奮を覚えた。

「あなたが、スルクになって」

情事のあとで緋紗子が言った。スルク、とは利市の〝魔除けの名〟だ。戸惑う能代に緋紗子は続けた。

「アイヌには同じ名前の人はいないの。死んだ人も含めて、みな違う名を名乗るの。一人一人に、それぞれ別の魂が宿っていて、それぞれ別の使命を帯びてこの人間（アイヌモシリ）の世界にやってきているから。だから、同じ名を名乗れば、それは同じ人」

「俺があいつに？」

「そうよ。だってあの人はあなたの中に溶け込んでいるんだもの」

その不思議な理屈は、しかし能代の胸に落ちた。まるで欠けた心に、すっぽりと収まるかのように。

そうだ。あいつは俺の中にいる。あいつの血と肉が、腹の中で溶け、俺の血と肉になっている――。

「ああ、なるよ。俺がスルクになる」

こうして能代は、緋紗子と逢瀬を重ねるようになった。職場復帰後、室蘭署での勤務を希望したのは、緋紗子がいるからだった。

その頃、市井でも戦況の悪化が感じ取れるようになってきていた。物資はどんどんなくなり、享楽は禁止され、緋紗子の勤めていた遊郭も営業停止となり、軍人のための慰安所となった。

それでもなお、大本営は戦勝を発表していた。

能代には、まるで国家規模のペテンが行われているようにさえ見えたが、不思議と多くの人々はそのペテンを信じているようだった。食糧不足と人手不足は深刻化し、自給できない都市部では食うや食わずの生活を強いられる人々が増えていった。「欲しがりません勝つまでは」そんなスローガンが掲げられ、国は国民に貧しさに耐えることを求め、多くの国民は従順にそれに従い、耐えに耐えていた。

しかしいくら耐えても、戦況が好転する気配は見られず、皇軍はガ島でしたのと同じように、転進という名の撤退を繰り返しているようだった。そしてサイパン陥落以降は、アメリカの爆撃機による本土空襲が行われるようになった。この段においても国は戦争の継続を選択。本土決戦に備えよとの大号令がかけられた。

市井の人々は一億総玉砕の覚悟とともに、なお生活を切り詰め、防空壕を掘り、いざとなったときのために、竹槍を握り戦闘訓練を行うようになった。

国のために身を捧げることは、疑いようのない常識であるはずだった。しかし、能代の腹には、ガ島で植え付けられた怒りが燻り続けていた。

お国のため、お国のためとは言うけれど、果たしてこの国は、それほどまでに奉仕する価値のあるものなのか。

今は前線・銃後の境なく、すべての皇国臣民が苦難を分け合っているように思える。が、それはあくまで庶民だけの話だ。

巨大な軍需工場を抱えるこの室蘭という町は、対英米戦争が開幕してから増加の一途をたどる軍需に支えられ、実は空前の好景気に沸いていた。人・物・金が集中し、莫大な富が生み出されていた。しかしその富は、庶民に還元されることはなく、社会の上層部に巣くう軍人、官僚、政商たちに独占されている。

庶民が配給で手に入るわずかな芋や豆で飢えをしのぐのを横目に、彼ら特権階級は以前と変わらぬ、いや、以前以上に贅沢な食事に日々舌鼓を打っている。禁止されているはずの享楽も彼らにだけは許され、慰安所とか宿舎と名を変えた遊郭で淫蕩にふける者も多かった。無論、すべての官僚や軍人がそうであるわけではない。しかし能代は警察官という立場ゆえに、安全地帯で贅沢にふける奸物どもを目にすることが少なくなかった。また、緋紗子からも、慰安所となった遊郭で連日連夜、狂ったように遊び呆ける将校たちの話を聞かされていた。

そのような実態を知れば知るほど、腹の底の怒りは熱を帯びた。それはまさに、義憤と言うべき怒りだった。

この国は、大日本帝国は腐っている。そして、腐ったまま、滅びるのだろう。

この戦争には負ける——能代にはそれが必然に思えた。

制空権と制海権を握り、首都にさえ焼夷弾の雨を降らせることができる敵が上陸してくるのだ。竹槍で勝てるわけがない。しかし、この腐った国は、目前に迫った負けを認めることができない。ぐずぐずと戦争を継続している。愚かなことだ。

能代は、職場復帰をして日々警察官としての仕事をこなしつつも、ずっと自分がまだあの島の中を彷徨っているような錯覚を覚えた。

そんなある日、緋紗子から金田のことを聞かされた。

「あなたがこんなに苦しい思いをしているのに、横領した金で私を身請けしようとしている将校がいるの——」

死すべきは、末端で命をかける兵卒や、庶民ではなく、このような者だ。

おそらく、誰でもよかったのだ。

能代の腹で燻り続けていた怒り。その矛先は、大日本帝国という国、そのものだ。しかし、国などという巨大かつ実体のないものを相手に個人ができることは少ない。しかもこの国は、今やもう滅亡の寸前にある。放っておけば勝手に滅んでゆくだろう。それが無性に口惜しかった。

男どもは奪うばかり——と、緋紗子はよく言っていた。「大和人の男どもが勝手に始めたこのくだらない戦争で、私は大切なものを奪われるばかり」と。

能代自身もまた、大和人の男である。奪う側の人間ならば、せめて緋紗子のために奪ってやろうと思った。

その相手として——腐敗した国家への怒りをぶつける生け贄として——金田という男は、たまたまうってつけだったのだ。

この者を誅することこそ、スルクの名を継いだ俺の使命に違いない——、能代はそう強く思った。

それが、事件の始まりだった。

15

夜通し街道を歩き、室蘭市内に入ったのは、夜が明け午前七時を回ろうという頃だった。

市街地には空襲の被害はなかったようだが、物々しい緊張感に包まれていた。

「空襲があっても、燃やしてるんだな」

ヨンチュンがつぶやいた。

その視線の先には、五本煙突の〝第二の太陽〟と、うっすらと紅く灼けた曇り空があった。

八尋は東室蘭の街路の角で立ち止まり、左に折れる道を指さし、京子の住まいの住所を告げた。

「こっちの道をまっすぐ行って突き当たりを右だ」

「わかった。……おまえ、本当にスルクを止めに行くんだな」

「ああ、そのつもりだ」

「そうか……。約束は守れよ」

「約束？　何のことだ」

「とぼけんじゃねえ、刑務所で言ってたろうが、外に出たあと好きなだけ殴ってくれていい、って」

「ああ、そうだったな。すっかり忘れていた」

八尋は苦笑した。

「ふん、やっぱりおまえは、間抜け野郎だ。俺は京子を逃がす。おまえはスルクを止めて、落とし前をつける。で、俺はおまえをぶん殴る。いいな」

ヨンチュンはまっすぐこちらに目線を向けてきた。

八尋はそれを見返して、頷いた。

「……わかった」

ヨンチュンは無言で頷き、駆け出した。

八尋も『愛国第３０８工場』へ向かい歩を進める。その脳裏には、スルク、否、能代慎平からの手紙の内容が蘇っていた。


これはおまえに届くのだろうか——という書き出しで始まるあの手紙には、能代がスルクの名を継ぐに至った経緯と、緋紗子とともに起こした事件の詳細が綴られていた。

八尋にとっては、能代も利市も恩人と言える。あの二人が、ガダルカナル島で出会っていたこと。八尋をきっかけに親しくなっていたこと。そして極限状態の中、先に命を落とした利市の肉を食らい能代が生き延びていたこと……。どれも知る由もなかった。

手紙によれば、そもそも能代が八尋を捜査に参加させたのは、単なる成り行きではなかったらしい。スルクの名を継いだ自分が、国賊である〝鳥ども〟を誅してゆくのを、利市を知る八尋にこそ見届けさせたかったのだという。

思えば、室蘭行きに誘うとき「おめの目で確かめてくんねいか」と言っていたのは、そういう意味だったのかもしれない。

すべて終わったら八尋には真相を打ち明けるつもりだったらしい。だから、八尋が逮捕投獄されたのは、能代にとっても誤算だった。脱獄の話を聞き、せめてすべての事実を伝えられればと考え、手紙を書いて貫太郎に託したのだという。

八尋が逮捕されたあと、能代と緋紗子は計画を変更した。カンナカムイを奪い、起爆させ、すべてを焼き尽くすつもりらしい。この大日本帝国という国家を滅ぼすために。

そこで能代が目をつけたのが、自分の教え子でもある三影だった。

能代は三影美智雄という男の性質を把握している。三影は真実を知らぬまま憲兵に踊らされるようなことをよしとする男ではない。また三影は八尋を嵌めたことで、御子柴や東堂ともつながりができたはずだ。これを利用しない手はないと能代は考えたようだ。

三影は能代の期待に応えるかのように、東堂が『雷神作戦』なる洋上特攻作戦を立案し、志願兵を集めていることを摑んできた。この作戦でカンナカムイが使われるのは間違いないだろう。

手紙が書かれたのは、この時点。今から四日ほど前のようだ。

能代は、このあと三影にそれとなく情報を与え緋紗子を発見させ、カンナカムイのある工場内部に連れてゆくよう仕向けるつもりだという。

深い怒りと絶望を、能代が抱えているのは間違いない。だが、それは能代だけのものなのだろうか。

緋紗子――。

手紙の行間からは、彼女の影が濃厚に立ちのぼっていた。

能代にスルクの名を継げと言ったのも、事件のきっかけとなる金田の話を伝えたのも緋紗子だ。すべての絵図を描いているのは、実は能代ではなく緋紗子ではないのか。そう思えてならなかった。

緋紗子は、能代の怒りと絶望を利用し、否、自身の怒りと絶望を重ね合わせることで、能代を操っているのではないのか。すべてを破壊してしまいたいと願ったのは、むしろ緋紗子の方だったのではないか。

この想像が、どこまで的を射ているのかはわからない。

どうであれ、止めなければならない。

なぜなら能代はまだ生きているのだから。遺書として書かれた手紙を、しかし彼が死ぬより前に受け取ることができたのだから。

貫太郎が言っていたように、あの手紙は心のどこかで彼が止めて欲しいと思っているから、書かれたものではないのか。

そして何より、もし利市が生きていたなら、必ず止めようとするはずだから。

利市は、愛する者の死や、国の滅亡を望むような男ではない。自らの名を継いだ者が、命を捨て国を滅ぼさんとすることを、決して喜びはしない。

この破壊の欲求は、どこまでも能代と緋紗子のものだ。利市のそれではない。

だから、俺が、止める——。

あの二人を死なせはしない。

やがて前方に『愛国第３０８工場』の正門が見えてきた。近辺では、たくさんの人夫が物資を運ぶなどして行き来している。

手紙にあった目論見どおりなら、能代は今頃もう東堂たちに接触し、カンナカムイに迫っているかもしれない。

時間はない。

八尋は一旦、工場の前を抜けて港へ向かった。かつて、物資を運ぶために何度も往復した道だ。

港にたどり着き、その光景を目にしたときは、さすがに息を呑んだ。

まるで原形を留めていなかった。石炭の積み下ろしをした桟橋も、いくつも建ち並んでいた倉庫も、軒並み瓦礫の山と化していた。そして海には大破した船舶の残骸らしきものがいくつも浮かび、陽の光を反射している。

港には復旧作業のため、かなりの数の人夫が集まっていた。湾内に沈んだ艦船を引き上げているのだ。

「イチ、ニ、イチ、ニ」というかけ声が谺している。

破壊された桟橋の脇に、大量の人形が積んであるかに見えたが、無論、こんな場所に人形などあるわけがない。遺体だ。海から引き上げられたのだろう。ぶよぶよにむくんでしまっているものもあり、近づくと饐えた臭いがした。

おもわず目を覆いたくなるような光景をしり目に、港の南側にある倉庫へ向かった。

倉庫は半壊していたが、中の物資は無事のようだ。八尋はひしゃげた入り口から中に入り、物色する。

あった。

目当てのものはすぐに見つかった。奥の棚にしまってあった一斗缶を引っ張り出して、抱えた。見た目よりもずっと軽い。

一斗缶を持って倉庫を出たところで、声をかけられた。

「おい、おまえ、何を持ち出している」

警官だった。幸い面識はない。が、背中から一気に汗が噴き出した。

大丈夫、追っ手ではない。おそらくは、火事場泥棒を警戒し、見回っているのだろう。

「こ、これです。次の攻撃に備え、工場に持っていくように言われました」

とっさに八尋は一斗缶の中身を警官に見せて答えた。

「おう、そうか」

警官はすんなり納得したようだった。確かにこれは、火事場泥棒が盗むようなものではない。

「ご苦労」

「ご苦労様です」

八尋は胸をなで下ろしつつ、挨拶を交わすと、足早にその場を立ち去った。そのまま道を戻り、工場に向かう。

復旧作業で埠頭側から瓦礫や物資を運ぶためか、工場近辺の人の目はいつもより多いくらいだった。

八尋は何食わぬ顔をして、正門の前を通り過ぎ、壁に沿って進む。以前、設楽の死体を発見したときにも通った道だ。

立ち入り禁止の坂のところには、憲兵が立っていた。工場の裏手までは行けなそうだ。その手前、やや壁が低く登りやすくなっているところを見つけると、道の端に寄って立ち止まり、一斗缶を地面に置いた。

周りの人夫や工員たちは、特に八尋を気に留める様子もない。坂の前の憲兵もだ。重いものを運んでいて、一休みしているとでも思っているのだろう。

八尋は素早くポケットからマッチを取り出し、火を点けると、それを一斗缶の中に落とした。

一斗缶の中には、使用済みの油とコールタールを染みこませた布きれが詰まっている。港での作業の合間によくつくらされていた即席の煙幕装置だ。

一斗缶の中で、布が燃え始める。質の悪い油は炎を上げて燃焼せず、真っ黒い煙ばかりが立ちのぼった。黒い煙はあっという間に辺りに立ちこめ、ほとんど何も見えなくなった。

「うわっ！」「なんだこりゃ！」「煙？」「火事か？」

突然出現した煙に巻かれ、人夫たちが混乱する。

八尋は煙の中を壁に向かい走った。ほとんど何も見えない。見通しが利かない中を走ることに本能的な恐怖を覚えるが、無理矢理足を動かす。

前に伸ばした手が壁に触れる。わずかにある凹凸を手がかりに、よじ登ってゆく。

天辺を越え、壁を下り、工場の敷地に入った。

「火元はどこだ」「わからねえ」「何も見えねえよ」「とにかく消せ」

そんな声が壁の向こうで聞こえた。煙は壁に遮られ、こちら側まで漂ってきてはいない。

降り立ったのは、東西に細長い工場の敷地のやや西側、高台の麓だった。向かって右手にはいくつもの工場棟が並び、左手には高台に続く石段があった。辺りに人影はなく、誰かに見られた様子もない。とりあえず、侵入は成功だ。

手紙によれば、能代は設楽と桑田から、カンナカムイは、高台の上の『西の杜』という緑地にあると聞き出したそうだ。

八尋は左の石段を駆け上ってゆく。

と、タン、と短い破裂音が響いた。

銃声だ。

音は頭上で響いた。

この高台の上で誰かが銃を撃ったのだ。

腰を落とし、身構えつつ足を動かす。

石段を上り切ると、そこは広場になっていた。港と工場が一望できる。奥には木造の建物があり、その更に先に緑地が見えた。あれが『西の杜』だろうか。

再び、銃声。

あの建物の方だ。

八尋は銃声のした方へ向かい、走り出した。

16

能代たちが立ち去ったあと、三影は床に倒れ虫の息となっている御子柴の懐をまさぐり、拳銃を奪い取った。黒く重い自動拳銃。ブローニングだろう。憲兵隊に支給されるのは十四年式拳銃だが、将校は自分で調達する。

三影は銃を手に能代たちを追いかけようと『鳳凰閣』を出た。東堂を連れた能代と緋紗子が、緑地に消えてゆくのが見えた。

が、そこで膝が折れた。

くそ――。

いよいよ限界のようだ。

――刑事さんよ、ざまあねえなぁ。

耳障りなダミ声がした。

誰だ？

人の気配がするが、かすんだ目に人影は見えなかった。

この声には聞き覚えがある。

――何だよ、忘れちまったのかい。大山だよ。あんたに散々殴られたけど、吐かなかった大山さ。

思い出した。飯場から逃げ出した鮮人の人夫だ。

――私もいるよ。実にいい気味だ。きみには散々痛めつけられたからな。

また別の声。

ああ、こいつは『紙の会』の会長だった学者だ。

――俺もいるぞ。あんときは痛かったぞ。苦しかったぞ。はは、ざまあみろ。

――俺もだよ。あんたは俺のことをいたぶるのを楽しんでいた。自業自得だ。

次々声が重なる。どれもこれも知ってるやつの声だ。みな、もうこの世にいない者たち。

三影が拷問中に殺した者たちだった。

懸命に眼球を動かすが、声と気配だけで、姿はない。

亡霊どもが、よって来やがったか。そんなもの、いるはずもないのに。

内心を読み取ったように亡霊たちが応える。

――いるさ。おまえを迎えに来てやったんだ。

――いいかおまえは、ここで死ぬんだ。俺たちと同じようにな。何もできず、何の意味もなく、虫けらみたいに死ぬんだ。

「ふ、ふざける、な……」

怒鳴りつけようとしたが、声がかすれた。

ふざけるな。俺は貴様らとは違う。貴様らは国家に仇なす害虫だ。死んで当然の者たちだ！

――それは見解の相違だね。私に言わせれば、きみのように、大局を見ずに盲目的に国家に従う者こそが、害悪なんだよ。

――そうだ。この国はもうすぐ滅びる。

――おまえの嫂も姪も、毛唐どもの慰みものになるのさ。

――みんな、おまえが蒔いた種だ。

「だ、黙れ……」

三影は気配のする方へ拳銃を向けて、引き金を引いた。

銃声が轟く。

すると、聞き覚えのある声がした。

――無駄だよ。死んだ者は殺せない。

亡兄、常一の声だった。やはり姿は見えず、声だけがする。

「兄さん……」

――結局、おまえは出来損ないだったな。絹代と薫を守ることもできず、ここで死んでいくんだ。俺が思ったとおりだ。

そう言って兄は、笑い出した。けたたましく、けたたましく。

――そうよ思ったとおり。おまえは過ちでできた子だものね。まったく穢らわしい。ああ、いい気味だわ。

次は母の声だ。

そして母も狂ったように笑う。

「やめてくれ！」

もう一度、発砲したが、笑い声は止まらなかった。

黙れ！　笑うな！　今すぐ、その笑い声を止めろ！

これが、幻聴、幻覚だということはわかりきっている。この亡霊どもを消し去るのは簡単だ。

三影は銃口を自らのこめかみに向けた。

ざらりと乾いた諦念が込み上げてくる。

どのみち、俺はもう駄目だ。いよいよ毒が回ってきたらしい。息は苦しいし、意識も朦朧とする。

母の言うとおりだった。

俺という存在は、過ちだった。

それを否定するために、必死になって兄の背中を追いかけた。俺は過ちなんかじゃないと、何度も自分に言い聞かせた。武家の子として誰にも負けぬよう、強くあろうとした。兄が死んでしまってからは、更に必死になった。

しかしどうしても追いつけなかった。

能代を止めることはもうできない。亡霊どもが言うとおり、この国は滅びるのだろう。絹代と薫を守ることもできない。

過ちの俺が生み落とされたこの世界もきっと、過ちなのだろう――。

だったらもう、一刻も早くおさらばしたい。

「ごめんなさい……」

口から漏れたのは、詫びの言葉だった。両目からは涙がこぼれた。

「俺のような者が存在してしまい……ごめんなさい……」

俺は誰に謝っているのか——。

母か、兄か、絹代と薫か、まさか亡霊どもにか、あるいは自分自身にか。もうどうでもいい。

亡霊たちは、そんな三影を嘲るように笑う。

さあ、すべてを消し去ろう——。

引き金を引こうとしたときだ。

「三影さん……」

その呼び声と同時に、亡霊たちの笑い声が消えた。

この声の主も知っている。

霞む視界に、その姿がぼんやり映った。

日崎八尋——拷問して自白させてやった土人だ。獅子身中の虫。こいつのことも殺したんだっけ。今更、恨み言をいいに出てきやがったのか。

三影は銃口を日崎に向けようとしたが、力が入らず身体がふらつき、その場に仰向けに倒れた。

日崎は近づいて来て、こちらを見下ろした。

何だよ。どうせなら笑えよ、他の亡霊どもみたいに。

仰向けのまま再び銃を構えようとして、妙なことに気づいた。

どうして、こいつだけ姿が見えるんだ？　他の亡霊どもは声と気配しかないというのに……。

そう言えば、こいつのことは殺してなかったはずだ――。

亡霊じゃないのか？　今、目の前にいるのは生身の日崎八尋なのか。

「……能代さんにやられたんですね」

日崎は尋ねてきた。

なぜ、こいつにそんなことがわかるんだ。

「能代さんは、カンナカムイはどこですか」

日崎は問いを重ねる。どういうわけか、事情を知っているらしい。

まるで思考が追いつかないが、こいつが能代を止めに来たことだけは、わかった。

止められるのか。もう、俺は駄目かもしれないが、こいつに託せば、止めてくれるのか。

馬鹿げた話だ。こんな異民族の男、信じようもない。それに、そうだ、こいつは網走から脱獄したんだ。だったら、再び捕まえてぶち込んでやらなければ。

三影は口元に笑みを浮かべる。

わずかに残った意志の力を総動員して、目を開き、方角を確認する。手と指を動かして、示す。能代が向かったはずの、緑地を。

「あそこだ……いけ……」

「えっ」

「い……け」

声を振り絞り、片手に握っていた拳銃を手放し地面に転がした。

「持って……いけ……。やつ……を、止め……ろ」

このとき、自分に残っている力の最後の一滴を使い切ったのがわかった。もう声も出ないし、指一本も動かせない。視界はどんどん霞み、黒く塗り潰されてゆく。

日崎が拳銃を拾う気配がした。

「ありがとうございます」

やけにはっきり声が聞こえた。

礼を言われる筋合いなどない。

本当に馬鹿げている。俺は何を必死になっているのか。こいつに何を託したところで、過ちが正されるわけもないのに――。

あきれかえっていたが、自嘲することもできなかった。

三影の意識が最後に捉えたのは、駆けてゆく日崎の足音だった。

17

八尋は、地面に落ちた拳銃を拾い、駆け出した。

銃声の源にいたのは、三影だった。

死の淵まで追い込むような拷問を八尋に加え無実の罪を着せた男が、まさに、瀕死の状態で倒れていた。

その姿を見ても胸がすくことなどなく、むしろ悲しみを覚えた。

あの恐怖の塊のようだった拷問王が、こんなふうに――。

ここで何があったのか、細かいことはわからない。ただ、三影が能代に利用され切り捨てられたのは間違いない。腹から血を流していた。様子からして、毒の刃で刺されたのだろう。おそらく長くはない。いや、もう背後で息絶えているかもしれない。

けれど八尋は振り返らずに走った。三影が指さした先、木々が生い茂る緑地へ。

やはりあそこがカンナカムイの在処、『西の杜』なのだ。

三影は確かに「やつを止めろ」と言った。

託された。

三影は八尋に託したくなどなかっただろう。八尋とて三影などに託されたくなかった。それでも、託し、託された。導かれるように。

右手に握る拳銃が、やけに重く感じられた。

遠目にはうっそうと木々が生えているように見える緑地だが、近づくと一箇所、まるで入り口のようにぽっかりと隙間が空いている場所があった。八尋はそこから、中に入ってゆく。

緑地の中には、明らかに整地された道があった。道はまっすぐではなく彎曲しており、左右に樹木が壁のように立ち並んでいる。

しばらく進むと、突き当たりに、巨大なトーチカのような建物が見えた。

開け放たれた扉の前で警備らしき男が二人、倒れている。一人は首から、もう一人は腹から血を流しており、どちらも虫の息だ。

能代にやられたのだろう。

八尋はそれをしり目に中に入ってゆく。

そこはいかにも何かの製造所といった雰囲気で、普通の建物の二階分、いや三階分はあろうかという高い天井の部屋に、巨大な機械が並び、蛇のようにうねるパイプが何本も走っていた。どの機械が何に使われるものなのか、八尋には想像もつかない。

部屋の一番奥に両開きの大きな扉があり、その片方が開いていた。

音が聞こえた。

人の話し声と、かすかに何かの音楽も聞こえる。西欧のオペラのようだ。八尋には曲目はわからない。ただ、高い女性の声が切実に何かを歌い上げている。

どういうことだ。まさか、こんなところでオペラを上演しているわけがない。

八尋は拳銃を握り直し、足音を殺して扉に近づいた。

「なあ、古手川さん、あんた頭いいんだべ。よう考えてみれ。苦しまずに楽に死ぬんと、長い時間苦しんで死ぬん、どっちがましだ」

オペラの歌唱と一緒に聞こえたのは、確かに能代の声だった。

八尋は扉の陰から、中を窺った。

奥の部屋には、機械の類はなく、壁際に書類の詰まった棚が並んでいた。

手前側で一人が倒れており、奥に三人の人影があった。

倒れている一人は、軍服を着ている。おそらく東堂だろう。

奥の三人のうち、二人は後ろ姿だが、誰かすぐにわかった。能代と緋紗子だ。もう一人、白衣を着ているのが古手川なのだろう。

そして古手川の傍らには、木製の台座があり黒い円柱形の何かが六つ並んでいる。あれが、カンナカムイか。

誰も楽器を演奏などしていないし、歌ってもいない。オペラはレコードのようだ。見ると、部屋の隅には巨大な蓄音機らしきものがある。

能代の手には鈍く光る刃物が握られていた。切っ先をまっすぐ古手川の喉元に向けている。

「わ、私が死なない選択肢はないのかな」

古手川が言った。流れるオペラの音量は、声をかき消すほどではない。

「悪りぃが、ねえな。俺はおめのような奸物を許すつもりはね。どうせなら楽な方がお薦めだ。こいつには、毒が塗ってある。刺されたら絶対に助からね。死ぬまで相当苦しむぞ。だども、そいつ使えば、苦しむ間もなくみんな蒸発しちまうんだべ」

「そ、その場合、当然に、きみたちも同じ目に遭うわけだが、それでもいいのかね」

「ああ、構わね。もとよりそのつもりだ」

「そ、それは参ったな。ひっ、ひひっ」

古手川が引きつった笑い声をあげた。

「さあ、観念してそいつを起爆させろ」

八尋は意を決して扉の陰から飛び出した。

「やめろ！」

三人が一斉にこちらを振り向いた。

八尋は銃を構えた。銃口は能代に向ける。

「能代さん、動かないでください」

三者三様の驚愕が顔に浮かんだ。

緋紗子が口を開き尋ねる。

「八尋くん……何しに来たの」

「緋紗子さん、能代さん、あなたたちを止めに来たんです」

「その様子だと、手紙を読んだな。ああ、やっぱありゃ、失敗だったかな」

「手紙？」と、緋紗子は眉をひそめた。

あの手紙は、能代が独断で書いたことが窺える。

八尋は銃を構えたまま頷いた。

「そうです。馬鹿なことは止めてください」

「馬鹿はおめだ。あれを読んだのに、なして来た。命を捨てに来たんか」

「俺は、自分の使命を果たしに来ました。利市さんの代わりに」

「あの人の代わりに？」

緋紗子が反応した。

「そうです。利市さんなら、きっとあなたたちを止めるはずだ」

八尋は声に力を込める。緋紗子の口元に冷笑が浮かんだ。

「ずいぶん知ったような口をきくじゃない。あなたにあの人の何がわかるの？　あなたはあの人に何年も会ってないじゃない」

「そういうことじゃない！　緋紗子さん、あなたが能代さんを焚きつけたんじゃないのか。利市さんを失った怒りを晴らすために」

「馬鹿を言わないで。これはあの人の意志よ」

「そうだ。俺は焚きつけられてなんかいね。あいつの、スルクの名を継いだからここにいんだ」

能代は緋紗子に同調する。その目には強い意志の色があった。

「いや、あなたたちは、ただ自分の怒りをぶちまけようとしているだけだ。利市さんがあなたたちの死を望むわけがない。国を滅ぼそうとするわけがない」

八尋が言い放つと、緋紗子が笑い声をあげた。

「あの人は、その国ってやつに殺されたのよ。大日本帝国に。大和人（シャモ）の男がつくったこの国に。八尋くん、あなただって身に染みてるんじゃないの？　あなたに罪を着せた連中は、ただただ自分たちの保身のために、軍費を横領していたのよ」

とっさに言い返せなかった。

能代が言葉を継ぐ。

「日崎、いい加減に気づけ。この国は、勝ち目のなくなった戦を、ずっと勝てる勝てると言い張ってんだ。挙げ句の果てが一億総玉砕だ。何のためにそんなことすんだ。陛下のため？　国体護持？　大東亜共栄圏？　そんなもんおためごかしだ。全部、引っ込みがつかなくなった連中の保身だ。為政者が為政者なら民草も民草だ。どいつもこいつも、目を閉じてんだ。現実見ねで、まやかし見てんだよ。大日本帝国は絶対不敗の神の国で、日本人はアジアを引っ張り欧米に伍してゆく特別な民族だとな。食うに困るよな生活に追い込まれてんのに、これに耐えてれば、いつかお国が勝ってくれんべえと、そんな幻想にすがってんだ。上から下まで、酷くて(わやで)どもならん。結局、失敗(ごっぺかえ)してんだ。対米開戦か、支那事変か、日清日露か、そもそも維新が悪かったんか。どこで間違ったんかはわかんねが、大日本帝国てのは、失敗国家以外の何もんでもね。いっぺん、全部壊して浄化せねばならね」

流れるオペラの旋律と相まって、能代の言葉は歌のように響いた。

どいつもこいつも、目を閉じている――。

そうかもしれない。戦況が逼迫していることは明らかだった。心の奥底では、勝てないと気づいていたかもしれない。それでもみな勝利を信じていた。八尋も銃後の治安を守る特高刑事という立場にあり、反戦的な者、国策に疑義を抱く者を徹底的に取り締まった。そうすることがお国のためと思っていた。いや、そう言い聞かせていた。

なぜか？

怖かったからだ。戦争に負けて、大日本帝国という国がなくなってしまうことが。皇国臣民として生きてゆくと決めたのに、その土台となる国がなくなってしまうことが怖かったんだ。

だから一生懸命目を閉じて、瞼の裏に浮かぶ幻を見ていたのかもしれない。

誰かが言っていた。国家も民族も、共同幻想。すべて無価値なまやかしなのだと。

でも……。

「目を閉じているのは、あなたたちも同じじゃないか！」

八尋はありったけの声で言い返した。

「何？」

「この国が失敗国家だったとしても、すべて壊してしまおうなんていうのは、結局、現実を見つめ続ける勇気がないからだ。あなたたちは何も見たくないんだ。あなたたちがやろうとしているのは浄化じゃない。心中だ。目をつむって、何もかもなかったことにしたいだけだ！」

刹那、沈黙が流れ、オペラの歌声と演奏だけが空間を満たした。

能代は苦笑した。

「言ってくれんな……。そだな、俺はこの国と心中したいんかもな。だども、それが俺の、いや、スルクの使命だと信じてる」

「八尋くん、それでどうするの？　拳銃で私たちを撃って止める？　あなたに、そんなことができるの」

緋紗子が見透かすように言った。

二人には迷いがない。言葉では、止めることができないのか。

能代は、刃物の切っ先を古手川にぴったりと突きつけた。

「さあ、そろそろ覚悟さ決めろ。あいつが銃、撃ってきても、あんたをぶすりとやるくらいはできんぞ」

古手川は真っ青な顔をして、額にびっしょりと汗を掻いている。あまりの緊張を強いられているからか、口角を上げて、笑っているかのように見える。

まずい、古手川は限界だ——。

八尋は銃を構えたまま、三人ににじり寄った。能代と緋紗子を、射程に収める。

ずっと引き金にかけたままの指が震えた。

止めるには撃つしかない。上手く急所を外せるか。いや、もうとにかくやるしかない。

撃て——。

まさに、引き金を引こうとしたとき、「ひぃいい」という叫声があがった。

古手川だった。

「いひっ、ひひひ、ひっ」

笑ってる?

古手川は引きつった顔で口を開いた。

「馬鹿げている。いや、まったく馬鹿げているよ」

「……どした」

能代が古手川を睨み付けた。

「き、きみは私を脅す必要はない。それを下ろしたまえ」

古手川はこちらに視線をよこした。

「き、きみもだ。彼を止める必要などないぞ」

「おめ、何言ってんだ」

能代が怪訝そうな顔になる。

古手川は上目遣いに能代を見る。

「ひ、ひひっ。き、きみが言うとおり、この戦争は負ける。アメリカとの国力の差がどれだけあると思っているんだ。逆立ちしたって勝てるわけがない。そんなことは、開戦前からわかっていた。なのに軍部は愚かにも暴走した。なあ、きみは大本営が吹聴する戦勝が幻想だとわかっているんだろう。だったらどうして信じたんだ？　ウラン爆弾——カンナカムイなんてものを」

「何？」

「そんなものないいんだよ！　いいか、ウラン爆弾は、あのアメリカが豊富な資金と人材を投入しても開発に苦心しているような代物だ。造れるわけがないだろう。原料であるウランを圧縮することさえ、できていないんだよ。ここにあるのは、中身は空っぽのただの鉄の筒さ。爆発などするはずもない。カンナカムイなんて、ないいんだよ」

八尋は絶句した。能代と緋紗子も顔を引きつらせている。

古手川は続ける。

「もっとも、騙されていたのは、きみたちだけじゃない。東堂中将たちもウラン爆弾は本当に完成すると思っていたからね。開発に関わった設楽や桑田さえそうさ。ここには、核分裂理論について私より詳しい人間は一人もいない。実際、開発の真似事くらいはしていたしね。圧縮してないウランだって、私が圧縮できたと言えば、みな、それを信じるしかなかったんだ」

「……特攻作戦は、どうするつもりだったんだ」

「どうもしないさ。何食わぬ顔をして、こいつを運ばせ、突っ込ませる。運悪く不発だったってことになるだけさ。ろくに実験せずに実戦投入するんだ。言い訳はいくらでも立つ」

「あはは、あっきれた、はははっ」

笑い声をあげたのは緋紗子だった。

「じゃあ、何？　みんなただの鉄の筒に踊らされてたってわけ」

「そうなんだよ。ざ、残念だったね。で、でも、ここまで来たのは無駄ではないよ。特別にきみたちにも分け前をあげるよ」

「分け前、だと」

古手川は何度も頷いた。

「そ、そうだ。東堂中将は戦後のことを考え横領した金を金塊に換えて保管していたんだ。これはなかなか聡明だ。中将は戦勝をあきらめていなかったが、敗戦のあとこそ金は役に立つ。日本円なんて紙くずになるに決まっているんだからね。仮に、この国がアメリカに占領されたとしても、金を持ってれば交渉に使える」

「そっか、その金塊とやらは、どこにあんだ」

「ここだよ。実はこの建物には地下があるんだ。そこに保管してある」

「……なるほど。そんで、俺たちにもおこぼれをめぐんでくれるってわけか」

「そ、そうだ。だから……」

「あんがとな」

言って能代は古手川の喉元に刃物を突き刺した。

古手川が濁った悲鳴をあげる。能代はそのまま古手川の首筋を切り裂いた。勢いよく血がこぼれた。

「があああっ！」

古手川は崩れ落ちるように、膝をついた。必死に何かを言おうとしていたが、穴があいた喉を空気が通り、溢れる血をぼちゃぼちゃと鳴らす奇妙な音しか聞こえなかった。

「よかったじゃない。カンナカムイなんてものがないなら、それで。この国は戦争に負けて、滅びるわ」

緋紗子が言って、能代は気のない相づちを打った。

「ああ、そだな」

緋紗子は、こちらに顔を向ける。

「八尋くん、それで撃ってくれない？　私たちを」

能代も、こちらを向いた。

「そりゃいい。撃ってけれ」

「ば、馬鹿なことを言わないでください！」

「あなたの言ったとおりよ。私たちは、見ていたくなどないの。あの人が命を捧げたこの国が、腐っていくのも、滅んでいくのも、見たくなどない」

「俺からも頼む。毒で苦しんで逝くより、楽に逝かせてけれ」

二人は一歩ずつこちらに近づいてくる。その顔は亡者のように真っ青だった。

緋紗子の片目からつっと一条、涙がこぼれた。

「私たちには、もうこの人間の世界（アイヌモシリ）で生きる意味なんてない。だからあなたに、神の世界（カムイモシリ）に送って欲しい。あの人の待っている場所に」

撃たなかったとしても、二人は死ぬだろう。あの毒の刃で。

ならば撃つべきなのか——。

思わず緋紗子に銃口を向けてしまい、我に返る。

何をやってるんだ。

俺はこの二人を死なせないためにここに来たんじゃないか。それが俺の使命のはずだ——。

しかし、銃を握る手を下ろせなかった。

緋紗子と能代、四つの目がまっすぐに八尋を射貫く。そして声がした。二人のどちらでもなく、利市の声が。

——送ってやってくれ。俺も独りじゃ寂しいんだ。

それはまるで、天にあるという神の世界（カムイモシリ）から響くようだった。

何か見えない力に操られるように、指が引き金にかかる。

オペラが聞こえた。

切迫感のある合唱だ。外国語の歌詞などわからないが、世界の終わりを歌っている気がした。

そのときだ。

ごうん、と巨大な音が響き、建物が揺れた。

何だ？

すると今度は頭上で凄まじい炸裂音が響いた。

とっさに顔を上げる。

コンクリートの天井がまるで豆腐のように砕けるのが見えた。そして、何かが天井を突き破り飛んできた。

砲弾――。

脳がそれを認識したのと、斜め前方、部屋の隅に着弾したのは、ほぼ同時だった。

瞬間、八尋は時間が何倍にも引き伸ばされるような感覚に囚われた。

着弾した砲弾が床に埋まってゆく。床はたわみ、亀裂が走る。その様子がまるでコマ送りのようにゆっくりと見えた。

まずい。

身をかわそうにも、自らの身体もゆっくりとしか動かない。

砲弾が半分ほど埋まったとき、床ごと破裂した。凄まじい音が響き、床が跳ね上げられる。八尋の身体は抵抗しようもなく宙に浮き、吹っ飛んだ。粉々になった床材が飛び散る。同時に上からは砕けた天井が大量の瓦礫となって降ってくる。埃と煙が舞い、視界が白く塗り潰される。能代と緋紗子がどうなったか目で追う余裕もなかった。

身体はあらぬ方向に回転しながら宙を飛ぶ。肩に、腹に、背中に、身体中の至るところに瓦礫がぶつかる。あっという間に天地の感覚がなくなり、自分がどんな姿勢をしているのかもよくわからなくなった。目が回り、一緒に意識までかき回される。ただ、空気を切り裂く感覚だけが、宙を飛ばされていることを知らせていた。

永遠にも思えた飛翔は、唐突に背中と後頭部に強い衝撃が走り、終わりを告げた。

地面に叩きつけられたことを辛うじて認識するのと同時に、八尋の意識は途切れた。

18

静かだ――。

気がつくとオペラは止んでいた。

八尋は、かすかな物音さえない完全な無音の世界にいた。

開いた目に映るのは、樹冠と、その向こうに広がる灰色の空だった。

ここはどこだ？　俺は生きているのか？

その問いに答えるように、空に黒い飛翔体が飛ぶのが見えた。砲弾だ。それはあっという間に視界を通過し、数秒後、音もなく、地面が揺れるのを感じた。

その振動がきっかけとなり、身体のあちこちに痛みが走った。

少なくとも生きてはいるようだ。

どれほど気を失っていたのか。数秒、ではないようだ。数分か、数十分か。

八尋は身を起こす。脇腹が特に酷く痛んだ。骨の一、二本は折れていそうだ。まったく音が聞こえないのは、衝撃で耳が駄目になったからだろう。

霧がかかったように、埃と煙が立ちこめている。どうやら建物の外まで飛ばされたらしい。煙が薄まっている方に進んでゆく。すると視界が開けた。緑地の外に出たのだ。しかしそこから見える景色は一変していた。

眼下に広がる『愛国第308工場』の敷地内は、瓦礫の山になっていた。ほとんどの工場棟が屋根や壁を吹き飛ばされ、ひしゃげた鉄骨をむき出しにさせている。

破壊されているのはこの工場だけではない。港の周りの軍需工場群は軒並み、攻撃を受けたようだ。

遠くに輪西の溶鉱炉の煙突が見えた。しかし五本あったはずのそれは、一本は完全に消失し、三本は途中で折れ、辛うじて一本だけが残っている状態だった。そして真っ黒い煙をもうもうと噴いている。かつて空を灼いていた紅い色は見えない。灯火管制下の夜でさえ燃え続けた〝第二の太陽〟が、無惨な姿をさらしていた。

まるで世界が凍てついてしまったかのようだ。

空に何かが光ったかと思うと、砲弾が矢のように飛んできて、工場の東側の敷地に着弾した。かなり離れたここでも地面が震えた。

攻撃は続いている。砲弾は、上空から落ちてくるのではなく、低い弾道でまっすぐ飛んでくる。おそらくは艦砲射撃。海上の戦艦から撃ち込まれているのだろう。

昨日は港を、今日は軍需工場を標的にしているわけか。物流と生産に打撃を与えるのは、理に適っている。

砲弾が着弾したところで、水しぶきのように瓦礫が飛び散るのが見えた。

いたるところに人影がある。逃げ惑う者もいれば、倒れて動かない者もいる。爆風に巻き込まれたのだろう、むき出しになった建物の鉄骨に洗濯物のようにぶら下がり息絶えている者もいる。さらに目を凝らせば、ちぎれた手足や首が、そこかしこに散らばっているのも見えた。

ただただ無慈悲で一方的な蹂躙。まさに滅びの景色だった。

しかしまったく音が聞こえないからか、現実感は薄い。

能代さんと、緋紗子さんは——。

八尋は回れ右をして、緑地へと進んだ。

煙の向こうから、焦げ臭さと熱気が漂ってくる。ちらちらと赤い光が見える。

炎だ。

木々が燃え、むせ返るような熱気を発している。その向こうに、半壊した建物の影が見えた。

二人は同じように、建物の外まで飛ばされたのだろうか。それとも、まだあの中にいるのだろうか。

「能代さん！　緋紗子さん！」

力の限り叫んだつもりだったが、自分の声も聞こえなかった。

更に一歩、前に進んだ。熱い。ちりちりと肌が炙られるようだ。

「能代さん！　緋紗子さん！」

もう一度、叫んだ。

開いた口に熱気が入り込んで喉が灼けた。思わず咳き込む。

そのとき、地面が大きく揺れた。どこかすぐ近くに砲弾が撃ち込まれたのだ。

八尋はその場に立ち尽くし、燃えさかる炎を見つめた。

聴力をなくしたはずの耳に、音が聞こえる気がした。

手拍子と独特の節回し。幼い頃、イオマンテの宴で聞いた歌だ。緋紗子が謡っていた、カンナカムイを讃える神謡（カムイユカラ）。

燃えさかる炎の向こうに、まばゆいばかりの光が溢れている。まるで神の世界（カムイモシリ）のよう。いつだったか、三影に拷問され死にかけたときにも幻視した、あの世界だ。

呼ばれているような気がする。

こっちへ来てゆっくり休め、と。

みんないるのだろうか。父と母や、利市も。

能代と緋紗子も、もうあちらに行ってしまったのだろうか。

あの光の世界には、やすらぎがあるのだろうか。

思えばずいぶん無茶をして、ずいぶん走った。

使命を果たそうとして。結局、果たせたのか、果たせなかったのか。たぶん後者だ。でも、もう疲れた。

火勢はますます強まり、熱気を浴びている肌は、熱いのを通り越して刺すような痛みを帯びてくる。全身を火傷してしまいそうだ。

しかしその痛みはどこか、疲れを癒してくれるようでもあった。

記憶が蘇る。幼い頃、緋紗子の膝でまどろんだときの温もりの記憶。

行こう。

やれることはやったと思う。精一杯。

ゆっくり休もう。あの神の世界（カムイモシリ）で。

一歩、一歩、前に進んでゆく。炎の中に入ってゆく。猛烈な熱と光に巻かれる。

熱く、痛く、苦しい。身体が灼ける。肌と髪の毛が焦げ、異臭が鼻をつく。

けれど、心は静かだ。熱も痛みも苦しみも、確かに感じているのに、段々と意識そのものが薄らいでいく。近い。神の世界(カムイモシリ)はすぐそこにある。

八尋は目を閉じた。

あと少し、この苦しみに耐えれば――。

そのとき、突然、ものすごい力で奥襟を引っ張られた。

えっ――。

おい、誰だ。何をするんだ。せっかくもう休めると思ったのに――。

身体はずるずると引きずられる。そして投げ飛ばされた。

背中に地面の感触。仰向けに倒れた。正面から襟元を摑まれた。

目を開ける。

ぼんやりした視界一面に、見覚えのある顔があった。

ヨンチュン？

目の前にいたのは、さっき別れたはずの大男だった。

ヨンチュンは八尋の身体を揺さぶりながら、必死の形相で何かを言っている。しかしよく聞こえない。

でも、顔つきから怒っているのはわかる。

ヨンチュン、おまえ、どうしてここにいるんだ――尋ねようと思ったけれど、口も喉も強張ってしまい、まるで動かない。口だけじゃない。指先さえも動かない。もう炎に巻かれていないのに、熱さも痛みも治まらない。身体の中が灼け続けているみたいだ。

「ふざけるな！」

聞こえなくても、ヨンチュンがそう言ったのが、はっきりわかった。

この顔、どこかで見た。

妙な既視感に囚われ、すぐに思い出した。

騙したときだ。

飯場で騙して逮捕したとき、ヨンチュンはこんな顔で「ふざけるな！」と叫んだんだ。

見るとヨンチュンは目に涙を浮かべていた。それも、あのときと同じだ。そして何かを懸命に叫んでいる。

「――な」

かすかに、ずっと遠くの囁き声のように、ヨンチュンの声が聞こえた。ほんの少しだけ聴覚が戻ったのか。

「死ぬな」

おぼろげながら、そう聞こえた。

前は「ぶっ殺してやる」と言ってたくせに、今度は「死ぬな」か……。

何だか可笑しくなってくる。

ヨンチュンは八尋を抱きかかえると、背中におぶって走り出した。

遠ざかる。あの炎の緑地から、神の世界(カムイモシリ)から。遠ざかる。力強く走るヨンチュンとともに。この苦しみの先にあるはずの甘やかな安息の地から、遠ざかっていく。

攻撃は、まだ続いているのだろうか。そう言えば、ヨンチュンは京子を避難させに行ったんじゃなかったのか。よくわからない。ただひたすら、走ってゆく。

未だほとんど無音に近い世界に、ほんのわずか、ヨンチュンの息づかいだけが響いている。

まったく余計なことをしてくれる——。

もうすぐこの国は滅びる。これ以上、果たすべき使命もないというのに……。ああ、でも、そうか。こいつと何か約束していた気がする。

二度も騙したら悪いよな。仕方ない。

「ありがとうな」

そう言ったつもりだったが、声に出たのかよくわからなかった。出ていたとしても、必死に走るヨンチュンには聞こえないだろう。

終章　敗戦

——昭和二十一年（一九四六年）三月。


「被告人を無罪とする」

裁判官は淡々とした様子で告げた。

札幌控訴院（のちの札幌高等裁判所）でひっそりと行われたその裁判は、開廷からわずか数秒で結審した。狭い法廷には、必要最低限の四人——裁判官、検察官、弁護士、そして被告人——の姿しかない。

「ご苦労様です」

黒縁眼鏡をかけた弁護士に声をかけられ、日崎八尋は小さく頷いた。裁判官と検察官がそそくさと退廷する。両者とも能面のような無表情で、ただ機械的に職務を遂行しているという感じだ。

「お待たせしてしまい、申し訳ありませんでした」

弁護士は眉をハの字にする。八尋はかぶりを振った。今日まで時間がかかったのは、別にこの弁護士のせいではない。

「では、どうぞ」

弁護士に促されて、一緒に法廷から出た。控訴院の長い廊下を並んで歩いてゆく。

「世の中はずいぶんと変わりましたよ」

弁護士は口元にうっすら笑みを浮かべた。

変わった、か。

廊下の窓から白く柔らかい光が射し込んできた。

八尋はこの八ヶ月あまりの出来事を思い出す。

あの日――、昭和二十年（一九四五年）七月十五日。

午前九時三十分頃から十時三十分頃までのおよそ一時間に亘り、『愛国第３０８工場』をはじめとする室蘭の軍需工場群は、米軍による艦砲射撃を受けた。

室蘭防衛隊は、反撃らしい反撃はまるでできなかったという。それもそのはずで、防衛隊が保有する最も飛距離のある長距離砲は、十五センチカノン砲で、射程は二十六キロ。対して米軍は、その射程の外、室蘭港の東南、鷲別（わしべつ）岬沖二十八キロ地点に部隊を展開していた。こちらの軍備を完全に把握し、絶対に反撃を受けない地点からの攻撃であったのだ。

この艦砲射撃により、室蘭の軍需工場群は徹底的に破壊され、操業不能となった。

また、射撃の標的は軍需工場であっても、その射線上には、御崎（みさき）町、御前水（ごぜんすい）町、輪西町、中島町などの市街地があり、砲弾はこれらの町にも無差別に撃ち込まれ、壊滅的な打撃を与えた。

砲弾の威力は凄まじく、着弾地点には、直径十メートル、深さ五メートルもの穴が空き、そこにある人も建物もすべて吹き飛ばされた。

加えて、着弾時に破裂した砲弾の破片は四散し、飛ぶ刀のごとく人を切り裂いた。市街地においては、砲弾の直撃だけでなく、この破片による第二波によって多くの人々が負傷・死亡している。市内の電線には、切り裂かれた人の肉片が、いくつも帯のようにぶら下がったという。

市街地や工場内部には空襲に備え防空壕が掘られていたが、地面を五メートルもえぐる砲弾の破壊力の前ではまったくの無力であった。多くの防空壕が、砲弾の直撃により中にいた避難者ごと押し潰された。

工場の労働者も、一般市民も、防衛隊の兵卒も、一切の区別なく犠牲になった。正確な数はまだわかっていないが、死者だけでも数百人はくだらないという。

このような惨状の中、八尋は、ヨンチュンによって市立病院に運び込まれた。

八尋と別れたあと、京子を捜し出したヨンチュンは、一通りの事情を話した。ちょうどそのとき、艦砲射撃が始まったという。攻撃の標的が工場だとわかると、ヨンチュンは京子にたという。

「万一に備えてできるだけ室蘭から離れろ。俺はあの馬鹿を連れてくる」と、工場へ向かっ
あとになってヨンチュンが語ったところによると「別におまえのためじゃねえ。キョンジャがおまえのことを心配していたから」だそうだ。

艦砲射撃で混乱する工場内部への侵入は簡単だったようだ。ヨンチュンは手紙にあった『西の杜』という名称を頼りに、工場の西側へ向かい、例の緑地で炎に巻かれている八尋を発見したという。

ヨンチュンが八尋を背負ってきたとき、病院内は大量の負傷者でごった返していたが、「今にも死んじまいそうなんだ。頼むから先に診てやってくれ！」と強引に割り込んだらしい。

事実、八尋は全身に火傷を負っており、すでに意識も失い瀕死の状態だった。八尋自身の記憶も、ヨンチュンに背負われてどこかへ向かっているところで、途切れていた。

生死の境を彷徨っていた八尋が目を覚ましたのは、それから丸二日あとのことだった。開いた目に最初に飛び込んできたのは、こちらを覗き込むヨンチュンと京子の顔だった。

「目を開けた！　開けたぞ！　助かりやがった！　やった！　やったぞ！」

いきなり顔じゅうにヨンチュンの唾を浴びるという、とんだ目覚めだった。少し聞こえに

くいものの、声がちゃんと聞こえた。聴力はいくらか回復したようだ。

その後も四十度を超える発熱が続き「薬品が足りないこの状況では予断を許さない」と医師は言っていたが、二週間ほどで小康状態を迎え、辛うじて一命を取り留めることができた。全身火傷であったものの深度が浅かったことと、すぐに治療を受けることができたのが幸いしたかたちだ。

それから更に一週間、病床で過ごし、どうにか立ち上がれそうになった矢先、警官がやってきて八尋は逮捕された。ヨンチュンもまた、八尋の様子を見に病院を訪れようとしたとき、張り込んでいた警官に取り押さえられた。

たまたま病院を訪れた室蘭署員が、八尋に気づいたらしい。八尋とヨンチュンは極秘で手配されている脱獄犯だ。

本来であれば、二人は再び刑務所に入れられるはずだった。

が、司法の手続きが、すべて停止する事態が発生した。

敗戦、である。

八尋たちが逮捕された翌日、昭和二十年（一九四五年）八月六日、午前八時十五分。広島にアメリカの新型爆弾が投下された。それは、かつて大日本帝国が研究し、ついに完成させることのできなかった究極兵器、ウラン爆弾であった。

更にその三日後の八月九日、今度は長崎にも新型爆弾が投下される。これはウラン爆弾と同じ原理に基づきながら、プルトニウムなる物質を使った、より複雑な爆弾だったという。二度の新型爆弾投下は、日本とアメリカの圧倒的な力の差を見せつけるものであった。さらに大陸では、中立条約を結んでいたはずのソ連が満州に侵攻。関東軍は総崩れとなった。八月十日、午前二時。御前会議（最高戦争指導会議）の席で、昭和天皇は、大日本帝国の降伏等を求めたポツダム宣言を受け入れることを決断。そして八月十五日、天皇が直接、皇国臣民に敗戦を語る玉音放送が流され、戦争は終わった。

室蘭での艦砲射撃から、ちょうど一ヶ月後のことだった。

八尋とヨンチュンは留置場の中で、玉音放送を聞いた。

二人はしばらく処分保留のまま留置場に留め置かれることになった。

やがて秋になり、北海道にも進駐軍がやってくると、政治犯であるヨンチュンはポツダム宣言の規定に基づき即時釈放された。

殺人犯である八尋については、裁判がやり直されることになった。進駐軍から派遣されたという黒縁眼鏡の弁護士が面会に来て言った。

「これはあなたを釈放するための裁判です。あなたの従兄、清太郎さんは、憲兵に脅されて証拠の捏造に協力したことを認めています。他にもやり直すべき裁判が山ほどあるため、少し時間がかかってしまうかもしれませんが、安心してお待ちください」

それからおよそ半年、ようやく裁判が行われ、弁護士の言ったとおり、八尋は無罪放免となった。

「そう言えば、例の二人ですが……」

廊下を歩きながら、弁護士は言った。

「何かわかりましたか」

弁護士は、少し微妙な表情で口を開いた。

「工場の敷地内、あなたが仰っていた西側の高台の近辺で、それらしき男女の遺体が発見されています」

勾留中、弁護士が面会に来たとき、可能であれば調べて欲しいことが二つある、と頼んでいた。その一つが、艦砲射撃の犠牲者の中に、能代と緋紗子がいるかどうかだった。弁護士は「わかりました。事件の詳細を明らかにするのも私の仕事です」と快諾してくれたのだ。

「状況から、能代慎平と畔木緋紗子ではないかと思われますが……。遺体は損傷が激しく丸焦げになっており、特定には至りませんでした。結論としては、よくわからない、ということになります」

弁護士によれば当面、死体は身元不明、二人は行方不明者として扱われ、一定期間が経過したら死亡したと判断することになるらしい。国の内外で、このような「よくわからない」死者が大量に出ているという。

「一連の殺人事件については、被疑者死亡ということで幕引きになるのだと思います。軍需工場で行われていた戦費の横領の方は……、おそらく立件されないでしょう。横領犯は全員死亡。横領の存在を証明する証拠も残っていませんから」

つまり横領犯の死によって横領は隠蔽されたことになる。何とも皮肉だ。

「あの、横領犯たちが隠したという金塊は」

これが、調べを頼んだもう一つのことだ。

弁護士はかぶりを振った。

「すみません。それもわかりません。例の建物には地下がありましたが、そこには何もなかったとのことです。ただ……」弁護士は顔をしかめて続ける。「進駐軍が何かを持ち出したという噂もあります」

「そうですか……」

古手川が言っていた金塊が本当にあったのかなかったのか。もう確かめようもないだろう。もしそれを回収した者がいるのだとしたら、せめて私腹を肥やすために使われないことを祈るばかりだ。

廊下の突き当たりに、扉があった。控訴院の裏口だ。その前で弁護士が立ち止まった。

「私はこのあともここで仕事がありますので。お元気で。これであなたは自由です」

自由、という言葉は、どこか知らない異国の言葉のように聞こえた。

「はい、ありがとうございます」

八尋は、扉を開いて、外に出てゆく。着の身着のまま荷物など何もない。あっけないものだった。

裏口を出て建物に沿うように敷地を回り、正門まで歩く。

弁護士が言っていた男女の死体は、能代と緋紗子なのだろうか。

あの二人が望んだように大日本帝国は戦争に負けた。二人は使命を果たせたことになるのだろうか。

わからない。

わからないが、どんな形でも、あの二人に生きていて欲しいという想いと、安らかに眠って欲しいという想いが、八尋の内側でない交ぜになっていた。

ふと、視線を上げると、正門の向こうに、男女の姿が見えた。

能代と緋紗子——、思わず息を呑む。

すぐ次の瞬間、見間違いだと気づいた。が、知っている二人ではあった。

「おう、やっと出られたな。馬鹿面、見に来てやったぜ」

ヨンチュンと京子だ。迎えに来てくれたようだ。

ヨンチュンはカーキ色のジャンパーを羽織り、京子は臙脂(えんじ)色のワンピースを着ている。ずいぶん垢抜けた服装だ。進駐軍の放出品だろうか。

八尋は二人の顔を交互に見て、頭を下げた。

「ありがとう。ヨンチュン、おまえには、さんざん助けられた」

「え？　な、何だよ、調子狂うな」

「日崎さん、頭上げてあげて。この人、こういうとき、どうしていいかわかんなくなっちゃうんだから」

「う、うるせえや」

八尋は顔を上げる。

ヨンチュンは顔をしかめ、京子はそれを見て苦笑していた。二人の間に流れる空気が以前と少し違う気がした。

「俺としては約束、果たしてもらってもいいんだけどな。ぶん殴るんだろ」

八尋が言うと、ヨンチュンは大げさに肩をすくめた。

「身体が鈍りきった死に損ないなんて、殴れるかよ。どうせ文無しだろ。飯でも食おうぜ。奢ってやらあ」

進駐軍の睨みが利いていたのか、半年以上に及んだ留置場暮らしは、そんなに悪いものではなかった。三食きっちりと提供され、署の裏庭で自由に運動できたし、ラジオ、新聞、雑誌なども好きに見聞きすることができた。身体はすっかり回復し、鈍ってなどいなかったが、ありがたく奢られることにした。誰だって殴られるよりは、飯を食う方がいい。

久しぶりにゆっくりと札幌の街を歩いた。洋風建築の官庁が建ち並ぶ官区の様子は、かつてとあまり変わらなかった。

昨年の七月十四日と十五日、米軍は室蘭だけでなく、北海道の各主要都市に無差別攻撃を仕掛けていた。釧路や根室は壊滅的な打撃を受けたというが、ここ札幌には、あまり激しい攻撃はなかったようだ。街は無傷と言っていい状態だった。

ただし、雰囲気はずいぶんと変わっていた。

通りには人が溢れ、喧騒に包まれていた。手足に包帯を巻いた傷痍軍人とおぼしき者も目にする。八尋が特高刑事として目を光らせていた頃に比べて、ずっと雑然としていた。大通の南側、民区に入ると、至るところにバラックや屋台が並び、襤褸を着た人々がうろついていた。そこら中で揉め事が発生しているようで、角を曲がるたびに怒声が聞こえた。

進駐軍のトラックが道を走ると、そのあとを顔を真っ黒にした子供が「ギブミー」と連呼しながら追いかけた。

戦争に負ければ、国民は皆殺しにされ、日本全土がアメリカの領土にされる——などとまことしやかに言われていたが、アメリカにはそんな意思はないようだ。少なくとも、今のところは。

ヨンチュンに連れられた先は、豊平川沿いの河原だった。所狭しとバラックが建ち並んでいた。そこかしこで朝鮮語が飛び交っている。どうやら、即席の朝鮮人街らしい。

その入り口あたりで、ヨンチュンが思い出したように言った。

「ああ、そうだ。元特高だってバレねえように気をつけろよ」

「は？」

「特高刑事が、全員罷免されたのは知ってるな」

「ああ」

新聞で読んで知っていた。終戦後、全国の警察で特高課は廃止となり、幹部は軒並み公職追放、所属していた刑事もみな罷免になった。かつては泣く子も黙ると恐れられていた特高刑事たちも、今では肩身の狭い思いをしているらしい。

「ここには特高に恨みのあるやつが山ほどいる。最近じゃ、元特高の刑事を捜してお礼参りする連中もいるんだ」

八尋は思わず顔をしかめた。

「そんなことがあるのか」

「そうさ。でも、おまえには悪いけど自業自得さ。特高てのは、日本人からもずいぶん恨まれてたみてえだな。わざわざ、どこそこに内鮮係だった元特高の刑事が住んでるとか、教えに来るやつもいるらしいぜ」

八尋の脳裏には、聞き込みなどをしたときに、卑屈なくらいペコペコと頭を下げていた人々の姿が浮かんだ。

銃後の治安を守っているつもりだったが、恨まれていたようだ。かつて密告情報を集めていた特高刑事たちが、今は密告に怯える立場になったというのか。気分のいい話ではない。

「ま、とにかくよ、自分で言わなきゃ誰もわからねえ。余計なことは言わないことだ」

「ああ、わかったよ」

三人で屋台に入り、すいとんをすった。

汁に大蒜と唐辛子で味をつけた朝鮮風のすいとんだ。何かよくわからない臓物らしき肉と、何かよくわからない草が、大量に入っている。辛みと苦みが濃く攻撃的な味だったが、滋味に溢れ、妙にくせになる。

食べながらヨンチュンが近況について話した。

ポツダム宣言により、かつて外地と呼んでいた大陸や朝鮮半島の領土は放棄された。が、今のところ、内地の朝鮮人はまだ戸籍上、日本人ということになっているらしい。また、朝鮮半島は北緯三十八度を境に、北側をソ連が、南側をアメリカが占領しており、いかなる政体が半島を統治するか話し合いの途上であり、今後どうなるかは誰にもわからないという。

「いずれは故郷に帰るつもりだけどよ、今は全然、目処が立たねえ。とりあえずは、行商で稼いで飯食ってんだ」

「行商？　おまえがか」

「そうさ。田舎のもんを都会で売って、都会のもんを田舎で売るのさ」

昨年は、春先から懸念されていたように全国的な冷夏に見舞われ凶作になった。敗戦の混乱とこの凶作の影響で、都市部は戦中以上の食糧難に陥った。未だに統制経済も続いているが、とてもじゃないが配給だけでは食っていけない状況だという。

そこに目をつけたヨンチュンは、比較的食べものが手に入りやすい北海道の農村で、野菜や漬物などを仕入れ、東京まで売りにゆく行商を始めたらしい。そして東京では、進駐軍の放出品などを仕入れて北海道で売るのだそうだ。これを繰り返して、利ざやを稼いでいるのだという。

これはヨンチュン一人でなく、北海道に留まっている同じような立場の朝鮮人たちが、数人で協力してやっている商売のようだ。

「なるほどな。上手いこと考えたもんだ」

素直に感心した。

「はは、だろ」

ヨンチュンは自慢げに鼻を擦った。

ついでに、八尋は気になっていたことを尋ねてみることにした。

「ところでおまえら、恋仲になったのか」

ヨンチュンは目を丸めて絶句した。京子は少し照れたように苦笑した。

「わかる？」

京子が八尋を見る目には、かつてのような熱はない。代わりに、ヨンチュンに向ける視線に包み込むような優しさがあった。

「まあな」

うろたえた様子のヨンチュンは何度か咳払いをして、口を開いた。

「それはそうと、日崎、おまえ俺にたくさん借りがあるのわかってるよな」

「ああ」

騙し、救われ、こうして飯まで奢ってもらっている。

「だったらそれを返せ、東京で」

「東京で？」

「行商の拠点をな、東京にもつくることになってな。俺と京子が行くことになったんだ。一緒に来て手伝え。そんな上等じゃねえが、住む場所も用意できると思う」

今後、仕事と住む場所をどうするかは悩みの種ではあった。

警察に戻るのは難しいだろうし、戻る気もなかった。

日崎の家で暮らすのも気まずい。留置場に従兄の清太郎が面会にやってきて、八尋を嵌める片棒を担いだことを平謝りに謝られた。清太郎には清太郎の事情があったのはよくわかる。あの時点で憲兵に逆らえというのも無体だ。しかしお互いわだかまりは残るだろう。

東京で仕事をするというのは、願ってもない話だ。

「いいのか。俺は朝鮮人じゃないぜ」

尋ねると、ヨンチュンはどこか自嘲気味に笑った。

「別にいいさ。おまえも俺も、皇国臣民のなり損ないだ。カミサマのこと覚えてるか」

「ああ、覚えている」

スパイを辞めたと言ったあの男は、最後に故郷の湖を見ることができたのだろうか。

「あいつが言ってたようにさ、国やら民族なんてもんは、全部まやかしなのかもしれねえよな……。知ってるか、この国はもう天皇陛下の国じゃなくなるんだぜ」

アメリカは日本をまったく新しい国に造り替えるつもりらしい。現在、帝国議会では、GHQの意向を反映した新憲法を作成しており、それは天皇陛下ではなく、国民一人一人を主権者とするものになりそうだという。

確かに俺は、皇国臣民のなり損ないだ——。

利市と緋紗子や、能代も。去年まで玉砕も厭わぬ覚悟で戦っていた一億人、みながそうなのかもしれない。

この国の誰もが、天皇陛下という親を失った、みなしごだ。

そうか、負けたんだな。大日本帝国は、滅びたんだ——。

唐突にそんな思いが去来し、胸が締め付けられた。

今更ながらに、気づく。

愛していた、と。

腐っていたのかもしれない。歪んでいたのかもしれない。それでも、自分に皇国臣民という生きる道を与えてくれたあの国を、愛していた。会ったこともない天皇陛下を、親のように慕っていた。全力で守りたいと思っていた。

鼻の奥が痛み、涙腺が緩む。ヨンチュンたちに気取られぬよう、涙を堪えて、すいとんをかき込んだ。

ヨンチュンがおもむろに口を開く。

「ガキの頃、俺はよく民族衣装（チョゴリ）を着せられた。両親が死んだ頃からかな、役人の締め付けが厳しくなって、普段から国民服を着なきゃならなくなった。日本に来てからは、朝鮮人飯場の薄っぺらい作業着と地下足袋さ。刑務所に入ってたときは囚人服、で、今は進駐軍（アメちゃん）からもらった、こいつさ」

ヨンチュンは着ていたジャンパーの襟元をひらひらさせて続ける。

「案外、服みてえなもんかもしれねえよ、国だの民族だのってのは。裸で歩き回るわけにはいかないから、何か着ることは着る。その服が気に入ってんなら大事にすりゃいいさ。でもよ、俺たちは服に着られてるわけじゃねえし、服のために生きてるわけじゃねえ。いざとなったら、自分の都合に合わせて、適当に着たり脱いだりしたっていいんだ。まあ、要するにだな、関係ないってことさ。俺は俺、おまえはおまえだろ。一緒に仕事するなら、大事なのは、信用できるかどうかだ」

ヨンチュンの話を聞き、一拍遅れて、思わず噴き出した。

「おまえが俺を信用するのか」

ヨンチュンも思わず噴き出した。

「しねえよ、てめえなんか。しねえけど……、まあ仕事ねえなら紹介してやろうってんだ」

「そうか……。じゃあ、ありがたく――」

手伝わせてもらおう、と言おうとしたときだった。

「あめて！」

という悲鳴が聞こえた。どこか舌足らずな少女の声だ。

振り向くと、少し離れたところで何やらざわついている。三人ほどの男が、二人の女を無理矢理引っ張るように連れている。その周りで数人の男たちがはやし立てている。

「あいつら、本当に攫ってきやがったのか」

屋台の親父があきれ声で言った。

「何だありゃ」

ヨンチュンが親父に尋ねた。

「お礼参りだよ」

「連れられてんの、女じゃねえか」

「ああ、家族だよ。元特高刑事のよ」

「家族にまでお礼参りしようってのか」

「らしいぜ。俺はどうかと思うがね。ただ、本人はどうも死んじまったらしいからな。あんたら、知らないか。拷問王の三影ってやつさ」

八尋とヨンチュンは思わず顔を見合わせた。京子も驚いた様子で「飯場に来た人よね」と、つぶやいた。

親父は続ける。

「聞いたことあるだろ。ひでぇ男だったらしくてよ、何人も拷問で殺してるらしいぜ。あの二人は、その三影の嫁さんと娘らしい。血の気の多いやつらが、攫って輪姦しちまおうってよ。まあ、そんな亭主や親を持ったのが運の尽きだな」

親父は、ひひっと笑った。

三影は独身なので、妻子はないはずだ。人違いか、別の親戚だろう。

「この子だけは許してください」「母様にさわらないでぇ」

少し遠くなった耳にも、二人の叫び声が入ってきた。

不意に八尋の手に、重さが蘇った。あの日、三影に託された銃の重さだ。

あの男も、何かを愛し、必死に守ろうとしていたのかもしれない――。

八尋は立ち上がった。

とりあえず三人。素人だったら何とかなるか。周りの連中が加勢に入ったら、厳しいかもしれない。

「どうした」

「ちょっと、行ってくる。もし、無事だったら仕事手伝わせてくれ」

「はあ？　助けるってのか。おまえ、三影にはさんざんな目に遭わされたんだろ」

「ああ。でも、それはあの二人には関係ない。俺は俺が正しいと思うことをするだけだよ」

すんなりと言葉が出た。

アイヌでも、皇国臣民でもなく、一人の人間、日崎八尋として、正しいことを。たぶんこれから来るのは、そういう時代だ。

「で、あんたはどうするの」

京子がヨンチュンに尋ねた。

「え？」

「何の罪もない人が襲われてるとき、黙って見てるのが、あなたにとっての正しいこと？」

「つたく、しょうがねえなあ、本当によう！　親父、釣りはいいよ」

ヨンチュンは屋台の卓に金を置くと立ち上がった。京子も一緒に立ち上がる。

「私、人呼んでくるわ。貴重な働き手たちに大怪我されても困るしね。とにかく、あの二人を助けて時間を稼いで」

京子は、足早にどこかへ立ち去った。

「おまえの嫁さん、たのもしいな」

言うと、ヨンチュンが肩をすくめた。

「まだ嫁じゃねえよ。行くぞ」

「ああ」

八尋はヨンチュンとともに、一歩を踏み出した。

解説

千街晶之

日本という二文字で表されるこの弧状列島の、古代から現代に至る長い歴史が、支配と被支配、征服と被征服、差別と被差別の鬩ぎ合いによって形成されてきたことは、支配者側の論理で執筆された『古事記』や『日本書紀』に目を通しても明らかだろう。勝者たる王朝の正当化を目的とする古代官僚たちの筆をもってしても覆い隠せなかった騙し討ちや虐殺による侵略の過程が、そこからは浮かび上がっているのだ。

こうした支配と被支配の問題が、現代において最も熾烈なかたちで表出しているのが、この国の南と北のそれぞれの果てである。二〇一八年、奇しくも、その沖縄と北海道のマイノリティの存在をテーマとした二冊の小説が相次いで刊行され、話題を呼んだ。ひとつは真藤順丈の第百六十回直木賞受賞作『宝島』であり、いまひとつは葉真中顕の本書『凍てつく太陽』（《小説幻冬》ＶＯＬ．01〜16に連載。二〇一八年八月、幻冬舎から刊行）である。前者は、戦後、アメリカの支配下におかれた沖縄の若者たちを主人公としている。一方、後者の主人公・日崎八尋は、日本人の父親と先住民族であるアイヌの母親とのあいだに生まれた男という設定だ。明治末期の北海道を舞台とし、アイヌの民族文化に本格的に言及した野田サトルの漫画『ゴールデンカムイ』（二〇一五年〜）がアニメ化もされてヒットしたのは記憶に新しいところだが、『凍てつく太陽』の背景は、もっと後の太平洋戦争の時代――それも、大日本帝国が無謀な戦争に突入した結果、間もなく滅びの時を迎えようとしている昭和十九年（一九四四年）の十二月から開幕する。舞台は室蘭市――戦時中、軍需産業との結びつきによって繁栄した街である。

日崎八尋は最初、その室蘭市の飯場「伊藤組」の人夫として登場する。だが、すぐに明かされるようにそれは仮の姿であり、正体は北海道庁警察部の特高刑事なのだ。特高とは国家秩序の維持を目的とする警察組織であり、少数民族を含む不穏分子の監視を任務とする。八尋の所属は内鮮係、すなわち内地にいる朝鮮人の監視と取り締まりを行う部署だ。彼が飯場に潜入している理由はというと、ある人夫が警戒厳重な飯場からの脱走に成功したものの、その手段を口にせぬまま拷問を受けて死んだため、かつての教官である室蘭署刑事課の能代慎平警部補から真相究明を依頼されたのだ。八尋は、自分も朝鮮出身だという虚言で飯場の朝鮮人たちを欺き、人夫が脱走した手段を聞き出す。

明治以降、大日本帝国は外地の植民地の人々、沖縄の琉球人、そして北海道のアイヌを天皇の赤子（せきし）たる「皇国臣民」と位置づけ、大和人（日本人）の生活習慣への同化を強いた。この序章で、八尋の監視の対象たる朝鮮人にも、自ら進んで日本人に同化した者と、逆に強い民族意識を持つ者とがいることが描かれる。前者の代表は飯場を仕切る棒頭（ぼうがしら）の伊藤で、彼は強者に媚び弱者を虐げる典型的な敵役として造型されている。しかし、八尋もまたアイヌというマイノリティの血を引きつつ、大日本帝国に奉仕することに疑問を感じている様子はない。その意味で、彼も客観的には伊藤と大差ない立場なのである。しかも八尋は、戦時中を舞台にした物語においては憲兵と並んで悪役の代表格たる特高刑事でありながら、ここでは密室からの人間消失の謎を解く「名探偵」としても振る舞っている。果たしてこの主人公に、どのような感情移入の余地を探しながら読むべきなのか……と、多くの読者は当惑を強いられるだろう。

本筋が始まる一章で、物語は昭和二十年に突入する。朝鮮人ながら陸軍少佐の地位にあった金田が伊藤とともに殺害され、現場から芸妓が姿を消した。この事件で使われた毒は、八尋の亡父が作っていたものと成分が同じであり、しかも事件に関わったと思われる芸妓は、彼の幼馴染みの畔木緋紗子と似ていた。八尋は捜査に加わるが、特高の「拷問王」という異名を取る三影美智雄警部補に逮捕される。常日頃、アイヌの血を引く八尋を「土人」と呼んで目の敵にしていた三影が、縄張り争いの相手である憲兵との取引に応じて彼に殺人犯の濡れ衣を着せたのだ。

国家権力を体現する特高という無敵の立場から、たちまち奈落に転落した八尋。しかも、彼が投獄された網走刑務所には、前年に彼が潜入捜査で罠にはめた朝鮮人のヨンチュンをはじめ、特高に恨みを持つ男たちが犇（ひし）めいている。いつの世も、権力の走狗が一転して囚人になった時に待つ地獄ほど惨めなものはない。だがそのような状況になっても、彼は特高刑事としての自らの使命を忘れない。そして、一か八かの脱獄を図る。

一方で三影も、どこかすっきりしない思いを抱えていた。憲兵や、その背後にいる者の示唆に従って八尋を陥れた三影だが、真の殺人者が野放しになっていることについては、警察官として納得できなかったのだ。そんな内心を見抜いたかのように、かつて三影の教官でもあった能代警部補が接近する。三影と能代は、密かに事件の再捜査を進めるうちに、陸軍がひた隠しにする驚くべき陰謀を知ることになる。八尋と三影、決して相容れぬ同士がそれぞれ迫った陰謀の全容とは……。

本書の大きな特色は、著者の作品中でも随一と言える、エンタテインメントとしての盛り沢山ぶりだろう。潜入捜査あり冤罪あり脱獄あり陰謀あり、そこに連続殺人の謎解きが絡み（大戦末期という大量死の時代だからこそ成立するトリックが仕掛けられている）、おまけに羆との死闘まで描かれるのだから驚きである。歴史小説にして警察小説にして冒険小説にして本格ミステリ——さまざまな楽しみ方が可能な小説なのだ。そのジェットコースター的な展開の中で八尋は、皇民化政策に従っていた筈のアイヌの本音を聞き、全幅の信頼をおいていた組織から切り捨てられ、かつて自分が陥れた男と同じ囚人に転落し、獄中で国家や民族の虚妄を説かれ、そして陸軍の暗部を目の当たりにすることで、それまで奉じていた価値観を木端微塵に砕かれる。それほどの地獄めぐりを経なければ、八尋は国家という呪縛を洗い落とせなかったのだ。また、それらの体験を経ることで、彼はようやく読者にとって感情移入可能な主人公になり得たのである。

一方で三影も、前半はひたすら憎々しい敵役として八尋の前に立ちはだかるが、そんな彼にも弱さが潜んでいることが後半では描かれる。日崎と三影という苗字が暗示するように、彼らは宿命的な光と影の関係にあったのかも知れない。

終章では輝かしい戦後社会が開けるけれども、初読の際、これを楽観的な幕切れだと感じた覚えがある——現実の戦後日本はアメリカの思惑で「逆コース」を辿ることになるのだし、大日本帝国が崩壊したからといって、被差別民の問題が本質的に解決されたわけでもないのだから。しかし、確かに儚い束の間の太陽だったとしても、敗戦当時、それが帝国の桎梏に苦しんできた人々がようやく摑んだ本物の光だったことも、また紛れもない事実ではなかったか。

　著者の葉真中顕は二〇一二年、『ロスト・ケア』（刊行は二〇一三年）で第十六回日本ミステリー文学大賞新人賞を受賞し、以降、社会派的テーマと本格ミステリ的どんでん返しを融合させた小説を発表してきたが、過去の時代を扱ったのは本書が最初である。そして著者はこの作品によって、第七十二回日本推理作家協会賞（長編および連作短編集部門）と、第二十一回大藪春彦賞をダブル受賞した。日本推理作家協会賞を受賞した際の「受賞の言葉」から一部を抜粋しておく。

　受賞作『凍てつく太陽』の舞台は終戦間際の北海道です。戦後の平和な東京で生まれ育った私が縁もゆかりもない土地の戦渦を描いていいものか、執筆中、ずっと自問自答を繰り返しておりました。
　その中で私は、たとえ自分と関係の薄い時代や土地を舞台にするとしても、今、自分が書く意味についてはしっかり見据えたいと考えるようになりました。
　そこで本作では、七十年以上前の北海道のことを語りつつ、読者が行間に普遍性と現代性を読み取れるものにしようと、筆を振るったつもりです。

選考ではまさにその部分を評価する声があったと聞き、大変嬉しく、また励みになりました。

ここに書かれているように北海道と縁がない著者が、本書を着想するに至った理由は何だろうか。もとより、作家がひとつの作品を生み出すに至ってはさまざまな創作上の動機が見分け難く混じり合っている筈であり、そのすべてを指摘し得るわけもないのだが（当初は警察小説を書いてほしいという依頼だったという）、そのひとつは、本書の執筆に着手する少し前あたりから、アイヌに対する差別発言が流布するようになったこと——具体的に言えば二〇一四年、当時自民党所属の札幌市議会議員がTwitterで、アイヌ民族なんて今はもういないと唱え、あまつさえ彼らが利権を行使していると主張したことへの憤りなのではないかと私は推測している。

アイヌ民族否定論は二〇〇〇年代から蔓延していたが、遥かに遡るなら、一九八六年、中曽根康弘首相（当時）がアメリカについて黒人やヒスパニック系がいるので知的水準が低いと放言し、その釈明の場で「米国は複合民族なので、教育などで手が届かないところもある。日本は単一民族国家だから、手が届きやすい」と放言の上塗りをした一件など、アイヌの民族性を否定する要人の発言は枚挙に遑がなく、それらは本書で描かれているような大日本帝国の皇民化政策の思想的な末流であると言えよう。アイヌが先住民族であることを明記した法律が公布されたのは、ようやく二〇一九年になってからなのである。

本書の終章において、さんざん自分を苦しめた人物の家族であっても救わなければならないと立ち上がった八尋のように、著者は基本的に「義を見てせざるは勇無きなり」を原理とするひとであり、本書の創作動機にも昨今の風潮に対する義憤が存在するのではないかと私が推測した理由はそこにある。もちろん、それを徹底したエンタテインメントに昇華してみせる名人芸も著者の真骨頂ではあるのだが。

――ミステリ評論家

主要参考文献

『戦後70年　北海道と戦争（上・下）』北海道新聞社編　北海道新聞社
『昭和20年の記録』札幌市教育委員会編　北海道新聞社
『私たちの証言　北海道終戦史』毎日新聞社
『室蘭の記憶―写真で見る１４０年』室蘭市／北海道新聞社編　北海道新聞社
『室蘭戦災誌　空襲と艦砲射撃の記録』室蘭地方史研究会編　室蘭市教育委員会
『北の特高警察』荻野富士夫　新日本出版社
『時刻表　復刻版　戦前・戦中編』ＪＴＢ
『朝鮮人強制連行』外村大　岩波書店
『在日・強制連行の神話』鄭大均　文藝春秋
『ガダルカナル』五味川純平　文藝春秋
『大東亞戰爭陸軍報道班員手記　ガダルカナルの血戰』文化奉公会
大日本雄辯會講談社

『網走刑務所秘話』山谷一郎　北海タイムス社
『博物館　網走監獄』並木博夫　網走監獄保存財団
『アイヌ文化の基礎知識』アイヌ民族博物館監修　草風館
『わたしの北海道―アイヌ・開拓史』上田満男　すずさわ書店
『近代日本とアイヌ社会（日本史リブレット）』麓慎一　山川出版社
『アイヌの矢毒トリカブト』門崎允昭　北海道出版企画センター
『北方文化写真シリーズ1　熊祭』更科源蔵　楡書房
『アイヌ生活文化再現マニュアル』公益財団法人アイヌ民族文化財団
（http://www.frpac.or.jp/）

●この他、多くの書籍、新聞記事、ウェブサイトなどを参考にさせていただいております。
●参考文献の主旨と本作の内容はまったく別のものです。

本書には、今日の人権意識に照らして不当・不適切と思われる語句・表現が使われておりますが、時代背景と作品価値に鑑み、修正・削除は行っておりません。

この作品は二〇一八年八月小社より刊行されたものです。

凍(い)てつく太陽(たいよう)

葉真中顕(はまなかあき)

令和2年8月10日　初版発行

発行人――石原正康
編集人――高部真人
発行所――株式会社幻冬舎
〒151-0051東京都渋谷区千駄ヶ谷4-9-7
電話　03(5411)6222(営業)
　　　03(5411)6211(編集)
　　振替00120-8-767643
印刷・製本―中央精版印刷株式会社
装丁者――高橋雅之

幻冬舎文庫

ISBN978-4-344-43009-9　C0193　は-37-1

幻冬舎ホームページアドレス　https://www.gentosha.co.jp/
この本に関するご意見・ご感想をメールでお寄せいただく場合は、
comment@gentosha.co.jpまで。